Herbert Rosendorfer:
Die Erfindung des SommerWinters
Neue Erzählungen, Gedichte, Glossen
und Aufsätze

Mit einem Vorwort von Dieter Hildebrandt
Herausgegeben von Julia Andreae

Deutscher
Taschenbuch
Verlag

dtv

Von Herbert Rosendorfer
sind im Deutschen Taschenbuch Verlag erschienen:
Das Zwergenschloß (10310)
Vorstadt-Miniaturen (10354)
Briefe in die chinesische Vergangenheit (10541;
auch als dtv großdruck 25044)
Stephanie und das vorige Leben (10895)
Königlich bayerisches Sportbrevier (10954)
Die Frau seines Lebens (10987;
auch als dtv großdruck 25068)
Ball bei Thod (11077)
Vier Jahreszeiten im Yrwental (11145)
Eichkatzelried (11247)
Das Messingherz (11292)
Bayreuth für Anfänger (11386)
Der Ruinenbaumeister (11391)
Der Prinz von Homburg (11448)
Ballmanns Leiden (11486)
Die Nacht der Amazonen (11544)
Herkulesbad/Skaumo (11616)
Über das Küssen der Erde (11649)
Mitteilungen aus dem poetischen Chaos (11689)
... ich geh zu Fuß nach Bozen (11800)

Originalausgabe
Januar 1994
Deutscher Taschenbuch Verlag GmbH & Co. KG,
München

Umschlagtypographie: Celestino Piatti
Umschlagbild: Herbert Rosendorfer
Satz: IBV Satz- und Datentechnik, Berlin
Druck und Bindung: C.H. Beck'sche Buchdruckerei,
Nördlingen
Printed in Germany · ISBN 3-423-11782-6

Inhalt

Dieter Hildebrandt: Zuordnung *oder Schwierigkeiten eines notorischen Lesers von Herbert Rosendorfer beim Einordnen*

Je öfter er ein Buch herausläßt, um so größer wird mein Problem, ihn zu »regalisieren«, um es neuösterreichisch auszudrücken. Wo paßt er hin, wozu gehört er, an welche Werke kann man ihn anlehnen? Im Augenblick steht er in meinem Regal neben Kurt Vonnegut und Joseph Heller. Freunde, die darauf streng achten, haben das bereits mehrere Male benutzt, um eine Diskussion vom Zaune zu brechen. Das tun sie natürlich, um aus mir herauszulocken, daß ich keinen einzigen Rosendorfer wirklich gelesen habe.

Es ist lachhaft. Wer mich besser kennt, weiß, daß ich den neuesten fast schon gekauft habe, bevor er ihn zu Ende geschrieben hat. Ja, meinen sie, das mag sein, aber da gehöre er nicht hin. Herzmanovsky-Orlando, das wäre es. Da hätte er es überhaupt her. Das, wußte ich, hatten sie nun wieder aus der ›Frankfurter Rundschau‹:

»Nur wer eine gehörige Portion Humorlosigkeit besitzt, kann gegen diesen Rosendorfer (›Großes Solo für Anton‹) argumentieren, ihn verständlich zu machen ist vielleicht so schwierig wie der Versuch, einem Norddeutschen Herzmanovsky zu erklären.«

Jaja, das mag schon schwierig sein, wenn mir der Verfasser dann auch die Erklärung dafür schuldig bleiben muß, warum Gerhard Polt und die Biermöslblosn ausgerechnet in Bremen und Flensburg das Publikum zu Jubelstürmen veranlassen können, aber deswegen stelle ich ihn noch lange nicht, den Rosendorfer, neben »das letzte Genie barocken altösterreichischen Humors« (›Weltwoche Zürich‹). Rosendorfer ist Tiroler, kein Österreicher. In der Nähe von Robert Neumann und Carl Amery stünde er auch nicht schlecht. Eckhard Henscheid meint sogar, Robinson Crusoe, Zauberberg und Franz Kafka klängen an.

Das schaffe ich nicht, denn Thomas Mann besetzt zwei Regale, und nicht einmal seine Söhne haben daneben Platz, geschweige denn sein Bruder.

Neben Golo Mann ginge es vielleicht, denn Rosendorfer ist ein hervorragender Historiker, nur eben ein bißchen hinterlistig dabei, was G.M. nicht unbedingt auszeichnet.

Außerdem bin ich auch dagegen, den R. in seine vielen Begabungen zu teilen. Dann stünde er mit einem Teil seiner Arbeiten neben Ranke und Bosl, während er mit der ›Deutschen Suite‹ neben Karl Kraus und Tucholsky zu suchen wäre, auch mit ›Ballmanns Leiden oder Lehrbuch für Konkursrecht‹, was dann wieder dazu verleiten würde, Kafka in die Nähe zu stellen, was diesen verärgern könnte, weil er mit Rosendorfers Behauptung, die Welt sei nicht durch die Hand Gottes entstanden, sondern mittels der Ellenbogen der Kelten, nie einverstanden gewesen wäre. Kühn müßte man sein und ihn zwischen Augustinus und Machiavelli aufbauen. Das wird Rosendorfer nicht gern haben.

Alle Wege nach Rom führen zu Rosendorfer, und nichts Aufregenderes könnte einem geschehen, als von ihm durch diese Stadt geführt zu werden. Allerdings müßte man wohl seine Version der Geschichte dieser Stadt akzeptieren. Und damit sind wir bei diesem neuesten Werk Rosendorfers: ›Die Erfindung des Sommer-Winters‹.

Es führt nach Rom. Dorthin, wo er stolz ist, nicht als Tourist erkannt, als solcher angenommen und ausgenommen, sondern als Römer – so sieht er auch aus – von Römern übersehen zu werden. Es ist nicht zu überlesen, er hat Schwierigkeiten mit dem Pontifex im Vatikan. Das könnte sich nur ändern, wenn irgendwann einmal ein Tiroler ... mein Gott, das läßt Du nicht zu!

»Nirgendwo gibt es so viele Sechszeher, Dreibeiner, Kropfträger, Wasserköpfe, Stotterer, Teerschnüffler, Einhoder, Sulzknier und Bettnässer wie in Oberbayern, dem Allgäu, Tirol und der Ostschweiz. Der Typus des sogenannten Gebirglers läßt sich so charakterisieren: er riecht nach Salpeter, hat blutunterlaufene Augen, einen Blähhals, sechs Finger an jeder Hand, ist Analphabet, katholisch und spricht eine unverständliche Privatsprache; er heißt Luis oder Sepp, meist auch Trenker und bedient einen Sessellift.«

Sieht so ein Papst aus? Nein, aber so beginnt eine Geschichte von Herbert Rosendorfer. Und sie endet? Ja, eben gar nicht. Man muß sie weiterdenken. Ein alpenländisches Fade Out.

Das ist es ja, weshalb ich ihn neben Joseph Heller stehen lassen möchte, denn auch er macht seinen eigenen Stamm so nieder, daß man gezwungen ist, ihn zu verteidigen. Beim Nachlesen stelle ich mit Schrecken fest, daß ich immer Tirol und nicht Tyrol geschrieben habe. Darauf legt er Wert, der Rosendorfer, weil Bayern sich das Ypsilon von den Tirolern gestohlen hat und eigentlich Baiern heißt.

Nun ist aber der Herbert Rosendorfer inzwischen ein angenommener Asylbewohner aus Tyrol in Bayern. Es sei denn, ein bayerischer Tiroler? Vorübergehend aber ist er der vorderste Richter in Naumburg, und das liegt in den Neufünfländern, genauer gesagt in Sachsen-Anhalt, an der Saale hellem Strande, und hier richtet er, der Römer aus Tyrol, der Kelte aus München, der schärfste Kritiker des Richterstandes, der Mann, von dem man am ehesten erwarten kann, daß er das Schicksal von Ötzi, dem Tiefgefrorenen, aufhellen kann, nämlich als dem ersten Frühkelten, der die Berge lebend erklommen und dem letzten, der daran gestorben ist. Der Mann aus Tyrol, der am weitesten nach Osten vorgedrungen ist ... mein Gott, wie soll man den Rosendorfer gerecht regalisieren?

Ich glaube, ich mache mir ein neues Regal, denn dieser Mensch schreibt ja, als hätte er Angst, von seinen Lesern eingeholt zu werden.

Wir werden es nicht schaffen, Rosendorfer sei Dank.

Die Erfindung des SommerWinters

Die Erfindung des SommerWinters verdanken wir Gerhard Maria Nordwecker.

In früher Jugend wurde Nordwecker von seinem Vater, Franz-Xaver Nordwecker, einem begeisterten Alpinisten und Skifahrer, mit in das sogenannte Gebirge genommen. Diese sogenannten Gebirge sind jene unschönen, störenden Bodenerhebungen, die den Süden Bayerns verunstalten. Seit etwa hundert Jahren treiben entmenschte Individuen mit topographischen Niveauunterschieden gefährlichen Mißbrauch. Es vergeht kaum ein Jahr, in dem nicht eine Zusammenballung der Alpinistenausdünstungen zu gräßlichen Unwettern, Alpenglühen, Jodelabenden, Trachtenumzügen und Erdbeben führen.

Franz Xaver Nordweckers Großvater mütterlicherseits, Ludwig Schweinsteiger aus Bayernrain, war der Erstbesteiger des Watzmann. (Kann auch sein: des Wendelstein. Oder Pengelstein. Oder irgend etwas in der Richtung.) Franz Xaver Nordweckers Großvater väterlicherseits, Arnulf Nordwecker, bestieg den Watzmann als erster von der Nordseite. Franz Xaver Nordweckers Vater, Otto Nordwecker, bestieg als erster die Watzmann- (oder, wie gesagt, Wendel- oder Pengel- oder was -stein)–Nordwand im *Winter.* Für Franz Xaver Nordwecker blieb fast nichts mehr übrig. Er sann und sann und kam dann auf die Idee: als erster die Watzmann-Nordwand im Winter *mit verbundenen Augen* zu ersteigen.

In seinen Sohn setzte Franz Xaver Nordwecker die größten Hoffnungen. Er hoffte, daß dieser dereinst die Watzmann-Nordwand im Winter mit verbundenen Augen *die Füße voraus* ersteigen würde. Also nahm er den Sohn bereits im zartesten Alter mit in das sogenannte Gebirge, um den Sohn frühzeitig an den sogenannten Schnee zu gewöhnen. Der sogenannte Schnee ist eine speziell nordeuropäische Schlechtwetterabsonderung, die bei gesund empfindenden Menschen Unlust hervorruft, kalt ist und die Schuhe ruiniert. Schnee ist, kurz gesagt, *weißer Dreck.*

Der sogenannte Schnee wird von den durch die sie ständig umgebenden sogenannten Gebirge in ihrer Geistesentfaltung erheblich behinderten, nicht anders als mit dem Schimpfwort Alpenbewohner zu umreißenden Gnomen und Mißgeburten zu kommerziellen Zwecken mißbraucht. Nirgendwo in der Welt gibt es so viele Sechszeher, Dreibeiner, Kropfträger, Wasserköpfe, Stotterer, Teerschnüffler, Einhoder, Sulzknier und Bettnässer wie in Oberbayern, dem Allgäu, Tirol und der Ostschweiz. Der Typus des sogenannten Gebirglers läßt sich so charakterisieren: er riecht nach Salpeter, hat blutunterlaufene Augen, einen Blähhals, sechs Finger an jeder Hand, ist Analphabet, katholisch und spricht eine unverständliche Privatsprache; er heißt Luis oder Sepp, meist auch Trenker und bedient einen Sessellift.

Man kann sich leicht ausmalen, wie dieses sogenannte Gebirge, bewohnt von solchen infernalischen Trenkern, auf die zarte Seele eines Kindes wirkt. Der junge Gerhard Maria Nordwecker klammerte sich an die Autotür, schrie: »Er will mich fressen!« und »Ich will wieder heim!«

Offenbar war durch einen Sprung in den Erbanlagen im jungen Nordwecker die bis dahin in der Familie vorherrschende Begeisterung für das sogenannte Gebirge abgeflacht. Weder durch Schläge noch durch Aussicht auf Belohnung war Gerhard Maria dazu zu bewegen, das Flachland zu verlassen. Ja, mehr noch: er entwickelte auch noch eine Abneigung gegen den sogenannten Schnee.

Es ist ja eine alte, nie gelöste philosophische Frage: ist die Kälte, der bekanntlich der sogenannte Schnee und auch das sogenannte Eis seine heimtückische Existenz verdankt, ist die Kälte fehlende Wärme oder ist vielmehr Wärme verflogene Kälte? Auch Gerhard Maria Nordwecker befaßte sich mit dieser Frage und kam zu dem Ergebnis, daß die Kälte nichts anderes ist als zu niedrige Temperatur. Ein nur leichtes Anheben der Temperatur, so erkannte Nordwecker (damals schon Professor für Flachlandistik an der Universität Sandizell), bewirkt mühelos, daß aus der klirrendsten Kälte zwar noch nicht Wärme, aber immerhin nur noch leicht bebende Kälte gewonnen werden kann. (Viele unterliegen dabei dem Irrtum, daß sie solches durch das Anheben des Thermometers, also etwa dessen Verbringen vom Parterre in den ersten Stock bewerkstelligen könnten. Falsch. Nicht das Thermometer, sondern die Temperatur muß angehoben werden.)

Prof. Nordwecker machte also eine Eingabe an die Landesregierung, bei klirrender oder eventuell schon bereits bei bebender Kälte die Temperatur anzuheben. Als bekannt wurde, daß die Entscheidung sich zugunsten Nordweckers Eingabe neigte, sah sich die Landesregierung einer Demonstration von zwanzigtausend, durch generationenlangen Inzest myrmidonenhaft gebliebener Skihütten-Pächtern gegenüber, die, alle in schrecklich bordierten, mit Edelweiß und ähnlichen Greueln bestickten Trachtenwesten gekleidet, das nicht anders als grauenhaft zu bezeichnende »Kufstein«-Lied sangen, begleitet von einem Akkordeonorchester. Der Klang des Akkordeons, einer ursprünglich tartarischen Erfindung, hat bekanntlich im Lauf der Geschichte mehr Todesopfer gefordert als die Guillotine.

Die Landesregierung, schreckhaft wie sie ist, lenkte natürlich sofort ein. Prof. Nordwecker blieb nun nichts mehr anderes übrig, als den SommerWinter zu erfinden. Ganz ist es noch nicht gelungen, aber die Winter von

1988 auf 1989 und von 1989 auf 1990 wiesen bereits deutliche Sommergesinnung auf. Es ist zu hoffen, daß der Winter 1990 auf 1991 weitere Fortschritte macht, und daß wir bereits im Jubeljahr 1997 (wo die Welt das dreihundertste Jubiläum der Entdeckung Kamtschatkas feiern wird) den endgültigen SommerWinter vorliegen haben.

Danach möchte sich Prof. Nordwecker der Erfindung des TrockenRegens und des das Salzwasser ergänzenden Pfefferwassers zuwenden.

Entstanden Februar 1991

Der Totbeter

1

Kommen Sie bitte ganz herein, und machen Sie die Tür zu. Wer sind Sie? Was wollen Sie?«

»Habe ich das Vergnügen – Verz – Verzeihung, natürlich: nicht Vergnügen, habe ich die Ehre mit Herrn Staatsanwalt Riegel?«

»Ja. Der bin ich. Und das da vor mir ist der Berg Akten, der darauf wartet – und so weiter. Bitte fassen Sie sich kurz. Ich nehme ohnedies an, Sie haben sich in der Tür geirrt.«

»O nein, Herr Staatsanwalt. Sie sind für Kapitaldelikte zuständig? Gehört dazu auch ... *Mord?*«

»Vor allem natürlich Mord, logisch.«

»Auch medialer Mord?«

»Medialer *was?*«

»Mord durch mediale Mittel.«

»Ich verstehe Sie nicht.«

»Mein Name ist Harnisch. Ja. Hehe. Ganz einfach: Harnisch. Wie: *in Harnisch geraten*. Sie verstehen. Gottfried mit Vornamen, aber ich bin friedlich. Ausgesprochen ruhig. Gerate nie in Harnisch; heiße nur so. Hehe. Darf ich mich setzen? Es wird Sie nicht reuen, wenn Sie mir zuhören. Sie werden sehen. *Bald* sehen. So einen Mord haben Sie noch nie erlebt.«

»Ich habe überhaupt noch nie einen Mord erlebt, Herr Harnisch. Ich bin Staatsanwalt und nicht Mörder.«

»Ja, ja. Ich weiß. Ich meine: *So* ein Mord ist Ihnen in Ihrer Praxis noch nie untergekommen. Das meine ich mit: noch nie erlebt. Hehe. Im Grunde genommen bin *ich* der Mörder. Also, ich muß anders anfangen. Ich bin Bundesbahnbeamter. Gewesen. Also a. D., Sie verstehen. Außerdem Kleingärtner. ›Licht und Sonne – Ost‹. Es gibt nämlich auch ›Licht und Sonne – Nord‹. Sie verstehen. Das Gelände gehört der Bundesbahn, und an und für sich dürfen nur Bundesbahnbedienstete und ehemalige dort Kleingartenpächter sein, nach der Satzung, aber ab und zu sehen wir darüber hinweg. Ich selber – ich bin nämlich im Vorstand, Kassenwart – habe dafür gestimmt, daß der Kolowski ... ich muß weiter ausholen ...«

»Herr Harnisch, ich muß leider ...«

»Nein, nein, Sie werden es nicht bereuen, wenn Sie mir zuhören beziehungsweise zugehört haben. Haben werden. Nicht bereuen. Sie werden sehen. Also: Kolowski war bei der Fahndungsstelle nach verlorenen Reisegepäckstücken, das ist lang her. Natürlich. Pensioniert worden ist er, warten Sie, warten Sie, 1968. Ja. Und 1972 ist er schon gestorben. Hat nicht viel gehabt von seiner Pension. Na ja. Er war mein Nachbar, in ›Licht und Sonne – Ost‹, hat also, Sie verstehen, den benachbarten Garten gehabt, den *mir* benachbarten Garten. War ja alles in Ordnung. Dann hat ihn die Witwe geerbt, war auch in Ordnung. Kolowski, Ida, hat sie geheißen. Auch in Ordnung, denn nach der Satzung dürfen Witwen von Pächtern, wenn sie wollen, den Garten weiterbe – wie soll ich sagen weiterbe – begärtnern – also weiterhin bleiben. Sie verstehen. Jetzt aber, passen Sie auf, jetzt wird es interessant: Hat diese Ida Kolowski, kein Jahr ist vergangen, wieder geheiratet. Einen gewissen Gschwindhuber. Na ja – spätes Glück und so. Hehe. So weit, so gut. Hat natürlich niemand etwas dagegen gehabt, daß dieser neue Gschwindhuber, obwohl *nicht* Bundesbahnangehöriger, den Garten mitbenutzt. Hat ihn auch wunderbar in Schuß gehalten. Tomaten, Bohnen, auch Blumen, tipptopp, kann man nicht anders sagen. Aber. *Aber!* Er hat einen Sohn mit in die Ehe gebracht. Um es abzukürzen ...«

»Ja, ich möchte schon bitten!«

»Der Gschwindhuber, also der alte solche, stirbt 1984, 1985 die Ida, also die Kolowski, respektive wiederverheiratete Gschwindhuber. Und: Was sage ich Ihnen – will der Kurt, dieses Früchtchen, den Garten weiterbehalten. Als solcher völlig außenstehend. Mit einem Bundesbahnbediensteten nicht einmal blutsverwandt! In der Satzung steht, daß jeder Pächter verpflichtet ist, seinen Garten sauber zu bepflanzen und nach gärtnerischem Standpunkt in Ordnung zu halten. Und der junge Gschwindhuber? Eine Kolonie von Unkraut. Der Löwenzahn wuchert nur so. Der Samen fliegt überall herum. Was ich allein heuer für Unkrautvernichter ausgegeben habe, geht auf keine Kuhhaut. Die Obstbäume beschneidet er nicht mehr, die Hecken: eine Katastrophe, vor allem aber das Unkraut. Selbstverständlich haben wir ihn zur Rede gestellt. Er sagte uns, also dem Vorstand, ins Gesicht: Das ist kein Unkraut bei ihm, das ist Ökologie. Wir haben prozessiert – verloren. Unverständlich, ein krasses Fehlurteil, aber leider nicht berufungsfähig. Wie ich mein Magengeschwür dann operiert gehabt habe, habe ich mir gesagt: Wenn nicht gesetzlich, so muß der Kerl sonst irgendwie weg. An und für sich hat meine Frau die Idee gehabt. Ich nämlich war drauf und dran, man ist ja schließlich auch nur ein Mensch, wenngleich ehemaliger Bahnbeamter, war drauf und dran – bevor ich mir zum Magengeschwür auch noch einen Herzinfarkt anärgere, nehme ich den Kleinbremmer ...«

»Den was?«

»Na ja, den Kleinbremmer, so eine Art Hacke, nicht wahr, und wenn er am Zaun steht, der Gschwindhuber ...«

Harnisch holte aus, fiel sich selbst in den Arm:

»Aber meine Frau, Frauen sind ja oft in solchen Sachen vernünftiger, sagt: Mach dich nicht unglücklich und die Familie, und du kriegst ja lebenslänglich, du mußt es feiner machen. Und da haben wir die Annonce aufgegeben.«

»So. Eine Annonce?«

»Ja. ›Totbeter gesucht‹.«

Staatsanwalt Riegel lachte.

»Es hat sich einer gemeldet. Eine ziemlich abgerissene

Figur. Seinen Namen, hat er gesagt, gibt er nicht bekannt. Er hat nur gefragt, wie der heißt, den er totbeten soll, und wer der ist, und hat 200 Mark Vorschuß kassiert und gesagt: den Rest, wieder 200, danach und ist gegangen.«

»Und?« Den Staatsanwalt begann die Sache zu interessieren.

»Drei Wochen«, sagte Harnisch.

»Was: drei Wochen?«

»Na ja. Nach drei Wochen war der junge Gschwindhuber tot. Mit dem Motorrad gegen einen Alleebaum gefahren.«

»Ach!«

»Logisch. Wenn er totgebetet wird. Der abgerissene Typ ist dann gekommen – mir wird ganz schlecht, Herr Staatsanwalt. Sie können sich ja denken, daß ich in höchster Not bin, sonst würde ich doch nicht zu Ihnen kommen und quasi einen Mord beichten – er ist gekommen und hat gesagt: meine restlichen 400 Mark, bitte!«

»Ich denke: 200?«

»Eben! Sagte ich auch zu ihm. 200 sagte ich – *insgesamt* 400 – 200 haben Sie schon gekriegt ... *400*, sagte er dumpf. Da hat meine Frau geschrien: So ein Gauner, wo kommen wir da hin, hat ihm 200 in die Hand gedrückt und die Tür zugeschlagen. Manchmal sind Frauen eben auch unvernünftig, vor allem in Sachen Geiz. Das war gestern, verstehen Sie, und kaum war die Tür zugeschlagen, ist es mir gekommen. Entsetzlich, Herr Staatsanwalt! Sie müssen mir helfen.«

»Ich empfehle Ihnen«, sagte der Staatsanwalt, »daß Sie beichten gehen. Natürlich nur, sofern Sie katholisch sind.«

2

Der Kriminalbeamte wollte Staatsanwalt Riegel den Vortritt lassen, aber der Staatsanwalt sagte: »Bitte hier keine Umstände. Steigen Sie voraus.« Die Frau – nun Witwe –

saß unten im Wohnzimmer und heulte. Die Treppe war steil, eigentlich gar keine Treppe, eher fast eine Leiter. Das Häuschen war einer der damals fortschrittlichen Bauten, die Ende der zwanziger Jahre für öffentliche Bedienstete gebaut wurden. Die Erbpacht ist heute noch so niedrig wie damals. Die Bewohner können sich immer den neuesten Mercedes leisten. »Der da«, sagte der Kriminaler, »hatte einen arizonagelbmetallic. *Ich* habe nur einen Opel Rekord.« Den Dachboden hatte der Pächter selber ausgebaut. Jetzt lag er dort. Vom Dachboden hing eine Schlinge. Kein schöner Anblick, aber Riegel war an dergleichen gewöhnt. Harnisch. Riegel erkannte ihn. Es stank nach Urin. Harnischs Hose war an peinlicher Stelle feucht. Auch das kannte Riegel. Der Polizeifotograf machte Bilder. Ein anderer Kriminaler zog die üblichen Kreidestriche um die Leiche. »Merkwürdig ist«, so faßte der Kriminalbeamte das vorläufige Ermittlungsergebnis zusammen, »diese Schlinge. Aber er ist nicht durch Erhängen gestorben. Komisch. Offenbar hatte er alles hergerichtet, um Selbstmord zu begehen. Sehen Sie: die Schlinge, der Hocker drunter. Hier der Abschiedsbrief – das heißt: nur das Briefpapier und der Stift. Offenbar wollte er schreiben, ist nicht mehr dazu gekommen. Bevor er auf den Hocker steigen konnte, hat ihn der Schlag getroffen. Meint der Arzt – vorbehaltlich natürlich des Obduktionsbefundes.«

»Er heißt Harnisch?«

»Ja«, sagte der Kriminaler.

»Ich habe ihn gekannt«, sagte der Staatsanwalt, »gekannt ist zuviel gesagt. Er war vor nicht sehr langer Zeit bei mir und hat mir eine sehr merkwürdige Geschichte erzählt. Eine eher krause Geschichte.« Der Staatsanwalt ging um die Leiche herum. »Im Büro, anhand meines Kalenders kann ich feststellen, an welchem Tag er bei mir war. Obwohl – die Geschichte, die er mir erzählt hat, ist *zu* absurd. Ich werde einen kurzen dienstlichen Vermerk machen und leite ihn Ihnen zu.«

3

Nach ungefähr acht Wochen, es war Mitte Oktober (das Ermittlungsverfahren *gegen unbekannt* im Fall Harnisch war längst eingestellt, da keine Straftat vorlag. Die Obduktion ergab eindeutig einen natürlichen Tod Harnischs), gab Staatsanwalt Riegel eine Annonce auf: »Totbeter gesucht«. Er hatte lange darüber nachgedacht. Mitte September war er mit seiner Mutter in Urlaub gefahren (günstig in der Nachsaison: Mallorca), wie immer hatte Frau Riegel verschiedene Anfälle im Urlaub gehabt. Wie immer stachelte sie ihren Sohn an, doch wieder eine Frau zu finden. »Gernot geh' an den Strand, schau' dich um.« Gernot ging an den Strand und schaute sich um. Viele fast nackte Frauen lagen da in der Sonne. Brüste aller Größen und Formen. Gernot entwarf im Geist eine Typologie der Damenbrüste. Schon allein welche Vielfalt, wohin die Brustwarzen schauen: sozusagen stechend nach vorn oder seitlich auseinanderführend nach oben, es gab sogar schielende Brüste: eine Brustwarze nach oben, eine nach unten. Gernot entwarf auch eine Typologie der Hintern: flach, gewölbt, birnig, äpfelig, kugelig. Gernot spazierte oft am Strand entlang. Eine neue Frau fand er nicht. Viele waren sichtlich erst 17 oder 18, für den 44jährigen Gernot, der schon deutlich Haare verlor, zu jung. Ein einziges Mal ergab sich ein Plausch von Liegestuhl zu Liegestuhl. Anita, 27, hatte zwar einen Dackel dabei, war aber sonst Kategorie Ia. Die Brustwarzen wiesen steil nach oben, die Brüste hatten die Form reifer Avocados, die Farbe dunkler Aprikosen, der Hintern Halbkugeln/Sonderklasse. Gernot lud sie zum Abendessen ein. Am Abend bekam Frau Riegel einen Gastritis-Anfall. Gernot mußte absagen.

Am nächsten Tag legten sich Anita und ihre Freundin in Liegestühle, die ganz weit weg standen. »So finde ich natürlich keine«, sagte Gernot zu seiner Mutter, die trotz der Hitze in eine Decke gewickelt auf der Terrasse saß.

»Ich möchte, daß du eine findest, die auch auf deine Mutter Rücksicht nimmt.«

Riegel war einmal verheiratet gewesen, hatte eine Tochter gehabt. Biologisch war sie noch seine Tochter, rechtlich nicht mehr. Hildegard war kurz nach dem elften Hochzeitstag, zu dem ihr Riegel ahnungslos noch einen zwei gegeneinander gerichtete Widderköpfe darstellenden Armreif geschenkt hatte (aus Silber, der in Gold hätte über 2000 Mark gekostet), mit einem Maler und Graphiker davongelaufen. Der Maler hieß Knut Schmidt (kann auch sein Schmitt oder Schmied oder sonstwie). »Wenn einer nur Schmidt heißt und noch dazu Knut«, sagte Frau Riegel, »dann wird er kein Michelangelo. Nicht einmal ein Picasso. Du brauchst dir nichts denken.«

Das war es aber nicht, was Gernot Gedanken machte. Hildegard Riegel heiratete den Schmidt. Der Schmidt adoptierte die Tochter – gegen den Willen Riegels, versteht sich. Riegel hatte dagegen prozessiert und den Prozeß verloren. Das war der Stachel in seinem Leben: lief da seine Tochter als Immi Schmidt herum. Und wie das Schicksal so spielt, hatte Gernot im Frühjahr kurzfristig eine Dame näher kennengelernt, deren geschiedener Mann mit dem Maler Schmidt befreundet war. Es war nichts Ernsthaftes zwischen Gernot und jener Dame, schon gar nicht von ihrer Seite. Die Dame stand nach wie vor auf freundschaftlichem Fuß mit ihrem Geschiedenen. Ab und zu übernachtete er sogar bei ihr. Er durfte von Gernot nichts wissen. Arglos also teilte er mit, was Hildegard über ihren Ex-Mann herumerzählte, über Gernot Riegel. Daß der ein völlig erfolgloser Jurist sei, ein Versager auf allen Gebieten. Das berührte Gernot nicht arg, wohl aber, daß Hildegard überall laut herumschrie, daß sie Gernot davongelaufen sei, und daß Gernot trotzdem zahlen müsse. Das stimmte nämlich gar nicht. Das einzig Tröstliche für Gernot an seinem Stachel war, daß er eben gerade nichts zahlen mußte, nicht einmal mehr für die Tochter seit der Adoption. (Den Prozeß hatte Hildegard verloren.)

4

Riegel bestellte den Mann in ein kleines Café in Schwabing. Er hoffte, daß ihn dort niemand kannte. Musik dröhnte in dem Café, das wie ein Wintergarten mit winzigen Tischen in einer Passage lag. Die Bedienung trug schwarzes, ausgefranstes Leder und spitze Schnürschuhe. Das Publikum war entsprechend. Riegel setzte sich ganz nach hinten. Er wartete etwas über eine halbe Stunde und wollte schon zahlen, da kam der Mann doch. Er trug einen Salz- und Pfeffer-Mantel, aus dem ein faltiger Hals ragte. Er hatte vier große Plastiktüten bei sich, die er neben den Stuhl stellte. Den Mantel legte er gar nicht ab.

»400«, sagte der Mann, »200 sofort, 200 danach.«

»Gegen Quittung«, sagte Riegel.

»Auch recht«, sagte der Mann.

Riegel erwähnte natürlich nicht, daß er von der Sache Harnisch wußte und fragte scheinheilig, nachdem er das Geld übergeben hatte: »Ja, aber nun: Haben Sie Referenzen?«

Der Mann lachte: »Entweder glauben Sie mir oder Sie glauben mir nicht. Sie können auch das Geld wieder haben.«

»Nein, nein«, sagte Riegel.

Der Mann bat, daß ihn Riegel mit in die Stadt nähme. Es regnete. Viel Verkehr. Der Mann stank säuerlich und auch nach Alkohol. Bevor er abends mit seiner Mutter ins Theater fahren würde, werde er gut lüften müssen, überlegte Riegel. Auf der Leopoldstraße, in Höhe des Café *Adria*, fuhr, in leichtsinniger oder vielleicht sogar rücksichtsloser Weise, eine Citroën-Ente (am Steuer eine jüngere Frau) vom Rand an, ohne auf den fließenden Verkehr zu achten, in die Straße hinein. Riegel konnte gerade noch ausweichen. Er hupte und schimpfte. Die junge Frau hatte den Vorfall gemerkt, drehte sich am Steuer um und grinste. Dann fuhr sie frech und schnell weiter. »Der Teufel soll sie holen«, brummte Riegel. »Einen Moment«, sagte der Mann im Salz-und-Pfeffer-Mantel, »Sie wollten doch Referenzen? Halten Sie dort vorn.« Riegel fuhr rechts ran und stellte sein Auto in zweiter Reihe hin. Der Mann schlug seinen Mantelkragen hoch, vergrub den Kopf unter seinen Händen, blieb so ein paar Minuten, dann schüttelte er sich, klappte den Kragen wieder herunter und sagte: »So. Fahren Sie weiter.«

Am Odeonsplatz stand die Citroën-Ente zermalmt an der Ecke der Mercedes-Vertretung. Die Räder standen seitlich flach weg, als hätte einer mit einem riesigen Daumen von oben draufgedrückt. Die Polizei war schon da. Später ließ Riegel sich den Vorgang kommen. Fremdverschulden lag nach den Ermittlungen nicht vor. Die Fahrerin war, nach mehreren übereinstimmenden Zeugenaussagen, mit auffallend hoher Geschwindigkeit die Ludwigstraße hereingekommen, hatte nach rechts geblinkt, war aber dann plötzlich nach links gefahren, auf der regennassen Fahrbahn mit – wie ein Gutachten ergab – abgefahrenen Reifen ins Schleudern gekommen und gegen das Hauseck geprallt. Sie war sofort tot gewesen.

»So schnell?« fragte Riegel.

»Es kommt drauf an, ob man eine Wut hat. Oder sonst irgendwie innerlich beteiligt ist. Sonst dauert es natürlich länger«, sagte der Totbeter, »je nach *innerer Energie*.«

Einige Tage später las Riegel, daß in einer kleinen Galerie in der Westenrieder Straße eine Gedächtnisausstellung Knut Schmit veranstaltet würde. *Schmit* also, eine seltene Schreibweise; wird ihn auch nicht mehr herausreißen, dachte Riegel. Er ging hin und schaute sich die Bilder an: abstrakt, mehr so bunte Fahrer und dazwischen Zeitungsfetzen und Kreise aus Packpapier aufgeklebt. Kein Michelangelo.

5

Riegel hatte dem Totbeter seine private Telefonnummer gegeben. »Aber bitte sagen Sie ja nicht, wenn meine Mutter am Telefon ist, worum es sich handelt.«

»Was denken Sie von mir.«

»Sie wollen mir Ihren Namen nicht sagen ...«

»Nein«, grinste der Mann.

»Dann melden Sie sich mit, sagen wir: *Huber.*

Und sagen Sie: Es handelt sich um die Winterreifen.«

Der Anruf kam lang nicht. Riegel hatte zwei gefaltete Hundertmarkscheine und die Quittung immer bei sich. Der Anruf kam – nach dem Tod Schmits – drei Wochen lang nicht. Riegel war schon beunruhigt. Aber dann kam der Anruf doch. Riegel bestellte den Totbeter wieder ins Café mit der Kellnerin mit den spitzigen Schuhen.

»200 Mark habe ich Ihnen schon bezahlt«, sagte Riegel, »hier ist die Quittung, sie können sich erinnern? Und hier sind die restlichen 200.«

Der Totbeter schob die zwei Hunderter zurück und sagte: »Ich mache Ihnen einen anderen Vorschlag. Mir ist hier in der Stadt der Boden zu heiß. Aus verschiedenen Gründen. So was wie Ihr Schmit war ja nur ein kleiner Fisch. Da waren noch ganz andere Sachen ... ich will nicht ins Detail gehen, verständlicherweise. Kurzum: Ich muß weg. Geben Sie mir 40000 und ich zeige Ihnen den Trick.«

Riegel stutzte.

»Ich meine«, sagte er, »wenn Sie mir 40000 geben, *cash* auf die Kralle, versteht sich, dann sage ich Ihnen, wie man das macht. Das Totbeten. Dann können Sie es in Zukunft selber. Sie können eine Masse Kohle damit machen. *Ich* bin keine Konkurrenz mehr für Sie. Ich muß weg. *Weit* weg.«

»Ein überraschender Vorschlag«, sagte Riegel.

6

Riegel verpfändete (ohne ihr Wissen, legte ihr nur das Papier hin und sagte: da, unterschreib' rasch, für die Steuer) die Lebensversicherung seiner Mutter; das brachte 30000. 5000 hatte er auf seinem Sparbuch, den Rest konnte er durch das abdecken, was ihm die Bank an Überziehungskredit auf sein Gehaltskonto einräumte. Riegel machte vier Bündel zu je zehn Tausendern. Der Totbeter nahm die Bündel entgegen, ohne zu zählen – »ich vertraue Ihnen« – und steckte sie in die Innentasche des Sakkos. (Er war neu eingekleidet; gewaschen war er nicht.) Dann verriet er Riegel den Trick.

7

Unten in der Linprunstraße ging ein Mann in Trachtenhut, halblangem Überzieher aus brettartigem Loden, Bundlederhose und groben Wollstrümpfen und führte seinen Deutschen Schäferhund aus. Riegel stand am Fenster seines Arbeitszimmers und überlegte, ob er jetzt die Quittung des Totbeters vernichten sollte, hatte sie schon zusammengeknüllt, streifte sie jetzt doch wieder glatt und legte sie auf seinen Schreibtisch. Kein Deutsches Schaf weit und breit, dachte Riegel, aber ein Deutscher Schäferhund. Fett wie ein Walfisch, konnte sichtlich kaum noch schnaufen. Ohne Leine und Beißkorb, gegen alle Vorschrift. Riegel überlegte: der Hundebesitzer oder der Hund? Er entschloß sich dann doch, den ersten Versuch beim Hund zu machen.

»Das Wichtigste ist die Konzentration«, hatte der Totbeter gesagt – und als er wieder auf- und hinunterschaute, lag der Hund auf seinem fetten Rücken und streckte die vier Beine von sich. Der Mann in Bundlederhose hatte seinen Hut verloren, kniete neben dem Kadaver und tätschelte den Kopf. Riegel trat vom Fenster weg, legte die

Quittung in eine Schublade und wandte sich seinen Akten zu.

Nachmittags hatte er Sitzung. Der Vorsitzende war einer der gefürchteten Richter – nicht bei den Angeklagten, aber bei den Staatsanwälten. Nupfl hieß er. Er brauchte fürs Verlesen der Personalien des Angeklagten länger als andere für die ganze Verhandlung.

Als der Vorsitzende nicht vorwärts kam, gesuchte Aktenstücke nicht fand, Kommentare vom Wachtmeister aus dem Dienstzimmer holen ließ und Müdigkeit in Riegels Glieder schlich, bekam er einen Zorn auf die Verhandlungsführung, senkte den Kopf, konzentrierte sich, und Vorsitzender Nupfl fiel seitwärts vom Stuhl, womit die letzte von ihm geleitete Verhandlung vorzeitig zu Ende war.

8

Die gewonnene Zeit benutzte Riegel, um in die Stadt hineinzufahren und in der vorweihnachtlichen Zeit vom Stachus zum Marienplatz zu schlendern, sofern von solcher Bewegungsart bei den Massen hetzender Geschenkkäufer die Rede sein konnte. Riegel erledigte ein paar Leute, die ihn angerempelt hatten. Eine alte, unangemessen jung geschminkte Frau im Pelzmantel und Leopardenhut fegte er unmittelbar vor der Michaelskirche von dieser Welt. Sie ließ 16 Pakete fallen, streckte (fast wie der Schäferhund in der Linprunstraße) alle viere von sich, und der Leopardenhut rollte wie ein aufgezogenes Spielzeug in komplizierten Windungen über das Pflaster.

Riegel fuhr heim. Er drehte den Fernseher an und gähnte. Ein Quizmaster machte seine öden Scherze. Riegel schaltete um. Eine Sendung über Enten. Riegel schaltete aufs Österreichische: Ein Reporter interviewte einen Skifahrer. Auf dem zweiten Österreichischen war ein Film über Enten, allerdings ein anderer. Riegel wählte die

Diskussion mit einem Politiker, der immer sagte: »Wenn Sie mich fragen, würde ich sagen ...« Riegel konzentrierte sich. Nichts.

Der Politiker redete weiter. Riegel schüttelte den Kopf, konzentrierte sich stärker. Nichts. Ärgerlich schaltete er den Apparat ab. Erst am übernächsten Tag erfuhr man Einzelheiten: Während eine vorher aufgezeichnete Fernsehdiskussion mit ihm lief, habe den Politiker, der – peinlicherweise bei seiner außerehelichen Freundin – diese Sendung verfolgte, sein Schicksal ereilt. Die Freundin, eine gewisse Frau Derendinger, erzählte, daß der Politiker erst in seinem (ihrem) Sessel leblos zusammengesunken sei, kurz darauf habe es ihn (den Politiker, nicht den Sessel) wie mit unsichtbarer Faust förmlich nochmals emporgehoben und dann endgültig zu Boden geschleudert.

9

»Das ist ja entsetzlich«, sagte der Pfarrer.

»Ich möchte es auch nicht mehr«, jammerte Riegel. Er saß eingefallen im Pfarrhaus. Der Pfarrer hatte ihm einen Schnaps angeboten.

Riegel nippte. Riegel hatte nicht um eine Beichte gebeten, sondern um eine Aussprache, hatte aber gleich am Anfang gesagt, daß der Pfarrer das, was er ihm zu eröffnen habe, gleichzeitig als Beichte betrachten möge und daß das unters Beichtgeheimnis falle.

»Das ist ja entsetzlich. Wie lange machen Sie ... ich meine, wie lange geht das schon?«

»Sechs Wochen«, hauchte Riegel.

»Und wie viele Menschen haben Sie –, ich meine, wie viele sind ... also, Sie verstehen?«

»Ich habe nicht mitgezählt. Aber an die 700 können es schon gewesen sein.«

»Das ist ja ...«, sagte der Pfarrer, war aber unfähig weiterzusprechen und schüttelte den Kopf.

»Ich möchte es ja auch gar nicht mehr.«

»Ich verstehe«, sagte der Pfarrer, »das heißt: Ich verstehe nicht. Warum hören Sie nicht auf?«

»Das ist es ja: Ich kann nicht mehr aufhören. Es ist so ... ich weiß nicht, wie ich es Ihnen erklären soll ... am Anfang, wie mir der Mann da in dem Salz-und-Pfeffer-Mantel, ich habe es Ihnen ja vorhin erzählt, wie er mir den Trick verraten hat, da war es zunächst schon eine Frage der Konzentration. Eine wahnsinnige Konzentration, hat förmlich im Kopf weh getan. Entweder auf den Namen und die paar Angaben, die man braucht, falls man den Betreffenden nicht kennt oder auf ihn selber eben, wenn man ihn vor sich hat. Sehen Sie diese alte Frau da drüben auf der anderen Straßenseite? Mit den O-Beinen?«

»Nicht, nicht«, schrie der Pfarrer, »das ist Frau Hummel, Amtsratswitwe, ein Pfarrki ...«

Zu spät. Durchs Fenster im getäfelten Erker des Pfarrhauses sah man die Amtsratswitwe Hummel wackeln, dann an die Wand torkeln, dann langsam zu Boden sinken. Aus der Einkaufstasche rollten Orangen, eine bis auf die Straße, wo sie sofort ein Lastwagen überfuhr, der im übrigen die Amtsratswitwe Hummel mit einem Guß Schneematsch bedeckte. Der Pfarrer sprang auf.

»Sehen Sie, Hochwürden, so ist das. So ist das! Ich habe im Lauf schon der ersten Woche immer weniger Konzentration gebraucht. Es ist immer schneller gegangen, immer mehr ... wie soll ich sagen ... geflutscht, wenn Sie den Ausdruck erlauben. Ich habe nur noch hinschauen brauchen und denken ...«

»Nicht!« schrie der Pfarrer.

»Und ich bin abgestumpft. Ich empfinde es nicht als ... na ja. Ich empfinde nichts dabei. Nichts mehr. Die Leute fallen um – bumms ...« Riegel zuckte mit den Schultern. »Ich empfinde nichts. Nicht mal bei meiner Mutter.«

»Wa – wie – Sie ha – ha ... Ihre Mutter?«

»Ja. Sie ist draufgekommen, daß ich ihre Lebensversicherung verpfändet habe. Mußte ich ja, habe es Ihnen erzählt, damit ich dem Mann die 40000 zahlen konnte. Und jetzt ist sie draufgekommen. Hat ein Geschrei gemacht! Also – na ja, ich habe ihr ja mein Leben lang nichts recht machen können, habe gedacht: Du alter Drache! Und – na ja.«

»Sie sind ein Ungeheuer.«

»Ich *leide*, Hochwürden, verstehen Sie nicht? Ich will ja nicht – aber ich kann nicht aufhören. Es ist immer leichter gegangen, immer leichter, und jetzt geht es quasi von allein. Offenbar bin ich ungeheuer – ja: ungeheuer begabt dafür. Ich habe ja schon praktisch unser ganzes Haus leergefegt, meine Geschäftsstelle, die Läden, meine Vorgesetzten, im Ministerium meinen sie schon, es ist eine Epidemie ausgebrochen. Ich will auch nicht. Ich *kann* aber nicht aufhören. Helfen Sie mir doch!«

Der Pfarrer setzte sich wieder, dachte nach. »Noch einen Schnaps? Man muß das in Ruhe bedenken. Prost. Es ist natürlich ein Exorzismus in Betracht zu ziehen, aber – sagen Sie: wie ist es, wenn Sie die ... diese ... diese Gabe, also: Diese Fähigkeit weiterverkaufen? Dann sind Sie sie los. Obwohl das«, der Pfarrer seufzte, »insgesamt gesehen keine Lösung ist.«

»Habe ich schon«, sagte Riegel, »nach dem Tod meiner Mutter. Der mir nach einigen Tagen doch nahegegangen ist ...«

»Gottlob, wenigstens das!«

»Es war kompliziert genug, einen zu finden. Für nur 10000. Soviel hatte ich auf der Bank noch Schulden. Aber – jetzt kann es der andere auch und ich immer noch.«

»Dann bleibt nur der Exorzismus«, keuchte der Pfarrer.

»Ich bin zu allem bereit«, sagte Riegel, »machen wir's gleich?«

»Wo denken Sie hin. Das kann ich gar nicht, dazu bin ich gar nicht befugt. Aber ich werde alles in die Wege leiten. Rufen Sie mich morgen nachmittags an. Und bis dahin – nehmen Sie sich zusammen!«

10

Die Fahrt war für Pfarrer Hörthuber die Hölle. Schon am Bahnhof in München fiel ein Gepäckwagenfahrer, der Riegel schrill angehupt hatte, von seinem Gepäckwagensitz und rollte auf die Gleise. Die einfahrende Lokomotive konnte zwar bremsen, aber der Gepäckwagenfahrer war schon tot. »Wenn man mit Ihnen unterwegs ist«, flüsterte Pfarrer Hörthuber, »ist es am besten, man erteilt vorsorglich allen, die sich im Umkreis zeigen, die Absolution.«

Sie stiegen in den Zug. Pfarrer Hörthuber hatte den Nachtzug gewählt in der Hoffnung, daß dann Riegel weniger Berührungspunkte mit den Mitreisenden und dem Personal hätte als bei einer Reise bei Tag oder im Flugzeug oder im Auto. Aber es gab immer noch genug: Der Schlafwagenschaffner verkaufte Bier. Pfarrer Hörthuber genehmigte sich eins, Riegel sogar zwei. Ist gut, dachte Hörthuber, dann schläft er besser. Aber der Schlafwagenschaffner verkaufte Bier auch an zwei Männer, die sich dann mit dem Schaffner anfreundeten, sich vorn vor die Kabine des Schaffners setzten, fröhliche Unterhaltung und vor Rosenheim schon mit Singen begannen.

Pfarrer Hörthuber hörte (er schlief oben), daß Riegel aufwachte und sich im Bett aufsetzte. »Nein! Nein!« flüsterte Hörthuber, »lassen Sie den Leuten das unschuldige Verg –«. Die Zugbremsen kreischten. Es gab einen Aufenthalt von mehr als einer Stunde. Der eine der beiden neuen Freunde des Schlafwagenschaffners hatte die Wagontür mit der Toilettentür verwechselt. Der andere starb vor Schreck (und Alkohol), als er seinen Freund sah, der in einen Stacheldrahtzaun gefallen war und diesen auf einige Meter dornenkronenartig aufgerollt hatte. »Der Herr sei seiner Seele gnädig«, sagte Hörthuber, »aber wenn Sie so weitermachen, kommen wir nie nach Rom.«

Aber sie kamen nach Rom, wenngleich mit einiger Verspätung. Am Brenner war in Ausübung seines Dienstes ein Grenzpolizist gestorben, der mit offenbar stark genagelten Siefeln durch den Korridor des Schlafwagens gestapft war, in Bologna brach die Stimme der Bahnbeamtin plötzlich ab, die unnötig und gellend irgendwelche Anschlüsse durch die Nacht brüllte.

Als der Zug südlich von Florenz durch die Toskana fuhr, wurde es hell. Der Schlafwagenschaffner klappte die Betten nach oben und brachte das Frühstück. Pfarrer Hörthuber sah mit einiger Erleichterung, daß Riegel zufrieden den Kaffee zu sich nahm und überhaupt in freundliche Stimmung geriet. Dennoch richtete er Stoßgebete zum Himmel.

In Rom gibt es unzählige Taxis, die stehen überall, schoppen sich in Trauben an allen möglichen Stellen, rasen durch die Straßen, wo man hinschaut, aber – seltsamerweise – am Bahnhof Termini sind nur wenige zu finden. Eines der Rätsel dieses an Rätseln reichen Stadt-Universums. Die ankommenden Reisenden warten in erstaunlich geduldiger Schlange stundenlang, ein Carabiniere wacht darüber, daß nur an der offiziell dafür vorgesehenen Stelle Fahrgäste aufgenommen werden. Das wissen auch die Römer, und das wissen vor allem die nichtlizensierten Taxifahrer. Das sind eigentlich überhaupt keine Taxifahrer, das sind Gauner aus dem Monteverde oder aus der Gegend um die Piazza Rè di Roma, die mit einem klapprigen Karren von zweifelhafter Verkehrssicherheit auf den Fang unkundiger Touristen ausgehen. »Taxi – Taxi?« flüstern sie gleich hinter der Sperre, und viele glauben, daß das richtige Taxifahrer sind, und wenn einer zögert, so reißt ihm der nichtlizensierte Betrüger schon den Koffer aus der Hand und eilt scheinheilig-freundlich zu seinem Chevrolet, Baujahr 1951 und verstaut ihn darin. Pfarrer Hörthuber – dessen letzter Rombesuch viele Jahre zurücklag – glaubte besonders schlau zu sein, als er (er konnte ein wenig Italienisch) vorher den Preis ausmachte: »Via Olmata! Capito? Via Olmata! Hospiz: Suore Origie. Molto vicino! Quanto costa?« Der

Fahrer antwortete mit einem Schwall von Wörtern, aus denen Hörthuber nur die Vokabel »–diecimila–« verstand.

»Zehntausend?« sagte der Pfarrer zu Riegel.

»Wieviel ist das?«

»Fünfzehn Mark, ungefähr.«

So stiegen sie also ein. »Am besten ist es«, sagte Pfarrer Hörthuber, »Sie schauen gar nicht hinaus. Schauen Sie da hinunter, auf Ihre Füße.« Riegel befolgte die Anordnung. Es ging gut, vor allem deswegen, weil man nach drei Minuten schon da war. Der Wagen hielt vor einem großen, dunklen Haus an einer leicht aufwärts führenden Straße.

»Für *das* kurze Stück 15 Mark?« sagte Riegel. »Steigen Sie aus! Steigen Sie aus! Um Gottes willen, gehen Sie schon hinein – ich erledige das.« Der Pfarrer gab dem Fahrer einen 10000-Lire-Schein. Der Fahrer schüttelte den Kopf und hob zwei Finger: »Ventimila!«

»Was will er? Das Doppelte? 30 Mark für drei Minuten Fahrt?« Riegel ging um den Wagen herum, wollte an den Kofferraum, der Fahrer sprang ins Auto, ließ es an, der Pfarrer versuchte Riegel zurückzuhalten, gleichzeitig streckte er dem Fahrer zwei 10000-Lire-Scheine hin, der Wagen machte einen Ruck, der Fahrer sank über seinem Lenkrad zusammen, fiel dann zur Seite und mitsamt der rostigen Tür Riegel vor die Füße. Der Pfarrer steckte seufzend seine zwei 10000-Lire-Scheine wieder ein. Riegel nahm die beiden Koffer aus dem Auto und sagte: »Sie werden doch selber zugeben, daß es um *den* nicht schade ist.«

»Das können *wir* nicht beurteilen«, sagte der Pfarrer so sanft wie möglich und leise. »Ach Gott im Himmel.« Die Nonne Pförtnerin und bald auch ein paar andere Nonnen kamen herausgelaufen und schrien. Bald kamen Notarzt und Carabinieri.

Eine engerlingdicke Klosterhelferin trug Hörthubers und Riegels Gepäck hinauf in den ersten Stock. »Am besten ist es«, sagte der Pfarrer, »Sie bleiben in Ihrem Zimmer, bis die Sache geregelt ist. Es ist zwar natürlich schade um jede Stunde, vor allem, da Sie noch nie in Rom waren, aber Sie können das ja nachholen.«

Riegel setzte sich in seinem kargen Pilgerhospizzimmer aufs Bett und las in dem Buch, das ihm der Pfarrer (»zur Vorbereitung«) gegeben hatte: ›In der Fülle des Glaubens‹ von Hans Urs von Balthasar. Ab und zu schaute er zum Fenster hinaus, sah ein hochragendes, schmutziggelbliches Haus und jenseits des großen Platzes, auf den die Via Olmata hinausging, die barocke Kuppel von Santa Maria Maggiore.

11

Der Exorzismus, den Monsignore Boncorvi vornahm, bewirkte gar nichts. Nachdem alle drei – der Monsignore, Pfarrer Hörthuber und Riegel – schweißdurchnäßt in die Fauteuils eines Zimmers im ersten Stock des Santo Uffizio gesunken waren und der ratlose Monsignore (ein rothaariger Riese) nach Kaffee geklingelt hatte, beobachtete Hörthuber (»Don Hert'uber« redete ihn der Monsignore an) durch das Fenster, wie draußen zwei junge Burschen in Jeans und Lederjacken versuchten, in Ruhe ein deutsches Auto aufzubrechen. Hörthuber schossen mehrere Gedanken durch den Kopf: Polizei rufen – hinunterschreien – ja nicht rühren, damit Riegel nichts merkt – aber Hörthubers Blick war für einen Augenblick auffallend stechend und zielgerichtet, und Riegel sah das und folgte dem Blick und sah auch die Diebe, zischte einen Fluch und im gleichen Augenblick raste ein Omnibus um die Kurve und riß die beiden Burschen, die auf der Straßenseite des geparkten Autos standen, mit und schleuderte sie zu Boden. Der nächste Lastwagen hatte sie überfahren, bevor er bremsen konnte.

»So macht er es immer«, sagte Hörthuber.

Der Monsignore sagte nur: »Es scheint Gottes Wille zu sein ...«

»Verzeihung«, sagte Riegel zerknirscht, »ich könnte ... wenn ich so etwas sehe ... schließlich bin ich Staatsanwalt ...«

»Schon gut, mein Sohn«, sagte Monsignore Boncorvi, »wir wissen nicht einmal, ob das Sünde ist, was Sie tun. Ich habe nun doch, weiß der Kuckuck, die stärksten Mittel angewendet.«

»Das habe ich schon gemerkt«, ächzte Riegel.

»Es ist«, wandte sich Boncorvi quasi dienstlich an Hörthuber, »es ist offensichtlich kein Dämon in ihm. Er betet zu unterschiedlichen Heiligen, sagt er.«

Riegel nickte. Boncorvi hob die Hände und ließ sie mit einer verzweifelten Geste wieder auf die Armlehne fallen. »So was ist mir noch nie vorgekommen. Ich neige zu dem Gedanken, daß ich den Heiligen Vater unterrichten muß. Aber was soll *der* machen? In diesem Punkt kann er auch nicht mehr als ich.« Eine Nonne brachte den Kaffee. »Eine heillose Konfusion«, murmelte der Monsignore, »eine heillose Konfusion.«

12

Das letzte Opfer in München war der über Riegel wohnende leidenschaftliche Heimwerker Böhle. Er bohrte, wie nur leidenschaftliche, ja süchtige Heimwerker bohren können, und das an einem Samstag um halb sieben Uhr in der Früh. Riegel schreckte aus einem (bei ihm in letzter Zeit leider seltenen) tiefen Schlaf auf. Das Verhängnis traf den Heimwerker Böhle unverzüglich. Er bohrte eine Starkstromleitung an, fiel von der Heimwerker-Patent-Trittleiter und entschwebte zum Ewigen Schlagbohrer.

Riegels Koffer waren schon gepackt. Verabschieden brauchte er sich von niemandem. Was er nicht mitnahm, hatte er verkauft. Was er nicht verkaufen konnte, schenkte er Pfarrer Hörthuber, der ihn nochmals segnete und dann tief aufatmete. Riegel fuhr mit dem Taxi nach Riem. Das Flugzeug startete abends. Riegel hatte erster Klasse gebucht; keinen Rückflug. Der Flug dauerte 35 Stunden, 14 Zollbeamte verschiedener Nation und Hautfarbe, acht Kellner, 26 Angehörige verschiedenen Flughafenpersonals, auf welchen Airports Riegels Flugzeug zwischenlandete, und ein Mitpassagier blieben, buchstäblich, auf der Strecke. Der Mitpassagier, ein dunkelblau gekleideter Mittvierziger mit lichtem Scheitel, hatte, als Riegel an seiner Reihe vorbei nach hinten aufs Klo gehen wollte, seine Beine seitwärts hinausgehalten, und als Riegel fast darüberstolperte, gesagt: »Passen Sie doch auf, Mensch.« Er fiel bei der nächsten Zwischenlandung rätselhafter Weise zwischen Flugzeug und Treppe hinunter aufs betonierte Rollfeld und war sofort tot. Riegel schritt achtlos vorüber. Er hatte sich in den ganzen letzten Stunden des Fluges mit nahezu übermenschlicher Kraft zurückgehalten, daß er den Passen-Sie-doch-auf-Mensch nicht noch im Flugzeug erledigte. Er hatte befürchtet, daß das vielleicht zu Verspätungen führen hätte können.

Von Wellington aus nahm Riegel eine kleine Propellermaschine nach Bisborne. Der Flughafen sah so aus, wie man sich einen Flughafen vorstellt, der dort liegt, wo die Welt zu Ende ist. In Bisborne kaufte sich Riegel ein Zelt und mietete einen Geländewagen – mit Fahrer. Sie fuhren einen Tag lang. Hinter einem Ort mit Namen Mawa sahen sie (nach etwa 20 Kilometern) noch zwei Leute, die offenbar angeln gehen wollten, dann sahen sie niemanden mehr.

»Wie weit wollen Sie?« fragte der Fahrer.

»Bis wir vier Stunden lang gefahren sind, ohne einen Menschen gesehen zu haben.«

»Aha«, sagte der Fahrer, »Sie sind ein Menschenfeind?«

»Im Gegenteil«, sagte Riegel, »ich mache es aus Menschenfreundlichkeit.«

Der Fahrer schaute Riegel an, Riegel schaute weg, der Fahrer schüttelte den Kopf. Längst fuhren sie auf unbefestigten Straßen.

Nach vier Stunden schaute der Fahrer auf die Uhr und hielt an. »Soll ich weiterfahren?«

Riegel stieg aus und blickte um sich. *Cape Runaway* hieß die Gegend sinnigerweise. »Geben Sie mir mein Gepäck«, sagte Riegel. Er hatte schon in Wellington seine Sachen aus den Koffern in zwei Seesäcke umgepackt.

»Und das Zelt?« sagte der Fahrer. »Das können Sie doch alles gar nicht tragen.«

»Das lassen Sie meine Sorge sein«, sagte Riegel, »ich brauche es nicht auf einmal zu schleppen. Ich habe Zeit.«

»Und wann soll ich Sie wieder abholen?«

»Überhaupt nicht«, sagte Riegel, nahm den Seesack und stapfte den Hügel hinauf.

13

Ein abgerissener Robinson, der an einem Stück fast rohem Rehfleisch kaute, saß auf einem umgefallenen Baum und schaute aufs Meer hinaus. Manchmal, ganz selten, tauchte draußen am Horizont ein Segelschiff auf, und das versenkte dann Riegel. Seine einzige Unterhaltung, nachdem er in den Jahren seine 20 Bücher je schon zehnmal gelesen hatte. Es war an einem 3. Dezember, im Hochsommer, da knackte es hinter ihm. Riegel hatte schon ein Reh totgebetet und außerdem einen von den größeren Vögeln, die wie Hühner schmeckten. Er drehte sich aber doch um. Es war aber kein Reh. Es war ein anderer, abgerissener Robinson. Riegel erkannte ihn trotz des Bartes sofort. Der andere ihn auch? Die Blicke fuhren ineinander. Riegel fiel nach hinten, der andere nach vorn. Nach Jahren fand eine geologische Kommission, die in der Gegend forschte, die Skelette. Sie lagen nicht mehr als zwei Meter voneinander entfernt.

Entstanden Dezember 1987, erschienen im ›Playboy‹, Januar 1988

De communibus
Ein Gespräch unter Freunden

Viele fanden es unverständlich, daß ausgerechnet Albin Kessel, der berühmte, eher konservative Dichter Albin Kessel (»links-monarchistisch« nannte er sich selber; jahrelang hatte er seine kostbare Arbeitskraft daran verschwendet, ein legitimistisches Erfolgsprinzip bei den römischen Kaisern nachzuweisen, ein erfolgloses Unterfangen; das Manuskript blieb trotz seines ruhmbedeckten Verfassers ungedruckt), daß ausgerechnet Albin Kessel sich einer Kommune beigesellt hatte.

»Wie kannst du nur!« sagte unser gemeinsamer Freund, der Bühnenbildner Wermut Graef, Kessels kongenialer Illustrator. (Er arbeitete zu jener Zeit an den großformatigen Blättern zur ›Hymne in oswezinischer Mundart‹, die Kessel aus seiner freiwilligen Verbannung mitgebracht hatte.) Wohlmeinende aus Kessels Freundeskreis glaubten, die Sinneswandlung des Dichters sei auf seine Erfahrungen aus den Jahren seines Aufenthaltes in Südamerika zurückzuführen. Andere vertraten die nicht von der Hand zu weisende Theorie, daß Kessel es wegen seiner Frau getan habe, deren Bosheit uns allen bekannt war. Sie schlichtweg zu verlassen und sich scheiden zu lassen, brächte Kessel wegen seiner Kinder nicht über sich. Durch den Beitritt – oder wie man da sagen soll – zur *Kommune München 888* habe er, sagte man, die bösartige Frau Kessel ein wenig neutralisiert.

»Alles Unsinn«, sagte Kessel, »mein Schritt ist das Ergebnis rein weltanschaulicher Überlegungen.« Daß unser alter Kessel aber noch nicht ganz abgestorben war, zeigte sich in der Namensänderung der *Kommune 888.* Nach Kessels Eintritt nannte sie sich *Kommune Prinzregent Luitpold.*

»Kommune Wildschütz Jennerwein wäre auch nicht schlecht gewesen«, sagte Wermut Graef.

»Blödsinn«, sagte Kessel und strähnte sich seine wenigen Haare mit dem feuchten Mundstück der Pfeife nach vorn über die Stirn.

»Wie bequem ist es«, rezitierte er dann seine ›Hymne in oswezinischer Mundart‹, »gegen den Vietnamkrieg zu demonstrieren.

Wie ungeheuer Gewissen beruhigend, ein Plakat mit dem Köpfchen Che Guevaras an die Wand zu nageln.
Wie ungeheuer, wie ganz unsagbar Gewissen beruhigend ist es, wenn ein durchgefallener Installateurgeselle mit langen Haaren einen Protestsong an die Wand nagelt –
– Gedichte, an die Wand zu pinnen, sagt Grass.
– Gedichte, an die Wand zu pissen, sage ich.«

»Zu wievielt seid ihr denn in eurer Kommune?«

»Sieben Männer und vier Frauen.«

»Und Kinder?«

»Drei. Zwei sind unterwegs«, sagte Kessel in singendem Ton, denn er fuhr fort zu rezitieren:

»Wie genugtuend muß es sein, sich an langatmigen und langdauernden Diskursen ästhetisch zu erfreuen,
Solange der SS-Mann, der jedes
jüdische Kind
lebend ins Feuer warf,
noch unter uns lebt.
Wie erbaulich, mit den Worten des Vorsitzenden Mao am Herzen Batman und Robin zu lesen oder umgekehrt,
Solange der SS-Mann …
Wie erquickend muß es sein, mit der
Kokarde am Freizeithemd
Make Love not war
der Direktübertragung vom Europa-Cup zu
lauschen,
Solange der SS-Mann noch lebt,
und sei es im Zuchthaus.«

»Wie erquickend muß es sein«, näselte der kleine Raymund Ygdrasilovic (des großen Zwi aus der Art geschlagener Enkel), »in einer Kommune zu leben –«

»Halts Maul«, sagte Albin Kessel, »mit der oswezinischen Hymne ist mir ernst.«

»Mit der Kommune auch?«

»Mit euch kann man nicht reden«, raunzte Kessel, »aber soviel sage ich: Kommune heißt, aus Ernst Spaß zu machen.« Kessel streichelte das Bein seiner Mitkommunardin Linda. »Eigentlich ein geniales, wenngleich sprachlich nicht ganz befriedigendes Bonmot: Kommune heißt, aus Ernst Spaß zu machen.«

»Ich entnehme«, sagte Raymund, »aus der Kongruenz deines Bonmots mit dem Streicheln über Fräulein Lindas Schenkel –« »Knie! nicht Schenkel«, unterbrach ihn Kessel.

»Oho«, sagte Wermut Graef, »Kommune Saubermann.«

»Diese Bezeichnung verbitte ich mir!« schrie Kessel, »es geht mir nur um sachliche Klarstellung: nicht Schenkel; Knie!«

»Es sei dem, wie es wolle«, sagte Raymund, »Knie oder Schenkel; ich entnehme der Kongruenz von Bonmot und Handbewegung, daß es sich bei einer Kommune um die Umfunktionierung erotischer Schweinigeleien in Marxismus handelt.«

»So kann nur der Enkel von einem Professor reden«, sagte Albin Kessel. »Die Eigenheiten des kommunischen Lebens auf sexuellem Gebiet sind nichts anderes als Folge- oder eher Randerscheinungen ökonomischer Erwägungen.«

»Schreber-Kommune«, sagte Wermut Graef leise.

Albin Kessel überhörte das oder tat wenigstens so. »Wir sind Bahnbrecher des Konsumverzichts«, fuhr Albin Kessel fort, »besser: der Konsumzügelung. Wir sind sieben Männer und vier Frauen, sagte ich schon. Lebten wir getrennt, also etwa vier Ehepaare und drei Junggesellen je für sich, das ergibt sieben Haushalte, jeder Haushalt hat einen Kühlschrank von, sagen wir, vierzig Liter Inhalt. Gemeinsam haben wir einen Eisschrank von zweihundert Liter Inhalt, aber eben nur einen Eisschrank. Das Gleiche gilt für den Fernseher –«

»Kommune Onkel Lou«, flüsterte Wermut Graef. Auch diese Bemerkung überhörte Albin Kessel.

»– für den Fernseher, für die Bettwäsche, für alles, alles. Das ist doch klar. Wenn jeder Haushalt für sich wohnte, zahlte jeder drei- vierhundert Mark Miete im Monat. So haben wir eine große Wohnung für tausend Mark im Monat, wir sparen eine Menge Geld und jeder hat mehr Platz, weil der Raum besser ausgenützt ist. – Mit den Frauen ist es ähnlich. Eine Frau pro Mann ist, wie man weiß, zu viel. Wer schläft schon jeden Tag mit seiner Frau? Man geht doch auch hie und da ins Theater oder zu einer Diskussion, sitzt im Gefängnis, hat Bauchweh oder keine Lust. Für sieben Männer vier Frauen, das ist, haben wir festgestellt, nahezu optimal. Die Frauen sind vernünftig ausgelastet, und nicht jeder der Männer braucht eine eigene Frau zu halten.«

»Und die Frauen?«

»Die sind zufrieden. Ihr natürliches Bedürfnis nach Promiskuität wird legal befriedigt.«

»Und die – Liebe?«

»Ich habe mich immer schon gefragt: was ist das, die Liebe? Begierde mit Eifersucht. Den sexuellen Futterneid aber haben wir abgetötet. Wenn ihr wollt, erglänzt bei uns die Liebe –« wieder strähnte Kessel seine Haare mit dem feuchten Pfeifenmundstück, »– viel reiner als in einer bürgerlichen Ehe.«

»Dagegen«, sagte Wermut Graef, »ist natürlich nicht viel zu sagen.«

»Wie ehrenvoll«, begann Kessel nun wieder zu singen.

Wie ehrenvoll, sich gemeinsam mit dem Faschisten Nasser
Und den Herren mit römischer Ziffer:

Feisal und Hussein
Und der Deutschen National- und Soldatenzeitung
Gegen den einzigen
Einigermaßen
Sozialistischen Staat
der Welt zu ereifern,
Solange der SS-Mann ...«
Wie glückhaft, das Kinn mit einem
Castro-Bart geziert
Protest zu hocken, weil es in der Mensa
faule
Und vor allem wenig Würste gibt,
Solange der SS-Mann ...«

»Dagegen«, wiederholte Wermut Graef, »ist nicht viel zu sagen. Ich meine die Kommune, nicht das Gedicht. Nur: neu ist das alles nicht.«

»Freilich ist das nicht neu«, sagte Kessel. »Kennt ihr Eva von Buttlar?«

»Nein.«

Albin Kessel ging zum Bücherregal und nahm einen Lexikon-Band heraus. »Buttlar, Eva von«, las er vor, »geb. 1670 in Eschwege, gest. nach 1717, führte in Eisenach als Hofdame 10 Jahre lang ein weltliches Leben, trennte sich 1697 von ihrem Mann und stiftete 1702 zu Allendorf eine philadelphische Societät, deren Kern außer ihr Winter, Appenfelder und zwei Fräulein von Kallenberg bildeten. Hier schlugen chiliastische Schwärmerei und die mystische Lehre von der geistlichen Ehe in Unzucht und Gotteslästerung um. Von Allendorf ausgewiesen, ging die Gesellschaft 1704 nach Sasmannshausen, trat, dort entdeckt, in Köln zur katholischen Kirche über, begann aber das alte Wesen von neuem in Lüde bei Pyrmont, trennte sich dann, zu schwerer Strafe verurteilt, und löste sich in Altona auf. Weiterhin führte Eva wieder ein ehrbares Leben. Vgl. Koller, Die Buttlarsche Rotte (›Zeitschrift für die historische Theologie‹, 1845).«

»Das hast du erfunden, Kessel«, sagte Raymund Ygdrasilovic.

Albin Kessel wies das Buch vor. »Hier, schwarz auf weiß!«

Wermut Graef nahm das Buch und sagte: »Tatsächlich. Buttlarsche Rotte. Zwischen Butterwurzel und Büttner, s. Böttcher. Das hat Dürrenmatt nur noch nicht gelesen.«

»Diese philadelphische Societät«, sagte Kessel, »ist nichts anderes als eine Kommune, eine allerdings arg verfrühte.«

»... zwei Fräulein v. Kallenberg und in Köln zum katholischen Glauben ...« lachte Raymund. »Das kommt mir vor wie eine Establishment-Kommune mit eigenem Hauskaplan.«

»Och!« sagte Linda, »ein hübscher junger Hauskaplan.«

»Herz-Jesu-Kommune«, sagte Wermut Graef und strichelte an seinem Blatt zur Hymne in oswezinischer Mundart weiter: »Ich meinte vorhin aber nicht die historischen Vorbilder. Da gibt es selbstredend eine ganze Menge; außer deiner Buttlarschen Rotte sind die Wiedertäufer das geläufigste, die Urchristen in gewissem Sinn, vor allem aber die antinomistischen Gnostiker des zweiten Jahrhunderts post Christum natum und die Taboriten oder Adumiten, die von den militanten Ziska-Hussiten 1421 abgeschlachtet wurden. Dennoch ist die Lehre von der seligmachenden Nacktheit, der Güter- und Weibergemeinschaft im Verborgenen erhalten geblieben und Mitte des vorigen Jahrhunderts in einer bis heute noch nicht näher erforschten, übrigens auch politisch ausgerichteten Geheimsekte, die ihren Mittelpunkt in der böhmischen Stadt Chrudim gehabt haben muß, wieder aufgetaucht. Näheres weiß man darüber nicht, nur daß sie eine Schöpferin des Weltalls angebetet und sich äußerlich nahtlos in das Gefüge der k.u.k. Monarchie eigefügt haben.«

»Die Dämonen des Biedermeier!« sagte Kessel.

»Joseph Kessel«, fuhr Wermut Graef fort, »der k.u.k. Marineforstintendant war – ein Titel, wie ihr zugeben müßt, von seltenem, geradezu exotisch – altösterreichischem Reiz – Joseph Kessel, der Erfinder der Schiffsschraube, stammte aus Chrudim. Inwieweit seine Erfindung mit adamitischem Gedankengut zusammenhängt, vermag ich nicht zu sagen.«

»K.K. Marineforstintendant«, sagte Kessel, »ist natürlich bestechend. Joseph Kessel hieß er, sagst du?«

»Diese historischen Vorbilder«, fuhr Wermut Graef fort, »die alle nur ephemäre oder lokale Bedeutung hatten, meine ich aber gar nicht. Ich meine die echten, seit Jahrhunderten überall in der zivilisierten Welt, mitten unter uns in aller Öffentlichkeit praktizierten und funktionierenden Kommunen, die wir alle kennen und die längst selbstverständlich sind.«

»Das wäre mir das Neueste!« rief Albin Kessel.

»Na ja«, sagte Wermut Graef: »die Altersheime.«

»Da fehlt aber doch wohl das erotische Moment«, wandte Kessel nach einigem Nachdenken ein.

»Du hast selber dargelegt«, sagte Wermut, »daß das erotische Moment nur Nebensache ist. Außerdem: was man so von Altersheimen hört...«

»Und warum nicht?« sagte Albin Kessel, »warum nicht politische Agitationen in den Altersheimen? Vielleicht könnte man durch geeignete Diskussionen den alten Leuten klar machen, daß sie in Kommunen leben. Politisches Bewußtsein von den Fakten her bilden! Ich muß sagen, Wermut, der Plan begeistert mich –«

»Die schlagen euch mit ihren Krücken den Schädel ein«, sagte Raymund Ygdrasilovic, »die Altersheime sind doch das Reservoir der National-Konservativen?«

»*Horst-Wessel-Kommune*«, sagte Wermut Graef.

»Was hast du gesagt?« fragte Albin Kessel.

»Nichts«, sagte Wermut.

»Wieviele Kommunen gibt es denn schon?« sagte Raymund schnell.

»In München gibt es achtundzwanzig. Aber mindestens ebensoviele sind in Gründung. In Berlin sind es noch mehr. Aber auch in kleineren Städten gibt es schon Kommunen: in Augsburg, in Pirmasens, in Rosenheim. Wir korrespondieren mit der *Lohengrin-Kommune* in Bayreuth. Im Augenblick sind wir gerade daran, die Münchner Kommunen in zunächst fünf Groß-Kommunen zusammenzuschließen, vielleicht gelingt es uns, in absehbarer Zeit aus diesen fünf eine einzige –«

»– eine Dachkommune –« sagte Wermut.

»- bis endlich ganz München«, sagte Raymund, »eine einzige Kommune ist, die sich mit den anderen deutschen Kommune-Städten zu einer Gesamtkommune, mit den europäischen, amerikanischen, asiatischen, zur weltumspannenden Universalkommune vereinigt; dann habt ihr wieder den Zustand herbeigeführt, den wir heute haben. Wozu also der Aufwand? Wer die Welt als pluralistische Total-Kommune begreift, ist auch dialektisch weit voraus.«

»In der Total-Kommune«, sagte Wermut Graef, »hat dann eure Kommunen-Kommune genauso Platz wie der Eremit Timofej vom Oberwiesenfeld, der sich als *Ein-Mann-Kommune* bezeichnet.«

»Ein hanebüchenes Geschwätz«, sagte Albin Kessel.

»Aber nicht viel dagegen zu sagen.«

»Und wie sich dagegen was sagen läßt! Das sind bourgeoise Spekulationen, die keine Grundlagen in den Gesetzlichkeiten der menschlichen Gesellschaft haben. Euch fehlt der Glaube an die Zukunft. Kommunarde sein, heißt Optimist sein. Es gibt für alles eine Lösung.«

»Das ist auch die Devise des ›Readers Digest‹«, sagte Wermut Graef.

»Ich habe auch schon etwas Ähnliches gehört«, sagte Raymund Ygdrasilovic: »Seid nett zueinander.«

Kommune Axel Springer«, sagte Wermut Graef.

Da sprang Albin Kessel auf, riß Linda mit sich und rannte hinaus.

»Mir scheint«, sagte Wermut Graef nach einer Weile, als das Zuschlagen der Türen abgeklungen war und auch unsere Biergläser nicht mehr zitterten, »mir scheint, wenn man so an den alten Albin Kessel denkt, wie wir ihn früher kannten, es ist eher umgekehrt: Kommune heißt aus Spaß Ernst zu machen.«

»Dennoch ist er der große Albin Kessel«, sagte Raymund Ygdrasilovic und rezitierte den Schluß der Hymne:

»Wie schön, wie schön, gegen einen
dahergelaufenen Schah-in Schah zu demonstrieren
Während der Bundeskanzler von der
NPD sagt:
Na ja?
Ist es denkbar, daß es ein Volk gibt,
Das sich nicht schämt zu sein
Solange der SS-Mann
Solange der SS-Mann
Der jenes jüdische Kind lebend ins Feuer warf, regiert?«

Wermut Graef nickte und fuhr fort: »Dies war die kleine und überdies mutmaßliche wirkungslose Hymne in oswezinischer Mundart. Von Albin Kessel.«

München. 2. Nivôse CLXXVI

Affentheater

Daß sie mich nicht erschlagen haben, wundert mich an der Sache fast am meisten. Solche Prügel, wie damals auf mich heruntergeprasselt sind, haben Sie nie in Ihrem Leben bekommen, und ich wünsche Ihnen das auch nicht, so wahr ich hier auf dem Ast sitze. Ich kann wieder auf dem Ast sitzen, längst. Die Rippenbrüche und die Gehirnerschütterung und die Prellungen sind längst ausgeheilt. Die Sache ist Jahre her, aber *verstehen,* sage ich Ihnen, verstehen kann ich sie immer noch nicht.

Es muß Herbst gewesen sein, die Blätter waren teilweise schon gelb, und die Bananen immer schon ziemlich mehlig. Es war das Jahr, erinnere ich mich, daß *Elsa* die Drillinge gekriegt hat. Entweder von mir oder von dem Gorilla aus dem anderen Zoo, den man dahergebracht hat, weil man gemeint hat, daß es nicht gut ist, wenn *ich*, der ich ja immerhin der Bruder Elsas bin ... und so weiter. Was die Leute mit den Mützen für Vorstellungen haben. Na ja, das hat mit der Sache, die ich erwähnt habe, auch nichts zu tun. Es war also im Herbst. Da ist eines Tages einer von denen mit Mützen gekommen, hat meinen Käfig aufgesperrt und mich herausgelockt.

»Kommi – kommi – kommi ...« hat er geflötet und mir eine Staude mehliger Bananen hingehalten. Sie sind, das sage ich Ihnen, einfach *zu blöd.* Wir verstehen die Sprache der Menschen. Nur reden können wir nicht. Er, der mit der Mütze, hätte nur zu sagen brauchen: »Komm, Egon!« (Egon heiße ich) »es geht auf Reisen.« Ein Affe ist doch von Natur aus neugierig. Der läßt sich doch so etwas nicht zweimal sagen.

Ich bin also aus meinem geräumigen Wohnkäfig mit der herrlichen Panoramascheibe hinaus und in einen kleineren, um es genau zu sagen: sehr kleinen Käfig geklettert, einen so kleinen Käfig, daß es schon eigentlich kein

Käfig, sondern eine Zumutung für einen ausgewachsenen Gorilla war, aber für einen Ortswechsel und die damit verbundene Unterhaltung nehme ich einiges in Kauf. Wenn ich allerdings gewußt hätte, *was* für eine Unterhaltung mir da blüht, und daß das Wort *Unterhaltung* für das, was mich erwartete, nicht so ganz zutreffen dürfte, hätte mich keine Macht der Welt aus meinem Wohnkäfig herausgebracht. Ich hätte mich mit allen Vieren am obersten Ast meiner Baumstammgarnitur (Esche massiv mit Rinde) festgehalten, und wenn ich sage: festgehalten, so meine ich festgehalten. Es gibt nichts und niemanden, der einen Affen, der sich ernstlich anklammert, vom Baum herunterbringt.

Aber: ich wußte es ja nicht. Sie haben mich mit meiner angeborenen, wie man so sagt *arteigenen* Neugier überlistet, und ich bin in den kleinen Käfig hineingeklettert und habe mich so bequem wie möglich hingelegt.

Dann ist der Käfig losgefahren. Ja: Sie hören richtig. Der Käfig ist losgefahren. Es gibt so fahrende Käfige. Ich wußte das von meinem bedauernswürdigen älteren Kollegen *Wurstel,* und daß mir der Schreck ordentlich in die Glieder – und namentlich in Ein Glied – gefahren ist, können Sie sich denken. Aus Delikatesse, und weil vielleicht Damen unter denen sind, die das hier lesen, möchte ich das bewußte Glied nicht nennen. Der Kollege Wurstel wurde, wie gesagt, in so einem selbstfahrenden Käfig in die Tierklinik transportiert, und als er zurückkam, war er Eunuche. Das war natürlich eine saubere Bescherung – für *ihn*. Für mich war es damals recht günstig, denn ich konnte den gesamten Harem Wurstels übernehmen. Vorher hat er mir nur die alte *Hexi* zugebilligt, eine schon ziemlich zerraufte Matrone, die so zänkisch ist, daß sie sich selber nicht mag. Auf allen anderen, namentlich auf den jungen, knusprigen, ist der ältliche Wurstel, wenn Sie den Ausdruck erlauben, draufgesessen, obwohl die Nachkommenschaft, die er in den letzten Jahren hervorgebracht hat, schon ziemlich unscheinbar war. Alles solche Verreckerlein. Ich möchte mich nicht weiter brüsten, aber wie *ich* nach Wurstels – wie soll ich sagen – Abdankung den Harem übernommen habe, da hätten Sie die blühenden Jungaffen sehen sollen! Eine Pracht.

Nun gut, aber davon wollte ich nicht erzählen. Wie bin ich drauf gekommen? Ach ja: der Schreck ist mir in die Glieder gefahren, in Ein Glied, denn ich habe natürlich gemeint: jetzt bist *du* dran, Egon, und das mit der süßen *Leila* gestern abends war das letzte Mal. Ein ziemlich flaues Gefühl, kann ich Ihnen sagen, milde ausgedrückt. Aber, um es gleich vorauszuschieben, das war es nicht, was mich erwartete.

Ich weiß, wie es in der Tierklinik riecht. Ich hatte einmal einen Abszeß am Hals hinten, da mußte ich in die Tierklinik gebracht werden, und seitdem kenne ich den Geruch. Das Haus, in das ich gebracht wurde, roch vollkommen anders. Der Geruch, den dieses Haus ausströmte, war mir fremd. Ich war sicher, ihn noch nie wahrgenommen zu haben. Leider sollte er mir bald ziemlich vertraut werden.

Der fahrbare Käfig hielt also vor jenem Haus. Einige Menschen, ich kannte sie nicht, sie trugen keine Mützen, schoben Stangen in den Käfig und trugen mich ins Haus. Meine Unruhe wegen der bewußten Gliedsache war, wie gesagt, gedämpft, die Neugierde kam wieder hervor.

Der Käfig wurde durch einige Gänge getragen und dann in ein finsteres Zimmer, eher einen Saal, in dem ungeheuer viel Gerümpel stand. Wenn in meinem Wohnkäfig daheim, dachte ich mir, so ein Durcheinander wäre, dann würde Toni, mein ständiger Bedienungs-Bemühter, wieder sagen: »Du bist kein Affe, du bist ein Schwein.«

Im Gegensatz zu den Menschen haben wir Affen die Fähigkeit dazusitzen ohne zu denken. Wir können das Denken ausschalten, so wie man das Sehen ausschalten kann, indem man die Augen zumacht. Ein Segen ist dieses Denken-Ausschalten. Die Menschen können es nicht, jedenfalls nicht viele. Wenn Sie längere Zeit im Dunkeln sitzen und nicht schlafen, werden sie vor Langeweile wahnsinnig. Wir Affen nicht. Es hat auch Vorteile, Affe zu sein. Bei ausgeschaltetem Denken vergeht die Zeit so schnell, daß man eigentlich gar nicht von *Vergehen* sprechen kann. Man knipst aus und wieder ein, und es ist inzwischen später geworden. So ist das. Ein Segen. Ich weiß also nicht, wie lang ich in der Rumpelkammer war, in der es stockfinster wurde, nachdem ein Typ in einem grauen Kittel, der mir irgendwelche stumpfsinnigen Bemerkungen zugezuckert hatte (offenbar wollte er als Tierfreund gelten), das Licht ausgemacht hatte. Plötzlich wurde es wieder hell, und die Burschen von vorhin trugen mich mitsamt dem Käfig in ein anderes Zimmer. Daß ich dem einen Burschen in die Tasche griff, merkte keiner. Es rentierte sich. In der Tasche war ein Schraubenzieher und ein in Papier eingewickeltes Butterbrot. Ich nahm beides.

Das Zimmer, in das ich gebracht wurde, war viel schöner als die Rumpelkammer. Es war überhaupt sehr schön. Ich ahnte ja nicht, was noch alles kommen sollte, und so hielt ich in meiner Unschuld diesen Raum für das Lieblichste, was ich je in meinem Leben gesehen. Weiße Säulen umstanden Treppen, die mit Teppichen belegt waren. Statuen nackter Personen schmückten die Treppenabsätze. Kostbare Möbel waren sparsam über den Raum verteilt, darunter ein Sofa von der Farbe überreifer Bananen. In zahllosen Vasen waren Blumen arrangiert, und ganz hinten sah man durch weitere Säulen in einen Park mit Pinien und Cypressen unter blauem Himmel. Die Ärmsten, dachte ich mir, sind das nicht, die da wohnen.

Obwohl draußen die Sonne schien, was an dem schon erwähnten strahlenden Himmel zu erkennen war, brannte im Saal Licht. Sehr viel Licht. Verschwenderisch. Meine Stromrechnung ist es nicht, dachte ich. Wie nicht anders zu erwarten, kam ein Butler dahergeschlurft, so einer mit gestreifter Weste. Er wischte ein wenig über den Marmortisch, rückte einen Aschenbecher zurecht, kam dann zu mir, steckte – eine nette Geste, dachte ich – eine Banane in meinen Käfig und sagte: »Wer weiß schon, guter Toby, ob nicht das Schlachtschiff mit Namen ›Katastrophe‹ auf dem Meer der Zeit heransegelt und morgen schon am Horizont auftaucht. Vielleicht auch nur die Fregatte ›Skandal‹. Wer weiß, guter Toby. Du kannst nichts dafür, und der Butler sieht und hört nichts.« Er sagte das in einem Ton zum Fürchten. Er orgelte es förmlich aus seiner Brust heraus. Es kam mir vor, als würde der Himmel draußen eine Schattierung dunkler. Der Butler schlich davon, blieb in der Mitte des Saales stehen, und sagte dann mit womöglich noch düsterer Stimme: »Glücklich der Butler, der außerdem nichts denkt.« Mir blieb die Banane fast im Hals stecken. Außerdem: wieso sagte der *Toby* zu mir? Wo ich Egon heiße?

Danach kam eine Dame. Sie trug ein grünes Kostüm mit, wenn man so sagen kann, ohrenbetäubendem Ausschnitt. Ich bin ja allerhand gewohnt von den Weibern, die, namentlich im Sommer, an meiner Panoramascheibe im Zoo vorbeigetrieben werden, aber so was wie bei der Dame in Grün habe ich noch nie gesehen. Gut – mich erregt so was nicht. Mich erregen Susi oder Cindy oder Kastani mit ihrem Fell; diese haarlose Busenpracht ließ mich kalt.

Der Butler ging auf die Grüne zu und griff, ich traute meinen Augen nicht, ohne viel Federlesens in ihren Ausschnitt. »Oh – ah – oh, Alastair!« hauchte die Grüne. »Wie wünschen es Mylady?« gurgelte der Butler und schob die Grüne auf die Couch. »Oh – Alastair!« quietschte die Grüne, »nicht hier – Toby«, sie meinte mich, »schaut uns zu.« »Die Bestie ist stumm«, grummelte der Butler in tiefem Baß. Ja, sonst würde ich sagen: ich heiße Egon; und die Bezeichnung Bestie verbitte ich mir.

Dann trieben sie es – *nicht*. Es ist mir ein Rätsel. Letzten Endes verstehe ich was davon. Ich habe, wenn ich richtig zähle, 18 Söhne und 46 Töchter. *Wenn* ich von was etwas verstehe, dann *davon*. Ich habe hingeschaut.

Sie haben *nicht*. Trotzdem ist dann, nachdem der Butler aufgestanden war und sich mit eckigen Bewegungen seine gestreifte Weste zurechtgezogen hatte, die Grüne knickbeinig zu mir her. Ihr Busen schwappte aus der Jacke. Sie legte den Kopf an das Gitter und ächzte: »Toby, Toby, bu bist vielleicht der einzige, der weiß, wie unglücklich ich bin.«

Der Butler strich die Couch glatt, verbeugte sich und schritt hinaus. Dafür kam von der anderen Seite ein Herr in grauem Anzug. Er kam herein wie der Stellvertretende Direktor, den wir Affen in unserer Sprache den *Gummiball* nennen. Federnd. Federnd kam der Graue herein, federnd warf er seine karierte Mütze auf einen Sessel, federnd goß er sich einen Whisky in ein schweres Glas, federnd lehnte er sich gegen den Kamin und sagte dann federnd:

»Ach, du redest mit Toby.«

»'Tag, Edward«, sagte die Dame.

»Was sagt denn Toby?«

Was sie immer mit ihrem blöden *Toby* haben, dachte ich mir. Das muß eine Verwechslung sein. Wir hatten einmal einen Toby, wir nannten ihn »lachender Hintern«, aber er war kein Gorilla, sondern ein Schimpanse und ist schon vor längerer Zeit nach Hamburg verkauft worden.

Die zwei haben dann allen möglichen Unsinn miteinander geredet. Ich habe nicht mehr zugehört und meine Banane gegessen, aber das Reden der beiden ist immer lauter geworden, und dann auf einmal haben sie zu schreien angefangen, und er, der Graue, hat sein schweres Whisky-Glas auf den Boden geschmettert, hat zu mir hergedeutet und gebrüllt:

»Du Metze!« Er sagte tatsächlich *Metze.* Das Wort war mir völlig unbekannt. Nur aus dem Ton, in dem er es sagte, erriet ich die Bedeutung. »Du Metze! du warst außer Atem, als ich kam. Gestehe!« »Ich bin nur die Treppe heraufgerannt.« »Haha!« brüllte er, »die Treppe!

Die Treppe heißt wohl Toby.« Er zeigte auf mich. »Du hast mich mit meinem Compagnon, mit dem Präsidenten des Tennisclubs, mit dem Vizechairman des Golfclubs, mit dem Vetter Coenwulph, mit dem Bischof von Ely, mit dem Installateur, mit meinem leiblichen Bruder Roderick und mit einem Besenfabrikanten betrogen. Und nun schreckst du auch vor der Orgie aus dem tiefsten Kreis der Hölle nicht zurück, du Sodomitin!«

Einen Moment, habe ich gedacht, habe meine Banane weggelegt und bin nach vorn gegangen: einen Moment! Die mit mir? Ich mit der? Wie – wo – was? Mit einem Menschenweib, das fast nur auf dem Kopf Haare hat? Hält der mich für pervers? Und vom Butler, dem Schurken, weiß er nichts?

»Oh, Albert, Albert«, flehte die Grüne und Hände gerungen, aber der Graue hat sie am Hals gepackt und gezischt: »Eine, die sich mit einem Schimpansen vergißt, gehört vertilgt, du Ungezieferin.« Schimpanse! Toby – es muß eine Verwechslung mit dem lachenden Hintern vorliegen, aber eine, die schon völlig unerklärlich ist. Außerdem: *das* hätte ich dem lachenden Hintern wirklich nicht zugetraut. Aber man blickt ja in keinen wirklich hinein. »Ha!« hat er nochmals geschrien, hat sie am Hals gepackt und hat sie ins Sofa gedrückt; sie hat mit den Füßen gestrampelt und ein wenig gegurgelt. Der Busen ist wieder aus dem Ausschnitt gehüpft, wie nicht anders zu erwarten, und dann – wurde es finster. Merkwürdig. Als es wieder hell wurde, war der Saal leer, die Männer von vorhin kamen und trugen mich samt Käfig wieder hinaus, und ich wurde in den Zoo zurücktransportiert.

Am nächsten Tag erzählte ich alles den Kollegen – den Weibern erzählte ich nichts, mit Weibern redet man nicht über solche mehr geistigen Sachen – und es herrschte die allgemeine Ansicht, daß das Ganze ein Irrtum sein müsse, aber auch, daß man in dem lachenden Hintern, Toby dem Schimpansen, keinen so tollen Hecht vermutet hätte.

So weit, so gut. Ich schlief nachmittags, ließ mir meine

Nachmittagsbananen schmecken, trank meine Cola, nahm Susi, die sich ein wenig wehrte, das dumme Luder, und dann Kastani, die immer will, und dann wieder Susi, grad extra, fürs Wehren, und wollte mich eben zum Schlafen legen, da kamen doch die Mützenträger wieder, und exakt der gleiche Zirkus wie gestern fing von vorne an. Ich kam wieder in den Saal, wieder schlurfte der Butler daher, die Grüne mit dem Ausschnitt kreischte, der Butler legte sie flach – wieder nicht wirklich – wieder kam der Graue, warf seine karierte Mütze auf exakt den gleichen Sessel, wieder verdächtigte er Toby, den Schimpansen und verwechselte mich mit ihm, alles wie gestern. Da muß was geschehen, dachte ich, ich ging nach vorn, rüttelte an den Stäben und – ich kann leider nicht reden, aber ich schrie, machte Zeichen: ein Irrtum! Sie verwechseln mich. Der Butler da, und so weiter. Anders als gestern war nur, daß, bevor der Graue die Grüne erwürgte, die beiden kurz und wie verstohlen zu mir herschauten, und, wenn mich nicht alles täuscht, das Weib zischte: »Was hat er denn heute?«

Am nächsten Tag – Sie werden es nicht glauben, oder vielleicht: Sie werden es schon ahnen – ganz genau das gleiche. Butler – die Grüne – der Graue – die karierte Mütze (die allerdings diesmal vom Sessel rutschte), das Gerede von Toby, dem Schimpansen ... die sind unbelehrbar, habe ich mir gedacht. Haben die nichts Besseres zu tun, als Tag für Tag den gleichen Zinnober abzuziehen? Und merkt der Graue immer noch nicht, was zwischen der Grünen und dem Butler läuft? Nur fünf Minuten, wenn der Graue früher käme ... aber er kam nie fünf Minuten früher. Einmal kam er sogar zwei, drei Minuten zu spät. Da erschien drüben einer im grauen Staubmantel und machte Zeichen, worauf sich, das war das einzige Mal, die Grüne eine Zigarette ansteckte. Geschlagene sechs Wochen ging das! Jeden Tag! mit Ausnahme vom Sonntag. Sechs Wochen! Ich fragte mich: erwürgt er sie jetzt oder erwürgt er sie nicht? Wie wird die wieder lebendig? Oder ist das jeden Abend eine andere Grüne? Könnte sein – Menschenweiber, so ohne Haare, sind für unsereins schwer auseinanderzuhalten. Vor allem aber: ich lasse das doch nicht ewig auf mir sitzen. Ich bitte Sie! Da hat dieser lachende Hintern, dieser Schimpanse Toby, moralisch haltlos, wie Schimpansen sind, sich mit dieser grünen Schlampe eingelassen, und mir, einem im besten Leumund lebenden Gorilla, schiebt der die Sache in die Schuhe, die ich nicht anhabe. Der Saustall muß, wie mein Leib-Wärter zu sagen pflegt, ein anderer werden, dachte ich, und Sie erinnern sich vielleicht, daß ich ja damals einen Schraubenzieher auf die Seite gebracht hatte. (Das Butterbrot hatte ich längst gegessen.) Ich kramte also, als mir die Geschichte nach sechs Wochen zu bunt wurde, den Schraubenzieher hervor und nahm ihn in den Saal dorthin mit. Während der Graue die Grüne würgte, schraubte ich die Türscharniere heraus und –

– ja, es war ungeheuer. Der Graue riß die Augen auf und erstarrte zur Salzsäule. Ich ging friedlich auf ihn zu und machte Zeichen: nicht *ich*, schauen Sie sich einmal den Butler an, der da hinausgegangen ist – aber er verstand nichts. Die Grüne kreischte wie ein Kakadu und raste hinaus. Leute kamen von allen Seiten herein – woher? ein Rätsel. Nie habe ich in dem Saal andere Leute gesehen. Nur der Butler ließ sich wohlweislich nicht blicken. Es überstürzte sich alles. Vor allem: stellen Sie sich vor, der Saal hatte keine vierte Wand! statt der vierten Wand war ein riesiges Loch. Hinter dem Loch saßen *Massen* von Menschen. (Haben die also, schoß es mir durch den Kopf, seit sechs Wochen ihre Intimitäten vor all den Leuten ausgelebt!) Auch die Menschen im Loch schrien. Es gab ein gänzliches Tohuwabohu. Der einzige ruhige blieb ich. Wenn ich reden könnte, hätte ich die Sache aufgeklärt, ich wäre auf den Tisch gestiegen und hätte gesagt: Jetzt einmal Ruhe, Leute ... Na ja. Ich kann aber nicht reden. Da sind sie mit Stöcken gekommen und Stricken und Netzen. Jetzt, Alter, jetzt hat es Eile, habe ich mir gedacht und bin auf eine Säule hinauf. *Wollte* hinauf! Was sage ich Ihnen? Die Säule war nicht unten am Boden festgemacht, sondern hing oben, hoch oben an einem Seil. Merkwürdiger Saal, ging oben weit weg ins Schwarze. Die Säule fiel um. Ich ergreife ein anderes Seil, komme einige Meter hoch, die ersten Schläge prasseln auf mich nieder, plötzlich gibt das Seil nach, die schöne Landschaft hinten verschwindet. Wir sind mitten im Gebirge. Ich ergreife eine Bergspitze, noch ein Seil, gibt wieder nach. Ein Schlachtschiff kommt von oben. Balken rasseln, Eimer fliegen, Leute werden am Kopf getroffen, ein Chaos, wie Sie es noch nie erlebt haben. Da trifft mich ein armdicker Strahl aus einem Feuerwehrschlauch, und gleichzeitig verfange ich mich in einem Netz. Und Prügel.

Als ich in meinem Wohnzimmer mit Panoramascheibe wieder aufwachte, war mein linker Unterarm geschient. Meine linke Seite war rasiert und verpflastert. Auf dem Kopf hatte ich einen Eisbeutel. Vor mir stand ein Topf mit warmer Milch. Ich griff danach – au! alles tat mir weh. Ich spürte jeden einzelnen Knochen. Aber das verging. Das heilte alles. Was nicht verging, war die Frage: was hat das alles zu bedeuten? Wer ist die Grüne? der Graue? der Butler? Unerklärlich. Und sie treiben es und doch nicht, und alles vor tausend Leuten, die zuschauen. Der Mensch, sage ich Ihnen, ist für uns Affen ein Rätsel. Dem Toby allerdings, dem lachenden Hintern, der mir ja wohl offenbar das alles eingebrockt hat, dem gebe ich eine Abrechnung, wenn ich ihn nochmals treffen sollte, was allerdings leider nicht zu erwarten ist.

Entstanden 1990

Besuch in Min-chen
404. Brief in die chinesische Vergangenheit

Anm. der Herausgeberin: Es handelt sich um einen der etwa 1000 Briefe des chinesischen Mandarins[1] Kao-Tai an seinen Freund Sing-Li, die dieser auf einer Zeitreise schrieb. Kao-Tai lebte, abgesehen von seiner Zeitreise, zu Anfang der 2. Dynastie Sung, also etwa unserem 10. Jahrhundert. Kao-Tai hatte, was bei der bekannten fortschrittlichen Zivilisation der Chinesen, die damals längst die Buchdruckerkunst und das Schießpulver erfunden hatten, nicht weiter verwunderlich ist, eine Zeitmaschine gebaut, mit der er ins XX. Jahrhundert reiste und etwa sieben Jahre dort blieb. Der vorliegende Brief stammt aus dem dritten Jahr seines Aufenthaltes, in dem er seinen »fernen Zeit-Freund«, einen Menschen des XX. Jahrhunderts, bereits kennengelernt hatte. Der »ferne Zeit-Freund« – wir kennen seinen wahren Namen nicht, Kao-Tai verballhornt ihn Schi-Schmi – verständigte sich mit dem Mandarin zunächst durch Zeichensprache, später lernten beide ein paar Brocken der Sprache des anderen.

Durch die Erdumdrehung, die Kao-Tai bei seinen Berechnungen vor Antritt der Zeitreise offensichtlich nicht einkalkulierte, kam Kao-Tai nicht in China, sondern irgendwo anders »auf dem Breitengrad des Nördlichen Reiches« in das XX. Jahrhundert. Wo, wissen wir nicht, denn Kao-Tai gibt alle Namen in chinesischer Stilisierung wieder. (Sicher ist nur, daß es ihm nicht gelang, nach Rot-

[1] hoher Beamter

China zu kommen, was für Kao-Tai eine herbe Enttäuschung war.) Ein Jahr etwa lebte Kao-Tai in einer Stadt, die er Min-chen nennt. Aus dieser Stadt stammt auch der vorliegende 404. Brief.

Werter Freund Sing-Li,

immer noch sind mir die meisten Dinge in dieser fremden Zeit und in dieser abscheulichen Stadt Min-chen rätselhaft und geheimnisvoll. Heute aber will ich Dir ein Ereignis berichten, das Dir so unverständlich erscheinen wird wie mir und jedem anderen, obwohl es offensichtlich für die Menschen von Min-chen eine Selbstverständlichkeit ist.

Ich traf meinen fernen Zeit-Freund Schi-Schmi (der Dich wiederum grüßen läßt), wie immer in der großen Trinkhalle »Gao-Sti-Na«, wo jenes komische Getränk hergestellt oder zumindest ausgeschenkt wird, das ich Dir neulich geschildert habe. Dieses Getränk, das sie abwechselnd, je nach Größe des Gefäßes, »Ma-Sa« oder »Hal-Bal« nennen, ist, wenn es in größeren Mengen getrunken wird – und sie trinken es in enormen Mengen – gut und gern so berauschend wie Reiswein. Anfangs war es mir zu bitter, aber mit der Zeit habe ich mich daran gewöhnt, und ich muß sagen, es schmeckt mir nicht schlecht. Auch ist es vorzüglich geeignet, den Durst zu löschen. Allerdings trinken es die Menschen von Minchen nicht nur, wenn sie Durst haben. Sie trinken es immer. Manche leben, meiner Beobachtung nach, ausschließlich von diesem »Ma-Sa« oder »Hal-Bal«. Einige behaupten, daß das Phänomen Durst erst durch die Existenz dieses »Ma-Sa« oder »Hal-Bal« entstanden sei. Eine hochinteressante philosophische Fragestellung. Fast allgemein verbreitet ist die Ansicht, daß dieses Getränk gesund sei. Ich kann diese Ansicht nicht teilen, denn immer wieder sehe ich »Ma-Sa«-Trinker mit starken Kopfverletzungen aus den Trinkhallen torkeln. Wie diese Kopfverletzungen zustande kommen, habe ich noch nicht gesehen. Ich nehme an, daß das »Ma-Sa« den Leuten in den Kopf steigt, dort weitergärt und dann explodiert. Ich halte mich deshalb beim Genuß dieses Getränkes zurück und trinke selten mehr als ein »Hal-Bal«, was etwas weniger als ein Viertel Wen ist. Wenn die Menschen hier mehr von dem »Ma-Sa« getrunken haben, fangen sie in der Regel an, sehr laut zu schreien. Das ist ein eigenartiges, sehr unreines Schreien, das ihnen – völlig zu Unrecht – als Gesang gilt. Aber ich habe Dir ja schon geschrieben, daß sich die Menschen hier und jetzt überhaupt am liebsten damit beschäftigen, laut zu sein. Was ich jedoch heute nachmittag erlebt habe, scheint mir sämtliche bis jetzt von mir wahrgenommene Lautstärke zu übertreffen.

Schi-Schmi nahm mich, nachdem wir jeder ein »Hal-Bal« getrunken hatten, in eines jener pferdelosen Fahrzeuge mit, die mit rasender Geschwindigkeit in der Stadt herumsausen. Viele Leute haben ein solches Fahrzeug für sich ganz allein. Schi-Schmi hat keines, warum, weiß ich nicht. Es macht aber nichts, denn man kann überall ein solches Gefährt mit Fahrkuli mieten, das einen hinfährt, wo man will. Schi-Schmi mietete ein solches Kuligefährt. Während der Fahrt schloß ich wie immer die Augen, denn die Geschwindigkeit, mit der diese Wagen fahren, ist unheimlich. Ich habe einmal ausgerechnet, daß ein solcher Wagen in einer Viertelstunde 25 Men weit fuhr. Das war aber selbst für hiesige Begriffe zu viel, denn ein spezieller Stadtwächter – der selber in so einem Fahrzeug fuhr – hielt den Wagen an und ermahnte den Fahrer, indem er ihm etwas aus einem kleinen, offensichtlich erbaulichen Büchlein vorlas. Der Fahrer des Wagens war über die Ermahnung anscheinend so erfreut, daß er erst weiterfuhr, als der Stadtwächter ein nicht unerhebliches Geldgeschenk angenommen hatte. Sowohl der Stadtwächter als auch der ermahnte Fahrer schrien und brüllten bei diesem Handel fürchterlich. Hätte ich nicht schon meine Erfahrung in dieser Zeit, hätte ich annehmen müssen, die beiden stritten. So aber weiß ich, daß es durchaus eine höfliche Unterhaltung war, denn das Brüllen und Schreien ist der übliche Umgangston der Menschen von Min-chen, gleichgültig ob sie sich Liebenswürdiges oder Unangenehmes zu sagen haben.

Diesmal fuhren Schi-Schmi und ich nur recht kurze Zeit mit dem Blitzwagen. Ich öffnete schon die Augen, weil ich annahm, wir seien am Ziel, als der Wagen anhielt. Das war aber nicht so. Wir standen in einer Straße, in der, so weit ich blicken konnte, Gefährt an Gefährt stand. Es waren, ich übertreibe nicht, ihrer Tausende. Sie schimmerten und glänzten in allen erdenklichen Farben (unser Fahrzeug allerdings war schwarz). Es regnete, wie fast immer hier. Die Fahrzeuge standen in vielen Reihen nebeneinander. So viele es auch waren, kein einziges hatte ein Pferd vorgespannt. Es war hier eine solche Menge von Fahrzeugen zusammengekommen, daß sie sich gegenseitig am Weiterfahren völlig behinderten. Die Fahrzeuge brummten und stanken ganz unermeßlich, sie spien grauen Dampf aus, und ich glaubte, die Erde bebe. Die Fahrkuli betätigten ein in ihre Fahrzeuge eingebautes Musikinstrument, dessen Klang den schaurigen Trompeten der nördlichen Barbaren nicht unähnlich ist. Es war aber so wie bei den Fröschen. Kaum hatte ein Kuli mit dem Heulen seiner Wagentrompete begonnen, antworteten ihm zwei andere, und das pflanzte sich fort, bis das reinste Höllenkonzert zustande gekommen war. Ich wurde fast wahnsinnig.

»Warum in aller Welt, teurer Schi-Schmi«, fragte ich meinen Freund, »fahren alle Wagen eurer Stadt zur gleichen Zeit hierher? Und warum müssen auch wir hierher fahren?«

Schi-Schmi lächelte. »Das sind bei weitem nicht alle Wagen dieser Stadt. Und im übrigen gedulde dich. Du wirst es sehen.«

Inzwischen war es unserem Wagenkuli doch gelungen, noch einen halben Men weiterzufahren. Schi-Schmi entlohnte den Fahrer, und wir stiegen aus.

Wir waren an einem Gebäude, dessen Architektur die wohl fremdartigste ist, die ich bisher in dieser an Überraschungen wahrlich nicht armen Stadt kennengelernt habe. Das Gebäude, wenn man es überhaupt so nennen kann, war grau, aus einem bei uns völlig unbekannten Stein (sie nennen ihn Bau-Tang) gegossen. Ja, Du liest richtig. Es handelt sich um einen Stein, der gegossen werden kann, wie Eisen. Sie machen dazu eine Form aus Holz, in der innen Hohlräume frei gelassen werden, entsprechend dem späteren Gebäude, und gießen dann oben den flüssigen Stein hinein. Wenn er hart geworden ist, brechen sie das Holz ab, und das Gebäude ist fertig – wie beim Glockengießen. Das wäre an sich ein sehr sinnvolles Verfahren. Aber sie mißbrauchen es, indem sie die unsinnigsten Gebäude damit aufführen. Es ist ja immer so: je leichter eine Verfahrensweise zu handhaben ist, desto schneller wird sie mißbraucht. Wenn die Leute hier ihre Bauwerke in der mühsamen, althergebrachten Weise, die wir kennen, errichten müßten, würden sie sich wohl überlegen, ein so nutzloses und überflüssiges Gebäude wie dieses, in das ich heute mit Schi-Schmi ging, zu bauen.

Das Gebäude hat die Form eines riesengroßen, annähernd eiförmigen Tellers. Außen besteht es aus einem scheußlichen Gewirr von Pfeilern, innen ist es, es ist schier lachhaft, nichts anderes als eine Treppe, die sich rundherum zieht und sozusagen den Tellerrand bildet. Zum Teil ist ein haarsträubendes Dach über die Treppe gezogen, das, obwohl riesenhaft groß, auf nur zwei dünne Pfeiler gestützt war. Ich weigerte mich, trotz des Regens, unter das Dach zu gehen. Es schien mir zu gefährlich. Schi-Schmi und ich blieben also in dem nicht-überdachten Teil.

Als wir, eingekeilt in eine völlig unübersehbare Masse von Menschen, so daß wir uns fast nicht rühren konnten, endlich durch ein kleines, enges Türlein in das Gebäude gelangen konnten, war der Tellerrand schon zum größten

Teil mit Menschen, meist Männern besetzt. Die Menschen standen auf den Stufen und schauten in die Mitte des Tellers hinunter. Die Stufen dienen nämlich dazu, daß die weiter hinten Stehenden gleichzeitig weiter oben stehen und somit über die Vorstehenden hinwegsehen können. Auch dies wäre, wie Du siehst, eine sinnvolle Einrichtung, wenn nicht das, was man nachher zu sehen bekam, nicht jeden Sinns entbehrte. Aber davon später.

Bald nachdem wir unseren Platz eingenommen hatten, war das Gebäude bis zum höchsten Tellerrand hinauf mit Menschen gefüllt. Die Menschen, denen offenbar der Regen nicht das geringste ausmachte, schrien und brüllten, bliesen auf kleinen Trompeten, waren mit bunten, sehr komischen Hüten geschmückt, schwenkten große Fahnen und waren ganz deutlich voll von »Ma-Sa« und »Hal-Bal«. Man hätte meinen können, es fände ein Freudenfest statt, wenn nicht alle trotz allem unheimlich ernst, ja verbissen gewesen wären. Nachdem ich mich etwas an den Lärm (der aber gar nichts im Vergleich zu dem war, was mich noch erwartete) und an das Getümmel gewöhnt hatte, schaute ich mich ein wenig um und konnte erkennen, daß sich die Menge deutlich in zwei Parteien gliederte. Die einen hatten rote Hüte und schwenkten rote Fahnen, die anderen hatten blaue Hüte und blaue Fahnen. Bei einiger Aufmerksamkeit konnte ich dann auch ein gewisses System im Schreien der Menge erkennen. Die eine Hälfte schrie »Se-Zi, Se-Zi«, die andere »Ba-Ya, Ba-Ya«, und zwar gleichzeitig, wobei sie sich in der Lautstärke zu übertrumpfen suchten. Den Sinn des Schreiens konnte ich nicht erkennen. Ich vermute, daß es keinen Sinn hatte. Dennoch fragte ich Schi-Schmi: »Findet hier ein Lärmfest der Leute von Min-chen statt?« Schi-Schmi lachte: »Nein. Das alles ist noch ohne Bedeutung. Es hat noch gar nicht angefangen.« »O weh«, sagte ich.

In der Mitte des Tellers, das habe ich mir bis jetzt aufgespart zu schreiben, und ich muß Dich warnen: sieh

Dich vor, daß Du Dich nicht krank lachst, wenn ich Dir das schreibe: in der Mitte des Tellers war nicht mehr und nicht weniger als eine Wiese. Ja: eine Wiese. Alle blickten auf diese Wiese. Es war eine einfache, grüne Wiese, die, im Gegensatz zum Tellerrand, menschenleer war und auf der so gut wie nichts war, keine Häuser, keine Bäume, keine Bühne, kein Podium, keine Kühe, nichts. Halt: doch – an jedem Ende war eine Art durchsichtiger, kleiner Lattenverschlag mit Netzen, der aber weiter nicht auffiel. Aus großen Tonlaternen – ich muß dir ein andermal die Funktion dieser Teufelsinstrumente erklären – dröhnten Laute, die dem Heulen der Blitzwagentrompeten ähnlich waren, aber eine Art stampfenden Rhythmus erkennen ließen. Dieses Stampf-Heulen vermischte sich mit dem »Se-Zi«- und »Ba-Ya«-Brüllen zu einem unbeschreiblichen Getöse. Ich wollte gerade Schi-Schmi vorschlagen, diesen Höllenort zu verlassen, als die Menge in ein völlig unerwartetes, noch viel lauteres Geschrei ausbrach, daß ich vermeinte, die Welt gehe unter. Aber es war nichts weiter passiert, als daß ein paar – es mögen zwei Dutzend gewesen sein – Leute auf diese Wiese gelaufen kamen. Sie liefen in zwei Reihen herein und stellten sich in der Mitte der Wiese einander gegenüber auf. »Warum schreien die Leute so?« fragte ich Schi-Schmi: »... vor Neid, weil die da unten auf die Wiese dürfen und sie selber nicht?« Schi-Schmi antwortete mir aber nicht mehr, denn in ihm war eine tiefe Verwandlung vorgegangen. Er hatte glasige Augen bekommen und schrie nun auch: »Se-Zi, Se-Zi«. Alle um uns herum, auch die, die bisher geschwiegen hatten, schrien »Se-Zi«. Was blieb mir übrig. Ich schrie also auch.

Das Ganze dauerte an die zwei Stunden. Eine weitere Stunde brauchten wir dann, um aus dem Gedränge herauszukommen. Dabei wies mich mein Freund Schi-Schmi auf ein besonders großes Blitzgefährt hin, das nahe an uns vorbeifuhr. Darin saß der Hauptmandarin der Stadt Min-chen. Auch er hatte das Lärmfest besucht. Ich wunderte mich, daß der Hauptmandarin einer so großen Stadt nichts Besseres zu tun hat, als zwei Stunden lang so einem Unsinn zuzuschauen. Schi-Schmi sagte mir aber, daß das, was ich miterlebt hatte, ungeheuer wichtig für die Stadt Min-chen gewesen sei, und daß man es übel vermerkt hätte, wenn der Hauptmandarin dabei gefehlt hätte. Darüber hinaus munkelt man, daß der Hauptmandarin (er heißt Ha-Yoch) sich im Grunde für nichts anderes interessiert außer für diese Lärmfeste. Das kann wohl sein, denke ich, und wäre eine Erklärung für die verrückten Zustände in dieser Stadt.

Nun, lieber Freund, lege ich mich zur Ruhe. Ich hoffe, daß in der Nacht nicht allzuviel Lärm ist, denn ich brauche den Schlaf. Wer weiß, welche anstrengenden Narreteien mir der morgige Tag bringen wird. Bete für meine glückliche Rückkehr. Es liebt Dich Dein Freund

Erschienen in der ›Zeit‹, 1971

Eine Antwort aus der chinesischen Gegenwart

Der Anruf des Goethe-Instituts erschreckte mich. Ich erwartete vom Goethe-Institut nichts Gutes, jedenfalls nicht für mich. Ich gebe es zu, es spricht der Neid aus mir. Daß Volkstanzensembles mit solchen Dingen wie dem infernalischen-Kufstein-Lied meuchlings unschuldige Völker infizieren, berührt mich weniger, aber daß weithin unbekannte lyrische Dichter vom Goethe-Institut nach Afri- oder Amerika geschickt werden, während mich das Institut jahrelang nicht einmal für, sagen wir, Bruck an der Mur als gut genug erachtet hat, kränkt mich. Wenn sie mich jetzt auf Reisen schicken wollen, spiele ich den Beleidigten. Kauft mir der Vater keine Handschuh', ist er selber schuld, wenn ich mir die Händ' abfrier. Ich lehnte also ab. Aber die Dame vom Goethe-Institut gab nicht nach: nein, nein, sagte sie, ich hätte das ganz falsch verstanden; das Goethe-Institut habe mitnichten vor, mich nach Peking zu einer Lesung zu schicken, dahin sei im Übrigen schon der Prosa-Collagist Deigelmann unterwegs, »Sie wissen: Cnud Cord Deigelmann, dessen Buch Karasek als bedeutendsten Beitrag zur deutschen Literatur seit ›Licht-Unschuld-Erwachen‹ von Eunuchia Bopsl bezeichnet hat. Steht schon auf Platz eins der Bestenliste des Südwestfunks«. Der Verlag hatte durchblicken lassen, daß schon über 360 Exemplare verkauft seien. Nein, nach Peking brauche ich nicht zu fahren, nur nach Schwabing in die Kaulbachstraße, dort seien zur Zeit nämlich 22 chinesische Deutschlehrer, die meine ›Briefe in die chinesische Vergangenheit‹ gelesen hätten und mit mir sprechen wollten.

Trotzdem zierte ich mich weiter. »Kennen Sie«, fragte ich die Dame vom Goethe-Institut, »das Wort Heinrich Heines? Ich habe, schrieb Heine, nichts von Cnud Cord Deigelmann gelesen; ich glaube, er ist ungefähr so wie Eunuchia Bopsl, von der ich auch nichts gelesen habe.«

»Ach«, sagte die Dame, »ist Heine nicht schon länger tot?«

»Ich habe das Zitat etwas verändert. Heine hat d'Alembert und Auffenberg genannt. Was ich eben gesagt habe, ist sozusagen zitatisches Recycling.«

Die Dame versprach mir dann, daß ich nächstes Jahr ganz bestimmt vom Goethe-Institut berücksichtigt werde, auch wenn einer der 4.200 anderen Platzhalter der Südwestfunk-Bestenliste ein Jahr warten müsse; ich dürfe nächstes Jahr nach Sambia, Thailand, Peru und Neu-Seeland fahren und bekäme den Ehrendoktor der grönländischen Universität, wenn ich nur bitte, bitte nächsten Mittwoch in die Kaulbachstraße käme, denn die zweiundzwanzig chinesischen Deutschlehrer wollten nicht Herrn Deigelmann und nicht Frau Bopsl, sondern mich, den Autor der ›Briefe in die chinesische Vergangenheit‹ sehen und sprechen.

Die 22 Chinesen – zwei Damen und zwanzig Herren, warum ein so unausgewogenes Verhältnis? Niemand erklärte es mir – seien, fuhr die Dame vom Goethe-Institut fort, für sechs Monate in Deutschland, um ihre Sprachkenntnisse zu vervollkommnen und Landeskunde zu studieren. Es sei – die Dame schluckte – an sich gar nicht so im Sinn der Sache, daß die Damen und Herren Chinesen mein Buch gelesen hätten ... die Dame lachte etwas verlegen: denn die Chinesen redeten jetzt so pseudo-chinesisch radebrechend miteinander wie mein Kao-tai schreibt.

Ehrendoktor einer grönländischen Universität: das zieht. Das ist der Punkt, an dem ich sterblich bin: Dr. grön. h. c. Das war, glaube ich, nicht einmal Adenauer. Bekommt man da einen Doktorhut aus Seehund-Fell? Ich zierte mich also nur noch wenig, und dann gar nicht mehr und fuhr nach Schwabing in die Kaulbachstraße.

Die zweiundzwanzig Chinesen saßen in einer Reihe auf der einen Seite des Saales, ich auf der anderen, mir zur Seite nur die, zugegebenermaßen attraktive chinesische Kursleiterin. Hier wird man mich mißverstehen, wie man

Nestroy mißverstanden hat, wenn er vom »unglücklichen gemischten Warenhändler« spricht, da bin ich nur korrekt. Ich meine nicht eine attraktive chinesische Leiterin des Kurses. Ist alles klar? Nur der Kurs war chinesisch, nicht die Leiterin.

Zunächst hatte ich vor allem Angst. Ich habe zwar die ›Briefe in die chinesische Vergangenheit‹ geschrieben, aber ich bin kein Chinese, kann nicht Chinesisch, war nie in China. Was werden die Zweiundzwanzig sagen, die *es* besser wissen müssen? Bizet war nie in einer ›Carmen‹-Aufführung in Spanien, sonst wäre es ihm – wenn ich in Kenntnis des Ruhmesabstandes das sagen darf – ähnlich ergangen. Aber die Chinesen standen auf und verbeugten sich zu drei Achtel. Es ist entsetzlich, wenn man – das habe ich in anderem Zusammenhang schon einmal geschrieben – die knöchernsten Vorurteile über fremde Völker haarklein bestätigt bekommt.

»Meine Damen und Herren«, sagte ich, »ich räume ein, nicht Chinesisch zu sprechen und nie in China gewesen zu sein. Die chinesische Literatur kenne ich nur aus deutschen oder englischen Übersetzungen, die, wie ich weiß, fragwürdig sind. Aber bitte bedenken Sie: ich habe mit den ›Briefen in die chinesische Vergangenheit‹ kein Buch über China, sondern eins über Deutschland geschrieben.«

Die zweiundzwanzig Chinesen nickten.

Dann las ich zwei, drei Abschnitte aus dem Buch vor. Die Chinesen klatschten. Einer, der erklärte, daß er, obzwar er der dümmste sei und auch immer ungewaschene Ohren habe, von den anderen zum Klassensprecher gewählt worden sei. Namens der anderen sei er beauftragt, mir als Zeichen der Bewunderung die Füße zu küssen.

Nein, das ist natürlich nicht wahr. Wahr ist aber, daß die Chinesen äußerst aufmerksam zuhörten und mit auserlesener Höflichkeit ihren Beifall bekundeten. Die Kursleiterin, die bestechend schöne Schuhe mit hohen Absätzen trug, forderte dann ihre Schützlinge auf, Fragen zu stellen.

Die Fragen, die kamen – übrigens ausschließlich von vier oder fünf Herren, die anderen Herren und die zwei Damen schwiegen beharrlich – waren gescheit und intelligent. Welche chinesischen Bücher ich in welcher Übersetzung gelesen hätte? Warum ich meinen Kao-tai ausgerechnet aus der Sung-Zeit kommen lasse? Ob er Konfuzianer sei? Wenn ja, warum? Ob nicht Züge agnostischer Weltanschauung aufblitzten? Und so fort.

Ich beantwortete alles, was ich gut konnte. Übrigens hatte auch die Kursleiterin eine Frage. In dem Buch kommt ein überwiegend entblößendes Kleidungsstück vor, das Kao-tais Freundin Pao-leng trägt, und das Kao-tai »das weithinleuchtende Wellenkleid« nennt. Die Kursleiterin fragte, wo Frau Pao-leng das Kleid gekauft hat. Diese Frage konnte ich nur ungenügend beantworten: das Kleid habe ich leider nur an einer Kleiderpuppe gesehen, und zwar in einem Laden unten im Gerichtsgebäude in der Maxburg. Es war offenbar so erotisch-knisternd, daß niemand es zu kaufen wagte. Ich verfolgte über Monate hinweg, wie der Preis immer weiter heruntergesetzt wurde, zuletzt auf zehn Mark. Das sei allerdings bereits Jahre her. Eines Tages sei es aus der Auslage verschwunden ...

»Aber nun«, sagte ich, »habe auch ich eine Frage an Sie, meine Damen und Herren. Was ist, bitte, *falsch* an dem Buch – ? vom chinesischen Standpunkt aus? Sie müssen es doch wissen.«

Der, wenn man so sagen kann, Klassensprecher, derjenige, der sich überhaupt am lebhaftesten an der Diskussion beteiligte, stand auf, machte wieder eine Drei-Achtel-Verbeugung und sagte: »Nichts. Alles ist völlig richtig.«

Ich ließ nicht locker. Die Unterhaltung ging weiter, neue Fragen kamen, aber ich insistierte auf die meine, wiederholte sie ab und zu. Immer wieder die Antwort: »Nein, alles völlig richtig.«

Aber ich wurde nicht müde. Zwei Stunden lang kreiste

ich über der Runde und stieß unermüdlich in Abständen mit dieser Frage nieder.

Endlich lächelte der Klassensprecher eine Spur chinesischer und sagte: wenn ich nun schon gar nicht aufhöre mit meiner Frage, so erlaube er sich unwürdiger Wurm, auch auf die Gefahr hin, daß ich ihm lebenslang gram sei, die impertinente Antwort. Ich lasse einmal meinen Kao-tai von seiner vierten Schwiegermutter schreiben: » – der alte Drache.« Das, sagte der Chinese etwas stockend, würde, hm, ein vornehmer Mandarin allenfalls ... hm, *allenfalls* einem Freund gegenüber im vertrauten Gespräch äußern; *schreiben* würde er es nie. Da hätte ich meinen Kao-tai als nahezu unhöflich hingestellt. »Aber sonst – sonst ist alles vollkommen richtig.«

Nun verbeugte ich mich zu drei Achteln, dankte, versicherte, daß ich keineswegs gram sei, daß ich vielmehr schon bei der nächsten Auflage die Sache bereinigen werde, was ich dann auch getan habe.

Danach wurde Thee serviert. Man plauderte. Sehr stark gingen die Chinesen nicht aus sich heraus. Bei politischen Themen wurden sie sofort schwerhörig und konnten nicht mehr Deutsch. Alles in allem aber ein anregender Nachmittag. Die Kursleiterin rief mich die Woche darauf an und dankte noch einmal. Das weithinleuchtende Wellenkleid, erwähnte sie dann, sei leider inzwischen verkauft worden. Auf die Einladung zu einer Lesereise habe ich einige Jahre gewartet. Aber da das Goethe-Institut umgezogen ist, nehme ich an, daß die mich betreffenden Unterlagen verlorengegangen sind. Ich habe es verschmerzt. Die Nachricht allerdings, daß voriges Jahr Cnud Cord Deigelmann den grönländischen Ehrendoktor (für Polar-Lyrik) bekommen hat, läßt mich mit meinem Schicksal hadern.

Entstanden November 1991

[illegible] der Ruhr, und [illegible]
mit dieser Frage [illegible].
Endlich [illegible] der [illegible]
[illegible] nun schon [illegible]
mit meiner Frage, so [illegible] Würde,
[illegible] auf das Gesicht [illegible]
die [illegible]
[illegible] schon [illegible]
der [illegible]. Das [illegible] Chinesen [illegible]
wurde [illegible] Menge [illegible]
[illegible] einem Freund [illegible]
[illegible] wurde [illegible]
[illegible]
[illegible]
Nun [illegible]
[illegible]
schon bei [illegible] Sache [illegible]
[illegible] zu haben.
[illegible] sehr [illegible]
[illegible]
[illegible] wurde [illegible] und [illegible]
[illegible]
Nahrung. Die [illegible] die Woche [illegible]
[illegible] die [illegible]
[illegible] sie damals [illegible]
[illegible] worden. Auf [illegible]
[illegible]
[illegible]
[illegible]
[illegible]
[illegible]
[illegible] bekommen, [illegible]
[illegible]

[illegible] 4. November [illegible]

Die Farben Tyrols

Es gibt nur zwei Farben in Tyrol. Wer etwas anderes sagt, ist ein Schuft. Es gibt nur zwei Farben: *weiß* und *rot.* Schon wer der Meinung ist, daß die zwei Farben, die seit *jeher*, sagt der Landeshauptmannstellvertreter, die seit *jeher* in Tyrol die hervorragenden, die gültigen, kurzum die *einzigen* sind, *rot* und *weiß* sind (in *dieser* Reihenfolge; statt: *weiß* und *rot*), der macht sich verdächtig. Weiß und rot sind die Farben in Tyrol. Das sind auch die Farben von Tyrol, Tyrol leuchtet in diesen beiden Farben, und nur in diesen Farben. Der Wappenschild des Landes Tyrol, der uralte, seit unvordenklichen Zeiten über Tyrol schwebende, um nicht zu sagen: wachende Wappenschild Tyrols ist in den Farben weiß und rot gehalten. Das Wappen ist ein roter Adler auf weißem Feld. Tyrol ist voll von roten Adlern. Überall fliegen rote Adler. Kaum betritt man bei Kufstein tyroler Boden, den bekannten, berühmten, nicht genug zu lobenden, ebenfalls in den Farben weiß und rot gehaltenen tyroler Boden, und Heimaterde, früher hie und da Scholle genannt, kreisen über der weiterführenden Monumentalautobahn rote Adler. Ein alter Adler, ein ganz alter Adler, ein steinalter Adler, ein alter Steinadler (aus rotem Stein) führt eine Gruppe von jüngeren roten Adlern an, auch Adlerweibchen befinden sich darunter, wie sollten sie sich sonst fortpflanzen, die roten Adler – es gibt eine Sage, die den Schulkindern in weiß-rot gebundenen Schulbüchern nahegebracht wird, nach der geht Tyrol unter, wenn der letzte rote Adler, und so weiter, man kennt das, es entspricht den Raben im Tower zu London und den Affen auf dem Felsen von Gibraltar – die roten Adler, sie pflanzen sich fort, indem sie weiß-rot-gestreifte Eier legen, aus denen nach etwa vier Jahren je ein rotes Junges schlüpft. Der steinalte Adler fliegt über das Tal. Der Aufwind trägt ihn, er spreizt sein Gefieder, nein: sein *stolzes* Gefieder. Er ist so alt, daß sein Gefieder schon leicht ins Burgunderrote hinüberschillert. Auch das geht noch an, da man weiß, daß Kaiser Maximilians erste Frau eine burgunderrote Prinzessin war. Der unvergessene Kaiser Maximilian.

Die roten Adler setzen sich in der Nähe der altehrwürdigen Stadt Rattenberg auf die weißen Bäume. Alle Bäume in Tyrol sind weiß. Wer etwas anderes sagt, ist ein Schuft, und es kann sein, daß ihm in der Nacht der Kaiser Maximilian in einem weiß-rot-gestreiften Bademantel erscheint und die Zunge herausstreckt: kalkig-*weißes* Gespenstergesicht, *rote* Zunge. Alle Bäume sind weiß. Überhaupt ist ganz Tyrol weiß, bis auf die Adler, die sind rot, und Kaiser Maximilian, sagt der Landeshauptmannstellvertreter, sowie seine Frau Maria von Burgund, die sind weiß-rot gestreift. Maria, wie nicht anders zu erwarten, obwohl nicht so alt wie der steinalte Adler, leicht ins Burgunderrote hinüberschillernd.

Alle Bäume sind weiß. Der Tyroler liebt die Bäume nicht. Die Bäume behindern die Skipisten. Daher behindern die Bäume den Tourismus. Die Tyroler haben die störenden grünen Bäume entfernt. Das Grün der Bäume würde das weiß-rote Tyrol zu einem unschönen Dreiklang ergänzen. Nur noch *ein* Baum steht. Er ist kein Baum, er ist ein Denkmal, ein Baumdenkmal, haltbar aus Gußeisen. Das Baumdenkmal steht in der Nähe von Hall in Tyrol und ist weiß gestrichen. Auf dem Weiß gestrichenen Baum sitzen die roten Adler. Nachdem sie einige Zeit ausgeruht haben, spreizen sie ihre Schwingen, schütteln sie, daß es bis zum ebenfalls weiß-rot-gestrichenen Berg Isel hinüberknattert, und fliegen dann das Silltal aufwärts in Richtung Süden. Unter den Adlern fliegt auch Luis Trenker. Auch er schüttelt mächtig seine Schwingen. Er ist der älteste Tyroler, aber auch der jüngste, der Ewig Junggebliebene. Der Ewige Tyroler sozusagen, ruhelos und bedrohlich über das Land fliegend. Er bleckt seine Zähne. Die roten Adler haben naturgemäß keine Zähne, aber Luis Trenker hat Zähne. Es handelt sich, wie anders, um *weiße* Zähne. Eigentlich würde man erwarten, daß Luis Trenker weiß-rote Zähne hat: immer abwechselnd einen weißen und einen roten Zahn. Hat er aber nicht. In den Fängen hält er ein Buch, das trägt den Titel ›Das Tagebuch der Eva Braun‹. Die Farbe Braun ist die einzige Farbe, die der Tyroler allenfalls in Harmonie zum weiß-roten Zweiklang gelten läßt: das Braun der Scholle, das Braun der Misthaufen, das Braun des braungebrannten Trenkerantlitzes, aus dem die leider nicht weiß-rot wechselnden Zähne über den Gletscherfirn leuchten. Braun-Weiß-Rot. Das Braun der aperen Skipisten in der Zwischensaison. Wenn es ein sehr dunkles Braun ist, dann könnte es für Schwarz gelten. Etwa: das Schwarz der Kutten, das Schwarz des Rußes unter dem Muskessel, das Schwarz der tiefen, tiefen Urstollen, in denen unberührbar verborgen die vaterländische Gesinnung ruht seit Menschengedenken.

Die roten Adler fliegen über den Brenner. Böse Zungen haben behauptet, Luis Trenker habe das Buch mit dem Titel ›Das Tagebuch der Eva Braun‹ selber geschrieben. Das ist eine Lüge. Luis Trenker hat nachgewiesen, daß er *nie* in seinem Leben ein Buch geschrieben hat, also auch nicht das Buch mit dem Titel ›Das Tagebuch der Eva Braun‹. Die Gletscher blinken weiß. Ein verunglückter Tourist liegt auf dem Gletscher. Rotes Blut. *Weiß-Rot,* das Herz des alten Adlers weitet sich. Außerdem trägt der Tourist ein weiß-rot-kariertes Hemd. Alle Touristen und auch alle Touristinnen tragen weiß-rot-karierte Hemden. Wie Milch und Blut. Und Speck. Der beliebte tyroler Speck, den auch der Adler nicht verschmäht.

Auch der beliebte tyroler Speck, obzwar hauptsächlich aus Polen importiert, ist in den Farben weiß-rot gehalten. Zwischen Polen und Tyrol besteht eine Adler-Verbindung. Vielleicht bringen die Adler den Speck von Polen nach Tyrol. Polen ist sozusagen die Umkehrung Tyrols. Polen ist das Gußnegativ Tyrols. Das polnische Wappen ist: ein *weißer* Adler auf *rotem* Grund. Die roten Adler fliegen über Brixen. Wenn nicht alles täuscht, ist Luis Trenker etwas zurückgeblieben. Dafür hat sich ein anderer Adler hinzugesellt, ein weißer Adler, ein Speckadler, ein polnischer Adler. Er heißt Woltiwa. Bald wird er auf Weidbruck herunterstoßen und die Erde küssen.

Der Zug der Adler hat Bozen erreicht, die weiß-rote Talferstadt. Die weißen und die roten Glocken läuten. Auch Luis Trenker hat wieder aufgeholt. Eine unübersehbare Menge von Marketenderinnen, alle selbstverständlich weiß-rot gekleidet, füllen den Waltherplatz. Das Denkmal Walthers von der Vogelweide wird abwechselnd weiß und rot angestrahlt. Tausende und Abertausende Schützenkompanien sitzen auf den Dächern und geben mit weiß-roten Girlanden geschmückte Salutschüsse ab. Die roten Adler, der weiße Adler und Luis Trenker kreisen über dem Platz und machen sich zur Landung fertig. Hunderttausend Blasmusikanten schmettern den Marsch ›Sapperlot, mir sein weiß-rot!‹ Die Marketenderinnen entblößen ihre weiß-roten Brüste. Die Adler jauchzen wie die sprichwörtlichen Jochgeier, die sie ja letzten Endes sind, horstet doch so mancher auf dem Stilfser Joch. Millionenmal dreschen Schlägel auf Trommelfelle. Die Trommeln sind weiß-rot geflammt. Weiß geht die Sonne auf und leuchtet am roten Himmel. Die Marketenderinnen werfen ihre Kleidung restlos ab und zeigen, daß sie ganz aus Milch und Blut sind. Der weiße Jochgeier schaut weg. Luis Trenker nicht. Die Adler landen. Der Landeshauptmannstellvertreter bringt zwei Pokale: jeder ist mit Wein gefüllt, der eine mit *weißem,* der andere mit *rotem* Wein.

»Es gibt nur zwei Farben in Tyrol«, krächzt der steinalte Steinadler. Er setzt sich an einen Tisch vor dem *MacDonald,* nimmt den weißen Adler Johannes Paul auf sein linkes, den Luis Trenker auf sein rechtes Knie, »wer«, fährt er fort, »etwas anderes sagt, ist ein Schuft.«

Erschienen Januar 1990 in ›Arunda‹

Die Übersiedlung von Bozen nach München war mit Schwierigkeiten verbunden. Wir wohnten damals im Dorf Bozen in der Villa Egger im Souterrain. Den Sommer über brachte mein Vater meine Mutter und die – vorerst noch – zwei Kinder, also meinen Bruder und mich, in die *Sommerfrische,* wie in Bozen üblich. Freilich nicht in eine der vornehmen aristokratischen und großbürgerlichen Sommerfrischen auf den Ritten, das hätte er sich nicht leisten können, sondern nach Jenesien, 1.000 Meter Seehöhe, 700 Meter Höhenunterschied zu Bozen. Dort mietete er für den Sommer ein Zimmer beim *Treindler-Bauern.* So auch im Sommer 1939. (Ich war vor Jahren dort. Ich hatte es recht in Erinnerung: ein windschiefes, verwahrlostes Anwesen.) Mein Vater war Buchhalter. Sein Geiz scheint ziemlich ausgeprägt gewesen zu sein. Er überlegte: da man im Herbst 1939 heim ins Reich zum Führer ziehen wolle, könne man ja die Wohnung in Bozen aufgeben, die Familie könne die drei, vier Wochen länger oben beim Treindler bleiben, von dort aus gleich nach München übersiedeln. So spart man die Miete für die Stadtwohnung für einige Monate. Meiner Mutter war es recht. (Sie erzählte: es sei ihr in den ersten Jahren ihrer Ehe immer alles recht gewesen, was ihr Mann gesagt habe. Erst im Krieg, als er weg war, sie mit den – dann drei – Kindern auf sich allein gestellt, habe sie eigene Meinungen zu entwickeln begonnen. Mein Vater habe das in seinen Urlauben mit Befremden festgestellt.)

So wurde also die Wohnung herunten gekündigt. (Am Wochenende kam mein Vater zu uns herauf, unter der Woche schlief er bei seinen Eltern in der Erbsengasse. Platz genug war in der alten, riesigen Wohnung.) Aber wohin mit den Möbeln? An den Garten der Villa Egger stieß hinten der große Park eines schloßartigen Ansitzes, der Gerstburg. Die Gerstburg, ein mittelalterlicher Bau, stand so gut wie leer. Mein Vater kannte den Eigentümer, einen Baron von Hingerl (oder so ähnlich), und mietete für zwei Monate den großen Saal der Burg. Der Rittersaal war viermal so groß wie unsere Wohnung. Die Möbel hatten leicht Platz. Die Miete: ein paar Lire, nicht der Rede wert. Den Transport der Möbel von der Villa Egger in die Gerstburg bewerkstelligte mein Vater – aus Geiz – eigenhändig und mit Hilfe seiner befreundeten Bergfexen. Statt auf Berggipfel zu klettern, trugen sie ein paar Wochenenden lang Möbel. Mit Einverständnis des Dr. Egger – eines Bozner Advokaten, dem die Villa gehörte – wurde hinten im Garten der Zaun auf zwei Meter niedergelegt. Betten, Stühle, Schränke, alles wurde durch den Garten nach hinten und dann durch den Park in den Rittersaal der Gerstburg getragen. Es war natürlich auch eine große Gaudi, und ganz trocken blieb die Sache wohl auch nicht. Den Wein für die Bergfexen mußte natürlich mein Vater spendieren, aber gemessen an dem, was eine Spedition verlangt hätte, waren diese Kosten zu vernachlässigen.

Der Rittersaal war, wie gesagt, größer als die ganze Wohnung. Mein Vater kam auf die Idee – ein spielerischer Zug, also höherer Sinn muß doch in ihm gewohnt haben –, die Möbel in dem Saal genau so anzuordnen, wie sie vorher in der Wohnung gestanden hatten. Nur bei den Bildern ging das nicht, aber das waren, glaube ich, nicht viele. Es ist hier wieder einmal Gelegenheit für eine Parenthese: mein Großvater liebte Bilder, bezeichnete sich als Sammler, obwohl das, was er sammelte, zum Teil billige Öldrucke waren. Aber immerhin ergaben sich auch Zufallstreffer: eine gar nicht schlechte Copie der Innsbrucker Madonna von Cranach, womöglich sogar eine zeitgenössische Copie oder bald danach, sie hängt heute bei meinem Onkel in Seis. Auf mich ist ein winziges Ölbild gekommen: St. Petrus mit dem Schlüssel, der

Hahn im Hintergrund, eine anziehende Arbeit eines Anonymus aus dem 18., vielleicht sogar 17. Jahrhundert. Sonst aber bevorzugte der alte Fritz Rosendorfer: ›Die Erschießung der Schillschen Offiziere‹ (Öldruck), Whistlers ›Mutter‹ (dito), die launige Darstellung ›Mutter, halt's Essen zu, der Vater muß nießen‹ oder ›Eremit mit Reh‹. Und dann aber Carl Moser. Carl Moser war ein Jugendstilkünstler aus Bozen, stammte aus einer berühmten Krippenbauerfamilie (eine Moser-Krippe besitzt das Nationalmuseum in München), lernte an der Academie Julian in Paris um die Jahrhundertwende und kultivierte später den farbigen Linolschnitt nach ostasiatischem Muster. Ich halte Carl Moser für eine achtbare Größe unter den Malern seiner Zeit. Meine Großeltern und auch meine Eltern kannten ihn. Er lebte in Bozen als fröhlicher, versoffener Bohémien mit – angeblich – drei Frauen, unzähligen Kindern und immer in Geldnöten. Er machte im Geschäft meiner Großeltern Schulden, bezahlte ab und zu die Strümpfe oder Hemden, die er für seine Familie brauchte, mit Bildern. So kam die Familie zu zahlreichen »Moser«; trotz Teilung des Erbes und abermaliger Teilung sind allein auf mich, wenn ich recht zähle, drei Blätter gekommen. Weit mehr »Moser« hat aber der jüngste Bruder meines Vaters – Onkel Walter, von dem noch zu reden sein wird –, denn der hat eine Frau geheiratet, die die Tochter des Wirtsehepaares vom »Sargant« in Bozen ist, und das war das Stammlokal Carl Mosers. Daß er dort mehr Schulden machte und also mehr Bilder – unter anderem, wie leider nicht bei meinem Großvater, feine, großformatige Ölgemälde – in Zahlung gab, ist klar.

Aber nun zurück in den hochfenstrigen Rittersaal der Gerstburg, auf dessen rotem Steinboden die Möbel meiner Eltern standen, das Modell – sozusagen – der Wohnung im Maßstab 1:1, nur ohne Wände. Ab und zu besuchten wir unseren Vater dort, der, nach dem Umzug dort auch schlief, und ich erinnere mich ganz genau, daß er mich, wie ich von da nach dort gehen wollte, scherzhaft warnte: Vorsicht! da ist doch die Wand! – hier ist die Tür. Ich begriff vollkommen.

Nicht aber genug damit, traten weitere Komplikationen ein. Wie das genau war, weiß ich nicht mehr, habe es wohl nie gewußt. Es verzögerte sich wohl der Termin des Umzugs nach München, gleichzeitig lief der mit dem Eigentümer der Gerstburg vereinbarte Miettermin ab. Aus irgendwelchen Gründen konnte oder wollte mein Vater nicht verlängern. Der ursprüngliche Plan, daß von der Gerstburg aus die Möbel – dann wohl doch durch eine Spedition – nach München verbracht werden sollten, zerschlug sich. Es mußte eine weitere Zwischenlagerung gesucht werden. Meine Mutter und wir Kinder wohnten, wie gesagt, beim Treindler-Bauern in Jenesien. Zwischen Bozen und Jenesien verkehrte eine Seilbahn. Sonst war das Dorf dort oben (damals: heute ist eine brutale Betonstraße in die Bergflanke geschnitten) nur über schmale, steile Saumpfade zu erreichen. Der Treindler-Bauer hatte einen geräumigen Stadel. Das Winterfutter war noch nicht eingefahren. »Woll, woll«, sagte der Treindl, man könne die Möbel schon einstellen dort. Glücklicherweise – schien es, später aber fatal – arbeitete ein Vetter meines Vaters von seiner Mutterseite her, ein verrückter Tschenett aus dem Oberen Vinschgau, als Kondukteur bei der Jenesinger Seilbahn. Der wußte, daß vorschriftsgemäß immer in der Früh vor der ersten regulären Gondel eine Gondel ohne Passagiere probeweise hinaufgelassen werden mußte. »Können mir schon machen«, sagte der Vetter (Hans hieß er). Die Talstation der Jenesinger Seilbahn war nicht weit weg von der Gerstburg, in Sichtweite, allerdings durch das Bett der Talfer getrennt. Aber nicht viel weiter oberhalb war eine Brücke. So traten die befreundeten Bergfexen aufs neue in Tätigkeit. Sie schleppten abends Kisten und Kasten aus der Gerstburg über die Brücke und zur Talstation, wo der gutmütige Vetter einen unbenutzten Raum zuwies, in dem das Mobiliar über Nacht wartete und dann am nächsten Morgen in aller Früh vom Vetter und seinen Kondukteurs-Kollegen in die erste Probe-Gondel geschoben wurde, unter Überwindung von 700 Metern Höhenunterschied hinauf nach Jenesien schaukelte, dort vom Personal der Bergstation herausgehievt und wieder abgestellt wurde, worauf im Lauf des Tages der Treindler-Bauer mit dem Fuhrwerk vorbeikam, die Portion auflud und in seine Scheune einfuhr. Er kam sowieso jeden Tag an die Bergstation, weil er dort die Milch für die Stadt ablieferte. Alles gutmütige, hilfswillige Menschen; aber ein Trinkgeld wurde dort erwartet: entweder in bar oder in Naturalien. Schon nach wenigen Tagen errechnete mein Vater, daß diese Trinkgelder das zu übersteigen begannen, was eine Lagerung in einer Spedition gekostet hätte. Er errechnete aber auch, daß ein Abbruch der Aktion noch teurer gewesen wäre, weil ja dann die bereits getätigten Investitionen verloren wären. Meine Mutter behauptete, mein Vater habe damals – mit 29 Jahren – die ersten grauen Haare bekommen. In der Tat war er, als sie ihn 1943 zum letzten Mal sah, mit 33 Jahren schon katzgrau. (War ich auch mit 33, die Anlage sichtlich von ihm geerbt.)

Nun ergab es sich aber, daß die Übersiedlung nach München doch früher vonstatten gehen sollte. Der helle Wahnsinn brach aus. Den komplizierten Mechanismus, an dem bereits eine nur noch schwer überblickbare Menge Leute mitwirkten, zu stoppen oder gar umzudrehen, war nicht mehr möglich. Befehle in dieser Richtung erzielten heilloses Durcheinander. Während noch unten Bergfexen Möbel aus der Gerstburg zur Talstation schleppten, transportierte oben der Treindler schon wieder *aus* dem Stadel zur Bergstation, mußte aber, weil sonst Überquellung eingetreten wäre, oben immer noch anlangendes Mobiliar wieder mitnehmen. Unten wurde verladen, zum Bahnhof gefahren. Die Organisation entglitt dem Lenkbaren. Mein Vater rannte hin und her. Eigensinnige Bergfexen schleppten, einmaligem Befehl gehorchend, in eingeschliffener Bahn weiter. Vetter Hans

Tschenett kannte sich überhaupt nicht mehr aus. Man muß bei all dem auch bedenken, daß der Verstand der Tiroler im allgemeinen nicht von der schnell beweglichen Sorte ist. Daß inzwischen, am 1. September 1939, der Krieg ausgebrochen war, registrierten meine Eltern in dem ganzen Durcheinander nur am Rande. Als meine Mutter dann schon mit uns Kindern unterwegs nach München war, schwebten immer noch Möbelstücke mit der Jenesinger Seilbahn hinauf und herunter, wobei erschwerend hinzukam, daß mein Vater die Sache sich selber überlassen mußte, weil er zum Militär eingezogen wurde.

Wahrscheinlich, wenn man sich die Mühe macht, heute einmal in der Früh um fünf Uhr aufzustehen und zur Jenesingerbahn-Talstation zu gehen, würde man sehen, wie ein gähnender Kondukteur (längst nicht mehr der Vetter Hans, der auch aus Südtirol abwanderte, im »Reich« Matrose, später Mönch, noch später Gralsritter wurde) ein Nachtkästchen in die Probegondel schiebt, mit der es dann nach oben entschwindet... und wenn man den Kondukteur fragt, warum er das tue, wird er antworten: ich weiß es nicht, das machen wir seit undenklichen Zeiten so.

Entstanden 1985

Einige Tyroler Heiligenlegenden

Bekanntlich ist Tyrol das katholischste Land der Welt. Genauer gesagt: Tyrol ist das einzige katholische Land der Welt. Es ist zwar oft die Rede von Polen, wo die Leute so katholisch sind oder dem Vernehmen nach sein sollen, daß Polnisch seit 1978 für Päpste Vorschrift ist, oder aber es ist die Rede von Spanien, wo im letzten Monat schon wieder eine Fabrik zur Eloxierung von Heiligenscheinen eröffnet wurde, aber das ist alles nichts gegen die tief verwurzelte Katholizität der Tyroler.

Meine Urgroßmutter stammte aus jenem Teil Tyrols, nämlich aus dem Oberen Vinschgau, wo die Katholizität sich stellenweise so verdichtet, daß Schneepflüge eingesetzt werden müssen, um die wenigen asphaltierten Straßen auch für die lutherischen Touristen freizuhalten. Von den katholischen allein könnte der Fremdenverkehr nicht leben. Diese Urgroßmutter war eine geborene *Ratt*, ein im Oberen Vinschgau häufig anzutreffender Name. Ein Zweig dieser Familie Ratt konnte sich im Oberen Vinschgau nicht halten. Bei einem der vielen Brände nämlich, die auf die nahezu immer und überall aufgestellten geweihten Kerzen zurückzuführen sind, sah sich die verzweifelte Familie vor die Frage gestellt, ob sie die Schuhe oder die Osterbeichtzettel retten sollten. Mit Todesverachtung stürzte sich ein gewisser Seraphim Ratt in die Flammen und rettete – die Schuhe. Es war immerhin Winter, und die Familie stand barfuß im Schnee. Dennoch zweifelte die Feuerwehr die lückenlose Katholizität dieses Ratt-Zweiges an. Die Feuerwehr konnte übrigens nicht löschen, weil das Weihwasser ausgegangen war. Mit ordinärem Wasser zu löschen, weigerte sie sich. So zogen diese Ratt also fort, hinüber übers Stilfser Joch in das für seine nachgerade heidnische Gesinnung berüchtigte Italien. Sie nannten sich *Ratti*, und 1922 wurde einer von ihnen Papst. Diesem

Papst, Pius XI., schrieb meine Großmutter, die Tochter jener Ratt-Urgroßmutter, am Tag, nachdem die Wahl in Tyrol bekanntgeworden war, folgenden Brief: »Lieber Herr Vetter! Ich gratuliere Dir und freuen uns alle. Nur bist Du resp. Sie überhaupt katholisch? Wo Du nämlich, wie man erfahren muß, mit Taufnamen Achilles heißt? War das nicht eine heidnische Schildkröte resp. Götze? Wie kann man ein Kind Achilles taufen?! In Tyrol hat noch nie ein Kind Achilles geheißen. Mit besten Grüßen Deine Cousine Anna Rosendorfer geb. Tschenett. Meine Mutter ist eine geborene Ratt, damit Du es weißt.«

Der Papst war wie vom Blitz getroffen. Er begab sich sofort zu meiner Großmutter, die ihn in fundamentale Fragen der katholischen Theologie einwies, z.B. daß es Unglück bringt, wenn man einen Hut (auch eine Tiara!) aufs Bett legt oder Schuhe auf den Tisch stellt, daß man an einem Donnerstag nicht an eine Maus denken darf, daß der hl. Tschenett bei Zehenkrämpfen hilft, wenn es einem gelingt, einen Rosenkranz in weniger als sieben Minuten zu beten, daß Luther auf dem Abort sitzend vom Teufel geholt wurde, und daß man beim Gewitter keine Zündhölzer aufs Fensterbrett legen darf.

Der Papst versprach, das alles zu beherzigen, telephonierte sogar zum Vatican, daß sofort alle Zündhölzer von den Fensterbrettern genommen werden müssen, auch in Castel Gandolfo, und dankte meiner Großmutter. Er kam dann noch öfters. Die Enzykliken ›Quas primas‹, ›Divini illius magistri‹, ›Casti connubii‹ und vor allem ›Obtusior animi acies‹ sind auf die direkte Eingebung durch meine Großmutter zurückzuführen.

Zum Dank dafür wurden in der Zeit seines Pontificates zahllose Tyroler heiliggesprochen. Zwei Heiligenlegenden will ich hier erzählen, vor allem der Jugend zum Vorbild, aber auch zur Erbauung der so oft sittlich gefährdeten Monsignori, Bischöfe, Erzbischöfe und Cardinäle, die nicht das Glück haben, aus dem Heiligen Land Tyrol zu stammen.

1. Der hl. Rote Adler. Er bringt den geweihten Speck, der dann den Touristen verkauft wird, aus dem Heiligen Land Polen in das Heilige Land Tyrol. Jeden Mittwoch und Freitag, im Sommer auch am Montag, fliegt er, einen gewaltigen Packen Speck im Schnabel, von Polen über Land und Meer nach Tyrol und versorgt die Marktstände am Brenner. Der Speck ist rot-weiß wie die Fahne Tyrols. Der polnische Adler ist weiß auf rotem Grund, der hl. Tyroler Adler ist rot auf weißem Grund. Allein das sollte zu denken geben. Im Herbst 1978 erwischte der Tyroler Adler einen besonders großen Brocken, was aber kein Speck war, sondern der Cardinal Wojtila, der sich über Tyrol in den Klauen des Adlers fliegend händeringend zum Katholizismus bekehrte und dann zum Papst gewählt wurde.

Der hl. Rote Adler wird bei hartnäckiger Magersucht, bei nicht enden wollenden Vollräuschen und von Eisenbahnkondukteuren bei verlegten Billettzwickzangen angerufen.

Der hl. Rote Adler ernährt sich, wie die Legende weiß, von Dackeln und gelegentlich dranhängenden Touristinnen in Lodenmänteln und trägt dadurch zur Ungeziefervertilgung bei.

2. Der hl. Trenker. Der hl. Trenker, der aus dem Pustertal stammte, war ein berühmter um nicht zu sagen berüchtigter Missionar im lutherischen Land. Furchtlos begab sich der hl. Trenker, nur mit einem von ihm erfundenen Spezialhut ausgerüstet, ins Heidnische und bekehrte die Ungläubigen, wo er ging und stand. Seine Methode war nicht anders als kernig, ja markig zu nennen. Er packte die Lutherischen und Heidnischen an der Gurgel und schrie: »Wirsch katholisch oder net?« Zeigte sich weitere Hartnäckigkeit, teilte er solche gottesfürchtige Ohrfeigen aus, daß selbst lutherische Pfarrer nur noch winselnd flehten, auf ungekochten Erbsen zum Papst wallfahrten zu dürfen. Einem sog. Freigeist gab der hl. Trenker einen vom Heiligen Geist inspirierten Fußtritt von einer Gewalt, daß der Freigeist noch bevor er wieder die Erde berührte, nicht nur alle Sünden bereute, alle Irrlehren widerrief, sondern auch die Erste Kommunion und sogar die Firmung seitens eines zufällig vorbeifliegenden Bischofs empfing. Oft genügte es, daß der hl. Trenker seinen furchteinflößenden Hut vorzeigte, und ganze Scharen von Protestanten traten nicht nur der katholischen Kirche, sondern auch gleich noch dem Opus Dei bei.

In seiner Freizeit fertigte der hl. Trenker die inzwischen weithin bekannten Tyroler Berge an. Nur aus gewöhnlichen Steinen, seltener unter Verwendung von Gefrorenem schichtete er nach und nach die seither von Kennern vielbewunderten sog. *Alpen* auf. Er erfand die Gletscherspalte, den Gamsbart und die Seilbahn. Die Berge, so der hl. Trenker, sollten Denkmäler für seinen Hut sein, hatten also alle ungefähr die Form des hl. Trenkerhutes und auch die Farbe. Ab 1997, dem zweihundertsten Jahrestag der Heiligsprechung des hl. Trenkers, sollen nach und nach auf allen Heiligenbildern die Heiligenscheine durch Trenkerhüte ersetzt werden.

Der hl. Trenker, dessen unverwesliche Senkfüße in der Krypta der Talstation der Hahnenkammbahn verwahrt werden, wird von Abgeordneten bei hartnäckig ausbleibenden Diätenerhöhungen angerufen und wurde 1990 vom hl. Offizium zum Schutzpatron der Bettnässer bestimmt.

Erschienen in ›Vatikanische und andere Idyllen‹, Bozen 1992

hl. Franken einen vom Heiligen Geist eingegebenen Auf-
trag [illegible] Gewalt, daß der [illegible] nach [illegible], er
wieder die Frau [illegible] nicht nur alle Sünden vergeben,
alle [illegible], sondern auch die [illegible]
mon und sogar die Firmung [illegible] alle vorzu-
liegenden Buße [illegible] empfing. Oft geschah es, daß der
hl. Franken seinen [illegible] vorzeigte
und ganze Scharen von Protestanten nicht nur zu der
katholischen Kirche, sondern auch [illegible]
Opus Dei bekehrte.

In seiner [illegible] der hl. Franken die in ge-
samter [illegible] bekannten [illegible] am [illegible]
wohlfeilen [illegible] durch Verwendung von Ge-
[illegible] nach und nach die [illegible]
[illegible] auf [illegible]
[illegible] den [illegible] und [illegible]
[illegible] der [illegible] Duplikat [illegible]
[illegible] also alle [illegible] des [illegible]
[illegible] und auch die Farbe [illegible]
[illegible] des hl. Franken [illegible]
[illegible] Heiligenbildern [illegible]
[illegible] durch [illegible] werden.

Der hl. Franken, dessen [illegible] in der
Krypta des [illegible] der [illegible]
worden, wird von [illegible] bei [illegible]
[illegible] angerufen und wurde [illegible]
vom hl. [illegible] zum Schutzpatron der [illegible] be-
stimmt.

[illegible] und [illegible]
1992

Provinz

Wenn einer auf dem Berg wohnt, und er kommt in den Gemischtwarenladen nach Oberndorf in Tyrol, dann weitet sich sein Horizont. Wenn der Gemischtwarenhändler aus Oberndorf nach Kitzbühel in ein Restaurant kommt, dann weitet sich sein Horizont. Wenn der Gastwirt aus Kitzbühel nach Innsbruck kommt und ginge – was natürlich nur ein hypothetischer Fall ist – in eine Buchhandlung, dann weitete sich – unterstellt, das sei bei einem Gastwirt aus Kitzbühel möglich – sein Horizont. Wenn der Buchhändler aus Innsbruck nach München kommt und ins Theater geht, dann weitet sich sein Horizont. Wenn der Theaterintendant aus München nach New York fliegt und am Times Square steht, dann weitet sich sein Horizont, dann weiß er, was die große Welt ist. (Nebenbemerkung: wohin die Anwohner des Times Square aus New York gehen müssen, damit sich ihr Horizont weitet, ist natürlich ein Problem, das im Rahmen dieses Aufsatzes nicht gelöst werden kann. Man ist vielleicht versucht zu antworten: nach Oberndorf in Tyrol. Das stimmt sicher nicht, wenn es auch bestechend klingt und eine Art Pointe wäre. Aber, wie gesagt, dieses Problem sollen die Anwohner des Times Square selber lösen.)

Nun will ich auch nicht darüber reflektieren, was passiert, wenn der Mann, der auf dem Berg wohnt, statt in die Gemischtwarenhandlung in Oberndorf in Tyrol direkt nach New York fliegt und sich tölpelhaft stellend, von den hastigen Börsenmaklern angerempelt am Rand des Times Square herumirrt: ob sich da sein Horizont so weit weitet, daß der Horizont reißt. Ich will mit der Kette von Horizonterweiterungen nur zeigen, daß es »die Provinz« nicht gibt, daß es nur eine Abstufung von Provinzsituationen gibt, die fließend ist und schillert.

Ich lebe seit über dreißig Jahren in der Großstadt, in einer Großstadt, in der sich verschiedene Leute einbilden, daß sie das Zentrum des kulturellen Lebens des deutschsprachigen Raumes ist. Ganz abwegig ist diese arrogante Meinung nicht. Reduziert auf den Kern: München ist eines der sechs oder acht deutschsprachigen Kulturzentren, weil in München eins der wichtigsten Theater spielt, eine der einflußreichsten Zeitungen erscheint, eine relativ große Anzahl von Verlagen und Fernsehproduktionen ihren Sitz hat, sich eine der bedeutendsten europäischen Kunstsammlungen befindet, reduziert auf diesen Kern, stimmt die genannte Meinung sogar. Ich lebe nicht nur in dieser Großstadt, ich lebe mit dieser Großstadt, weil ich durch meinen Beruf als Richter alltäglich mit den Problemen dieser Stadt konfrontiert bin, mein Büro buchstäblich im Auge des Verkehrsorkans habe, und weil ich durch meine Arbeit mit der Literatur aktiven und passiven Anteil am kulturellen Leben dieser Stadt nehme.

Was passiert nun, wenn mich einer aus Innsbruck besucht? Er beneidet mich. Er sagt: wenn man von allen Kunstausstellungen die uninteressanten abzieht, bleiben immer noch mehr übrig als man besuchen kann, selbst wenn man jeden Tag – wozu kein Mensch in der Lage ist – zwei Stunden in Museen und Galerien verbringt. Er sagt: selbst wenn man jeden Abend in ein Konzert geht, könnte man nicht alle interessanten Konzerte besuchen, vor allem deswegen, weil man auch jeden Abend in die beiden Opernhäuser und in die Theater gehen müßte, um einigermaßen alle wichtigen Inszenierungen anzuschauen. Er sagt: und dazu kommen noch die wissenschaftlichen Vorträge, die literarischen Veranstaltungen, politisches Cabaret und jahreszeitlich bedingte Attraktionen wie Fasching, Starkbierzeit, Theaterfestival und Oktoberfest. Er sagt: und dann war man noch gar nicht im Kino, wo man neuerdings wieder hingeht. Er sagt: du hast es gut.

Dann beneide ich ihn: obwohl ich mich als aufgeschlossen und interessiert betrachte, nehme ich allenfalls ein Zehntel des kulturellen Angebots wahr. Ich muß auswählen, und die Auswahl ist oft willkürlich und zufällig. Schon allein um auf dem Laufenden zu bleiben, was alles wo los ist, ist eine tagesfüllende Beschäftigung. In Innsbruck, sage ich, ist das kulturelle Angebot übersichtlicher, sicher kleiner als in München, aber – im Vertrauen gesagt – gar nicht so viel schlechter. In Innsbruck kennt man sich. In Innsbruck ist das kulturell interessierte Publikum fast wie ein privater Club. Das ist doch angenehm, gemütlich, hat menschliche Dimensionen.

So beneidet er mich, ich beneide ihn, wir gehen ins Theater, wo ich mich bemühe, mir den herablassenden Stolz auf dieses Haus – als ob es mir gehöre – und auf diese epochemachende ›Was ihr wollt‹-Inszenierung nicht allzusehr heraushängen zu lassen, dann gehen wir in den »Schwarzwälder«, wo ich versuche, meinen Stolz auf die urbane Gastronomie zu verbergen, und dann fährt er nach Innsbruck zurück und ich bleibe in München. Ich lebe im Zentrum, er lebt in der Provinz.

Ist Innsbruck »Provinz«? Was ist »Provinz«? Das Phänomen und den Begriff im abwertenden Sinn dürfte es erst seit dem Ende des XIX. Jahrhunderts geben, in Frankreich etwas länger. Die Kulturzentren der Renaissance in Italien waren oft lächerliche Kleinstädte: Ferrara, Modena, Urbino – selbst Mailand war damals ein Nest für heutige Begriffe, Rom hatte 100000 Einwohner. Die deutsche Literatur in ihrer großen Zeit, auch die Philosophie, entstand in Provinzstädten: Goethe lebte in Weimar, Schiller in Jena, beide kleiner als heute Kitzbühel, Kant lebte in Königsberg, die Brüder Grimm in Göttingen, Lessing in Wolfenbüttel, Stifter in Linz. Erst mit dem explosionsartigen Anwachsen der Hauptstädte im Industriezeitalter bildete sich der Kulturzentralismus aus. Wer im Jahr 1880 nicht in Wien, Berlin oder München lebte, schrieb, malte, komponierte oder zumindest seinen Lebensmittelpunkt hatte, konnte nicht mithalten. Die Kultur fand in den Metropolen statt, die Provinz sank zur Sommerfrische herab. Das hatte einen einzigen Grund: das Informationsdefizit der Provinz. Die Nachrichten, die Trends, die Moden, der ganze Strom der künstlerischen Entwicklung erreichte die Provinz mit zeitlicher Verzögerung, was ein kulturelles Gefälle hervorrief und natürlich die schöpferischen Kräfte in der Provinz zu einer kulturellen Landflucht veranlaßte. Wer sich wirklich auf künstlerischem Gebiet durchsetzen wollte, mußte in die Großstadt. Bei selbstverständlichen Ausnahmen im Einzelfall verblieb – im Ganzen gesehen – in der Provinz die negative Auslese, was sich wieder, ein circulus vitiosus, auf das kulturelle Gefälle verstärkend auswirkte.

Nun haben sich aber, möchte man meinen, die Zeiten seit 1880 geändert. Das Informationsdefizit, das entscheidende Handicap der Provinz, gibt es nicht mehr. In Innsbruck kann man die gleichen Fernsehsendungen sehen wie in München und zwar gleichzeitig, die Zeitungen sind am gleichen Tag erhältlich, die neuesten Bücher werden am gleichen Tag ausgeliefert, jede Information über jeden Trend und jede Mode ist in Innsbruck in der gleichen Sekunde erhältlich wie in München. Dennoch ist der Gegensatz Zentrum – Provinz nicht abgestorben. Vernünftige Gründe dafür gibt es nicht. Es ist zu vermuten, daß die Gründe ins Emotionale abgesunken sind, in das, was man heute mit dem so undeutlichen wie in sich falschen Wort: Selbstverständnis bezeichnet. Die »Provinz« ist dort, wo man sich als in der »Provinz« empfindet.

Eine eigenartige Rolle beginnt in dem Verhältnis Zentrum-Provinz die Dialekt-Literatur zu spielen. Jahrzehnte oder sogar Jahrhunderte lang hat sich die deutsche Literatur einer künstlichen Sprache bedient: des Hochdeutschen, das es eigentlich nie gegeben hat. Die Dialekt-Literatur war daneben, sofern sie überhaupt vorhanden war, zweitrangig und provinziell. Lessing war der erste, bei dem in ganz schüchternen Ansätzen ein Hauch von Dialekt zu spüren ist, und zwar in seinen frühen Komödien. Andererseits ist es gerade Lessing, dessen ›Minna von Barnhelm‹ ein Beispiel für die Vernachlässigung des Dialekts in der deutschen Literatur abgibt. Der preußische Major von Tellheim spricht hochdeutsch, Minna – die Sächsin – spricht nicht sächsisch, sondern hochdeutsch, sogar Minnas Zofe Franziska und der Feldwebel sprechen hochdeutsch, obwohl die beiden nicht den gebildeten Schichten angehören. Hat da Lessing nicht einiges an theatralischer Wirkung verschenkt? Goldoni, ungefähr ein Zeitgenosse Lessings, hat dagegen in seinem ›Arlechino, servitore di due padroni‹ drei oder gar vier Dialektschichten übereinandergelagert. Die »Herren«-Schicht spricht venezianisch, und zwar das vornehme Venezianisch, die »Diener«-Schicht spricht ordinäres Venezianisch, die Gäste der Locanda sprechen bergamaskisch oder florentinisch. Goldonis interessantestes Stück ›Le Barufe Chiozzotte‹ spielt mit dem Sprachwitz der verschiedenen Dialekte derart, daß das Stück unübersetzbar ist.

In der deutschen Literatur ist eine Dialekt-Literatur erst im Lauf des XIX. Jahrhunderts aufgetreten, hat sich allerdings aus der idyllischen Unverbindlichkeit nicht herausgewagt. Erst Gerhart Hauptmann hat es gewagt, die ›Weber‹ im schlesischen Dialekt zu schreiben, mußte das Stück aber dann ins Hochdeutsche übersetzen. Daß Hofmannsthal, einer der als ätherischsten Dichter deutscher Sprache angesehene Autor, mindestens drei echte Dialekt-Stücke geschrieben hat (den ›Schwierigen‹, den ›Unbestechlichen‹ und den ›Rosencavalier‹), übergeht man meist. Die Tatsache, daß der neben Gerhart Hauptmann bedeutendste realistische Schriftsteller der deutschen Bühne, Ludwig Thoma, seine Stücke in Dialekt geschrieben hat, hat dazu geführt, daß die Literaturwissenschaft diesen bösen Positivisten in der Kategorie »Idylliker« abgelegt hat, wo er überhaupt nicht hingehört.

Seit einigen Jahren aber gibt es eine Dialektliteratur, die gegen die Idylle aufbegehrt. H. C. Artmann war der Pionier. Es hat mit der Lyrik angefangen und bald das Theater ergriffen. Die Prosa ist merkwürdigerweise bis heute so gut wie unberührt davon. Dieser Zug in der deutschsprachigen Literatur ist verstanden worden und versteht sich, zum Teil mit Recht, als Revolution gegen die Vormacht der Kulturzentren. Diese sanfte Revolution beschränkt sich nicht auf die Literatur. Sie geht Hand in Hand mit einem allgemeinen Trend zum Regionalismus, der im politischen Sinn die Schotten wie die Basken, die Jurassier wie – sogar – die Esten ergriffen hat. »Small is beautiful« ist dieser Trend überschrieben. Vielleicht führt so – auch für Tyrol – der Weg aus dem heute unheilvollen und obsoleten Kulturantagonismus Zentrum – Provinz, aber man muß vorsichtig sein, daß nicht die Zentren sich dieses Trends bemächtigen, daß der positive Provinzialismus nicht zentralisiert wird; daß es nicht – im übertragenen Sinn – so geht wie mit dem Dorfwirt, der seine Gastwirtschaft renoviert hat und zum Schluß noch »für achthundert Mark bäuerlichen Blumenschmuck aus der Stadt kommen läßt«.

Entstanden 1976

München: Pro und Contra

Das Schönste an München ist zweifelsohne die Fußgängerzone. Die erstreckt sich, was wenige wissen, vom Stachusrondell bis zum Marienplatz und bezieht einige Seitenwege mit ein, zum Beispiel den Bereich um den Dom. Schon in den frühen Morgenstunden, wenn der wachsame Bürgermeister sein Auge durch den Spalt seines Dienstvorhanges über die Stadt gleiten läßt – so weit er halt von dem Standpunkt aus sehen kann – beginnt sich die Fußgängerzone zu beleben. Zweitausend Lastwägen bewegen sich um die Laternen, Brunnen und Schaukästen, die fröhlichen Taxifahrer huschen hin und her mit ihren bulligen weißen Wägen, und die beliebten bemalten Kastenfahrzeuge der Paketausfahrdienste stehen in rätselhafter Anordnung kreuz und quer über das Areal verteilt. Diese Kastenfahrzeuge, heißt es in den geheimen Büchern, die auf der Esoterik-Messe angeboten wurden, bildeten geheime gnostische Glückszeichen. Solang die Paketausfahrdienste herumstehen, geht München nicht unter. Die Polizei verteilt deshalb Konfekt und andere kleine Aufmerksamkeiten an die wackeren Fahrer mit den großen Füßen.

Gegen neun Uhr beginnt die Jagd auf die Pedestrianen, ein offenbar unausrottbares Ungeziefer, das immer wieder versucht, die Fußgängerzone zu besetzen. Einer von den schmucken gelben Postwägen schiebt einen komisch rudernden Rollstuhl-Pedestrianen vor sich her. Aufmunternde Rufe von achtzehn Baufahrzeugen erheitern die Atmosphäre. Einem Paketzusteller ist es gelungen, die Tür eines der wenigen Wohnhäuser wochenlang so luftdicht zu verstellen, daß die Bewohner nunmehr als Skelette entfernt werden können. Der Paketzusteller erhält von der Stadtverwaltung die Plakette »München leuchtet« in Dieselbraun.

Am späten Vormittag versammelt sich das harmlose Völkchen der Lastwagenfahrer vor den am Eingang der Fußgängerzone angebrachten Erheiterungs-Schrift-Tafeln, auf denen steht, daß der Lieferverkehr bis elf Uhr gestattet ist. Es – das Völkchen – lacht sich schief bis auf etwa 75° und umtanzt die Tafeln. Ab und zu tanzt der Polizeipräsident mit. Am nächsten Tag lachen sie sich wieder gerade.

So geht das Leben in der Fußgängerzone seinen Gang. Man lebt wie im Schlaraffenland. Die vom Benzindunst ohnmächtigen Stadttauben fallen direkt in die hungrigen Mäuler der Lieferchauffeure. Es überleben nur die Zähesten, welche sich mit den scheuen Politessen verbünden und sich so vermehren. Die Politessen sind scheu und benutzen wenig ihren Stift. Sie lächeln den Fahrern zu und rufen schelmisch: »Wie hübsch das Blau und Rot der Halteverbotsschilder zum Dunkelbraun ihres Wagens paßt.« München ist eben auch eine Kunststadt.

Der wachsame Bürgermeister schließt sein Auge. »Wachst du, Georg, mein Sohn?« Die letzten Benzinschwaden verziehen sich. Die Fußgängerzone liegt leer im Mondlicht. Nur in der Nacht vom 30. April versammeln sich die Seelen aller verschrotteten Lastwägen und umschwirren in höllischer Fahrt die Mariensäule. Wehe, wer das mit Augen sieht! – sagt die alte Schöttl Amalie. Aber sie wurde am hellichten Vormittag ebendort von einem Lieferwagen überfahren.

Entstanden 1987

Begrüßungswürde-Störung

Mitten aus dem arbeitsreichen Leben, zwischen dem Verzehr von zwei Schweinshax'n mit Kraut nebst einigen Maß Bier und einer Einladung zur Jagd bei einem befreundeten vierhundertjährigen Postangestellten, traf den braven bayrischen Dienstmann Franziscus-Josephus der wohlverdiente Schlag und er fuhr ins Jenseits.

»Haleluja!« sagte er dort.

»Wenn Sie nicht aufhören, so schmutzige Wörter zu gebrauchen«, sagte der Portier und kratzte sich zwischen den Hörnern, »so lasse ich Sie gleich an die Wand nageln.«

»Wie – was – woher – haben Sie überhaupt Abitur?!« schrie der Dienstmann und bekam seinen roten Kopf, quasi ein Markenzeichen.

»Wir sind schon mit ganz anderen fertig geworden«, sagte der Gehörnte.

»Also da muß ich bitten. Ich bin bayrischer Dienstmann gewesen und Mitglied der Ze – Es – U ...«

»Eben«, sagte der Gehörnte.

Da verschlug es dem Dienstmann das erste Mal in seinem Leben – nein: das erste Mal seit seiner Entstehung die Rede. Der Gehörnte holte mehrere in Asbest gebundene Leitz-Ordner herbei. Sie trugen die Aufschriften: »Korruption«, »Bestechung«, »Verleumdungen«, »Kumpanei«, Schalck«, »Marox« und viele andere. Der Dienstmann setzte sich hin und mußte viereinhalb Ewigkeiten lesen, dann wurde er einsichtig und setzte sich freiwillig in einen Kessel mit siedendem Öl.

Nach weniger als tausend Ewigkeiten wurde er, dank vieler Reden, von den in den umliegenden Ölkesseln siedenden Dienstmännern zum Sprecher gewählt. Er verhandelte mit dem Gehörnten. Er verkaufte Öl. Er kaufte von oben (leider undichte) Kessel, und er vermittelte einen höllischen Kredit als Fegfeuer von einer Milliarde glühender Briketts.

»Sie dürfen sich etwas wünschen dafür«, sagte der Gehörnte.

Der Dienstmann verdrehte die Augen und flüsterte: »Ja, wenn's sein könnt, daß ich noch einmal zurück in mein liebes München darf.«

»Gut«, sagt der Gehörnte, »dann können Sie gleich die teuflischen Eingebungen für die bayrischen Dienstmänner mitnehmen.«

So stieg also der Dienstmann Franziscus-Josephus aus seinem Kessel, trocknete das Öl mit Löschpapier ab, nahm das schwarze Kuvert und zischte durch das rußige Loch hinauf direkt in die Maximilianstraße, wo er das Restaurant »Walterspiel« aufzusuchen gedachte. Aber – dem Dienstmann entfuhr ein »Satanasackra« – da war alles von Miriaden von Polizisten abgesperrt. Nichts war es mit Dorschleber und Champagner im »Walterspiel«. Aus Wut schlug der Dienstmann mit seinem Schwanz auf das Pflaster und fauchte: »Da fahr ich doch gleich wieder lieber zur Hölle!«, drückte dem nächsten Mirmidonen das schwarze Kuvert in die Hand und tauchte in eine nahe gelegene Baugrube.

So erreichten diesmal die Eingebungen die bayrischen Dienstmänner. Es waren sehr schöne, sozusagen ergreifende Eingebungen von großer Durchschlagskraft. »Durch einfaches Dreinhauen«, hieß es da, »kann man die Weltöffentlichkeit davon überzeugen, daß Bayern das gastfreundlichste Volk der Welt sind.« Und: »Das fröhliche Zuschlagen gehört zur *bayrischen Art.* Wer sich mit *uns* anlegt, der bekommt unmittelbaren Kontakt mit bayrischer Folklore. Nicht umsonst erblühte die Frühform des Polizeieinsatzes, der *Watschentanz* in den Ostalpen.« Der Chef der Dienstmänner lächelte vom Balkon. Er war wie immer leicht glasig. Vielleicht wird er eines Tages ganz durchsichtig. Er erfand in dem Augenblick das neue Delikt der »Begrüßungswürde-Störung«, das ohne Gerichtsverhandlung sofortige bayrische Folklore auslöst.

Über der Residenz waren zu dem Zeitpunkt für den aufmerksamen Beobachter ganz kleine, bunt schillernde Luftphänomene zu beobachten, die aufwärts und dann davonschwebten. Es waren die Guten Geister, die die Staatsregierung verließen.

Entstanden Oktober 1991

Die Freie Republik Neuhausen

Dem Andenken Fritz Betzwiesers gewidmet
(Pfarrer in Neuhausen von 1965 bis 1993)

Die Tatsache, daß das Dorf Neuhausen vor hundert Jahren nach München eingemeindet wurde, darf nicht über die geheime Existenz der Freien Republik Neuhausen hinwegtäuschen, im gleichen Jahr 1890 gegründet. Die Freie Geistliche Republik Neuhausen ist der Ersatz für den 1870 bekanntlich untergegangenen Kirchenstaat, das angeblich seit Kaiser Constantin bestehende Patrimonium Petri, das als eine so bedauerliche wie illegale Nebenfolge des deutsch-französischen Krieges von 1870/71 von den ruch- wie gottlosen Savoyarden und ihrem Garibaldi besetzt wurde. Die Gründung der Freien Geistlichen Republik Neuhausen, sozusagen des *Patrimonii Winthiri* mußte im Geheimen erfolgen, weil man ja nicht wußte, wie das Allerhöchste Herrscherhaus zu so etwas stehen würde. Immerhin befand man sich ja 1890, nur vier Jahre nach dem Tod Ludwigs II., unter der staatsrechtlich mehr als auf wackligen Füßen stehenden Ägide des Prinzregenten, dessen auch heute noch zu bemerkende Popularität auf einem Irrtum beruht, was hier auszuführen aber zu weitschweifig wäre.

Inzwischen hat das Allerhöchste Herrscherhaus sich selber in eine Geheime Monarchie zurückgezogen und mit der Freien Republik Neuhausen versöhnt. Als äußeres Zeichen wurde dem jeweiligen Präsidenten, nämlich dem Pfarrer von Herz Jesu, der Schlüssel für das Nymphenburger Parktor verliehen.

Daß die Freie Republik Neuhausen mit der gleichzeitig gegründeten Pfarrei Herz Jesu verbunden werden sollte, war klar, da ja die Gründung als – wenngleich schmaler – Ersatz für das Priesterkönigreich Kirchenstaat gedacht war. Damit verbot sich von selber eine erbliche Monarchie. Die Pfarrei Herz Jesu ist also letzten Endes eine Tarnung des Präsidentenamtes der Freien Republik Neuhausen, Patrimonium Winthiri. Übrigens: das *Herz* Jesu. Das Herz ist sicher eins der Zentralorgane des Menschen; gleich wichtig sind Lunge, Leber, Nieren. Der Sitz der Seele, der Gefühle, der Gedanken ist das Herz *nicht*. Das Herz ist nichts anderes als ein, wenngleich wichtiger, Muskel. Die Pfarrei sollte deshalb ursprünglich sinnvollerer Weise *Gehirn* Jesu heißen. Die Benennung scheiterte aber an der damals ganz besonders bornierten Diözesanpolitik, die schon mit den Zores um Ignaz von Döllinger restlos irritiert war.

Die Freie Republik Neuhausen, die (seit nunmehr 25 Jahren) unter der straffen wie liebevollen Leitung meines alten Freundes Fritz Betzwieser steht, ist nicht nur atomwaffenfreie, sondern auch und vor allem tierversuchsfreie Zone. Die Entfernung aller zweibeinigen Pfarrkinder und deren Ersatz durch vierbeinige (nämlich Katzen), unbeinige (nämlich Goldfische) und gefiederte Geschöpfe Gottes scheiterte vorerst an technischen Gegebenheiten. Es ist im Ernst auch nicht mehr daran gedacht, denn inzwischen haben sich die Pfarrkinder durch den rastlosen Einsatz Pfarrer Betzwiesers zu so engagierten Tierfreunden entwickelt, daß hier weiters niemand mehr wagt, einen Kanarienvogel auch nur schief anzuschauen. Wie aber nicht anders zu erwarten, ist die Tierfreundschaft Betzwiesers nicht sektiererisch eng, was sich darin zeigt, daß er Liebe auch zu Tieren zeigt wie Kühe, Schweine, Hammel oder Forellen, sofern sie ordentlich gebraten und mit Petersil garniert sind.

Es wurde einmal beanstandet, daß unser lieber Freund und Monsignore in der Zeitung abgebildet wurde, wie er – in vollem Ornat – von seiner Katze Bärle geküßt wurde. Wer Bärle kennt, weiß erstens, daß Bärle nicht im Traum daran denkt, irgend jemanden zu küssen – eine Katze ist kein Schoßhund –, daß vielmehr die Photographie zeigte, wie Betzwieser *die Katze* küßte. Zweitens sei im Zusammenhang mit diesem Vorwurf daran erinnert, daß es seit der frühesten Christenheit (der erste Beleg stammt, wenn ich mich nicht irre, aus dem Mausoleum der Galla Placidia in Ravenna) die Darstellung unseres Herrn Jesus Christus gibt, der ein Schaf auf den Schultern trägt. Schaf oder Katze: es sind wohl beides beseelte Geschöpfe Gottes. In dem Zusammenhang ist vielleicht auch zu erwähnen, daß das Attribut des Seligen Winthir ein Esel ist. Der Esel ist ein Tier, das völlig zu Unrecht als dumm gilt. Der Esel ist im Gegenteil äußerst intelligent, er *zeigt* es nur nicht. Dumm sind die, die den Esel für unintelligent halten.

Entstanden Juni 1990

Anders als nach dem Zusammenbruch Nazi-Deutschlands 1945, als seit 1944 schon aller Theaterbetrieb ruhte, selbst dort, wo die Theater nicht zerstört waren, berührte die Niederlage, der Umsturz und die Revolution vom November 1918 das Theater wenig. Noch am 12. Oktober 1918 hatte das harmlose Singspiel ›Die Schweizerfamilie‹ von Joseph Weigl (1766–1846) Premiere, und schon am 7. Dezember ging die Neueinstudierung des nicht minder harmlosen ›Christelflein‹ von Hans Pfitzner (uraufgeführt 1906) über die Bühne. Am 12. Oktober hieß das Haus »kgl. Hof- und Nationaltheater«, am 7. Dezember nur noch »Nationaltheater«.

Seit 1912 – ab 1914 mit dem Titel General-Intendant – leitete Clemens Freiherr von und zu Franckenstein das Haus. Franckenstein war, wie alle seine Vorgänger, für alle Sparten des Theaters zuständig, also für Oper, Schauspiel, Ballett und Operette. Franckenstein (1875–1942) entstammte einer alten fränkisch-österreichischen Adelsfamilie, war in Wien aufgewachsen und hatte dann unter anderem in München bei Thuille studiert. Sein Bruder Georg von Franckenstein gehörte zum Freundeskreis Hugo von Hofmannsthals, und die beiden Brüder Franckenstein seien, heißt es, in Schnitzlers Roman ›Der Weg ins Freie‹ portraitiert. Bruno Walter erzählt in seinen Erinnerungen, daß sich Franckenstein über die unrichtige Darstellung in Schnitzlers Roman beschwert habe. Von 1901 an war Franckenstein als Dirigent tätig, von 1902 bis 1907 in London, danach in Wiesbaden und Berlin. Er erwarb sich internationalen Ruf und trat erfolgreich, wenngleich heute vergessen, mit Liedern, Orchesterwerken und Kammermusik, vor allem aber als Komponist von Opern hervor. Als sein Hauptwerk gilt die Oper ›Li-Tai-Pe‹ (uraufgeführt 1920 in Hamburg); seiner

Musik wird »farbenreicher Wohlklang und weitgeschwungene Melodik« bestätigt (Richard Schall im Art. Franckenstein in MGG). Ebenfalls 1912 mit Wirkung vom 1. 1. 1913 war Bruno Walter nach München berufen worden. Die Berufung hatte noch Franckensteins Vorgänger, Baron Albert Speidel, in die Wege geleitet. Walter, gebürtiger Berliner, war zuletzt in Wien tätig gewesen und galt als künstlerischer Erbe Gustav Mahlers, aber auch als vorzüglicher Mozart- und Wagner-Dirigent. Auch Walter hatte, wenngleich bescheidenen, kompositorischen Ehrgeiz.

Von den politischen Ereignissen jener Novembertage sei hier nur aufgeführt, daß eine Friedensdemonstration verschiedener, in Detailfragen sogar konkurrierender Parteien und Gruppierungen am 8. November 1918, einem Freitag, infolge unvermuteter Interferenzen zu immer schneller abrollenden Ereignissen führte, zum Sturz der Monarchie, zur Auflösung der bisherigen Staatsregierung, zu einer – NB auch und sogar vor allem gegen Preußen und den Zentralismus gerichtete – Revolution. Der König dankte zwar nicht ab, entband aber alle Beamte und Offiziere von ihrem Eid. Kurt Eisner, der Führer der Minderheits-Socialisten, schwang sich zum Ministerpräsidenten der neuen Republik auf.

Eisner, 1867 in Berlin geboren, einige Jahre Redakteur des social-demokratischen ›Vorwärts‹, lebte seit 1910 als Schriftsteller und Kritiker in München. Ihm hängt immer noch das deutschnationale und nationalsozialistische Verdikt nach, was ihn als Kümmerling, erfolglosen Skribenten und Winkelrezensenten diffamiert, für die Nazis war er natürlich nichts anderes als ein jüdischer Schmierer. Selbst Karl Bosl (›Bayrische Geschichte‹, S. 254) übernimmt offenbar ungeprüft einige dieser Vorurteile. Eine kurze sachliche Würdigung der Person und des Werkes Eisners findet sich in Wilhelm Herzogs Erinnerungsbuch ›Menschen, denen ich begegnete‹. Als Schriftsteller scheint Kurt Eisner dem Expressionismus nahegestanden zu haben, seine dramatische Skizze ›Krieg‹ (abgedruckt in ›Bayerische Bibliothek‹, Bd. 523f.) erinnert an Karl Kraus, was ja nicht das schlechteste ist. Eisner hat sich in der kurzen Zeit seiner Ministerpräsidentschaft bemüht, die Ernährungslage zu verbessern, und er hatte offenbar sogar gewisse Erfolge damit. Er hatte aber in all den Wirren und Turbulenzen Zeit und Laune, sich ums Theater zu kümmern. Aus den im Bayrischen Haupt-Staats-Archiv verwahrten Akten geht hervor, daß sich der neue Ministerpräsident als ehemaliger Kritiker die Sache des Theaters besonders angelegen sein ließ.

Ein Beispiel der sozusagen angerührten Eifrigkeit der Bierhefe des Deutschen Geistes, nämlich der Bürokratie, ist die in den eben erwähnten Akten des Bayrischen Haupt-Staats-Archives vermerkte Tatsache, daß am 9. November 1918, einem Samstag (damals noch voller Arbeitstag) das – nun nicht mehr »kgl.« – bayrische Staatsministerium für Unterricht und Kultus, während draußen die Schüsse der Revolution knallten (man vergleiche die etwas kindlich-staunenden Tagebuch-Eintragungen Thomas Manns aus jenen Tagen), nichts anderes zu tun hatte, als eine Ministerial-Entschließung des Wortlauts zu erlassen: »... wurden die vormaligen königlichen Theater in München als Nationaltheater auf (sic!) den Staat übernommen.« Bemerkenswert ist, daß diese »Min. Entschl.« die Nummer 32396 trägt, das heißt, es wurde weitergezählt, unbeschadet des Weltuntergangs. Der bayrische Beamte, der bei Dienstschluß am 8. November seinen kgl. Ärmelschoner ausgezogen hatte, streifte ihn am 9. November im Dienst der Republik in der Früh wieder über, denn selbst – oder gerade – die Revolution muß ordnungsgemäß registriert werden. Wie weit der freche Geist aber doch in die Ärmelschoner eingedrungen war, beweist, daß in der gleichen Entschließung die Absetzung des bisherigen Intendanten verfügt wurde, wobei man den Baron als »Klemens Franckenstein« apostrophierte: ohne »von und zu«, und was wohl als besonders diffamierend empfunden wurde, mit ordinärem *K.* »Klemens Franckenstein wurde in den »einstweiligen Ruhestand mit Wartegeld« versetzt; »... eine Wiederverwendung (war) nicht vorgesehen.«

Am 12. November, also schon am Dienstag danach, erließ Kurt Eisner eine Verfügung des Inhalts: »Der als Vorsitzende (sic!) des Künstlerrates der National-Theater als Obmann gewählte Herr Viktor Schwanneke wird hiermit bis zur definitiven Regelung der einschlägigen Verhältnisse zur selbständigen alle Befugnisse eines Bühnenleiters enthaltenen Leitung der Nationaltheater ermächtigt.« Die merkwürdige, von Eisner selber unterschriebene Verfügung gibt zwar sprachlich als auch inhaltlich einige Rätsel auf, aber alles in allem ist sie als Bestellung Viktor Schwannekes zum interimistischen Operndirektor zu werten. Viktor Schwanneke, dem eine Zeitung bestätigt, daß er ein »stark sozial empfindender Mann« sei, war Charakterkomiker am Hoftheater. Eine andere Zeitung schreibt etwas süffisant: »Der sechzehnte Intendant dieses Theaters ist ein Komiker, und es ist vielleicht die erste Rolle seines Lebens, bei der es nichts zu lachen gibt.«

In der gleichen Verfügung, die insgesamt ganz knapp gehalten ist, bestätigt Eisner Bruno Walter auf seinem Posten und überträgt die Schauspieldirektion an Albert Steinrück. In den Zeitungsberichten ist von einer »Palastrevolution« gegen Franckenstein die Rede. Der ›Völkische Kurier‹ behauptete, Franckenstein habe sein Amt niedergelegt, als ihm zugemutet wurde, Revolutionsfeiern in seinen Staatstheatern zu veranstalten, »Feiern für den Juden, der den bayrischen König stürzte.« Anderseits wurde ihm judenfreundliche Haltung vorgeworfen. Franckenstein hatte eine, 1911 uraufgeführte Oper nach einem alttestamentarischen Stoff geschrieben: ›Rahab‹. Eine Zeitung schrieb: »(– die jüdische Dirne –) Rahab, der zu Ehren der verflossene Generalintendant Franckenstein eigens eine Oper verbrochen hat, was ihn indessen nicht vor dem Hinauswurf nach angebrochener Revolution bewahrte.« Ein zuverlässigerer Zeuge als derlei Zeitungsberichte dürfte allerdings Bruno Walter sein, der in seinen Lebenserinnerungen (›Thema und Variationen‹, S. 296f.) die Vorgänge genau schildert, wenngleich, aber das mag am Setzer liegen, in dem betreffenden Abschnitt Franckenstein konstant nur mit k, also ohne *c* geschrieben ist. Nach Bruno Walters Erinnerung rief Franckenstein Walter am 9. November früh um 7 Uhr an und traf sich mit ihm anschließend in der Kaufingerstraße, wo Franckenstein Walter im Auf- und Abgehen erklärte, daß er, Franckenstein, »mit dem Verschwinden des Hofes auch seine Stunde gekommen« sah, daß er also zurücktreten wolle, daß aber Walter unbedingt auf seinem Posten bleiben solle, um das Schlimmste fürs Theater zu verhindern. Walter versuchte vergeblich, Franckenstein vom Rücktritt abzuhalten, ging dann allein in die Oper, wo eine »revolutionäre Versammlung« Viktor Schwanneke »zum obersten Vertreter des gesamten Personals« gewählt, und Franckenstein und einige offenbar unbeliebte Verwaltungsbeamte abgesetzt hatte. Schwanneke, über den Bruno Walter zumindest nichts Schlechtes sagt, kam zu Walter und bat ihn, die Operndirektion zu übernehmen, so wie Albert Steinrück die Direktion des Schauspiels schon übernommen hatte. Nach einiger Bedenkzeit sagte Bruno Walter zu.

Am 3. Februar 1919, wenige Tage vor Eisners Ermordung, schloß das Kultusministerium mit Viktor Schwanneke einen bis 1. April 1920 befristeten Vertrag als Intendant. Noch vor Ablauf des Vertrages – am 21. Januar 1920 – »bittet« Schwanneke um Entbindung von seinen Verpflichtungen. Am 7. Februar 1920 entsprach das Ministerium dieser »Bitte«, und Schwanneke wird mit Wirkung vom 1. März 1920 »der Dienstleistung« enthoben. Ein Grund für Schwannekes Rücktritt ist aus den Personalakten nicht ersichtlich. Er scheint danach ein Engagement in Berlin – wieder als Schauspieler – angenommen zu haben. Seine kurze Amtsführung scheint tadelfrei gewesen zu sein, wenn auch in der Presse Anwürfe zu lesen waren. So wurde behauptet, Schwanneke habe sich am 8. November 1918 quasi durch Handstreich des Intendantenstuhles bemächtigt. Schwanneke verteidigte sich dagegen, das oben erwähnte Zeugnis Bruno Walters gibt Schwanneke recht.

Der Theaterbetrieb lief, mit Ausnahme der schlimmsten Tage des Straßenkampfes im Frühjahr 1919, unbeirrt weiter. Es gab sogar Münchner Festspiele unter der Ägide Schwanneke. Bis dahin, das heißt: bis 1914 hatten die Festspielprogramme nur Werke von Mozart und Wagner, zuletzt auch von Richard Strauss aufgewiesen, jeweils vier bis acht, selten mehr Opern. 1919 wurde ein äußerst buntscheckiges Programm in den Festspielen dargeboten, das – einzig in ihrer Geschichte – auch mehrere Sprechstücke umfaßte, unter anderem das »Dramatische Gedicht« ›Herakles‹, ein Versdrama von dem in der alten Ära von der Zensur verfolgten Frank Wedekind.

Der Rücktritt Schwannekes scheint für das Kultusministerium nicht überraschend gekommen zu sein. Möglicherweise war es auch so, daß die auf den Zusammenbruch der Rätediktatur folgende reaktionäre Regierung dem ohne Zweifel verdächtigen Viktor Schwanneke signalisiert hatte, daß sein Vertrag nicht verlängert werden würde; worauf sich vielleicht Schwanneke nach anderem Engagement umgesehen hat, das er dann früher als zum Vertragsende als Intendant antreten konnte. Jedenfalls aber muß das Ministerium bereits vor dem Entlassungsgesuch Schwannekes nach einem neuen Mann Umschau gehalten haben, denn schon am 14. Februar 1920 ernannte es »den derzeitigen Generalintendanten der Frankfurter Städtischen Bühnen Geheimen Hofrat Dr. Karl Zeiß zum Generalintendanten«.

Karl Zeiß war am 13. September 1871 in Meiningen geboren, hatte in Leipzig Germanistik studiert und promoviert. Nach kürzerer Tätigkeit erst als Journalist und dann als Gymnasiallehrer wurde er 1901 Dramaturg in Dresden, betätigte sich ab 1906 als Regisseur, wurde 1909 »I. Dramaturg«, 1907 Hofrat und 1909 Geheimer Hofrat. 1915 ging er nach Frankfurt, blieb dort bis zu seiner Berufung Generalintendant. Bruno Walter erwähnt, daß sich Zeiß als Schauspielregisseur hauptsächlich für diese Sparte interessierte und daher dem Generalmusikdirektor weitgehende Freiheit ließ.

Die Intendantschaft Karl Zeiß' endete durch den plötzlichen Tod des erst 53jährigen Mannes am 13. Februar 1924. Die Todesursache ist in den Personalakten nicht festgehalten. Einige Schreiben aus den Tagen vor dem 13. Februar an den Generalintendanten sprechen Genesungswünsche aus und erwähnen einen Unfall. Aus den im Personalakt gesammelten Nachrufen in der Presse ist nichts Näheres berichtet.

Diesmal traf das Ministerium der Verlust des Generalintendanten ohne Zweifel unvorbereitet. Ob und mit wem Verhandlungen über die Nachfolge gepflogen wurden, geht zumindest aus den Personalakten Zeiß und Franckenstein nicht hervor. Jedenfalls erinnerte man sich daran, daß ja noch ein Generalintendant im Ruhestand »mit Wartegeld« lebte, und mit Wirkung vom 1. Mai 1924 wurde dieser Mann, nämlich Clemens Freiherr von Franckenstein, auf den Sessel zurückgerufen, den er am 8. November 1918 mehr oder weniger freiwillig verlassen hatte. Seltsam ist, daß sich in Franckensteins Personalakte kein neuer Vertrag findet. (Allerdings ist auf dem Aktendeckel ein Vermerk angebracht, daß Akten, Franckenstein betreffend, im Krieg 1939/45 verbrannt sind.) Es ist lediglich ein schwer leserlicher Durchschlag einer Kultusministerial-Entschließung vorhanden, in der es heißt, es werde »der im einstweiligen Ruhestand befindliche Generalintendant Klemens (sic!) von Franckenstein auf die Dauer von 8 Jahren mit der Leitung der bayrischen Staatstheater betraut.« Die Zahl »8« ist nicht klar zu lesen, es könnte auch »6« heißen. Eine zweistellige Zahl aber – was ganz kurz unten noch eine Rolle spielen wird – ist es nicht. Am 1. Mai 1924, als Franckenstein seinen Dienst antrat, ließ der neu-alte Generalintendant eine Erklärung aushängen, deren Wortlaut auch im Personalakt liegt. Franckenstein ließ wissen, er lege Wert darauf, »daß ich mich in keiner Weise um meine dienstliche Wiederverwendung bemüht habe.«

Franckensteins zweite, achtjährige Amtszeit wäre 1932 abgelaufen gewesen, sofern die Zahl in der oben erwähnten Verfügung als »8« zu lesen ist. Da die Zahl allenfalls als »9« zu lesen ist, keinesfalls aber als zweistellige Zahl, und da sich in den Personalakten kein irgendwie gearteter Verlängerungs- oder Zusatzvertrag findet, nicht einmal eine formlose Ministerial-Entschließung, und da sich Franckenstein noch im Jahr 1934 im Amt befand, ist zu vermuten, daß die Amtszeit stillschweigend als verlängert betrachtet wurde. Die politischen Ereignisse von 1933 berührten Franckenstein und seine Position vorerst nicht. Er war sicher kein Nazi, aber er war politisch im Sinn der neuen Machthaber »nicht belastet«, und er war kein Jude. Zum Nachweis seiner »arischen« Abstammung brauchte Franckenstein keinen »Ahnenpaß«, er konnte mit nobler Geste auf den Gotha verweisen. Im Übrigen stand er, der wohl deutsch-national und konservativ gesinnt war, der Nazi-Regierung zumindest am Anfang nicht ablehnend gegenüber, eine Haltung, die selbst in liberalen Kreisen verbreitet war, wie etwa das Beispiel Theodor Heuß' zeigt. Franckenstein war damals seit kurzem in zweiter Ehe mit der Sängerin Marie Nezbeda verheiratet. Sie gehörte dem Ensemble des Nationaltheaters an. (Im Übrigen aber war Franckenstein sorgfältig bemüht, aus seinem Amt keine persönlichen Vorteile zu ziehen. So ließ er keine seiner Opern im eigenen Haus aufführen.) Die Sängerin Nezbeda wurde 1933 entlassen, »weil sie tschechische Staatsangehörige« war, so eine Notiz der ›Kreuzzeitung‹ vom 17. 4. 1933, die nicht erwähnt, daß es sich dabei um die Frau des Intendanten handelt. Franckenstein selber war auch Ausländer, nämlich österreichischer Staatsangehöriger. Vor Antritt seines Postens im Jahr 1912 mußte er seinen Kaiser Franz Joseph um Genehmigung bitten, um den kgl. bayr. Generalintendanten-Titel annehmen zu dürfen. Das zeremoniöse Schreiben liegt noch in der Personalakte. Franckenstein wurde trotzdem nicht entlassen. Im Übrigen lebte Marie Nezbeda, Baronin Franckenstein, unbehelligt weiter in München und Possenhofen. Bei Franckensteins Tod 1942 schickten ihr die Nazi-Kulturbonzen sogar Trauergrüße.

Erst 1934 kam es zum Bruch zwischen Franckenstein und den Nazis. Ein Grund dafür ist in den Personalakten freilich nicht aufgezeichnet, aber es lassen sich Gründe genug denken. Selbst wenn man, wie Franckenstein wohl zu unterstellen, und wie aus ganz kleinen Indizien hervorzugehen scheint, er 1933 noch Sympathien für die Nazis gehabt hat, waren sie in der Regel bei einem liberal denkenden Menschen spätestens 1934 entflogen, und für einen noblen Menschen wie Franckenstein gab es in seiner exponierten Position, die im weiteren Sinn einem Goebbels unterstand, Reibungspunkte mit den braunen Kulturhyänen genug. Im Juni 1934 muß es zwischen Franckenstein und dem – nun natürlich längst nazistischen – bayrischen Kultusministerium zum Krach gekommen sein, der in einer Unterredung zwischen dem Intendanten und dem neuen Kultusminister Hans Schemm dazu führte, daß Franckenstein zurücktrat. Hans Schemm, ein Bayreuther Volksschullehrer und Frühnazi, war 1933 bayrischer Kultusminister geworden. Er war der Verfasser des ohne Zweifel epochemachenden Werkes ›Gott, Rasse und Kultur‹ und kam schon 1935 mit Recht bei einem Flugzeugabsturz ums braune Leben. Wie jene Unterredung zwischen Franckenstein und Hans Schemm verlief, ist selbstverständlich in den Akten nicht verzeichnet. Es findet sich darin lediglich der Durchschlag eines offiziellen Briefes von Schemm an Franckenstein, in dem es heißt: »Im Anschluß an die Unterredung vom 6. ds. Mts. (Anm. d. Verf.: Juni 1934), in der Sie mir Ihr Amt zur Verfügung stellten ...« Es folgt eine Suada seifiger Floskeln des Dankes für Franckensteins Wirken und dergleichen. In einem anderen offiziellen Vermerk in den Akten heißt es, daß Franckenstein am 12. 6. 1934 »seinem Ansuchen entsprechend« beurlaubt und mit Wirkung vom 1. 9. 1934 pensioniert werde.

Vom 1. September 1934 an zog sich dann auch die Schleimspur des Nationalsozialismus durch die Geschichte der Oper in München. Von Franckensteins Rücktritt an bis 1. September leitete der Generalmusikdirektor, es war seit Bruno Walters Weggang Hans Knappertsbusch, die Geschäfte des Intendanten interimistisch. Am 1. September wurde der SS-Standartenführer und bisherige Intendant von Braunschweig Oskar Walleck zum Generalintendanten ernannt. Sein markiges Portrait findet sich sogar noch in der 1984 von Klaus Jürgen Seidel herausgegebenen Schrift ›Das Prinzregententheater in München‹. Die SS-Rune auf dem Revers ist nur unvollständig wegretouchiert.

Dieser Walleck scheint sich als Versager erwiesen zu haben. Er konnte sich trotz seiner tadellosen NS-Gesinnung nach Clemens Krauß' Amtsantritt als Generalmusikdirektor nicht mehr halten und flog vom Intendanten-Posten. Das Amt des Generalintendanten wurde überhaupt abgeschafft, Clemens Krauß übernahm ohne den Titel die Leitung der Oper, bis 1944 nicht nur im zerstörten National-, sondern auch im Prinzregententheater für längere Zeit alle Lichter ausgingen.

Entstanden Januar 1992

Goethe in Rom

Am 29. Oktober 1786 betrat Goethe, auf der Via Flaminia kommend, durch die Porta del Popolo Rom – endlich. Noch sagte er nicht: »Auch ich in Arcadien!«, das setzte er erst viele Jahre später über seine ›Italienische Reise‹, er schrieb – 1. November in seinem ersten Brief an die Freunde in Weimar – weniger klassisch aber nicht minder anrührend: »Nun bin ich hier und ruhig und, wie es scheint, auf mein ganzes Leben beruhigt.« An seine Mutter schrieb er drei Tage später: »Wie wohl mir's ist, daß sich so viele Träume und Wünsche auflösen, daß ich nun die Gegenstände der Natur sehe, die ich von Jugend auf in Kupfer sah und von denen ich den Vater so oft erzählen hörte ...«

Goethe war, als er Rom betrat, eben 37 Jahre alt. Die Prosafassung und die erste Fassung der ›Iphigenie‹ in freien Versen und das Manuskript des noch unvollendeten ›Tasso‹ hatte er im Gepäck. Sein Hauptaugenmerk aber galt der bildenden Kunst auf dieser Reise – er nahm Zeichenunterricht bei Angelica Kauffmann und bei Kniep – und vor allem der Geologie. Es ist schwer zu entscheiden, was ihn auf der Reise, die in Karlsbad am 3. September begann, mehr bewegte: die Bauwerke Palladios oder Tuff, Bimsstein und Lava. Geschrieben hat er mehr über die Geologie ... aber das trat zurück, als er am 29. Oktober in der Ewigen Stadt eintraf.

In Rom regierte – seit 1775 – Papst Pius IV., vorher Giovan Angelo Braschi, den selbst Goethes protestantisches Auge als »die schönste, würdigste Männergestalt«

anerkennt. Die Stadt hatte ungefähr 150000 Einwohner, nicht viel für heutige Begriffe, aber viel für Goethe: Weimar zählte damals 7000. Es gibt einen Plan aus der Zeit Benedicts XIV., also aus der Zeit, als Goethes Vater Italien bereiste: er zeigt, daß das Gebiet innerhalb der Aurelianischen Mauer kaum zu einem Drittel besiedelt war. Fast das ganze Gebiet südlich der Linie von der Tiberinsel zum Kapitol und zu Santa Maria Maggiore und westlich und nordwestlich der Linie, die die schnurgerade alte Via Sistina von der Porta del Popolo bis Santa Maria Maggiore bildet, fast unbewohnt war. Palatin, Aventin, Caelius und sogar noch der Esquilin lagen mit Ausnahme einiger Kirchen und Klösterkomplexe wüst. Obwohl unter den zwei weniger bornierten Päpsten des XVIII. Jahrhunderts – Benedict XIV. und Clemens XIV. – mit einigermaßen systematischen Ausgrabungen begonnen wurde, lagen die meisten Altertümer unter Schutt und Erde begraben. Die Campagna reichte bis aufs Forum, wo Kühe weideten, weshalb die Römer es »Campo Vaccino« nannten: Rinderfeld. Die drei berühmten Säulen des Dioskuren-Tempels mit dem Gesimsrest ragten nur ein paar Meter über das Niveau der Wiese. Wie die Denkmäler und Sehenswürdigkeiten Roms aussahen, wissen wir aus den damals ganz neuen Kupferstichen Piranesis, und auch, daß es kaum gepflasterte Straßen und Plätze gab. Der Kot lag knöcheltief, Goethe störte das nicht. In Weimar war es auch nicht anders.

Goethe war natürlich nicht der erste Deutsche in Rom. Das ganze XVIII. Jahrhundert hindurch hat es dort eine sozusagen ständige deutsche Kolonie gegeben, und vor allem waren es selbstverständlich die Maler und Bildhauer aus den nordischen Ländern, die es ans arkadische Licht und an die Stätte der klassischen Altertümer zog. Raphael Mengs aus dem böhmischen Aussig zog 1741 im Alter von 13 Jahren mit seinem Vater nach Rom und blieb hier mit wenigen Unterbrechungen. Er wurde der erste Direktor der Malerakademie auf dem Kapitol und starb 1779. Goethe schätzte ihn nicht viel weniger als den anderen, älteren Raffael. Mengs war eigentlich schon kein Deutscher mehr, sondern Römer geworden. Das gleiche galt für Angelica Kauffmann, die, mit dem venezianischen Maler Antonio Zucchi verheiratet, seit ihrem zweiten Lebensjahr in Italien und von 1782 bis zu ihrem Tod 1807 in Rom lebte. Um diese beiden Pole Mengs und Kauffmann kreiste ein ganzer Kranz von heute mehr oder weniger vergessenen, damals aber zum Teil hochgeschätzten deutschen, englischen und skandinavischen Künstlern, die sich entweder ganz oder wenigstens für einige Jahre in Italien und da vor allem in Rom niederließen: Friedrich Bury (der Goethes nächster Freund in Rom werden sollte und später für Herder – der ihn nicht ungern falsch als »Büri« bezeichnete, Cicerone spielte), Philipp Hackert, der von 1768 an in Italien lebte und in Rom 1807 starb (für ihn ließ, damit er den Seesieg der Russen über die Türken bei Tschesme naturgetreu malen konnte, der General Schuwalow in Livorno eine seiner Fregatten in die Luft sprengen), Christoph Heinrich Kniep (der Begleiter Goethes auf der Reise nach Sizilien), ein Mitglied der kaum je irgendwo fehlenden Familie Kobell, aber auch Johann Heinrich Füßli, die Engländer Gavin Hamilton und John Flaxman (von dem die seinerzeit so ungemein beliebten »Umrißzeichnungen« zur antiken Mythologie stammen), der große Johann Christian Reinhart und natürlich Joseph Anton Koch und Goethes Freund Wilhelm Tischbein. Die Liste ist längst nicht vollständig. (Koch und Reinhart, dann auch Asmus Carstens und Bertil Thorwaldsen kamen erst nach Goethes Aufenthalt, aber noch zu Angelica Kauffmanns Lebzeiten nach Rom.)

Johann Gottfried Herder, der im September 1788, ein Vierteljahr, nachdem Goethe die Stadt verlassen hatte, in Rom eintraf, fand in der deutschen Malerkolonie Goethes Andenken noch überaus lebendig, und nicht alles, was er über Goethes Leben in Rom erfuhr, erfuhr die

Billigung des sittlich strengen und wohl sogar etwas säuerlichen Generalsuperintendenten und Oberkonsistorialrats. Zwar nicht ausdrücklich, aber zwischen den Zeilen der Briefe Herders an seine Frau aus Rom ist zu lesen, daß mehreres, was Herder von Goethes Leben in dieser Stadt hören mußte, einen Superintendenten störte. Das Geringste davon war Herders Vorwurf, Goethe habe in Rom fast ausschließlich mit Malern verkehrt, während er, Herder, die Beschäftigung mit den antiken Statuen vorzog. Überhaupt erlaubt uns der Blick auf die Reisebriefe Herders und der auf die Briefe und Aufzeichnungen Goethes den Vergleich zweier nordländischer Anschauungen vom Süden, zweier extremer Anschauungen. Dabei ist allerdings zu bedenken, daß Herders Aufenthalt in Rom unter keinem guten Stern stand. Herder nannte Rom (11. Oktober 1788) »Abgrund der alten Welt« und schrieb (am 22. Oktober); daß dieser Ort »für mich gar nichts (sei); mit Seel und Magen geht man darin zugrunde.« Herder gehörte also offenbar zu denjenigen Deutschen, die Angst haben, der Katholizismus sei ansteckend, und die Spaghetti und Olivenöl nicht vertragen, wonach Italien für sie natürlich gestorben ist. Goethe verehrte und liebte Italien und besonders Rom vorbehaltlos und längst schon, bevor er es kennenlernte. Es kann nicht anders gewesen sein, als daß Goethes positives Vorurteil durch jedes Detail, das er sah und hörte und erlebte, bestätigt und vertieft wurde. Die Zuneigung zu Rom war in Goethe in einer Weise prädisponiert, daß die »Kristallisation« (um mit Stendhal zu sprechen) unaufhörlich und in atemberaubendem Tempo Kruste an Kruste von Liebe ansetzte.

Goethe hat die Liebe zu Rom geerbt. »Denn es geht«, schreibt er im gleichen Brief vom 1. November 1786, aus dem oben schon ein Satz zitiert ist, »man darf wohl sagen, ein neues Leben an, wenn man das Ganze mit Augen sieht, das man teilweise in- und auswendig kennt. Alle Träume meiner Jugend sehe ich nun lebendig; die ersten

Kupferbilder, deren ich mich erinnere (mein Vater hatte die Prospekte von Rom auf einem Vorsaale aufgehängt) seh' ich nun in Wahrheit ...« Goethes Mutter bestätigt es in ihrer Antwort vom 17. November auf den ebenfalls eingangs zitierten Brief Goethes an sie aus Rom vom 4. des Monats: »Jubeliren hätte ich vor Freude mögen, daß der Wunsch der von frühester Jugend an in deiner Seele lag, nun in Erfüllung gegangen ist – »Dieser Brief ist (mit Ausnahme eines Briefes von Barbara Schultheß aus Zürich, den Goethe ganz am Ende seines Aufenthaltes bekam) übrigens der einzige, der von den Briefen *an* Goethe aus seiner Zeit in Italien erhalten ist. Goethe hat offenbar bei seiner Abreise aus Rom alle diese Briefe vernichtet, selbst die der Frau von Stein. Daß der Brief der Mutter erhalten geblieben ist, verdanken wir dem Cardinal Grafen Hrczan-Harras (den Goethe Herzan buchstabiert), dem österreichischen Gesandten in Rom. Hrczan ließ den Brief durch seinen deutschen Sekretär bei Goethe entwenden und schickte ihn an den Staatskanzler Fürsten Kaunitz, aber beileibe nicht aus literarischem Interesse, sondern um nachzuspionieren, ob sich hinter diesem »Johann Philipp Möller« (auf dessen Namen lautete Goethes Paß) nicht ein Geheimagent verberge. Da – leider – keine weiteren Briefe an Goethe gestohlen wurden, ist anzunehmen, daß »Möller« selbst der mißtrauischen österreichischen Regierung unverdächtig war.

Goethes Liebe zu Rom und Italien datiert aus dem Jahr 1740 – neun Jahre vor seiner Geburt. Johann Caspar Goethe, damals 29 Jahre alt und noch nicht der »Rath Goethe«, reiste von Wien – wo er als Jurist am Reichshofrat praktiziert hatte – im Dezember 1739 über Venedig nach Rom und später bis nach Neapel, im Herbst 1740 verließ er Italien, um über Paris und Straßburg im Sommer 1741 nach Frankfurt zurückzukehren. Wahrscheinlich in den sechziger Jahren verfaßte Johann Caspar Goethe einen Bericht seiner Reise in 42 fiktiven Briefen und 5 Appendices, den er – eine ebenso merkwürdige schriftstellerische Laune wie achtunggebietende Leistung – in italienischer Sprache schrieb. Das Haus Goethe am Großen Hirschgraben muß außerdem ein Museum von Vater Goethes italienischen Andenken und Erinnerungen gewesen sein, zum Teil finden sich die Kupferstiche und Gipsabdrücke noch heute dort. Wenn auf Italien die Rede kam, wurde das Auge des sonst als pedantisch und eher trocken geschilderten Mannes feurig. Johann Wolfgangs Jugend muß unter dem – von Goethes Psyche offenbar positiv verarbeiteten – Eindruck gestanden haben, daß nur derjenige, der Italien und speziell Rom kennt, wenigstens einmal kennengelernt hat, ein Leben geführt hat, das wert ist, menschlich genannt zu werden.

Goethes Leben in Italien, die Stationen und Daten seiner Reise, die Werke, die er dort und darüber geschrieben hat, sind mehr als geläufig, und hier in der Kürze könnte das alles auch gar nicht referiert werden, was in einer ganzen Bibliothek von Sekundärliteratur über Goethe und Rom schon geschrieben worden ist. (Zum Beispiel gibt es eine Spezialuntersuchung zu der – mag sein, manchen bewegenden – Frage: welche Kirchenmusik hörte Goethe in Italien? Wohlgemerkt: nicht Musik allgemein, nein: *Kirchen*musik. Über Musik allgemein gibt es wahrscheinlich mehrere Bände.) Die zahllosen Äußerungen Goethes über Rom sind oft zitiert worden und finden sich mehr oder weniger wechselhaft angeordnet in allen Vor- und Nachwörtern zur ›Italienischen Reise‹. »Ja, ich kann sagen, daß ich nur in *Rom* empfunden habe, was eigentlich ein Mensch sei.« (Vierzig Jahre später sagte das Goethe, am 9. Oktober 1828, zu Eckermann.) Aber was es genau war, was Goethe an Rom faszinierte, ist wohl nicht zu ergründen, sowenig wie die Faszination aller anderen Nordländer vor Goethe und nach Goethe, wo die Reisen nach Italien unter deutschen Geistern so recht erst in Schwung kamen, woran Goethes Reise und seine großartige Schilderung nicht unschuldig war. Es ist auch nicht mit einem Wort zu sagen, und es wäre vergeblich, nach dem *einen* schlagend überzeugenden Grund zu suchen, denn Goethes Begeisterung hatte viele Gründe, deren Aufzählung dann aber doch eine Annäherung bringen. Es fängt mit banalen Gründen an: mit dem Klima, dem Wetter. Immer wieder, selbst Jahre danach, wenn sich Goethe an Italien erinnert, fällt ihm in irgendeinem Zusammenhang das Wetter ein. Er spricht vom heiteren Himmel Italiens und vom düsteren Himmel Deutschlands, mit die ersten Anmerkungen im November 1786 betreffen die Tatsache, daß in Rom fast noch Sommer ist, während sich Goethe vorstellt, wie in Weimar der erste Schnee fällt. Die berühmte Zeile aus einer der ›Römischen Elegien‹ ist in dem Zusammenhang unentbehrlich: »O wie fühl' ich in Rom mich so froh! gedenk' ich der Zeiten,/Da mich ein graulicher Tag hinten im Norden umfing, ...« Verächtlicher wäre die meteorologische Differenz nicht zu schildern, als mit dem einen Epitheton »hinten«.

Ein nicht unwichtiger Punkt ist die ambivalente Ausstrahlung des Katholizismus, dessen Zentrum Rom zwar auch heute noch ist, damals aber noch viel mehr als heute war, weil in Goethes politischer Gegenwart Rom *ausschließlich* als Hauptstadt des Papstes zu gelten hatte. Der protestantische Geistliche Herder fühlte sich in einem Abgrund, Goethe kokettiert mit seiner Kenntnis pontifikaler Umstände, wenn er auch selten anzufügen vergißt, daß er eigentlich für derartigen Bombast nichts übrig habe. Seine diesbezüglichen Äußerungen erinnern ein wenig an die Meinung Felix Krulls, der gern sein – im Übrigen, wenn man so sagen darf, ungläubiges – Knie vor einem Papst beugen würde, weil auch er, der Kniebeugende, dadurch geehrt würde. Im Übrigen fällt es auf, daß Goethe zu den politischen Zuständen Italiens in seinen Briefen und in seinem Reisebericht kein Wort verliert, obwohl diese Zustände desolat waren und auf eine Explosion hintrieben, was dem für alles wachen Goethe nicht entgangen sein kann. Daß er in den Briefen nichts sagte, ist klar, weil jeder damals vor der Zensur Angst hatte, aber daß er in der ›Italienischen Reise‹ nichts darüber schrieb, wo das alles schon Geschichte geworden war? Er wollte sich seine Idylle, sein Arkadien, erhalten. Rom war für Goethe ein Steinbruch von Ideen. Vielleicht müßte man wissen, was Vater Goethe mit seinem Sohn über Rom gesprochen hat, und wie; dann würde womöglich die Faszination, das positive Vorurteil klar, die Goethe seit früher Jugend eingesogen hat. Zielte Goethes Leben, vielleicht sogar sein Werk bis dahin nur darauf ab, einmal, endlich, Italien und vor allem Rom zu erreichen? Es muß sich »hinten« im »graulichen« Norden ein innerer Seelendruck in Goethe aufgestaut haben, der eines Tages unerträglich wurde und sich in dem nahezu eruptiven Entschluß zur Flucht nach Süden entlud: der Drang, den Spuren des Vaters zu folgen?

Am 3. September 1786 trat er seine »Hegira« an (so nennt Goethe Mohammeds Hedschra), ein kindlicher, eigensinniger, nur in Teilen erklärbarer Schritt – »– dahin, dahin, mein Vater, laß mich ziehen.« (Man beachte das *Vater!*)

Daß Goethes Italienbild ein Mißverständnis war, weiß man längst. Daß ihm die *Gotik* Florenz' nicht interessierte, daß er Palladio für antiker hielt als die wirklichen antiken Reste, ist bekannt. Daß er einen politischen Sumpf an Intrige, klerikaler Mißwirtschaft, brutaler Armut, hohlem Prunk und borniertem Konservatismus – denn das war der römische Hof trotz einiger achtbarer Päpste im XVIII. Jahrhundert –, daß er dieses Rom, in dem nur ein winziger Bruchteil dessen von der Antike zu sehen war, was wir heute sehen können, für die Hauptstadt Arkadiens halten konnte, ist schon kein Mißverständnis mehr, das ist das Ergebnis des Willens, sich von einem Gegenstand eine eigene Ansicht aufzubauen, die eben zwar nicht objektiv, aber um so mehr subjektiv richtig ist. Daß sich aber Goethe für die Kristallisation der Begeisterung als Gegenstand gerade *Rom*, die Stadt, ausgesucht hat, ist dann das Rätsel, das dahinter liegt, wenn man meint, das vordere gelöst zu haben. Ist Rom vielleicht überhaupt ein Mißverständnis? Ein Mißverständnis an sich? Ist Rom so faszinierend, weil es auf so vielfältige Weise mißverstanden werden kann? bis heute? Aber auch das – wenn es so wäre – ist nicht der einzige Grund für den Zauber dieser Stadt, der für den, der sie liebt, unwiderstehlich ist, und für den, der sie nicht liebt, unverständlich bleibt. Auch für diesen Zauber gibt es keinen einzelnen Grund, es gibt einen Kranz von Gründen: daß es die älteste, durch alle Zeiten ihrer Geschichte hindurch lebendig und bewohnt gebliebene Stadt des Erdkreises ist, daß sich in ihr Legenden und Wirklichkeiten verweben, daß sich die Geistesschichten des ganzen Abendlandes verschränken, wie im Theatrum Marcelli, in das der Palazzo Savelli-Orsini hineingebaut ist, oder in San Clemente, das auf einer Mithraskultstätte steht, oder in der Börse, deren eine Außenwand ein Rest des alten Hadrianeums ist, oder im Caffè Greco, in dem die Erinnerungen an alle Dichter und Maler und Musiker sich dem Kenner zur Institution verdichten. Und jeder – wieviele seit Goethe haben es nicht getan –, der den Gedanken Rom weiterspinnt und den Traum weiterträumt, hat das Gespinst von Mysterium und Mißverständnis um seine eigenen Verknüpfungen bereichert; es wird immer komplizierter, immer weniger durchschaubar; wie silbernes und goldenes Spinngewebe an Gedanken legt es sich über die Stadt, und man staunt, daß die lebendigen Römer zweihundert Jahre nach Goethe durch die Straßen gehen und nichts davon merken, daß ihre Stadt ein Mysterium ist, sondern auf den Markt auf der Piazza Vittorio Emanuele gehen und ein Kaninchen kaufen. Vielleicht gehört aber gerade auch das zur Faszination.

Im Februar 1787 verläßt Goethe Rom, um nach Neapel und Sizilien zu reisen. Er plant – wie aus einem der Briefe an Frau von Stein hervorgeht – danach bald, noch im Sommer, nach Weimar zurückzukehren. Am 6. Juni ist er aber wieder in Rom. (Er beeilt sich deswegen nach Rom vor dem 7. Juni zurückzukehren, weil er die Teppiche nach Raffaels Kartons sehen will, die nur am Fronleichnamstag in der Sixtina aufgehängt wurden und sonst nicht zugänglich waren. Fronleichnam fiel 1787 auf eben den 7. Juni. Heute hängen die Teppiche das ganze Jahr in der Pinakothek des Vaticans.) In den Stichwortskizzen Goethes, die er später zur Ausarbeitung seiner ›Italienischen Reise‹ angelegt hat, findet sich unterm 2. August die Eintragung: »Entschluß bis ins nächste Jahr in Italien zu bleiben.« Es kommt ihm auch der Gedanke, nach Griechenland oder sogar nach Ägypten weiterzureisen, aber er bleibt fast nochmals ein volles Jahr in Rom und der nächsten Umgebung, im April 1788 nimmt er seinen berühmten Abschied von Rom: in der Nacht vom 21. auf 22. ist Vollmond. Goethe steigt – allein – aufs Kapitol, betrachtet die in »großen Lichtmassen, klar, wie von einem milden Tage beleuchtet« daliegende Stadt. Das Standbild Marc Aurels erinnert ihn an den Komtur im ›Don Juan‹ – eine seltsame Koinzidenz: am 29. Oktober 1787, auf den Tag genau ein Jahr nach Goethes Eintreffen in Rom, wurde Mozarts Oper in Prag uraufgeführt. Was wohl der Weltgeist damit sagen wollte? (Gar nichts? Auch recht. Vielleicht will der Weltgeist nie etwas sagen.) Am 24. April 1788 verläßt Goethe Rom, um es nie mehr wiederzusehen. Er reist über Florenz, Mailand, die Schweiz nach Weimar zurück. Es ist wohl sicher, daß Goethe nicht vorhatte, in Weimar zu bleiben. Er plante sofort eine zweite Italienreise, fixierte umfangreiche Pläne dafür, was er dort alles sehen und erforschen wollte. Es ist nicht ausgeschlossen, daß Goethe sogar mit dem Gedanken spielte, für immer in Rom zu bleiben. Aber es kam anders: kaum in Weimar zurück, lief ihm Christiane Vulpius über den Weg, und schon im Dezember 1789 kam August von Goethe zur Welt, dem, noch zu Lebzeiten des Vaters, das beschieden sein sollte, was Goethe sich selber gewünscht hatte, daß Hermes ihn »Cestius'

Mal vorbei, leise zum Orkus hinab –« führte. Seit 1839 liegt August von Goethe am Cimitero acatolico neben der Cestius-Pyramide unter einem Stein mit einem Medaillon von der Hand Thorwaldsens und der von Goethe verfaßten Inschrift: »GOETHE FILIUS PATRI ANTEVERTENS«, was wohl unbewußt das ganze schmerzliche Verhältnis von Vater und Sohn widerspiegelt.

»Antevertens«: meinte Goethe damit, daß er seinem Sohn nicht nur in den antiken Orkus nachfolgen werde, sondern gerade auch dorthin zu jenem unnennbar schönen, melancholischen Ort an der Pyramide unter Cypressen und umgestürzten Säulen?

1790 bricht Goethe das zweite und letzte Mal nach Italien auf. Die Reise ist nur ein matter Abglanz des ersten, lebensbestimmenden Aufenthaltes. Goethe fährt lediglich bis Venedig; außerdem hatte die Reise offiziellen Charakter: er hat die Herzogin-Mutter, die seit 1788 Italien bereist hatte, nach Hause zu begleiten.

Aus allem, was wir von Goethe nach seiner Rückkehr aus Rom wissen, ist zu schließen, daß er als neuer Mensch zurückkam, was nicht wenige befremdete (allen voran Frau von Stein). Und er sagte es selber (›Italienische Reise‹, Notiz vom 3. Dezember 1787): »... denn an diesen Ort knüpft sich die ganze Geschichte der Welt an, und ich zähle einen zweiten Geburtstag, eine wahre Wiedergeburt, von dem Tag, da ich Rom betrat.«

Entstanden September 1986

Die Närrin Xaroda

Die komplizierten Zeitschlieren, die Rom durchziehen, bringen es durch ihre hermetische Kraft mit sich, daß hier besonders viele Original-Gestalten entstehen. Die Welt nennt sie: Narren. Da gibt es die hexenartige Alte, die – meistens in Omnibussen der Linien 83, 85 oder 87 zwischen Piazza Venezia und Colosseum – die Mitfahrer mittels Zisch-Prell-Lauten verflucht (es sind harmlose Flüche), es gibt die uralte Rosenverkäuferin, die jeden Mann mit »Cavalier« anredet, es gibt den Uomo all'onda, der auf der Piazza Barberini federngeschmückt tanzt und dabei Signale aus dem Weltall empfängt; der Gründer des Fegfeuer-Museums in der neo-gotischen Kirche Sacra Cuore del Suffragio gehörte wohl auch dazu. Die schönste Närrin Roms aber ist Xaroda.

Xaroda steht untertags als nackter Torso etwas versteckt und von Grünzeug überwuchert in einer Nische ganz hinten am Roma-Augustus-Tempel in Ostia Antica und wird von kaum jemandem beachtet. Abends, nachdem die Scavi schließen – das ist eine Stunde vor Sonnenuntergang –, begibt sich Xaroda in die Halle des Grandhotel, nimmt einen Cocktail zu sich und hört der dort gelegentlich auftretenden Harfenspielerin zu. Danach ißt sie entweder in der Costanza hinter S. Andrea della Valle oder im Angoletto und steht dann eine Weile in der Bar S. Eustachio herum, bevor sie in eine infernalisch laute Discothek an der Piazza Rondanini geht, wo sie die Nacht zubringt, bis um neun Uhr in der Früh die Scavi draußen in Ostia Antica wieder öffnen. Am Montag hat Xaroda frei, weil an dem Tag die Scavi geschlossen sind. Wenn Xaroda ihr übermoostes Podest verläßt, vervollständigt sich ihr Torso. Sie ist dann auch bekleidet, trägt vornehmlich Sachen von Ungaro. »Wenn man sich damit begnügt«, sagt sie, »die Stücke aus der *vorigen* Collection zu kaufen, die ja immer noch schön sind, ist das alles finanziell gar nicht so aufwendig.«

Nicht ich erkannte sie wieder; es war umgekehrt. Erkennen Sie in einer Dame in einem, wenngleich engen Ungaro-Kostüm einen Venus-Torso wieder? Ich war den ganzen Vormittag draußen in Ostia Antica gewesen, hatte Freunde dort herumgeführt. Den Torso hinten im Roma-Augustus-Tempel besuchte ich aber allein, legte meine stille Bewunderung zu Füßen ... nein, zu Füßen nicht, denn die hatte der Torso nicht, verfügte aber über andere, bemerkenswerte Körperteile. Ich mache mir auch immer die Mühe, in die Nische zu klettern und die Torso-Venus von hinten zu adorieren: Aphrodite Kallipyge ... die Schönpopoige. So auch an jenem Vormittag.

Xaroda war nicht beleidigt, nicht entsetzt, nicht einmal pikiert: »Nur daß Sie meinen Popo nicht wiedererkannt haben, wundert mich. Das Ungaro-Kostüm ist doch so eng und anliegend.« Tatsächlich, aber ich kann das nur mit der gedächtnishemmenden Diskrepanz der Örtlichkeiten entschuldigen. Würden Sie im Gedränge der Bar S. Eustachio einen, wenngleich über die Maßen bemerkenswerten Popo von einem Torso in Ostia Antica unter einem Ungaro-Kostüm vermuten?

»Als Torso«, sagte Xaroda, »bin ich vollendet. Als ich noch vollständig war, war ich Fragment. Noch dazu, ich bitte Sie, *bemalt*. Die Geschmacklosigkeit der Alten muß gewaltig gewesen sein. Ich selber habe mich ja im Spiegel des Teiches gesehen: der schöne, herbe, weiße Marmor schweinchenrosa bemalt, die Brustspitzen tiefrot, auch die Lippen, die Augen blau, die Haare gelb. Alles in allem das feinsinnige Kolorit amerikanischer Comics. Und das nennen Sie antik? Von den Tempeln ganz zu schweigen: angemalt wie Würstchenbuden oder Karussells auf dem Jahrmarkt. Von *Weiß* keine Spur. Die Alten hatten einen Horror vor dem Weiß. Alles, alles haben sie überpinselt. Zum Glück hatten sie miese Farben. Der Regen und die Zeit haben die geschmacklose Schmiere abgewaschen. So konnte sich Professor Winckelmann am Weiß ergötzen, das es als klassisch nie gegeben hat.«

1942 sollte in Rom ein faschistisches Spectacel »Olympiade der Zivilisation« stattfinden, auch die *Weltausstellung* oder eines im Rahmen des anderen oder irgendwie, jedenfalls wurde draußen unterhalb S. Paolo fuori le Mure eine riesige Neustadt errichtet, die E. U. R. heißt (Esposizione Universale di Roma). Die Weltausstellung hat nie stattgefunden, 1942 waren die Faschisten mit anderem beschäftigt, aber die E.U.R.-Stadt gibt es immer noch, und eines der herausragenden Gebäude ist das *Museo delle Civilità Romana*, ein Museum, das jeder Freund Roms unbedingt besuchen sollte, das aber kein Freund Roms besuchen kann, weil es seit Jahren geschlossen ist. In dem Museum staubt eine großartige Kuriosität vor sich hin: das *plastico di Roma*, eine Gips-Rekonstruktion der Stadt Rom im Zustand, wie er – hypothetisch, gewiß – zur Zeit Kaiser Constantins war, im Maßstab 1:250. In manchen Photobänden, über Rom sind Teile des Gipsmodelles abgebildet, es macht sich gut.

»Der verdienstvolle Schöpfer des Modelles«, sagte Xaroda, »hieß Italo Gismondi. Er hat zwar, zum Beispiel, den Augustus-Tempel an eine falsche Stelle gesetzt, aber sonst ist das Modell sehr schön. Und sehr weiß. So weiß wie die Grande Scriva. Das *Gebiß*. Sie kennen den Namen nicht? Die Große Schreibmaschine, hat man früher gesagt, aber Schreibmaschinen sehen heute anders aus. Das *Gebiß:* das zähnefletschende weiße Monster an der Piazza Venezia. Das Denkmal für Victor Emanuel II., geplant und erbaut von 1885 bis 1911. Der verbrecherische Architekt hat Sacconi geheißen. 1527 war das Jahr, in dem Rom beinahe untergegangen wäre. Da haben deutsche Landsknechte die Stadt geplündert. *Sacco di Roma* nennt man das Ereignis. Ich sage immer: die beiden schrecklichsten Schläge, die die Stadt Rom je getroffen haben, heißen fast gleich: *Sacco* di Roma und *Sacconi,* der Erbauer des Gebisses.«

»Was hat das mit dem Gipsmodell zu tun?«

»Wenn Sie Gismondis Gipsmodell genau betrachten, sich sozusagen klein machen und durch die winzigen weißen Straßen gehen und herumschauen, so erkennen Sie, daß das antike Rom, insbesondere das Forum ungefähr so ausgesehen haben muß wie eine architektonische Rumpelkammer voll von verschieden großen *Gebissen*.«

»Also eine Ansammlung von Geschmacklosigkeiten? Sie, die selber ein Beispiel antiker Vollkommenheit sind, sobald Sie Ihr Ungaro-Kostüm ablegen, können so etwas sagen?«

»Sie werden nicht erwarten, daß ich mich hier im Lokal entblöße, noch dazu wo Sant'Ivo herabschaut. Nein – natürlich waren die alten keine Esel nicht, wie Ihr Beethoven so treffend gesagt hat, und sie haben keine Geschmacklosigkeiten gebaut. Das heißt: sie haben schon Geschmacklosigkeiten gebaut, aber! und das ist der Witz der Sache, sie haben die künftige Ruinosität einkalkuliert. Jedes fertiggestellte Bauwerk ist nur das Fragment einer Ruine. Erst wenn es zur Ruine zerfällt, ist es wirklich vollendet.«

»Aber die Ruinen zerfallen doch immer weiter; durch Dreck, sauren Regen, Abgase – in wenigen Jahren – ich zitiere einen römischen Archäologen – wird die Trajanssäule ein glatter Schaft sein.«

»Ist ein Kunstwerk unabhängig von der Zeit? Nein: die Musik, die reinste, höchste der Künste, ist förmlich die zur Kunst geronnene Zeit selber. Aber auch die so scheinbar starre Kunst der Architektur, der Bildhauerei hängt mit der Zeit zusammen, die sie ständig und immerfort verändert. Als vollendete Venus war ich nichts anderes als einesteils eine gelieferte Ware, ein Dekorationsstück für einen politisch kalkulierten Tempel, andernteils ein lebensgroßer, nackter weiblicher Gartenzwerg. Erst mit dem Zerfall begann mein Aufstieg zum Kunstwerk.«

»Dann ist Kunst Ihrer Meinung nach am vollkommensten, wenn sie zu Staub zerfallen ist?«

»Sie sind wahrscheinlich ein Deutscher, weil Sie nur in Extremen denken können. Ich sagte doch: die *Zeit* spielt mit. Einen unwägbaren Weltmoment zwischen polierter Glätte und grauem Zerfall bin ich die Schönheit. Die steinerne Kunst ist langsam, ich habe das Glück, daß mein Weltmoment etwas länger dauert, zwei, drei Jahrhunderte.«

Am Montag, wie gesagt, hatte Xaroda frei – »... das ist griechisch, auf italienisch heiße ich natürlich Saroda ...« – und am Montag ist, im Gegensatz zu vielen anderen Museen und Sehenswürdigkeiten, das Forum Romanum geöffnet. Sie trug diesmal ein außerordentlich aufregendes Jersey-Kleid von Ferragamo.

»Das Ganze kommt daher«, sagte sie, »daß der Mensch, auch der größte Künstler, außerstande ist, göttlich Vollkommenes zu schaffen. Also muß er die flüchtige Zeit mitkomponieren. Schauen Sie, wie unvergleichlich ruinös die drei Säulen des Dioscuren-Tempels sind.«

»Und die leuchtenden Wunderwerke eines Borromini in ihrer harmonischen Logik?«

»Sie sind *doch* Deutscher. Ihr Gregorovius hat in sein Tagebuch geschrieben – ich zitiere ungenau –: auch die christliche Epoche wird vorübergehen, andere Tempel werden entstehen, und der Efeu wird die Ruinen von S. Giovanni und S. Pietro umschlingen wie die des Forums.«

»Auch Borromini ein Ruinenbaumeister?« sagte ich.

»So ist es«, sagte sie. Wir gingen hinaus. Der Custode grüßte sie. »Er kennt Sie?« fragte ich, »mußten Sie deshalb vorhin keinen Eintritt bezahlen?«

»Nein«, lachte sie, »ich zahle keinen Eintritt, weil ich über sechzig Jahre alt bin.«

Entstanden Juni 1991

Der Nabel Roms

Auch dem nur oberflächlichen Beobachter – um ein Wort George Mikes' abzuwandeln – fällt schon nach relativ kurzer Zeit auf, daß Rom voll von antiken Resten ist. Wenn man davon ausgeht, daß das, zumindest schon vom antiken Schriftsteller Varro errechnete Gründungsjahr der Stadt ungefähr stimmt: 753 v. Chr., so ist Rom heuer – 1991 – 2744 Jahre alt. Jedes Jahr wurde durchschnittlich ein halber Zentimeter Dreck festgetreten, so daß das heutige Straßenniveau um etwa 10 Meter höher liegt als in der Antike. Das kann man besonders schön am Largo Torre Argentina ablesen, wenn man hier an dem Omnibuskreuzungspunkt sich die Zeit des Wartens beim Umsteigen damit vertreibt, daß man zu den vier immer noch leicht rätselhaften sog. Republikanischen Tempeln hinunterschaut.

Das Forum Romanum, die Stätte, die zusammen mit den Kaiser-Fora, dem Capitol- und dem Palatin-Hügel, wohl die gedrängteste Ansammlung antiker Ruinen aufweist, liegt ebenfalls weit unter dem heutigen Straßenniveau. Es empfiehlt sich aber für den, den das alles interessiert, seinen archäologischen Spaziergang nicht am Haupteingang des Forums zu beginnen (das ist von der Via Fori Imperiali aus neben San Lorenzo in Miranda, dem ehemaligen Antoninus- und Faustina-Tempel; täglich – jetzt auch montags! – geöffnet von 9–15 Uhr, dienstags und sonntags von 9–13 Uhr, Eintritt lit 10000,–; was fast niemand weiß: Jugendliche unter 18 Jahren und Greise über 60 haben wie in allen Museen Italiens nach Vorzeigen ihres Ausweises freien Eintritt), sondern damit, daß er die Scalinata zum Capitol hinaufsteigt, über den von Michelangelo gestalteten Platz – wo immer noch der Marc Aurel fehlt – und rechts am Senatorenpalast vorbei hinuntergeht, wobei er linker Hand die uralten

Quadern des *opus quadratum* des alten Tabulariums vorfindet, bevor sich dann das große Panorama sozusagen der Längsachse des Forums entlang öffnet.

So stehen wir dann also an einer Mauer, und dem ungeübten Auge bietet sich ein etwas von Grün und einigen Barockkirchen durchwachsenes Trümmerfeld dar, dessen geistige Erschließung man damit beginnen sollte, daß man – nach Fütterung der immer hungrigen Capitols-Katzen – den jedem Reiseführer beigehefteten Forums-Plan auf der Mauer ausbreitet und möglichst genau einordnet. Mit einiger Mühe, stets gestoßen von videosurrenden Japanern, kann man dann den ersten topographischen Überblick sich zurechtlegen, was äußerst hilfreich ist, bevor man am grausigen Mamertinischen Kerker vorbei nunmehr wieder nach unten steigt, um das Forum zu betreten.

Das Forum Romanum ist jahrhundertelang das politische, wirtschaftliche und gesellschaftliche Zentrum Roms und damit des Römischen Reiches und damit wiederum der damals bekannten Welt gewesen. Nicht umsonst befindet sich der *Umbelicus Urbis*, der »Nabel Roms«, ein runder Stein, der den Mittelpunkt der Welt symbolisiert, hier am Forum hinter dem Severus-Bogen. Dennoch bedeutet *Forum:* etwas, was draußen ist. Das erklärt sich daraus, daß die, wenn man so sagen kann, Keimzelle Roms, die der Legende nach von Romulus gegründete *Roma quadrata* auf dem Palatin lag, dem Hügel also, dessen nördlicher Abhang sich seitlich hinter dem Forum hinaufzieht, bedeckt von Resten der Substrukturen dortiger Bauten. Der archäologische Befund deckt die Legende: in der Tat finden sich die ältesten Ruinen am jenseitigen, dem südlichen Abhang des Palatin, und es ist sicher, daß sich die Besiedlung in Roms Urzeit nur über den Palatin erstreckte. Von dort aus gesehen, freilich, ist dann das Forum: *draußen.*

Es war bis zur Anlage der *Cloaca Maxima* ein sumpfiges Gelände, von Geistern bewohnt und legendenumwoben. Der Held Curtius sprang hier mitsamt seinem Pferd in eine Erdspalte, die himmlischen Dioscuren, die dem römischen Heer in der letzten Etruskerschlacht (496 v. Chr. am See Regillus) beigestanden hatten, tränkten hier an der Quelle der Juturna ihre Pferde. (Die Brunnenfassung dieser Quelle, aus augusteischer Zeit allerdings, sehen wir leider nur von ferne hinter einem Drahtzaun, seitlich des Vestalinnen-Klosters.) Erst in republikanischer Zeit, als der Capitolshügel durch den dort errichteten Jupitertempel und andere Kultstätten mehr ins städtisch-staatliche Zentrum rückte, wurde das nun entwässerte Tal zwischen Palatin und Capitol Zug um Zug zu dem, was es bis ans Ende des Weströmischen Reiches bleiben sollte: Marktplatz, Börse, Versammlungs- und Begegnungsstätte, Gerichtsort und vor allem die Stätte der politischen Agitation. Zahlreiche Tempel wurden errichtet. Die Ruinen des Dioscurentempels (die drei berühmten Säulen mit dem Sims-Rest darüber), des Saturntempels, des Concordia- und des Vespasiantempels sind zu finden, auch der immer noch mächtige, von Kaiser Hadrian errichtete Doppeltempel der Venus und Roma jenseits des Titusbogens fällt ins Auge. Von den großzügigen Anlagen der Basilica Aemilia und der Basilica Julia sind nur wenig mehr als die Grundmauern und die Bodenplatten erhalten, geben aber einen Eindruck von der Weite dieser Hallen, die natürlich keine Basiliken im christlichen Sinn waren, sondern Markthallen und Gerichtshöfe. Von der sogenannten Maxentius-Basilika, der vielleicht auffallendste Bau auf dem Forum, ist knapp die Hälfte erhalten und demonstriert die schon gigantische Gewalt an Größe, die dieses Bauwerk gehabt hat. Die Constantin-Statue, deren Kolossal-Kopf mit den mahnend aufgerissenen Augen im Hof des Conservatoren-Palastes steht, war hier aufgestellt.

Gegen Nordwesten hin schließt die hochragende Rückseite des Senatorenpalastes das Forum ab. In antiker Zeit war dies die Vorderseite (die Stadt Rom hat sich im Mittelalter sozusagen um 180 Grad gedreht), und zwar die des *Tabulariums,* des Staatsarchivs. Rechts davon, an der Basilica Aemilia, steht das einzige antike Gebäude mit Dach, die *Curia*; sie war der Sitz des Senats. Dort wurde Caesar *nicht* ermordet, denn 44 v. Chr. war dieses Gebäude ausgebrannt, und der Senat tagte in der Curia des Pompeius in der Nähe des oben erwähnten Largo Torre Argentina. Wer in dem überaus sympathischen Lokal »Costanza« zum Essen geht, sitzt am Tatort. Allerdings behauptet auch das Restaurant »Da Pancracio« dies von sich.

Zurück zum Forum: von den drei – wenn man die des Constantin draußen am Colosseum mitrechnet – erhaltenen Triumphbögen ist ohne Zweifel der des Titus der schlichteste und der schönste. An der Innenseite enthält er die berühmten Reliefs vom Triumphzug des Titus nach dem Jüdischen Krieg, in dem die Beute, unter anderem der siebenarmige Leuchter, mitgeführt wurde. Eine, wenn auch noch so kurze Darstellung des Forums wäre unvollständig ohne Erwähnung des *Lapis Niger*, jenes rätselhaften Steines, der nach alter Sage das Romulus-Grab deckte, und unter dem sich – leider fürs Publikum unzugänglich – die älteste erhaltene lateinische Inschrift befindet.

In einigen der Bauwerke wurden in christlicher Zeit Kirchen eingefügt: so S. Lorenzo in Miranda in den Antoninus- und Faustina-Tempel, S. Francesca Romana in den Venus- und Roma-Tempel, S. Cosmo e Damiano in die Bibliothek des Friedenstempels. So verschränkten sich auch hier, wie überall in Rom, die Äonen mehr oder weniger friedlich.

In der Kaiserzeit wurde das Forum für die stetig anwachsende Stadt zu klein, und die Kaiser errichteten nördlich des bisherigen Bezirks, gegen die Subura hin, nach und nach die weiträumigen Kaiserfora. Das Trajansforum, dessen auffallendster Überrest die jüngst restaurierte Trajanssäule ist, war das größte; der reizvolle Gesimsrest mit Reliefs des Minervatempels ist von der Omnibushaltestelle nahe der Via Cavour aus zu sehen.

Die Eintrittskarte fürs Forum berechtigt auch zur Besichtigung des Palatins, was man sich auch nicht entgehen lassen sollte. Ist das Forum fast immer ein von Touristen wimmelnder Ort, so wird es auf dem Palatin, der eigentlich ein großer Park ist, stiller, und man vergißt oft, daß man sich im Zentrum einer Viermillionenstadt befindet. Es wurde schon erwähnt, daß die Keimzelle Roms sich hier befindet; die Ausgrabungen sind zu besichtigen. Später, in augusteischer Zeit beginnend, verlagerte sich das höfische Leben hierher, und namentlich die flavischen Kaiser überzogen den Südwest-Abhang des Hügels gegen den Circus Maximus hin mit Palastanlagen, die selbst in byzantinischer Zeit und noch im Mittelalter zeitweilig kaiserliche Residenzen waren. *Palatin* wurde zum Synonym für Palast, und auch ebendieses Wort in unserer Sprache ist auf den Namen Palatin zurückzuführen.

Wir waren in einer Trümmer- und Ruinenlandschaft, die vielleicht nur für den großartig ist, der sich den ehemaligen Glanz imaginieren kann, interessant für den archäologischen Wissenschaftler, bedrückend für sensible Gemüter. »Seid gegrüßt, ihr heil'gen Trümmer, auch als Trümmer mir gegrüßt ...« schrieb Grillparzer 1819, als das Forum noch *Campo Vaccino* (Kuh-Weide) hieß, weil alles noch unter Erde begraben und verwachsen war und das Rindvieh hier graste. Als fünfzig Jahre später die systematischen Ausgrabungen begannen, protestierten die Stimmen derer, die den Verlust des efeuverwilderten romantischen Sekundäreffekts bedauerten. Sicher ist dieser Effekt verlorengegangen – man kann nicht alles gleichzeitig haben. Weit weniger schön ist der Sekundäreffekt der von Mussolini 1932 quer über die Kaiserfora hinbetonierten Via dei Fori Imperiali; sie diente den Propagandaaufmärschen des Duce und dient heute dem mörderischen Verkehr, der trotz aller Verbote in das Zentrum drückt.

Immer wieder wird der Plan hervorgezogen, ventiliert,

wieder begraben, diesen Schandfleck an Straße zu beseitigen und aus Forum, Capitol, Palatin unter Einschluß des Colosseums-Bezirks und vielleicht sogar des Domus Aurea und des *Oppidus* einen großen archäologischen Park zu gestalten, der nicht nur eine touristische und ästhetische Attraktion, sondern auch eine Oase der Ruhe und eine grüne Lunge wäre, die der so kraß umweltgeschädigten Stadt ein wenig frische Luft verschaffen würde. Aber die Sachzwänge, die scharfen kommerziellen Interessen, die Motomanie der Römer sind wahrscheinlich stärker, und wenn je ein wenig von diesem schönen Plan eines Ruinen-Parks verwirklicht werden sollte, so wird es vermutlich selber von vornherein Ruine bleiben.

Erschienen Juli 1992 in ›Merian‹

Zwei pensionierte Studienrätinnen, der Sprache nach aus dem Alemannischen, stehen vor dem Hotel Quirinale an der Via Nazionale (vier- oder fünfspurige Einbahnstraße!) und wollen zur Peterskirche. Die Busverbindung ist gut: die Linie 64 hält vor dem Hotel und fährt bis zum Petersplatz. Man kann nicht einmal die Haltestelle zum Aussteigen verpassen, denn das ist die Endstation. Die Sache hat nur einen Haken: die Bushaltestelle ist jenseits der Via Nazionale. Die alemannischen Studienrätinnen stehen eine halbe Stunde am Straßenrand, kehren dann weinend ins Hotel und später ohne die Peterskirche gesehen zu haben, ins Alemannische zurück und tragen zur Meinung bei, daß der römische Verkehr jeder Beschreibung spotte.

Er spottet in der Tat jeder Beschreibung, denn das tun bekanntermaßen alle Wunder. Es ist ein tägliches Wunder, daß sich die Lawine aus Blech, die verkehrsflächendeckend von neun Uhr vormittags bis sieben Uhr abends in Rom qualmt und stinkt, sich überhaupt bewegt. Und sie bewegt sich doch, wie schon Galilei hier in Rom, allerdings in anderem Zusammenhang, geäußert hat. Es ist sogar angenehm in diesem »tapetto di macchine« (Originalton eines Taxifahrers) Auto zu fahren, wenn man sich einmal vergegenwärtigt hat, daß sich römische Autofahrer um Firlefanz wie Ampeln, Verkehrszeichen, Polizeisignale und dergleichen nicht kümmern, sondern statt dessen scharf beobachten, ob, wo und wie schnell ein anderer daherkommt. Man bremst nicht, man weicht aus. Fußgänger absichtlich zu überfahren gilt als unfein.

Coraggio e pazienza (Mut und Geduld) hat schon die cumäische Sybille gepredigt. Das ist die Devise der Fahrer der orangefarbenen städtischen ATAC-Busse, die die stolze, zweitausend Jahre alte Wappendevise *SPQR* aufgemalt haben: Senatus Populusque Romanus – Senat und Volk der Stadt Rom. Senat und Volk der Stadt Rom haben hier, ausgerechnet hier in dieser Stadt, wo man alles andere als ökologische Gesinnung erwartet, ein vorbildliches Verkehrsmittel eingesetzt: einen Elektrobus. Die orangefarbene ATAC-Linie 119, eine Zahl, die man sich merken muß, wenn man Rom besucht.

Der Elektrobus befährt einen Rundkurs gegen den Uhrzeigersinn durch einen Teil der inneren Stadt, soweit man bei so einem topographisch komplizierten Gebilde wie Rom von einer inneren Stadt sprechen kann. Die Busse sind kleiner als die normalen, bieten knapp ein Dutzend Sitz- und ein halbes Dutzend Stehplätze. Die allgemeinen Fahrkarten gelten auch hier, der Kurs beginnt und endet am ruinösen Mausoleum des Augustus unmittelbar neben dem Nudelkönig Alfredo. (Es gibt drei Alfredi; jeder behauptet von sich, der originale zu sein; dieser hier nennt sich sogar so. Alfredo Il Originale.) Seitlich des Augustus-Mausoleums findet sich ein graues Häuschen, aus dem ein dickes Kabel heraushängt. An dieses Häuschen fährt der kleine Bus heran, der Fahrer steckt den Stecker in die Dose, lädt den Bus auf, raucht eine Zigarette, und nach einer Viertelstunde ist es soweit, daß die Passagiere einsteigen können und der Bus lossurrt.

Der Rundkurs ist eine interessante (und billige) Stadtrundfahrt, bei der man an einigen markanten Punkten vorbeikommt, die das Augenmerk lohnen. Da ist einmal das *Cembalo*, an dessen Schmalseite man vorbeikommt: der wegen seines eigenartigen Grundrisses so genannte *Palazzo Borghese*, ein Palast aus dem frühen XVI. Jahrhundert, in dem im frühen XIX. die skandalöseste Schwester Napoleons gewohnt hat: Paolina Borghese. Sie hieß eigentlich Charlotte oder Carlotta, hat aber Paolina irgendwie als feiner empfunden, namentlich als sie einen Prinzen Borghese heiratete, der immerhin ein ferner Neffe Papst Pauls VI. war. Was aber wiederum Paolina nicht hinderte, sich vom großen Meister Canova nackt in Marmor gehauen abbilden zu lassen. Das Marmorbild ziert heute noch die Sammlung Borghese, die sich allerdings nicht mehr im Palazzo, sondern draußen in der Galerie der *Villa Borghese* befindet.

Überhaupt haben die Napoleoniden viele Reliquien in Rom zurückgelassen. Die meisten davon sind im *Museo Napoleonico* gesammelt im Palazzo Primoli, einem etwas klotzigen, düsteren Bau, an dem wir mit dem Elektrobus auch vorbeikommen. Der Conte Primoli war ein Urgroßneffe jener nackten Paolina und hat seinen Palast nebst allen Bonaparte-Zimelien der Stadt Rom vermacht. Die eigenartigste dieser Zimelien ist nicht bonapartisch: eine Zuckerdose in Form eines Abgusses des (linken oder rechten? der Custode wußte es nicht) Busens der Königin Marie Antoinette.

Die römischen Busfahrer haben das Nervenkorsett altgedienter Gladiatoren. Nichts kann sie erschüttern. Eher beginnt der steinerne Marforio im Capitolinischen Museum zu fluchen als ein Busfahrer. Es kann ein gemeingefährlicher Lieferwagenfahrer noch so rücksichtslos in einer ohnedies engen Gasse geparkt haben – und viele Gassen auf dem Marsfeld, durch das der Kurs der Linie 119 führt, sind sehr eng –, daß dem Busfahrer auch nur ein Pfiff entkäme. Und noch seltsamer: der Bus kommt überall durch. Es kann nicht anders sein, als daß das Fahrzeug sich streckt und schmäler wird wie eine Katze. Es sind ja römische Busse, und die Katze ist das römischste Tier nach der Wölfin. Was geschieht mit den Passagieren im Bus, wenn er sich streckt und quetscht? Wahrscheinlich werden sie unbemerkt auch schmaler. Der gekrümmte Raum: praktische Anwendung der Einsteinschen Erkenntnisse.

Eher ein großes Straßenknie als ein Platz ist die *Piazza delle Cinque Lune* (der Fünf-Mond-Platz), in dessen einem Winkel eine hervorragende, den Touristen allerdings kaum bekannte kulinarische Feststätte liegt: *Ai Monaste-*

ri. Es ist ein Laden von leicht apothekenhaftem Anstrich, um den auch eine merklich klerikale Aura weht. Dort werden – an jedermann, nicht nur an Geistliche – Klosterprodukte aus ganz Italien verkauft. Wer wirklich ganz frische und köstliche Schokolade kaufen will, garantiert nonnengefertigt, wer naturreinen, von unbeschuhtesten Carmeliten geschleuderten Honig oder märchenhaften Grappa, nach Rezepten gebraut, die fast so alt sind wie die Benedictiner-Regel, der soll hier die Fahrt unterbrechen und eine 119er-Tour überspringen. Dabei ist nicht eimal die *Grappa al tartuffo bianco* (mit weißen Trüffeln) besonders teuer.

Vom breiten Corso del Rinascimento, der vom *Ai Monasteri* zu der auch bedeutenden Kirche Sant'Andrea della Valle führt, biegt der 119er-Bus, erschreckend für den Nordländer, in ein Haus ein. Nein: es ist doch kein Haus, es ist die Via del Salvatore, die der Gast aus den Nebelländern für eine etwas breitere Dachrinnenspalte gehalten hat. Der Bus streckt sich zur Wurmdünne, um zwischen dem Senat der Republik (im Palazzo Madama) und San Luigi dei Francesi (wo sich zwei der bedeutendsten Gemälde Caravaggios befinden) durchzukommen. Er erholt sich kurzzeitig auf der *Piazza Rotonda,* dem Platz vor dem Pantheon. Wenn man sich zu vergegenwärtigen versucht, was das Wahrzeichen Roms ist, wird man unsicher. Jede andere, selbst die größte Stadt hat ein Wahrzeichen: Big Ben, Freiheitsstatue, Eiffelturm, Golden-Gate-Bridge, Hundedreck (= Amsterdam), Hofbräuhaus. Aber Rom? Peterskirche oder Capitol? Die Fontana Trevi? Die Romulus und Remus säugende Wölfin? Johannes Paul II.? (Ein kombinierter Vorschlag wäre: die Capitolinische Wölfin säugt den aus der Fontana Trevi heraussteigenden Papst.) Es gibt keine Antwort. Rom hat ja auch keine Innenstadt. Rom besteht aus verschiedenen Städten, die sich in vier, möglicherweise fünf Dimensionen überlappen, von denen jede ihr Zentrum hat. So kann auch das *Caffè Greco* oder eben das *Pantheon* als Wahrzeichen einer dieser Städte gelten. Das Pantheon ist der einzige aus der Antike unbeschädigt überkommene Kuppelbau und war ein Tempel, der *Allgöttertempel.* Im Jahr 609 schenkte einer der abscheulichsten byzantinischen Kaiser, nämlich Phokas, diesen letzten Tempel dem Papst, der ihn in die Kirche *S. Maria Und Alle Märtyrer* umzuweihen versuchte. Ich behaupte: es ist ihm nicht gelungen. Heute noch, wenn man das Pantheon besucht, hat man nur schwerlich das Gefühl, in einer Kirche zu sein. Ich meine, daß sich die heidnischen Götter aus den anderen Tempeln hierher in den letzten zurückgezogen haben, der ohnedies allen geweiht war, und daß gegen diese komprimierte Kraft kein Kraut gewachsen war. Vielleicht, könnte man vermuten, hat die Madonna, die eine Cousine der Isis war, nur pro forma die Kirche übernommen und hat den alten Göttern Asyl gewährt, die ja schließlich auch ihre Verdienste gehabt haben.

In absolut kirchliche Gegenden führt die weitere geschlängelte Bahn unserer Linie 119: auf die *Piazza Sant' Ignazio.* Hier triumphiert die Gegenreformation, und bis vor kurzem hat in dieser Kirche das Weihwasser aufgeschäumt, wenn im Abstand von weniger als 10 Metern ein Protestant vorbeigegangen ist. Die Kirche, die auf dem Platz steht, ist (nach der *Gesù)* die zweite große Jesuitenkirche Roms. Auch der Architekt war Jesuit, und dem Orden ist über dem Bau das Geld ausgegangen, so daß von einer Kuppel abgesehen werden mußte. Ein Jesuiten-Bruder, Andrea Pozzo, hat dann kurzerhand eine Scheinkuppel innen an die Decke gemalt.

Gegenüber der Kirche stehen drei getrennte, aber zusammengehörige Palazzi, die im Volksmund »die Kommoden« (*i canterani*) genannt werden, weil sie angeblich wie von einem Möbeltischler entworfen wirken, womit man, meine ich, dem Architekten Filippo Raguzzini Unrecht tut. Die drei Palazzi sehen, meine ich, eher wie die Dekoration eines Goldoni-Stückes aus. Jedenfalls sind sie ein eleganter Abschluß des Platzes nach Norden, und zwischen zwei der Kommoden rollt der Bus in die bisher wohl engste Gasse hinein.

Auf einem der nächsten Plätze, über die die Buslinie führt, steht ein vierdimensionales Gebäude, das auch für ein Wahrzeichen Roms herhalten könnte. Zwei Jahrtausende reichen sich auf der *Piazza di Pietra*, wie man so sagt, die Hand: in dem Hadrianstempel aus dem zweiten Jahrhundert n. Chr. ist vor hundert Jahren die Börse von Rom hineingebaut worden. Das Kuriosum sollte restauriert werden: elf Säulen gereinigt. Nach der siebenten ging das Geld aus – das scheint also eine römische Spezialität zu sein. So strahlen jetzt sieben Säulen in weiß und vier starren im urbanen Dreck der Jahrhunderte.

Die Gegenreformation, jene von oben verfügte, hauptsächlich von Jesuiten auf breiter Front vorgetragene Offensive zur Rückeroberung der Welt für den Katholizismus, begegnet uns nach Sant'Ignazio noch einmal, nachdem sich der Bus zu der *Piazza Colonna* entmaterialisiert und jenseits des hermetisch dichten Querverkehrs auf dem *Corso* bei der Buchhandlung Rizzoli wieder rückmaterialisiert hat. Anders als durch solche parapsychologischen Tricks kann der Corso nicht überquert werden. Von der *Via del Tritone* biegt die Linie 119 dann in die *Via Due Macelli* ein, und hier taucht das Generalkommando jener erwähnten Gegenreformation auf: der *Palazzo della Propaganda Fide*, von niemandem Geringeren als Borromini erbaut. Kurz bevor wir die weltberühmte Spanische Treppe erreichen, taucht eine stark von wartenden Taxis umlagerte Mariensäule auf, die nicht so alt ist, wie es scheint, oder – anders ausgedrückt – die viel älter ist als sie aussieht. Das ist auch so eine römische Sache. Es hängt mit der Institution der *Spolie* zusammen. Im Grunde genommen heißt das nichts anderes als: gestohlen. In allen älteren Kirchen Roms stehen Säulen, die aus den Tempeln herausgebrochen worden sind, kaum daß durch Kaiser Constantins Toleranzedikt die Christen Oberwasser bekamen. Nicht die Vandalen, sondern die christlichen Priester haben das antike Rom zerstört. Noch Urban VIII. hat die antiken Bronze-Platten vom Porticus des Pantheons – wir kamen dort eben vorbei – reißen lassen, um Kanonen und den Baldachin von Sanct Peter daraus gießen zu lassen. Die letzte solche »Spolie« ist, meines Wissens, dieses Marienmonument. Es besteht, abgesehen vom Sockel und dem Figurenschmuck, aus einer besonders schönen antiken Cipollin-Säule, die in der Nähe des Parlaments gefunden wurde. Papst Pius IX. ließ die »Spolie« zur Erinnerung an die Verkündung des Dogmas von der *Unbefleckten Empfängnis* 1856 hier aufstellen.

Die *Piazza di Spagna* kennt jeder: auch eines der Wahrzeichen Roms, darüber braucht man kein Wort zu verlieren. Jeder kennt das Bild: die hinaufschwingende, grandiose Treppenarchitektur, die Doppeltürme von Trinità dei Monti darüber, die Blumenstände am Fuß der Treppe, die langstieligen Dekorationspalmen am anderen Ende des Platzes, die Kutschen, die dort warten, der tief eingelassene Brunnen in Form eines Kahnes: die *Barcaccia*, das Gewühl der Rucksacktouristen auf den Straßen, die – leider – stehlenden Zigeunerkinder mit den Pappendeckeln und über allem das ständige leise Surren der Zikaden. Zikaden? Es sind keine Zikaden. Was da surrt, sind die Verschlüsse der Kameras von hunderttausend Japanern.

Ruhiger ist es im Haus rechts neben der Treppe: im Keats-Shelley-Memorial, einem kleinen Museum, das in dem Haus eingerichtet ist, in dem Shelley gewohnt hat und Keats gestorben ist. Die Ausstellungsstücke sind nicht das Interessanteste, das ist vielmehr die Tatsache, daß das Haus so belassen ist, wie es zu Keats' Zeiten war, und daß man sehen kann, wie romantische Engländer im frühen XIX. Jahrhundert gewohnt haben. Später haben die Engländer, immer schon Rom-Schwärmer, eher das Haus *links* der Treppe besucht: dort lädt Babington's Tea-Room ein, eine Gründung zweier englischer Damen um 1850. Die Damen wollten vorsorgen, daß die reisenden Engländer nicht mit dem entsetzlichen italienischen Kaffee und so Dingen wie Spaghetti in Berührung kommen müssen. Es wird dort also starkes heißes Wasser mit Milch abgegeben sowie Torten und Kekse, die, wie ich vermute, noch aus dem Gründungsbestand stammen.

Von der Spanischen Treppe weg führt die Via Condotti. Nachdem wir das *Caffè Greco* besucht haben, das dort auf N° 86 seit 1760 seine Pforten geöffnet hält (außer am Sonntag, da ist Ruhetag: *chiuso per turno),* treffen wir auf der gleichen Seite an der Ecke zur Via Bocca di Leone auf einen Palazzo, der auf den ersten Blick nicht viel anders aussieht als mancher andere römische Palazzo, der aber doch ein Curiosum ist. In Rom gibt es nämlich – außer sozusagen Italien, dessen Hauptstadt Rom ist, und dem Vatican – einen dritten Staat: den Malteser-Orden.

Die Malteser, oder wie die offizielle Bezeichnung lautet: *Ordine Sovrano Militare dell' Ospedale di San Giovanni di Gerusalemme,* sind ein eigener Staat mit allem, was dazugehört, nur ohne Staatsgebiet. Der Malteser-Staat schwebt sozusagen in der Luft. In Rom haben sie einen Stadtpalast, eben jenen in der Via Condotti, und einen Palast mit Kirche und Park am Aventin. Das Staatsoberhaupt ist der Großmeister, der einzige Nicht-Geistliche, der mit *Eminenz* angeredet wird. Protokollarisch hat er den Rang wie die Königin von England oder der deutsche Bundespräsident. Der Orden hat eigenes Geld (mit so seltsamen Namen wie: Scudi und Grani), das allerdings nur in den Malteser-Palästen gilt und eigene Briefmarken, die in einem eigenen Postamt verkauft werden (Via Bocca di Leone 68, geöffnet werktags vormittags bis 1 Uhr). Da der Orden aber nur mit wenigen Staaten Postabkommen hat, kann man lediglich Briefe nach Somalia, Paraguay oder Guinea und dergleichen gültig damit frankieren. Ein Verzeichnis über die *Magistralen* dieser seltsamen Post gibt die im Übrigen äußerst freundliche Dame hinter dem Schalter, die auch die eigensinnigen

Wertangaben in Lire umrechnet. An die fern in den Tiefen der Jahrhunderte wurzelnde Hauptaufgabe der Malteser erinnert das Krankenhaus, das hinter dem Palast in der Via Condotti steht und vom Orden betrieben wird und einen vorzüglichen Ruf genießt.

Jetzt sind wir weit vom Kurs der Linie 119 abgekommen. Inzwischen ist der kleine Bus an den edlen Antiquitätenläden der *Via del Babuino* vorbei bis zur *Piazza del Popolo* gefahren. Hier steht der zweitälteste Obelisk. Er ist gut 3000 Jahre alt und stammt aus dem Sonnentempel aus Heliopolis in Ägypten. Seit 1589 steht er hier, um ihn herum hat der klassizistische Architekt Valadier zu Anfang des XIX. Jahrhunderts die großzügige urbane Anlage dieses Platzes geschaffen, der früher der »Empfangssalon« Roms für alle diejenigen war, die aus Norden in die Stadt kamen, denn hier mündet die uralte Konsularstraße, die Via Flaminia in den Corso. Das gewaltige Tor, ein Werk Berninis, schließt den Platz nach Norden ab, und drei Kirchen finden sich hier: die fast unauffällige, wenngleich uralte und bedeutende S. Maria del Popolo und die beiden verspielten Zwillingskirchen, die dem Platz den Akzent geben. An ihnen brechen sich die drei Straßenstrahlen: die Via del Babuino, der Corso und die Via di Ripetta, in die wir gleich – am bedeutenden Spiegelglascaffè *Rosati* vorbei – hineinfahren werden. Die beiden Zwillingskirchen heißen: S. Maria di Montesanto links, wenn man zum Corso schaut, S. Maria dei Miracoli rechts; eine Eselsbrücke dafür, wie man sie auseinanderhalten kann: *Montesanto:* monte = Berg = *näher am Berg*, also am Pincio.

Die Kirchen sind, allerdings nur auf den ersten Blick, gleich. Wenn man sich an den Fuß des Obelisken setzt und genau schaut, bekommt man einige Unterschiede heraus, sofern einem das dafürsteht. Wenn nicht, setze man sich statt dessen in das *Rosati* zu einem Kaffee.

Auf die letzte Zimelie, die uns der Rundkurs vor Augen führt, fahren wir direkt zu, bevor der Bus scharf abbiegt und seinem kleinen, grauen Häuschen mit der Steckdose zusteuert. Es ist die *Ara Pacis*, ein großer Glaskasten, ein Museum eigentlich, und insofern auch ein Kuriosum, als es das wohl einzige Museum der Welt ist, das nur ein einziges Ausstellungsstück hat, nämlich eben den Friedensaltar des Kaisers Augustus. Er wurde zu Ehren des Augustus vom Senat gestiftet und am 30. Januar 9 v. Chr. eingeweiht. Viele hundert Jahre lag er nach dem Untergang des alten Reiches unter der Erde, wurde erst 1938 vollständig ausgegraben und unter dem schützenden Glassturz hier aufgestellt. Die Reliefs der *Ara Pacis* sind ganz bedeutende Relikte der römischen Kunst und Geschichte, und selbst der, der keine archäologischen Spezialinteressen hat, kann sich an den sprechenden Bildern erfreuen.

Der kleine orangefarbene Bus der Linie 119 braucht sich für den Rest der Fahrt nicht mehr zu strecken und zu quetschen. Er biegt mit Schwung um das Augustus-Mausoleum, entlädt die letzten Passagiere und stellt sich (wahrscheinlich hungrig) wieder an seine Steckdose. Daß man das Rätsel Rom mit diesem Rundkurs löst, ist natürlich nicht zu erwarten. Aber allein die Tatsache, daß ab und zu die grauhäutige, schwere Cumäische Sybille aus Michelangelos Freskenzyklus in der Sistina mit dem Elektrobus mitfährt – ich habe es selber gesehen – sollte für diese Stadtbesichtigung sprechen. Die Sybille zahlt nichts im Bus; die Sybille hat eine Monatskarte.

Entstanden 1990

Die Salami aus den Valli oscuri

Der Blick Rossinis war leicht melancholisch, etwas spöttisch und vor allem der Blick eines Menschen, der alles weiß, was er wissen will, und weiß, daß das, was er nicht wissen will, nicht wert ist, daß man es weiß.

Ich: »Wie erklärt sich das Geheimnis Ihrer ewigen Jugend?«

Rossini: »Von ewiger Jugend kann nicht die Rede sein. Erstens ist man, wenn man wie ich, den fünfzigsten Geburtstag feiert, ja eher schon ein Mann im mittleren Alter, oder nicht? Und ewig bleibe ich nicht fünfzig. In vier Jahren werde ich einundfünfzig.«

Ich: »Erklärt sich daraus die jugendliche Frische Ihrer Opern? Ihrer herrlichen Melodien? Ihrer mitreißenden Crescendi?«

Rossini: »Das könnte schon sein. In erster Linie führe ich die von Ihnen freundlicherweise herausgehobenen Qualitäten darauf zurück, daß ich mich nie darum gekümmert habe, was Mode ist.«

Ich: »Ihr Stil wurde Mode. Hat Sie das gestört?«

Rossini: »Nein, sofern nicht einer versucht hat, exakt eine meiner Opern zu schreiben.«

Ich: »Sie haben im Alter von etwa acht Jahren, nach dem ›Guilleaume Tell‹ aufgehört, Opern zu schreiben. Die Welt rätselt bis heute über den Grund.«

Rossini: »Ich hatte viele Pläne. Zum Beispiel hat mich der Plan zu einer Oper ›Andrea Hofer l'eroe delle valli oscuri‹ fasziniert. Das war im Frühjahr 1830. Kennen Sie den tyroler Helden Andrea Hofer?«

Ich: »Ja.«

Rossini: »Er soll Salamifabrikant gewesen sein oder Schnapsbrenner oder irgend etwas Sympathisches, und die Sachsen oder waren es die Russen? haben ihm das ganze, enorme Lager an herrlichster Salami gestohlen, da hat er die Heugabel ergriffen ... aber was erzähle ich Ihnen; Sie kennen ja die Geschichte.«

Ich: »Schon. Allerdings etwas anders.«

Rossini: »Das macht nichts. Leben ist nur auf der Bühne, und Odem nur, wenn gesungen wird. Alles andere –« der Maestro machte eine rundumweisende Geste, faltete dann wieder die Hände über dem Bauch – »alles andere ist Chimäre.«

Ich: »Nun ja –«

Rossini: »Ich hatte schon die Szene im Kopf, wie Andrea Hofer aus dem Wald tritt, er trällert eine Tyrolienne, klar, was sonst, und dann sieht er, wie die Russen seine Salami körbeweise wegschleppen. Bei Mondlicht! Eine starke Szene.«

Ich: »Und sie wurde nie geschrieben?«

Rossini: »Nein. Denn ich setzte mich – die Musik schwirrte schon in meinem Hirn herum – an den Schreibtisch, den dort drüben, sehen Sie, spitzte die Feder, zog die Schublade auf ... kein Notenpapier da! Im ganzen Haus kein Notenpapier. Es war mir doch völlig entgangen, daß ich für den ›Guilleaume Tell‹ das letzte Notenpapier verbraucht hatte, und nicht daran gedacht, neues zu kaufen. *Kein* Stückchen Notenpapier. Und es war Sonntag, kein Laden offen ... Ich habe wütend die Feder hingeworfen und habe gedacht: schaue ich einmal, ob es geht zu leben ohne zu arbeiten? Und siehe da: es ging.«

Ich: »Schade um den ›Andrea Hofer‹.«

Rossini: »Noch im gleichen Jahr 1830 hat man das in London ausgeglichen. Da wurde der ›Guilleaume Tell‹ umgetextet auf ›Hofer or The Tell of the Tyrol‹, fürs Drury Lane. Allerdings ohne Salamiszene.«

Ich: »Aber die Oper ›Andrea Hofer‹ wäre ja doch wohl ein politisches Bekenntnis gewesen?«

Rossini: »Ein politisches was?«

Ich: »Bekenntnis.«

Rossini: »Ach so. Klar. Alle meine Opern sind politische Bekenntnisse.«

Ich: »Nun ja. Ich weiß nicht. Beim ›Guilleaume Tell‹ vielleicht, aber sonst –«

Rossini: »Das politische Bekenntnis lautet: ein Politiker, dem Opern, wie ich sie schreibe, nicht gefallen, gehört aufgehängt.«

Ich: »Aber das ist doch –«

Rossini: »Es gehören eigentlich alle Politiker aufgehängt. Ich würde unverzüglich jeden aufhängen, der damit anfängt, politische Reden zu halten. Ich würde nur Ausnahmen machen, ganz wenige Ausnahmen, wenn nachgewiesen ist, daß der betreffende Politiker ein wahrer Musikfreund ist.«

Ich: »Und *Ihre* Opern liebt.«

Rossini: »Was heißt: *meine* Opern. Er muß die Musik lieben, die Kunst, er muß wissen, daß es den Blick zum Olymp gibt. Darum dreht es sich.«

Ich: »Eine ziemlich radikale Ansicht.«

Rossini: »Ich sage Ihnen ja, daß ich nur politische Aussagen in allen meinen Opern gemacht habe.«

Ich: »Was sagen Sie aber nun zur Entwicklung der Musik nach Ihrer ... nachdem Sie aufgehört haben, Opern zu schreiben?«

Rossini: »Hervorragend. Großartig. Neulich hat mir ein schwedischer Komponist namens Ferkelman eine Partitur geschickt. Himmlisch.«

Ich: »Meinen Sie das vielleicht ironisch?«

Rossini: »Ironisch? *Ich* ironisch? Wo ich so ein eminent politischer Kopf bin?«

Ich: »Sie verfolgen also die Entwicklung der modernen Musik?«

Rossini: »Ich verfolge die Entwicklung der Musik, ob sie modern ist oder nicht.«

Ich: »Man sagt allgemein: die Musik, wie die Kunst heute überhaupt, leide daran, daß es keinen ästhetischen Kanon mehr gebe, der für alle verbindlich ist.«

Rossini: »Selbstverständlich gibt es einen absolut verbindlichen Kanon in der modernen Kunst. Er ist sehr einfach. Ich kann ihn Ihnen in einer Parabel darlegen. Ich liebe eigentlich Katzen, aber da ich tolerant bin, lehne ich Menschen nicht ab, die Hunde mögen. Ich verstehe etwas von Katzen, von Hunden verstehe ich nichts. Anders ein Freund von mir – sein Name tut nichts zur Sache –, der ist ein Spezialist auf dem Gebiet des Boxerhundes. Sie wissen was Boxerhunde sind?« Rossini zog eine boxerhundähnliche Fratze, fletschte die Zähne, knurrte kurz. »Er nahm mich einmal mit in eine Boxerhundeausstellung. Ich hätte eigentlich Besseres zu tun gehabt, aber er ließ nicht locker, und so ging ich mit. In unzähligen Boxen saßen Boxerhunde. Das Gekläff in der Halle war ohrenbetäubend. Wir gingen an der Reihe der Boxen entlang. Immer wieder blieb mein Freund stehen. Einmal sagte er nur: ›Na ja‹! Das andere Mal rümpfte er die Nase, dann aber wieder stieß er einen Schrei des Entzückens aus und sagte zu mir: ›Sehen Sie, was für ein Prachtexemplar!‹ und so fort. Für mich, verzeihen Sie, schauten alle Hunde gleich aus. Nach einiger Zeit blieb ich stehen und fragte meinen Feund: ›Sagen Sie, wie erkennen Sie, ob ein Hund schön ist oder häßlich?‹ ›Ganz einfach,‹ sagte er, ›je häßlicher er ist, desto schöner ist er.‹ Und genauso ist es mit dem Kanon der modernen Kunst.«

Ich: »Eh an ... äh ... ich ehre Ihre Meinung, aber ist es nicht –«

Rossini stand auf: »Verzeihen Sie, aber ich erwarte jetzt meinen Salamilieferanten. Signor Hofer aus den Valli oscuri.«

Entstanden März 1992

Der Vatican

Rom ist – neben allen anderen Besonderheiten – die einzige Stadt der Welt, die Hauptstadt *dreier* voneinander völlig unabhängiger, souveräner Staaten ist. Der eine Staat ist die Republik Italien, der andere, kaum bekannt, der staatsgebietslose, frei schwebende Malteser-Orden, und der dritte ist der *Stato della Città del Vaticano*, kurz *Vatican* genannt.

Irgendwann zwischen 750 und 850 haben Schreiber der päpstlichen Kanzleien – ohne Zweifel auf Befehl des Papstes – eine Urkunde gefälscht, die angeblich aus dem frühen IV. Jahrhundert stammt: das *Constitutum Constantini.* Danach habe Kaiser Konstantin nach seiner Bekehrung dem Papst schlichtweg das ganze Abendland geschenkt. So ganz geglaubt hat das selbst der katholische Klerus nie, aber immerhin war diese »Konstantinische Schenkung« die Grundlage für die weltliche Herrschaft des Papstes über die Stadt Rom, das Gebiet um Rom (Patrimonium Petri), und endlich in der Renaissance und noch bis ins XVIII. Jahrhundert über ganz Mittelitalien von Meer zu Meer bis an die Grenzen Neapels und Venetiens. Die zweitgrößte Stadt des Kirchenstaates war Bologna.

In den napoleonischen Wirren und im *Risorgimento,* der nationalen Einigung Italiens, schmolz dieser Kirchenstaat immer mehr zusammen, und am 20. September 1870 marschierten die Savoyarden durch die Porta Pia in die Stadt ein und beseitigten die päpstliche Herrschaft. Der Papst – es war Pius IX. – zog sich schmollend in den Vatican zurück und verstand den Heiligen Geist nicht mehr.

Der aber regelte die Sache dann einigermaßen befriedigend knapp 60 Jahre später: Mussolini schloß mit Papst Pius XI. die sog. Lateranverträge, nach denen aus dem ummauerten Bezirk der Vaticanstadt (nebst einigen Exklaven im Stadtgebiet und dem Sommersitz Castel Gandolfo) der kleinste souveräne Staat der Welt geschaffen wurde. Er umfaßt 440000 qm, von denen 15000 allein auf die Peterskirche entfallen. Das Staatsvolk umfaßt ca. 1000 Einwohner, einen Vaticanpaß haben aber nur 400 (nach anderen Angaben 200). Der Vatican hat eine eigene Post, die besser funktioniert als die italienische, und eigene – mit den italienischen wertgleiche – Münzen. Er hat eine eigene Streitmacht, wenn man so will: die Schweizer Garde, und sein absolutes, von keiner Verfassung eingeschränktes Staatsoberhaupt ist der Papst, derzeit der 265. Nachfolger des Hl. Petrus: Johannes Paul II. (seit 1978).

Die Peterskirche kann man, – sofern man als Frau nicht einen zu kurzen Rock trägt – tagsüber jederzeit betreten, den Petersplatz sogar nachts. Die weitläufigen Vaticanischen Museen mit ihren unzähligen Kunstschätzen erfordern die Erlegung eines Eintrittspreises (derzeit 10000 Lire = ca. 15 DM), den übrigen Vatican darf man nur mit Visum betreten, das man rechts von den Colonnaden an der Porta S. Anna bekommt, sofern man einen Grund für den Besuch angibt. (Man muß einen Ausweis mit Photographie vorlegen.) Als Grund wird akzeptiert, wenn man in der Vaticanbank *(Opera Religiosa)* Geld wechseln oder in der Vatican-Apotheke die Antibaby-Pille kaufen will. Das ist kein Witz: das ist die einzige Apotheke in Rom, wo eine Frau die »Pille« ohne Rezept bekommt. Die innersten Vaticanischen Gärten kann aber nur der besuchen, den der Papst persönlich kennt.

Ein eigenes Telephonnetz hat der Vatican nicht. Er hat eine schlichte vierstellige römische Nummer: 698 – ... plus Durchwahl. »1« ist die Vermittlung. Wenn man 698–1 wählt, meldet sich – eigentlich logisch, aber es kommt einem doch wie aus einer anderen Welt vor – eine äußerst zarte weibliche (!) Stimme und sagt schlicht: »Vaticano«. Wenn man den Papst verlangt – ich habe es nicht versucht –, erfährt man wahrscheinlich: er ist verreist.

Entstanden 1991

Emozioni

Der alte Mann liegt im Bett und atmet schon schwer. Später werden die zwei Kissen, auf denen er sein Haupt bettet, aus Bronze sein, jetzt sind sie aus Daunen. Für einen Papst sind die weichsten Daunen gerade gut genug. Der Knabe Huldreich, der diesem Papst nicht mehr, aber seinen ferneren Nachfolgern viel zu schaffen machen wird, ist so alt wie das Jahr, und der Maler Sandro Botticelli hat, vermutet man jedenfalls, in diesem Jahr seine ›Geburt der Venus‹ gemalt. Es ist das Jahr 1484 und der Tag des heiligen Euplius. Weiß irgendein Mensch, wer der heilige Euplius ist?

Der Papst, heißt es, habe sich am 11. August grün und blau geärgert, als an dem Tag die Nachricht kam, daß Florenz und Ferrara, ohne den Papst zu fragen, mit dem mit dem Kirchenbann geächteten Venedig den Frieden von Bagnolo geschlossen haben. Dieser Ärger, und die ungesunde Sommerluft in Rom schnürten dem alten Papst die Kehle zu. Es ging zu Ende. Das Volk jubelte. Infessura schrieb später: es sei ein glücklicher Tag gewesen, an dem die Christenheit von diesem wollüstigen, geizigen, prunksüchtigen, eitlen, treulosen und grausamen Sixtus IV. erlöst worden sei.

Wie geht das vor sich, wenn einer gestorben ist? Entweicht die Seele, in Form eines hellgrauen Nebels aus dem Mund oder den Nasenlöchern, kreist und kringelt sich wie der Rauch einer ausgeblasenen Kerze, sammelt sich im Laufe der nächsten Stunde, nimmt ungefähr, schemenhaft die Gestalt des Verstorbenen an, schwebt – unsichtbar für die Hinterbliebenen – über dem Totenbett, in dem der nun seelenlose Leichnam liegt, in dem unverzüglich die Verwesung begonnen hat? Die Hinterbliebenen sind in diesem Fall einige Monsignori und Cardinäle, die um das Sterbelager knien und laut beten, aber leise überlegen, ob man Aussicht hat, der nächste Papst zu werden.

Der begabteste und skrupelloseste Neffe des Papstes, Cardinal Giuliano della Rovere wußte genau, daß er zu jung war, um Papst zu werden – erst einunddreißig – und noch warten mußte. So betrieb er die Wahl des unfähigen und kränklichen Cardinals Giovanni Battista Cibò, von dem er hoffte, daß er nicht lang regieren werde. Der nannte sich Innozenz VIII. und regierte dann leider länger als erwartet, einer der finstersten Päpste. Er erlebte gerade nicht mehr, daß sein genuesischer Landsmann Christoforo Colombo eine seltsame indische Insel im Westen entdeckte, erlebte auch nicht mehr, daß ein Goldschmied und Maler namens Antonio Pollajuolo nach Rom kam. Die Schreibweise wechselt so stark, daß man ihn in Lexica oft nicht findet; auf dem Sixtus-Monument hat er – im Genitiv – »opus Polaioli« signiert.

1493 hat Pollajuolo im Auftrag des Cardinals della Rovere, des liebenden Neffen, die Situation jenes Euplius-Tages von 1484 in Bronze nachgegossen. St. Euplius, dessen Tag am 12. August gefeiert wird, ist einer der ganz wenigen einigermaßen dokumentarisch bezeugten Märtyrer der letzten Christenverfolgung. Und der Knabe Huldreich ist nun schon fast zehn Jahre alt und besucht die Knabenschule in Walensee. Zwingli heißt der Knabe.

Sieht der Verstorbene, dessen Seelenrauch sich über dem Leichnam im Lufthauch bewegt, den Toten, also sich selber? Interessiert er sich überhaupt dafür? Kann er die Gedanken der geldgierigen Prälaten lesen, die so tun, als beteten sie?

Die Tugenden, die den bronzenen Papst umgeben, sind kleiner, flacher und unbedeutender als die zehn freien Künste, die Pollajuolo auf den geschwungenen Seitenflanken angebracht hat: Musik, Theologie, Philosophie, Arithmetik, Astrologie, Dialektik, Geometrie, Rhetorik, Grammatik und Perspektive. Ist schon jemandem aufgefallen, daß außer dem eher bescheidenen Ornatschmuck des toten Papstes kein einziges christliches Symbol auf dem ganzen Monument zu finden ist? Kein Cruzifixus, keine Madonna? Dafür ist die Theologie fast völlig nackt, eine schöne Frau mit langem Hals. Sie und ihre Schwestern strecken äußerst zierlich den kleinen Finger weg, und auch die Zehen der Damen sind von erlesener Schönheit.

Die Theologie ist aus mehreren Gründen bemerkenswert: sie erhebt sich vom Schlaf. Sie hat nackt geschlafen. Ihre Schwestern, die anderen neun freien Künste sind alle bekleidet, wenn auch oft recht freizügig. Die Theologie hat zwar ihren Köcher umgehängt – zierlich teilt der Gurt die bemerkenswert edlen Brüste – und den Bogen ergriffen, aber sich die Mühe gemacht, ein Kleid anzuziehen, hat sie nicht. In fast schon mehr als graziöser, in gezielter Geste langt sie über den Kopf zum Köcher, wohl um einen Pfeil herauszuziehen. Gegen wen schießt sie ihn ab? Gegen jenen Knaben Huldreich Zwingli, der so alt ist wie der Papst tot? Nur sehr verschlüsselte christliche Symbole sind zu sehen: ein Engel bringt ein Buch, vielleicht das Buch, in dem die Häresien der Vergangenheit und auch der Zukunft verzeichnet sind, das interessanteste Buch der Weltliteratur. Die Dreifaltigkeit schaut zu. Es ist eine denkwürdige Dreifaltigkeit: ein kugeliges Gebilde aus drei Köpfen, dem eines Greises, dem eines Mannes mittleren Alters, dem eines Knaben. Wer der drei ist der Heilige Geist? Diese Darstellungsart war zu Pollajuolos Zeiten eigentlich schon nicht mehr erlaubt, fast ketzerisch. Zwingli hätte daran eher seine Freude gehabt als die Monsignori, aber Zwingli hat das Relief nie gesehen.

Nur ein Wort noch zur Geometrie: abgesehen von dem entblößten Bein ist sie recht züchtig gekleidet. Sie ist in eine Konstruktion vertieft, die sie mit dem Zirkel vornimmt. Sie sitzt auf einem Schrein, an dem ein Relief angebracht ist: ein Relief als Darstellung in einem Relief, das Bild eines Bildes also. Das Relief im Relief zeigt einen

Meergott und eine Nymphe in einer nur noch eindeutig zu nennenden Situation.

Das Grabmal entstand, als die alte Peterskirche noch nicht abgerissen war. In der Sixtus-Kapelle ruhte er auf einem Sockel aus Marmor. Die Kapelle wurde 1605 abgerissen, die Fresken Peruginos, die das Monument an den Wänden umgaben, achtlos zerstört. Das Grabmal trat eine Wanderung an: in die neue Sakraments-Kapelle, dann in das Museo Petriano, von dort in die Grotten unter der Basilika, zuletzt wurde es in das Museo Storico Artistico – Tesoro di S. Pietro in die Sakristei geschoben.

Der Turm von Babel wurde nie vollendet, aber sein katholisches Gegenstück, die Basilica San Pietro in Vaticano, diese weit ausgreifende Burg der Gegenreformation, erlitt das vielleicht fragwürdige Glück, nach hundertfünfzig Jahren Bauzeit fertiggestellt zu werden. Die Baumeister, darunter solche mit Namen von allerhöchstem Klang: Bramante, Michelangelo, Sangallo, Della Porta, Fontana, Maderno und endlich Bernini reichten die mit der Zeit vergilbten, ehrwürdigen, hinten mit Leinwand unterklebten Pläne weiter von Hand zu Hand. Kein Plan wurde so ausgeführt, wie erdacht, es entstand ein gewaltiges Konglomerat abendländischer Architekturphantasie. Und noch bevor der Bau mit der Kuppel bekrönt war, zog die Trauer ein. San Pietro ist eine Kathedrale der Trauer. Das ist nicht auf den ersten Blick unter dem ganzen Goldglanz zu bemerken, auch ist die Trauer stumm. Einige Dutzend Päpste, dazu einige ausgewählte Fürstlichkeiten, darunter sogar zwei Damen, blicken verzückt oder vergeistigt, betend oder segnend, jedenfalls aber tot von den Wänden. Skelette, Figuren symbolhaften Trostgehaltes raffen marmorne Vorhänge, schwingen vorwurfsvoll Stundengläser, heben geweihte Gegenstände zum Himmel.

Meine Freundin aus Ostia, die ich Xaroda nenne (in Wirklichkeit ist sie eine Venus aus Stein) hat auch einen Schlüssel zur Peterskirche. Es sind ja genug Schlüsselpaare über ganz Rom verstreut auf den Wappen angebracht. Einer davon läßt sich abnehmen, und das ist der Schlüssel zu San Pietro. In der Nacht, wenn Venus-Xaroda ihre steinerne Gestalt verläßt und in einem Ferragamo-Kostüm nach Rom kommt, sperrt sie auch ab und zu die nächtliche Kathedrale der Trauer auf. Ich durfte einmal mitgehen. Die Damen der zehn freien Künste, die Schwestern mit den eleganten Fingern waren ihrem Relief entstiegen und erheiterten die toten Päpste, besonders natürlich die Theologie mit nichts bekleidet als dem Köcher. Nur der griesgrämige Innozenz VIII. mit seiner Tortenschaufel in der Hand murmelte unfehlbare Sprüche vor sich hin, aber niemand hörte sie.

Entstanden Dezember 1991,
erschienen in ›FMR‹, Juni 1993

Sind 120 Jahre der Rede wert, wenn man in Rom lebt? »Wenn man in Rom *lebt* –« Was ist das Kriterium dafür, ob man in Rom nur als Tourist herumkrebst oder aber in Rom *lebt?* Daß man einen Hausschlüssel hat? Eine – wenngleich nur temporäre – eigene Telephonnummer? Die Hemden in der Tintoria waschen läßt, deren Besitzerin sich immer über das Datum irrt, an dem die Hemden fertig sein sollen? Anfangs bin ich immer zweimal hingegangen, dann habe ich gemerkt, daß die Tintoraia (kann man so sagen?), wenn sie mich drohend nebenan meinen Espresso trinken sah, schnell die Hemden aufbügelte. Vielleicht ist es übertrieben, aber ich hatte zwei Monate lang das Gefühl, in Rom nicht als Tourist zu besichtigen, sondern zu *leben.* Die touristische Adjustierung fiel nach und nach von mir ab. Ich konnte sogar schon auf römisch Auto fahren. Einmal besuchte mich für ein Wochenende ein Freund mit seiner Frau. Ich holte die beiden vom Flughafen-Terminal am Piazzale dei Partigiani ab und fuhr sie zu ihrem Hotel. Ungefähr auf der Hälfte der Strecke, als ich dort an der Stazione Termini bei *Rot* rechts abbog – wer tut das nicht – ächzte die Frau des Freundes: »Ich wollte, ich wäre daheim.« »Für den deutschen Straßenverkehr«, sagte mein Freund, »bist du verlorengegangen.«

Es war nie so, auch früher nicht, als ich da in Hotels wohnte und ununterbrochen *besichtigte,* daß ich in Shorts und mit umgehängtem Videogepäck in der Stadt herumlief, aber man muß wohl so eine innere touristische Adjustierung haben, die es den Andenkenverkäufern am Petersplatz ermöglicht, Touristen sofort zu erkennen und daraufhin zu belästigen. Die italienische Post ist, wie jeder weiß, pünktlich, schnell und zuverlässig. Es gibt nur einen Haken, der diese grundsätzliche Pünktlichkeit,

Schnelligkeit und Zuverlässigkeit etwas hemmt: die Briefkästen werden nicht geleert. Würden die Briefkästen geleert, kämen die Briefe pünktlich, schnell und zuverlässig an, aber – sie werden eben nicht geleert, jedenfalls nur sehr zögerlich, und nach einem eher undurchsichtigen System. Ich habe Anlaß zur Vermutung, daß Briefkästen, je weiter sie von einem Postamt entfernt sind, desto seltener geleert werden. Die Vaticanpost ist vielleicht unpünktlich, langsam und unzuverlässig, aber sie hat den Vorteil, daß sie ihre Briefkästen leert. Ich habe, solang ich in Rom war, viele Briefe geschrieben, schon wegen des schönen Absenders: »I-00161 Roma, Largo di Villa Massimo 1«. Alle paar Tage bin ich zum Petersplatz gefahren und habe dort die Briefe aufgegeben. Bei einer solchen Gelegenheit hatte ich den Triumph: der bauchladenbewehrte Belästiger, der dort lauerte, *würdigte mich keines Blickes.* Offenbar hatte ich, den römischen Hausschlüssel in der Tasche, jede touristische Ausstrahlung abgelegt.

Thorwaldsen hat angeblich nach dreißig Jahren in Rom gesagt, er beginne die Stadt zu verstehen. Wenn ich alles zusammenrechne, war ich alles in allem fünf Monate in Rom, davon die zwei Monate am Stück in der Villa Massimo. Das ist also natürlich rein gar nichts gegen Thorwaldsen, und dennoch habe ich mich erfrecht, schon zwei Bücher über Rom zu schreiben und, nicht genug damit, sechs römische Klavierstücke zu komponieren. Eins der Klavierstücke, eine Tarantella, heißt: ›Eine Hexe auf der Lupa Capitolina reitend‹. Eine Frechheit? Die Lupa hat mich auch beim letzten, leider wieder leicht touristischen Aufenthalt, nicht gebissen, also bin ich beruhigt.

Hundertzwanzig Jahre: eine der Straßen, die zur Via Nomentana und damit zur Villa Massimo führt, ist die *Via Venti Settembre*. Im Omnibus 62 – eine Stammlinie, wenn man in der Villa wohnt – habe ich einen deutschen, mehr noch: schwäbischen Oberstudienrat seine Familie aufklären hören: »Das ist die Straße der Septemberwinde.« Die Septemberwinde 1990 waren zeitweilig schlimm, Scirocco. Ich habe manche Tage unter dem Scirocco gelitten, aber selbst das ist ein Privileg, denn es bedeutet ja, daß man in Rom lebt. Ja: lebt, nicht *ist.* Wer nur ein paar Tage dort ist, dem macht kein Scirocco etwas aus, weil er ja das Tagespensum erfüllen und den Hotelpreis abarbeiten muß und folglich keine Zeit hat zu leiden. Trotzdem ist die Via Venti Settembre nicht nach dem Herbst-Scirocco benannt, sondern nach dem 22. September 1870, einem Dienstag, an dem die Savoyarden und Garibaldianer neben der Porta Pia eine Bresche in die Aurelianische Mauer schossen, wonach der päpstliche General Hermann Kanzler (ein Badenser) den Widerstand einstellte und die National-Italiener in die neue Hauptstadt des geeinigten Königreichs einzogen. Der 120. Jahrestag dieses Ereignisses wurde in dem Herbst, in dem ich in Rom war, gefeiert – seltsamerweise selbst in der kritischen ›Repubblica‹ ohne jeden Zweifelsvorbehalt. Sicher: der Papst hat damals eher eine komische Figur abgegeben, aber war die Eroberung Roms durch die Savoyarden wirklich nur erfreulich? Allein das Geschwür der weißen Zahnprothese an der Piazza Venezia, das sozusagen eine fast direkte Folge der Eroberung war, müßte rückblickend zu denken geben.

Man steigt an der Haltestelle aus, die nach der Villa Torlonia kommt. Die Villa Torlonia ist ein Denkmal römischer Halbherzigkeit. Hier war Mussolinis Privatwohnung, ein eher kleiner Palazzo in einem großen Park. Gewohnt hat er aber eigentlich doch nicht hier, sondern bei Claretta Petacci. Nach dem Sturz 1943 mußte Mussolinis Familie ausziehen, seitdem steht die Villa leer und verfällt. Ein Mausoleum seltsam bewältigter Vergangenheit: sie wird nicht abgerissen, sie wird nicht restauriert. Sie wird ignoriert, und mehr oder weniger heimliche Faschisten führen ihre Enkel in den Park und deuten mit zitternden Fingern auf die Treppenstufen, wo einst ... aber in der Oper steht ja auch groß über der Bühne, daß Mussolini, der Duce, das Haus renovieren hat lassen.

Vielleicht bewältigt ein Volk seine politische Vergangenheit nur, indem es sie unbewältigt läßt.

Man muß ein paar Schritte zurückgehen von der Haltestelle, dann in die Via Alessandro Nibby einbiegen. Da ist man schon fast am Ziel, das braun-rote Pförtnerschlößchen der Villa ist schon zu sehen. Die römischen Straßenschilder sind selbstverständlich aus Marmor, selbst die solcher kleinen und wenig prominenten Straßen wie der Via Allessandro Nibby. Die Buchstaben sind eingemeißelt. Der Steinmetz hat sich bei der einen Tafel ganz am Ende links, wo die Straße in den Largo di Villa Massimo mündet, geirrt. Er hat »VIA ALESSANDRO NIBBI« gemeißelt. Mühevoll hat er dann den i-Punkt mit dem Strich verbunden und einen schrägen Balken zwischen dem zweiten B und dem ehemaligen I gequetscht. So ist das Schild ungefähr gerettet. Der Steinmetz hat, vermute ich, nicht angenommen, daß sich einer, der Nibbi heißt, hinten mit Y schreiben könnte, wie ein Engländer. Er war aber ein Italiener, vielleicht englischer Herkunft? einer der vielen Abkömmlinge von denen, die die Lupa gebissen hat, daß sie nicht mehr fortkonnten? Allessandro Nibby war Topograph. Er hat 1838 bis 1841 die wohl erste wissenschaftlich fundierte Arbeit über antike und moderne (also im Sinn von 1838 moderne) Topographie Roms in vier Bänden herausgegeben, die heute unbezahlbare Kostbarkeiten sind: ›Roma nell'anno MDCCCXXXVIII‹.

Das große Tor der Villa Massimo wird nur zu feierlichen Gelegenheiten geöffnet. Die eisenbeschlagene Tür seitlich davon ist eigentlich Remos Eingang; Remo, der Wächter und Freund. Die Stipendiaten und Ehrengäste benutzen üblicherweise die in das Holztor weiter rechts eingeschnittene grüne Tür. Auch ich hatte zu dieser Tür einen Schlüssel gehabt. (ET HABUI CLAVEM EGO ..) Die Tür ist hoch eingeschnitten, man muß einen hohen Schritt tun, um einzutreten. Die Altersgrenze für Stipendiaten ist das vollendete vierzigsteLebensjahr. Die Altersgrenze für Ehrengäste ist diese Tür: wer den hohen Schritt nicht mehr schafft, ist ausgemärzt. Ich schaffe ihn noch.

Entstanden März/April 1991

Es ist ein Ros' entsprungen
Eine weihnachtliche Szene

Personen: Herr Lindinger, der Chef
Frau Stieglitz, die Putzfrau
Ort: Chefbüro. (Nicht luxuriös. Es handelt sich um das Büro, mehr um einen Verschlag hinter dem Laden des Optikers Lindinger)
Zeit: Heilig Abend, 15.30 Uhr

Der Chef, Herr Lindinger, öffnet das Fenster. Musik dringt herein (Lautsprecher vom gegenüberliegenden Kaufhaus): ›Es ist ein Ros' entsprungen ...‹ Lindinger macht gleich das Fenster wieder zu. Er setzt sich an seinen Schreibtisch, drückt auf einen Knopf seines Kofferradios. Musik: ›Ihr Kinderlein kommet ...‹ Lindinger drückt schnell auf einen anderen Knopf. Die Stimme von Fritz Strassner: Ludwig Thomas ›Heilige Nacht‹. Lindinger dückt auf einen anderen Knopf. Musik: ›Morgen, Kinder, wird's was geben ...‹

Lindinger schaltet wütend das Radio aus, legt die Füße auf den Schreibtisch und verschränkt die Arme. Die Tür geht auf, ohne daß angeklopft worden ist. Frau Stieglitz – in Schürze, mit Besen und Kübel – schaut vorsichtig herein.

Lindinger will mit einem Schwung die Füße vom Schreibtisch tun, überlegt dann: er ist der Chef, die Frau Stieglitz ist nur die Putzfrau. Er läßt die Füße droben.

Stieglitz: – Herr Lindinger! Mir war doch, als wie wenn

ich was g'hört hätt'! Was tun denn Sie am Heilig' Abend um halbe viere im G'schäft?

LINDINGER: Sehen S' doch. Ich arbeite.

STIEGLITZ: Am Heilig' Abend? – Um halbe viere? Ja, wann ist denn bei Ihnen Bescherung?

LINDINGER: Danke. Die hab' ich schon gehabt.

STIEGLITZ: Ah so ... ja ...! – Schon gehabt? So früh haben Sie Bescherung?

LINDINGER: Ja. Allerdings. Eine schöne Bescherung.

STIEGLITZ: So, so. (Neckisch) Was hat denn das Christkindl alles gebracht? War der Herr Lindinger auch recht brav das ganze Jahr?

LINDINGER: Lassen S' mich in Ruh'!

STIEGLITZ: Jetzt haben S' doch nicht so einen Grant am Heilig' Abnd.

LINDINGER: Ich wüßt' mir keinen besseren Tag wie den Heilig' Abend für einen Grant.

STIEGLITZ: Ah – na, na ... geh'n S', wo wir heuer endlich, endlich wieder einmal weiße Weihnachten haben. Schauens' doch nur hinaus ... (singt leise) »Es wird scho glei dumper ...« Es wird auch schon gleich finster. Wie verzaubert, die ganze Stadt ...

LINDINGER: Ja. Und die Garage war zugefroren.

STIEGLITZ: Wenn's nicht *mehr* ist, Herr Lindinger ...

LINDINGER: Es war mehr. Die Batterie war leer. (Äfft sie nach): »Es wird scho glei dumper ...« Zapfenduster ist es geworden. In meiner Batterie.

STIEGLITZ: Vom Auto?

LINDINGER: Freilich vom Auto.

STIEGLITZ: Ach so – und da haben Sie mit der S-Bahn hereinfahren müssen in die Stadt?

LINDINGER: Ja. Allerdings. Aber ich habe erst die zweite S-Bahn erwischt. Bei der ersten waren die Türen zugefroren. Außerdem war die S-Bahn verspätet. Wenn ein Schneeflocken fällt, möchte man meinen, dann verbiegen sich denen sofort die Schienen, möchte man meinen –

Stieglitz: Nein, Herr Lindinger, das dürfen S' so nicht sehn.
Lindinger: Wie sonst?
Stieglitz: Das ist eben, weil so viele Leute – die festlich gestimmten Menschen ... mei' – der Glanz in den Augen der Menschen ... förmlich wie im Fernsehen. Vom ersten Advent an könnt' ich in einem fort weinen –
Lindinger: Aber das erklärt immer noch nicht, wieso die S-Bahn so verspätet war.
Stieglitz: Es fahren halt so viel Leute in die Stadt, und dann wieder hinaus. Noch schnell etwas besorgen. Es sind oft die schönsten Geschenke, Herr Lindinger, die spontan gekauft werden, ganz zum Schluß. Nur, sage ich immer, das hat auch meine Mutter selig immer gesagt: nur von Herzen muß es kommen.
Lindinger: Von Herzen?
Stieglitz: Ja.
Lindinger: Dann kann man kaufen, was man will?
Stieglitz: Wenn es nur von Herzen kommt.
Lindinger: Dann frage ich mich, warum die Leute vor Weihnachten so wenig Brillen bei mir, bei der Fachfirma Optik-Lindinger, gekauft haben. Die könnten ja auch *von Herzen* verschenkt werden.
Stieglitz: War's Weihnachtsgeschäft nicht gut?
Lindinger: Beschissen.
Stieglitz: Herr Lindinger! Sie dürfen doch nicht am Heilig' Abend fluchen!
Lindinger: Wenn ich »beschissen« sage, dann ist das nicht geflucht.
Stieglitz: Ja, doch –
Lindinger: Ich habe ja nicht Sankt Beschissen gesagt.
Stieglitz: (denkt nach) Da haben S' natürlich möglicherweise theologisch gesehen recht. Aber am Heilig' Abend sagt man trotzdem nicht –
Lindinger: (laut) Beschissen.
Stieglitz: (erschrickt) So. Na ja. Waren die Weihnachtsgeschäfte ... bei Ihnen ... also nicht ... ach so, drum hat's heuer kein Weihnachtsgeld gegeben.

Lindinger: War voriges Jahr schon beschissen; heuer noch beschissener. An nächste Weihnachten – da darf ich gar nicht daran denken.

Stieglitz: Aber in der Zeitung steht: der Einzelhandel ist im Großen und Ganzen zufrieden –

Lindinger: Logisch. Zugeben werden wir's auch noch. Daß die, die paar, die heuer noch was gekauft haben, es denen, – denen anderen noch womöglich nachmachen. Und gar keiner mehr was kauft.

Stieglitz: (versöhnlich) Ja. Das ist eben die gewisse Talsohle, wirtschaftlich gesehen. Es wird schon wieder anders –

Lindinger: Und dieses blöde Huhn muß sich die Plombe ausbeißen.

Stieglitz: Wie bitte?

Lindinger: Meine Tochter. Als ob Weihnachten an und für sich genommen nicht schon schlimm genug wäre. Beißt sich die Plombe aus. An einem Lebkuchen.

Stieglitz: Das muß aber ein harter Lebkuchen gewesen sein.

Lindinger: Der Lebkuchen an und für sich war weich. Nur war irgendwas Hartes hineingebacken.

Stieglitz: Ein Stück Nußschale wahrscheinlich –

Lindinger: Ich schrei' noch: halt Susi – nicht hinunterschlucken ... sonst haben wir keinen Beweis ...

Stieglitz: (gebannt von der Erzählung) Zu spät!

Lindinger: Mitsamt der Plombe!

Stieglitz: Zu blöd.

Lindinger: Jetzt kann ich die neue Plombe selber zahlen.

Stieglitz: Na ja. Absichtlich haben S' die Nußschale nicht mit hineingebacken.

Lindinger: So? Warum nicht? Vielleicht wird so was absichtlich gemacht.

Stieglitz: Aber ich bitt' Sie! – im Lebkuchen für Weihnachten.

Lindinger: Vielleicht ist ein Zahnarzt bei der Lebkuchenfirma stiller Teilhaber. Gibt's alles.

STIEGLITZ: Oder: die Lebkuchenfirma beim Zahnarzt.

LINDINGER: Nein. Das ist nicht möglich. Aus rechtlichen Gründen nicht –

STIEGLITZ: Oder bei der Plombengroßhandlung, ich meine: bei der Firma, wo die Zahnärzte ihre Plomben beziehen.

LINDINGER: Das ist eher denkbar. Auf diesem Umweg macht dieser Wirtschaftszweig *auch* sein Weihnachtsgeschäft. Sonst ... sonst gäb's ja bei den Zahnärzten kein Weihnachtsgeschäft. Wer läßt sich schon als Geschenk einen Zahn plombieren?

STIEGLITZ: Niemand.

LINDINGER: Außer der Oma.

STIEGLITZ: Wer? Ihre Oma.

LINDINGER: Meine Schwiegermutter. Wir nennen sie halt Oma.

STIEGLITZ: Die hat sich einen Zahn plombieren lassen?

LINDINGER: Viel schlimmer. Aber ... das kommt ... wegen diesem blöden Christbaum. Er war natürlich wieder zu lang. Ich weiß auch nicht – immer sind die Christbäume, die ich kaufe, zu lang.

STIEGLITZ: Die Christbäume, die mein Mann kauft, sind immer zu kurz.

LINDINGER: Ja. Die Menschen lassen sich eben in zwei große Gruppen einteilen: in solche, die immer zu lange, und in solche, die immer zu kurze Christbäume kaufen. So wie mit den Uhren. Ist das Ihnen schon aufgefallen? Es gibt Leute, die haben immer Uhren, die vorgehen. Die können sich Uhren kaufen, soviel sie wollen – es bleibt immer dabei: dem einen seine Uhr geht vor, dem anderen seine nach. Das sind eben unausweichliche Kategorien. Meine Uhren gehen immer nach.

STIEGLITZ: Und mit dem zu langen Christbaum haben Sie Ihrer Schwiegermutter eine Plombe herausgeschlagen?

LINDINGER: Nein! Er hat sich oben am Plafond gekrümmt. Verstehen Sie? (Er macht es vor) Die Spitze hat sich umgelegt. Aber dadurch hatte er einen Halt. Weil der Christbaumständer taugt natürlich nichts. Es gibt keinen Christbaumständer, der was taugt. Aber dadurch, daß sich der Baum quasi am Plafond abgestützt hat, hat er gehalten.

STIEGLITZ: Ich versteh's nicht ganz, aber erzählen S' weiter.

LINDINGER: Ich weiß nicht, was da so schwer sein soll zum Verstehen. Obwohl *ich* den Baum eigentlich gar nicht gekauft habe, nur abgeholt mit dem Auto –

STIEGLITZ: Und bezahlt?

LINDINGER: Allerdings. Aber *nicht* ausgesucht. Trotzdem! – hat die Familie mir die Schuld dafür in die Schuhe geschoben, daß er zu lang ist. Wie schaut denn das aus! hat die Oma gesagt. – Das schaut ja verboten aus! hat meine Tochter geschrien –

STIEGLITZ: Hat die noch schreien können, wo sie sich doch eine Plombe herausgebissen gehabt hat?

LINDINGER: Das mit der Plombe war nachher.

STIEGLITZ: Ach so – Sie erzählen schon alles sehr durcheinand, wenn Sie mir die Bemerkung erlauben.

LINDINGER: Ich bitt' Sie! – An so einem Tag. Und dann ist meine Frau gekommen: Unmöglich! Bitte – habe ich gesagt – bitte ... ich bin bereit, die Spitze abzuschneiden –

STIEGLITZ: Wir schneiden den Christbaum immer *unten* ab. Die Spitze ist doch das schönste? – So ähnlich wie bei die Spargel?

LINDINGER: An und für sich ja. Aber bei diesem Baum waren die schöneren Äste unten. Besser gesagt: eigentlich mehr oder weniger *alle* Äste. Wenn wir den unten abgeschnitten hätten, hätte er fast überhaupt keine Äste gehabt.

STIEGLITZ: Ja, dann war dieser Baum sozusagen ein Sonderfall.

LINDINGER: Ich schneide ihn ab, habe ich gesagt, aber auf eure Verantwortung, weil er meiner Berechnung nach nur grad steht, weil er sich oben mit der Spitze gegen den Plafond spreizt. Nein! Nein! haben alle geschrien – der hält schon. Gut, sage ich. Ich mußte erst das Gerätehäusel im Garten freischaufeln, weil dort die Rosenschere ist. Eine halbe Stunde habe ich geschaufelt. Man braucht ja die Rosenschere im Winter nicht. Leider war sie dann doch im Keller, nicht im Gerätehäusel, wo sie hingehört ... aber es ist ja in diesem Haus nie etwas dort, wo es hingehört, und ich schaufle eine halbe Stunde das Gerätehäusel frei, ... ach, Frau Stieglitz, ich könnte Ihnen Romane erzählen –

STIEGLITZ: Und? Ist der Baum umgefallen?

LINDINGER: Selbstverständlich. Ich: schnipp, schneide mit der Rosenschere, die ich endlich gefunden habe, die Spitze ab, schon fällt der Baum – halb schon geschmückt, zum Glück haben die Kerzen naürlich noch nicht gebrannt, um. Die Oma springt zur Seite, stolpert über den Küchenhocker, der da steht, weil meine Frau sonst nicht hinaufgelangt ist zu die oberen Äste –

STIEGLITZ: Ich habe gedacht, der hat oben keine Äste?

LINDINGER: Ein paar ganz kleine schon. – Stolpert also die Oma, fällt gegen die Zentralheizung, haut sich das Hirn auf, und wir müssen ins Krankenhaus fahren, damit sie genäht wird. Und geschrien hat die Oma – geschrien, sage ich Ihnen! – schlimmer wie ein kleines Kind. *Das* ist Weihnachten!

STIEGLITZ: Da sind Sie aber ungerecht. Da kann Weihnachten nichts dafür.

LINDINGER: Doch! Weihnachten zieht das Unglück förmlich an. Das ist so. Warum, weiß ich nicht, aber es ist so. Alles, was tückisch ist, was dem Menschen schadet, kriecht an diesem Tag heraus und umlauert einen, und wartet nur auf die Gelegenheit, daß's ein'm 's Haxl stellen kann. Und dann ist auch noch die Waschmaschine kaputtgegangen. Ich sage Ihnen: ich habe die Waschmaschine nicht gekauft, ich wasche nie, ich rühre diese Maschine nie an, und trotzdem hat meine Frau *mir* die Schuld daran gegeben.

STIEGLITZ: Das geht doch gar nicht.

LINDINGER: Doch. *Weil* ich die Maschine nie anrühre.

STIEGLITZ: Aber – zwischen Weihnachten und Neujahr soll man doch nicht waschen! – Das bringt Unglück.

LINDINGER: Es gibt nichts, was nicht Unglück bringt, Frau Stieglitz.

STIEGLITZ: Mei' – was machen Sie für Augen, da fürcht' man sich ja –

LINDINGER: Meine Frau ist leidenschaftliche Wäscherin. Wenn sie nicht waschen kann, ist sie nicht gesund. Wenn sie nicht jeden Tag mindestens eine Maschine voll wäscht, wird sie unausstehlich – und am Heilig' Abend geht die Waschmaschine kaputt, wo die ganzen Feiertage garantiert kein Kundendienst kommt!

STIEGLITZ: Im Notfall könnte sie ja in der Badewanne waschen, von Hand.

LINDINGER: Da schwimmt doch der Karpfen! – für den ersten Feiertag ... aber das Schlimmste kommt erst: um drei Uhr ist der Fernseher plötzlich nicht mehr gegangen. Ausgerechnet vorm Opa seiner Sportschau. Was sich da abgespielt hat – Frau Stieglitz, was sich da abgespielt hat, entzieht sich dem menschlichen Fassungsvermögen, sage ich Ihnen!

Lindinger lehnt sich erschöpft in seinen Stuhl zurück.

STIEGLITZ: Also, ich muß jetzt weitermachen, daß ich auch heimkomm'. Darf ich Ihren Papierkorb ausleeren –?

LINDINGER: Da ist nichts drin.

STIEGLITZ: Und dann gehen S' auch, Herr Lindinger. Jetzt ist ja bei Ihnen alles passiert, was passieren kann –

LINDINGER: Das ist gar nicht gesagt.

STIEGLITZ: Versündigen Sie sich nicht. Schauen S' her: Friede den Menschen auf Erden –

LINDINGER: (springt auf) Wenn Sie noch ein Wort sagen! Dieses verfluchte Weihnachten. Ich wollte, ich bräuchte *nie* mehr einen Christbaum kaufen, *nie* mehr Geschenke kaufen, *nie* mehr einen Christbaum sehen …

STIEGLITZ: Aber Herr Lindinger, das ist doch … der Christbaum … der Lichterbaum … das ist doch das Schönste …

LINDINGER: (grimmig) Es ist ein Ros' entsprungen …

STIEGLITZ: Herr Lindinger!

Lindinger erwürgt die Putzfrau. Die Putzfrau liegt da. Lindinger schaut sie verstört an. Nach einiger Zeit:

LINDINGER: (leise) Frau Stieglitz! – Frau Stieglitz … (noch leiser) Sie ist tot … ausgerechnet am Heilig' Abend … tot … die Polizei … ich zeig' mich selber an …

Lindinger wählt am Telefon:

LINDINGER: Ja – ist dort die Polizei? Ich habe etwas zu melden …

STIMME aus dem Telefon: Hier ist der automatische Anrufbeantworter. Diese Inspektion ist am Heiligen Abend nicht besetzt. Wir wünschen allen ein frohes und gesegnetes Fest …

Lindinger wirft den Hörer auf die Gabel, reißt das Fenster auf – Musik vom Kaufhaus gegenüber: »Stille Nacht, heilige Nacht«.

Lindinger springt aus dem Fenster.

Entstanden 1979

Zur Sache: H.R. im Gespräch mit Herbert Rosendorfer

JOURNALIST: Herr Rosendorfer, Sie gelten als einer der wenigen Schriftsteller, die neben ihrer schriftstellerischen Tätigkeit auch einem, wie man sagt, Brotberuf nachgehen. Sie sind Staatsanwalt. Als ein Fernsehsender eine Serie über Autoren drehen wollte, die auch neben ihrer schriftstellerischen Tätigkeit einem Beruf nachgehen, also Ärzte, Juristen, Ingenieure und so weiter sind, mußte dieser Plan fallengelassen werden, da es zu wenig Beispiele gab. Außer dem Arzt Ernst Augustin und Ihnen hat man keinen gefunden. Nun können wir uns denken, daß das Nebeneinander von Berufsleben und Schriftstellerei zwangsläufig Probleme mit sich bringt, schöpferische, gesellschaftliche, vielleicht auch wirtschaftliche Probleme. Wir können uns denken, daß auch Sie nicht frei von solchen Problemen sind. Was sagen Sie dazu?

HERBERT ROSENDORFER: Wie bitte?

JOURNALIST: Ich meine, was Sie dazu sagen?

ROSENDORFER: Wozu? Ich muß gestehen, meine anfängliche Aufmerksamkeit ist im Laufe Ihres Vortrages erlahmt.

JOURNALIST: (schaut irritiert in sein Mikrophon): Äh – ah – was wollen Sie damit sagen: –

ROSENDORFER: Ja, wollte ich damit sagen.

JOURNALIST: Was, ja? Ich verstehe Sie jetzt nicht.

ROSENDORFER: Ich wollte damit sagen, daß Journalisten bei Interviews dazu neigen, mehr zu reden als der Gefragte. Ich beobachte seit etwa zehn Jahren, daß sich selbst bei höchstgestellten Politikern, die im Fernsehen interviewt werden, der Anteil der Antworten zugunsten der Fragen des Journalisten immer mehr verringert. Inzwischen ist es so, daß es nur noch den reaktionsschnellsten Politikern gelingt, zwischen den wortreichen Fragen, bevor die Sendezeit um ist, hier und da einen Einwurf zu machen. Ich habe aber schon Interviews gehört, bei denen *nur* der Journalist gesprochen hat.

JOURNALIST: Das dürfte aber jetzt unsachlich von Ihnen sein.

ROSENDORFER: In gewissem Sinne ja, denn manche Interviewte verlegen sich auf den Trick, *gleichzeitig* mit dem Journalisten zu sprechen. Dann kommt er zwar zu Wort, aber man versteht ihn nicht. Übrigens: Ich bin nicht Staatsanwalt, wie Sie vorhin gesagt haben, ich bin Richter.

JOURNALIST: Ist das nicht das Gleiche?

ROSENDORFER: Nein.

JOURNALIST: So. Ja. Und worauf führen Sie die Entwicklung zurück, von der Sie vorhin gesprochen haben?

ROSENDORFER: Darauf, daß die Kamera auf dem ruht, der spricht, also auf dem Journalisten. Journalisten halten sich für schöner als Politiker, nehme ich an.

JOURNALIST: Und was meinen Sie dazu?

ROSENDORFER: In der Tat haben wir eine Reihe von sehr schönen Journalisten. Andererseits haben wir aber auch eine Reihe von sehr schönen Politikern. Es fällt einem schwer, hier eine Stellung zu beziehen.

JOURNALIST: Darf ich daraus schließen, daß Sie gewisse Vorbehalte sowohl gegen den Beruf des Politikers als auch gegen den Beruf des Journalisten haben?

ROSENDORFER: In der gegenwärtigen Koalition ist das fast identisch. Noch nie waren so viele Journalisten Politiker. Das Ergebnis sehen Sie. Es ist erfreulich. Die Politik wird sozusagen druckreif geliefert, braucht journalistisch gar nicht mehr bearbeitet zu werden.

JOURNALIST: Das ist ein interessanter Standpunkt, darüber habe ich noch gar nicht nachgedacht. Darf ich daraus schließen, daß Sie politisch interessiert, vielleicht sogar politisch engagiert sind?

ROSENDORFER: (ärgerlich): Schließen sollen Sie gar

nichts. Sie sollen fragen und im übrigen zuhören. Ich bin politisch überhaupt nicht interessiert. Ich darf ein Wort von Raymond Chandler zitieren. Er hat gesagt: Mir ist es gleich, wer Präsident der Vereinigten Staaten ist. Im Zweifel handelt es sich immer um einen Politiker. Zitat Ende. Bei uns kann es auch ein Journalist sein.

JOURNALIST (in privaten Ton verfallend): Sie, mir kommt vor, Sie haben wirklich was gegen Journalisten?

ROSENDORFER: Das ist jetzt die erste wirkliche Frage, die Sie gestellt haben. Ja. Mit den Journalisten ist es wie mit den Satyrikern. Nehmen Sie zum Beispiel Wolfram Siebeck, der darf sich nur deshalb einen Satyriker nennen, weil diese Bezeichnung nicht geschützt ist.

JOURNALIST: Sie lehnen Wolfram Siebeck ab?

ROSENDORFER: Im Gegenteil. Ich bewundere Wolfram Siebeck. Er schreibt seit Jahren ein und dieselbe Geschichte wöchentlich in drei bis vier verschiedenen Blättern. Ephraim Kishon ist nicht ganz so geschickt. Er muß immerhin zwischen vier bis sechs Geschichten hin und her springen.

JOURNALIST: Haben Sie jetzt nicht das Gefühl, zu sehr in das Gebiet persönlicher Vorurteile abzugleiten?

ROSENDORFER: Andere Vorurteile als persönliche habe ich nicht.

JOURNALIST: Vorurteil ist Vorurteil. Sind Vorurteile denn nicht schädlich und abzulehnen?

ROSENDORFER: Das ist ein Vorurteil. Ich darf Heine zitieren: Johannes Mario Simmel, den ich nicht gelesen habe, halte ich für ungefähr so langweilig wie Heißenbüttel, den ich auch nicht gelesen habe. Zitat Ende. Das ist der stolze Ausdruck eines starken, erhabenen Vorurteils.

JOURNALIST: Äh – sagen Sie – das ist ein Zitat von Heinrich Heine?

ROSENDORFER: Ja.

JOURNALIST: Hat Heine Simmel und Heißenbüttel schon gekannt? Ich habe kein Lexikon zur Hand.

ROSENDORFER: Heine hat d'Alembert und Auffenberg

genannt. Da Ihnen diese beiden Schriftsteller nicht geläufig sein dürften, habe ich mir erlaubt, diese Namen durch heute gängige zu ersetzen.

JOURNALIST: So, so. Sie glauben, d'Auff – wie?

ROSENDORFER: d'Alembert und Auffenberg.

JOURNALIST: – so – Sie glauben, die sind mir nicht geläufig?

ROSENDORFER: Ja.

JOURNALIST: Darf ich Sie fragen, was Sie zu dieser Annahme berechtigt?

ROSENDORFER: Wann ist d'Alembert geboren? Können Sie mir das Hauptwerk von Auffenberg nennen?

JOURNALIST: Entschuldigen Sie. *Ich* frage und *Sie* antworten.

ROSENDORFER: Ich rede erst weiter, wenn Sie meine beiden Fragen beantwortet haben.

JOURNALIST: Ich kann Ihnen eines sagen: Sie werden sich schwer tun, kann ich Ihnen sagen, noch einen zu finden, der noch ein Interview mit Ihnen macht, kann ich Ihnen sagen, kann ich.

ROSENDORFER: Wann ist d'Alembert geboren? Was ist Auffenbergs Hauptwerk? Ich gebe Ihnen Hilfestellung: ich meine Joseph, Freiherrn von Auffenberg, geboren 1798, gestorben 1857, seit 1839 großherzoglich badischer Hofmarschall.

JOURNALIST: Da können Sie bald mit Ihren badischen Hofmarschällen einpacken, können Sie, sage ich Ihnen. So etwas!

ROSENDORFER: Sie können also meine Fragen nicht beantworten?

JOURNALIST: (packt das Mikrophon und das Tonbandgerät ein): Das ist keine Art, nämlich, ist das. Da danke ich schönstens, für so ein Gespräch, danke ich.

ROSENDORFER: Bitte. Übrigens: d'Alembert ist 1717 geboren.

JOURNALIST: Will ich gar nicht wissen, will ich.

ROSENDORFER: Und das Hauptwerk Auffenbergs ist das dreibändige ›Epos in dramatischer Form: Alhambra‹.

JOURNALIST (knurrt).
ROSENDORFER: *Was* haben Sie jetzt da geknurrt?
JOURNALIST: Das geht Sie gar nichts an.
ROSENDORFER: Das will ich auch lieber überhört haben.
JOURNALIST: Dann haben Sie es also doch verstanden.
ROSENDORFER: Überhört habe ich das lieber.
JOURNALIST: So was. So was ist mir noch nie untergekommen. Das muß ich Ihnen schon sagen, muß ich. Auf Wiedersehen. So was.
ROSENDORFER: Auf Wiedersehen.

Entstanden 1990

Auf der Party
Eine Szene

Eine Dame
Ein Herr

Die Dame und der Herr stehen auf einer Terrasse. Nacht. Geräusche einer Party. Musik aus dem Haus.

DAME: Ich habe es nicht zufällig dabei, ich habe es immer dabei. Sie sind von mir entworfen.

Die Dame gibt dem Herrn eine kleine Scheibe aus Papier.

HERR: Auch die Zeichnung?

DAME: Selbstverständlich. Gerade die Zeichnung. Ich bin Graphikerin.

HERR: (liest): »Lieber Partner als Pascha.« Mhm.

DAME: Das ist ein Autoaufkleber.

HERR: Aha.

DAME: Er kostet zwei Mark fünfzig. Also, ich meine, wir verkaufen ihn für zwei Mark fünfzig. Kosten tut es so gut wie gar nichts. Ich selber habe für den Entwurf nichts verlangt, kein Honorar und so, und eine Freundin, die einen Draht zu einer Druckerei hat, läßt die Dinger dort mitlaufen, und eine andere Freundin, die hat Beziehungen zu einer Firma, die gummiert – die kleben von alleine, wenn man die Folie abzieht –

HERR: Ja, ja, ich kenne das.

DAME: Das Material müssen wir schon bezahlen, das schon, und die Farbe, aber das kommt pro Aufkleber, wir haben das ausgerechnet, auf achtzig Pfennig pro Stück. Der Reinerlös, eine Mark siebzig pro Stück, fließt dem Frauenhilfswerk zu.

HERR: Aha.

DAME: Nehmen Sie eins?

HERR: Dem Frauenhilfswerk?

DAME: Dem Frauenhilfswerk.

HERR (liest noch einmal): »Lieber Partner als Pascha«.

DAME: Der Slogan ist auch von mir.

HERR: Ich möchte nicht geizig erscheinen. Ich gebe Ihnen eine Mark siebzig.

DAME: Wieso –?

HERR: Ich meine: eine Mark siebzig, sagen Sie, ist der Reinerlös, der dem Frauenhilfswerk zufließt. Ich gebe Ihnen die Mark siebzig, die fließt zu, und Sie behalten die Plakette.

DAME: Ja – ist auch gut. Aber – Sie wollen die Plakette nicht?

HERR: Nein.

DAME: Warum nicht?

HERR: Es ist Ihnen doch sicher nicht gedient damit, daß die Plakette bei mir irgendwo herumliegt, ich bin nämlich sehr unordentlich, und alles liegt herum, und eines Tages wirft sie jemand weg –

DAME: Sie können sie auf Ihr Auto kleben.

HERR: Das – das möchte ich lieber nicht.

DAME: Warum?

HERR: Wenn ich die Plakette »Lieber Partner als Pascha« auf mein Auto klebe, so heißt das doch, daß der, der damit fährt, lieber Partner als Pascha ist.

DAME: Selbstverständlich.

HERR: Ich verleihe mein Auto gelegentlich, einem Freund, der verleiht es vielleicht wieder. Woher soll ich wissen, ob nicht einer dabei ist, der doch lieber Pascha ist als Partner.

DAME: So einem würde ich das Auto nie leihen.

HERR: Soll ich ehrlich sein? Ich bin auch lieber Pascha.

DAME: Das hat mir noch niemand ins Gesicht zu sagen gewagt.

HERR: Dann haben alle, die Ihnen bisher was ins Gesicht gesagt haben, gelogen.

DAME: Ich kenne Männer, die sind der Überzeugung –

HERR: Dann haben diese Männer nicht nur Sie, sondern auch sich selber belogen.

DAME: Aber das ist doch überhaupt kein Standpunkt. Lieber Pascha sein –

HERR: Einen Moment, einen Moment ... *überhaupt kein* Standpunkt ist es nicht. Ein falscher Standpunkt, vielleicht, aber ein Standpunkt.

DAME: Wollen Sie wirklich im Ernst sagen, daß Sie lieber Pascha sind –

HERR: Ja. Viel lieber.

DAME: Das ist ja widerwärtig.

HERR: Ja, für die Frau, für den Mann nicht. Für den Mann ist es angenehm. Sehen sie, zum Beispiel, die Hausschuhe. Dem Pascha werden sie gebracht, der Partner muß sie sich selber holen. Was ist angenehmer? Gebracht werden oder selber holen?

DAME: Natürlich ist's angenehmer, wenn man bedient wird –

HERR: Sehen Sie. Sie beginnen zu begreifen.

DAME: Ich begreife gar nichts. Ich würde Ihnen – da kämen Sie bei mir schlecht an – ich würde Ihnen was husten mit den Hausschuhen, ich würde Ihnen Ihre Hausschuhe um die Ohren hauen.

HERR: Unter diesen Umständen würde ich mir die Hausschuhe selber holen.

DAME: Das würde ich Ihnen raten!

HERR: Sie verstehen mich nicht richtig. Ich behaupte nicht: der Mann hat einen Anspruch darauf, daß ihm die Frau die Pantoffeln holt. Ich behaupte nur: *wenn* sie es tut, ist es für den Mann bequemer.

DAME: Und warum holen nicht Sie Ihrer Frau die Hausschuhe?

HERR: Sie ist noch nie daraufgekommen, daß ich sie ihr holen könnte.

DAME: Haben Sie ein Glück, daß Sie nicht mit mir verheiratet sind.

HERR: In mancher Hinsicht, muß ich zugeben, könnte ich mir das aber schon vergnüglich vorstellen.

DAME: Pascha! Und vielleicht darf ich Ihnen auch noch die Füße küssen.

HERR: Sie verstehen mich immer noch falsch –

DAME: Ich verstehe Sie sehr, sehr gut. Für Sie ist die Frau die – die – die –

HERR: Im Gegenteil, im Gegenteil. Ich wüßte kein einziges Argument für die Behauptung, der Mann sei mehr wert als die Frau.

DAME: Und trotzdem soll sie Ihnen –

HERR: Soll nicht. Sie tut es. Also: manche tun es.

DAME: Leider. Noch!

HERR: Ja. Ich nehme auch an, daß die Zahl schrumpft. Man wird sich rechtzeitig eindecken müssen.

DAME: Sie geben also zu, daß Mann und Frau gleich sind.

HERR: Gleich?

DAME: Reden Sie nicht so anzüglich. Ich meine: gleichwertig.

HERR: Gleichwertig – hm – ich für meine Person – ich ziehe Frauen vor, für gewisse Dinge.

DAME: Mit Ihnen kann man nicht reden.

HERR: Tun Sie aber schon eine halbe Stunde.

DAME: Mann und Frau sind in gesellschaftlicher, wirtschaftlicher, sozialer Hinsicht gleichwertig.

HERR: Richtig.

DAME: Den Frauen ist auf Grund mangelhafter Ausbildung, gewisser Traditionen und so weiter, der ihnen auf Grund ihrer Gleichwertigkeit gebührende Platz verwehrt.

HERR: Richtig.

DAME: Frauen sind in vielen Bereichen des öffentlichen Lebens unterrepräsentiert.

HERR: Richtig.

DAME: Wir müssen doch um unser Recht kämpfen!

HERR: Sie wären dumm, wenn Sie es nicht täten.

DAME: Ja, und warum –

HERR: Wer ist denn Ihr Gegner?

DAME: Das patriarchalische System.

HERR: Also ich. Da können Sie doch wirklich nicht gut

von mir verlangen, daß ich die Plakette auf meinen Wagen klebe.

Kleine Pause.

DAME: Ich kann mir nicht vorstellen, daß es angenehmer sein soll, Pascha zu sein. Ich wäre lieber Partner, wenn ich Mann wäre.

HERR: Und was hätten Sie davon?

DAME: Wieso – was hätte ich –, muß man was davon haben – ja, doch: ein sauberes Bewußtsein. Das Bewußtsein, saubere Ansichten zu haben.

HERR: Das ist natürlich ein Gesichtspunkt. Nur, sehen Sie, das Bewußtsein in Ehren, ich ziehe es vor, daß mir die Frau die Pantoffeln bringt.

DAME: Dafür verachte ich Sie.

HERR: Das nehme ich in Kauf.

DAME: Alle progressiven Frauen verachten Sie dafür.

HERR: Ich verstehe Sie wirklich nicht: Sie kämpfen für Ihre Sache, warum verachten Sie mich, wenn ich meine Sache verteidige?

DAME: Sie sind ein mieser, kleiner Angeber. Ein Pascha.

HERR: Richtig. Solange es noch geht.

DAME: Alle Frauen müßten Sie verachten.

HERR: Es tun aber nicht alle. Mindestens von – (zählt) sieben werde ich nicht verachtet.

DAME: Aber das kommt noch. Noch ist den Frauen nicht klar, daß die Solidarität das Wichtigste ist. Solidarität, daß so ein Typ wie Sie ausgetrocknet wird. Jede muß so einen verachten, jede, so einen Pascha. So ein Pascha wird eines Tages, das sage ich Ihnen, ganz einfach keine Frau mehr finden.

HERR: Dann, wenn es soweit ist, dann werde ich Partner.

Entstanden 1976

Ysabel und Raoul
Eine lyrische Szene

Ysabel
Raoul

YSABEL: Raoul!
RAOUL: Ysabel!
YSABEL: Sage nichts!
RAOUL: Ich wollte sagen –
YSABEL: Ich weiß.
RAOUL: Du weißt?
YSABEL: Ich weiß es. Ich habe immer schon gewußt ...
RAOUL: Ich habe es geahnt, daß du immer schon gewußt hast –
YSABEL: Und du hast nichts gesagt?
RAOUL: Wie hätte ich etwas sagen können!
YSABEL: Ich wußte, daß du etwas sagen wolltest, es aber nicht sagen konntest.
RAOUL: Ich vermutete längst schon, daß du das ahntest.
YSABEL: Aber ich durfte ja nicht sprechen.
RAOUL: Obwohl es deine Pflicht gewesen wäre, zu sprechen.
YSABEL: Ich hatte zwei Pflichten: die Pflicht zu sprechen und die Pflicht zu schweigen.
RAOUL: Irgendwie ahnte ich das die ganzen Jahre.
YSABEL: Ich wußte, daß du es ahntest.
RAOUL: Weiß *er* –?
YSABEL: *Er* weiß natürlich nichts.
RAOUL: Er ahnt nie etwas.
YSABEL: O doch. Manchmal ahnt er etwas, aber dann ahnt er doch wieder nichts mehr.
RAOUL: Manchmal wäre es mir lieber, er wüßte –
YSABEL: O nein, es wäre schrecklich.
RAOUL: Gewiß, es wäre schrecklich, aber manchmal ist es

besser, das Schreckliche zu ahnen, als das Unumgängliche zu wissen.

YSABEL: Woher willst du wissen, was das Unumgängliche ist?

RAOUL: Jeder Mensch hat im Herzen eine Uhr, deren Zeiger aufzucken, wenn die unumgängliche Stunde erreicht ist.

YSABEL: Wem sagst du das!

RAOUL: Ich weiß.

YSABEL: Es ist aber auch manchmal besser, das Schreckliche nicht zu ahnen, als das Unwiederbringliche zu verlieren.

RAOUL: Nichts ist unwiederbringlich.

YSABEL: Oh doch. Es ist aber nur das unwiederbringlich, was die eigene Seele als endgültig abgetan hat.

RAOUL: Das ist keine Frage.

YSABEL: Seit Jahren habe ich alles Unwiederbringliche aus meinem Herzen verbannt.

RAOUL: Das war mir klar.

YSABEL: Aber nicht immer.

RAOUL: Doch. Es war mir von Anfang an klar.

YSABEL: Dann hätte ich es wissen müssen.

RAOUL: Du hast es gewußt.

YSABEL: Ja, aber es war mir nicht klar.

RAOUL: Das ist nur selbstverständlich, daß es dir nicht klar war.

YSABEL: Hat *sie* denn nie etwas gesagt?

RAOUL: Wie hätte sie etwas sagen können, wenn sie nie etwas gewußt hat?

YSABEL: Ich habe geahnt, daß sie nichts weiß.

RAOUL: Obwohl ich es ihr oft und oft deutlich genug gesagt habe.

YSABEL: Ich weiß.

RAOUL: Du wußtest es?

YSABEL: Ja. Aber ich wußte, daß du es nicht weißt.

RAOUL: Wenn ich gewußt hätte, daß du es weißt, hätte ich nicht gezögert –

YSABEL: Doch, du hättest gezögert.

RAOUL: Vielleicht hast du recht.

YSABEL: Du hättest gezögert, weil du ahnen hättest müssen –

RAOUL: Nein. Ich hätte gezögert, weil auch das Zögern eine Art von – ich weiß nicht, wie ich mich ausdrücken soll.

YSABEL: Ich weiß. Nichts ist schwerer, als das Wissen davon, wie man sich ausdrücken soll.

RAOUL: Du bist klug, Ysabel.

YSABEL: O nein. Nur hat mich das Leben gelehrt, vorsichtig zu sein.

RAOUL: Das habe ich immer schon gesehen.

YSABEL: Nur, weil du das gesehen hast, konnte ich es erkennen.

RAOUL: Das war mir von vornherein klar.

YSABEL: Ich habe es geahnt.

RAOUL: Und du hast alles gewußt?

YSABEL: Sonst hätte ich das nicht ahnen können.

RAOUL: Wenn ich eine Ahnung davon gehabt hätte –

YSABEL: Wir brauchen jetzt nicht mehr darüber zu reden.

RAOUL: Ich weiß.

YSABEL: Ich weiß, daß du das weißt.

RAOUL: Es ist köstlich zu wissen, daß du weißt, was ich weiß.

YSABEL: Aber es ist zu spät.

RAOUL: Auch das ist mir klar.

YSABEL: Ich wußte, daß du das antworten würdest.

RAOUL: Es gibt gar keine andere Möglichkeit als diese Antwort.

YSABEL: Ich weiß.

RAOUL: Aber niemand sonst weiß es.

YSABEL: Außer ihm.

RAOUL: Selbstverständlich. Aber er weiß auch –

YSABEL: Er weiß, was ich weiß.

RAOUL: Nur sie weiß nicht.

YSABEL: Ich glaubte es immer schon zu ahnen.

RAOUL: Ich weiß.
YSABEL: Nur du weißt.
RAOUL: O ja.
YSABEL: Vielleicht weiß niemand, was wir wissen.
RAOUL: Wer weiß.

Entstanden September 1966

Sus canis interna
oder Der Eberrüde und die Sauhündin

Dank der sittlichen Festigung durch Religion und Philosophie, unter der Führung würdiger Staatsmänner, durch das Vorbild untadelig staatstragender Bankpräsidenten und Aufsichtsratsvorsitzender hat sich die Menschheit im Lauf von achttausend Jahren vom Halbaffen zum Zoon Politikon, wie wir Humanisten zu sagen pflegen, entwikkelt. Während der Halbaffe nur Gedanken daran verschwendet, sich den Bauch vollzuschlagen und – sofern männlich – ein Weibchen zu bespringen, – sofern weiblich – von einem Männchen besprungen zu werden, zirkelt unseren, den staatserhaltend verantwortungsbewußten Wirkungskreis das ab, was den Ernst des Lebens ausmacht: der Lombardsatz, das Vaterland, die Wettbewerbsverzerrung, der Europapokal, der Bebauungsplan, die Gemeinsame Prunksitzung der Carnevalsvereine, das Rentenanpassungsgesetz, der Weltgeist, das Raketenabwehrsystem, die Gewerbesteuer, das Ding An Sich, die Infrastruktur, die Unverlierbaren Abendländischen Werte, das Bruttosozialprodukt, die Max-Planck-Gesellschaft, die Tarifrunde, der unverzichtbare Ecklohn und das Endgültige Vorläufige Endergebnis.

Der moralisch hochstehende, stets in Bahnen der positiven Gesinnung sich bewegende Mensch, also jeder, unterzieht sich von früher Jugend an dem Streben nach Bildung, blickt bewundernd zu den leuchtenden Polarsternen von Würde und Tugend auf, die ihm untadelige Lehrer sowie ebensolche Lehrerinnen vorweisen. Später wählt er sich, in seinem Berufe Stufe um Stufe emporklimmend, aus dem Kreis tadelfreier Jungfrauen eine geeignete Braut, deren Vater er seinen bereits nicht mehr unbeträchtlichen Bausparvertrag vorweist. Unter Überwindung der den moralisch gefestigten Staatsbürger auszeichnenden Schamhaftigkeit nähert er sich – bei ausgeschaltetem Licht – seiner Ehefrau zum Zwecke der Hervorbringung steuerbegünstigten Nachwuchses. Hat sich solcher in ausreichender und gewünschter Zahl eingestellt, reichen sich die Eheleute in gegenseitiger Achtung nur noch die Hände, blicken sich in die Augen und dann gemeinsam in den weiter wachsenden Bausparvertrag. Nach einem erfüllten Leben, in dem nie die Anfechtung eingetreten ist, eine Partei zu wählen, die dem Lombardsatz, dem Europapokal oder dem Ding An Sich zu nahe treten könnte, sinkt er ins Grab, dessen Kosten eine rechtzeitig abgeschlossene Sterbeversicherung würdig und geschmackvoll deckt.

Da dieser Idealzustand, wie wir wissen, in diesem unserem Lande dank der selbstlosen Führung untadelig – sittenstrenger Präsidenten, Kanzler, Minister, Bürgermeister usw. erreicht ist, weiß ich eigentlich nicht, was eine Ausstellung wie diese hier soll, noch weniger weiß ich etwas dazu zu sagen.

Die Zügellosigkeit, die dem anarchistischen Lustprinzip aus allen Knopf- respective Schlüssellöchern schaut, kann dem gesinnungsfesten Bausparer, Filterzigarettenraucher und FC Bayern-Anhänger nur Abscheu einflößen. Das Lustprinzip ist nämlich anarchistisch. Betrachten Sie nur gefälligst diese entblößten Brüste, die zweitausend Jahre sittlichen Bildungsstrebens hohnlachen. Solche Brüste sind nur dazu da, den Mann vom Studieren des Goldpreises, dem erregenden Vergleichen des alten mit dem neuen Aktiengesetz, der Lektüre der Bundesligatabelle oder von Habermas' ›Theorie des kommunikativen Handelns‹ abzulenken. Der aufrechte Sittenfreund wird sofort aufstehen und mit einer herrischen Geste seiner mit der neuesten Umsatzsteuertabelle bewehrten Hand das Weib in seine Schranken oder besser gesagt: verhüllenden Textilien weisen. Ganz nebenbei erwähnt: was die hüllenlose Unsittlichkeit für den Textilmarkt bedeutet, kann sich jeder selber ausmalen. Wieviel Arbeitsplätze in der Badeanzugindustrie durch die zügellose Nacktbaderei verlorengegangen sind, geht auf keine der sogenannten nahtlos gebräunten Häute. Jeder Dame, die keinen Büstenhalter trägt, ist gesellschaftspolitische Verantwortungslosigkeit vorzuwerfen. Daß die Gewerkschaften da nicht gegensteuern, ist mir ein Rätsel.

Es ist klar, daß der sittlich wünschenswerte Zustand der Gesellschaft, wie ich ihn eingangs skizziert habe, im neunzehnten Jahrhundert erreicht war, und daß er leider durch diverse historische Katastrophen Schicht um Schicht abgebaut wurde, so daß wir heute sowohl vor einem Trümmerhaufen der Moral als auch offen zur Schau gestellten Schamhaaren wie hier in dieser Ausstellung stehen. Dabei hat es selbst in unserem Jahrhundert noch immer wieder bedeutende Anstrengungen gegeben, dem sinkenden Moralzustand Einhalt zu gebieten. Daß im Nationalsozialismus nicht alles schlecht war, darf man ja heute wieder sagen. Man denke nur an die Autobahn, die bahnbrechende Entwicklung des Kochgeschirrs und die Wiederentdeckung altdeutschen Liedgutes. Auch die Entwicklung von Großfeueranlagen machte bedeutende Fortschritte. Das wird ganz vergessen. Und die Moral. Homosexualität, zügelloses Lustleben, Geschlechtsverkehr, der nicht der völkischen Erneuerung diente, wurden gebrandmarkt. Wenn Nacktes dargestellt wurde, diente es der Festigung von Glaube und Schönheit, Werte, die wir auch heute noch hochhalten sollten. Der Stalinismus, so verabscheuenswürdig er sonst – etwa in seiner Ablehnung des Diskontsatzes – war, hat nur Filme hervorgebracht, die auch in den Augen des strengsten Selbstkontrolleurs nicht zu beanstanden sind, und bis vor wenigen Jahren konnten sich die sozialistischen Theater rühmen, daß nie ein Netzstrumpf dort auch nur zu erblicken war. Allenfalls als Abschreckung. Die beiden letztverstorbenen wahrhaftigen Sittenverfechter, Khomeini und Ceausescu, haben in ihren Ländern mit eisernem Besen jeden nackten Busen hinausgekehrt. Was für ein Durcheinander das Zurückkehren solcher Busen mit sich bringt, können Sie jeden Tag in den Zeitungen lesen. Die Beispiele ließen sich noch etwas, leider allerdings nicht beliebig lang, fortsetzen. Es ist schon so: die Hüllenlosigkeit, das Lustprinzip, diese Nuditäten und Reizobjekte sind die Anarchie. Wer seine abendländisch-staatserhaltende Gesinnung vergißt oder gar über Bord wirft, ist auf dem besten Wege zum Anarchisten. Warum das so ist, warum Anarchie mit der Lust zusammenhängt, ist noch nicht erforscht, und wir wollen es eigentlich auch gar nicht wissen. Es genügt uns, zu erkennen, daß es so ist. Das können wir aus der Statistik der Geschichte ablesen: starke, staatsmächtige, politisch in sich gefestigte Systeme haben stets den Daumen auf die unbekleideten Damenoberflächen gedrückt oder anders gesagt: die sittliche Moral geht immer Hand in Hand mit staatstragender Gesinnung und dem Ernst des Lebens, während die Lust zu Auflösung, Verfall und Unordnung führt. Was so alles an Unordnung anfällt, läßt sich an dem Pärchen ablesen, das sich unlängst den Jux gemacht hat, nackt Motorrad zu fahren: es konnte sich bei einer Polizeikontrolle nicht ordnungsgemäß ausweisen.

Sitte und Ordnung erfordern die Niederdrückung des Inneren Schweinehundes. Das wirft Probleme auf: wer oder was ist der Innere Schweinehund? Um das zu klären, muß man zunächst nach dem Äußeren Schweinehund fragen. Wer hat je einen Äußeren Schweinehund gesehen? Es gibt einen einzigen Menschen, nämlich den Neurologen Dr. Ludolf Zingerle, der sich in seiner Freizeit für die Wiedereinführung des Schnabelschuhs eingesetzt, der vor einigen Jahren einen Äußeren Schweinehund gesehen hat. Dr. Zingerle berichtete, daß dieser Äußere Schweinehund etwa einen Meter zwanzig groß und kaum behaart gewesen, und an der Kasse des Olympiastadions um eine Karte für die Eisrevue »Südseetraum« angestanden sei. Der Innere Schweinehund, den noch niemand gesehen hat, dürfte größer, behaart und von schwefelgelber Farbe sein. Die Bezeichnung Schweinehund ist ungenau und wissenschaftlich nicht haltbar. Das männliche Tier heißt eigentlich *Eberrüde,* das weibliche *Sauhündin.* Sie vermehren sich durch Paarung, und die Sauhündin bringt nach einer Tragzeit von sechs Wochen lebende *Frischlingswelpen* zur Welt.

Den Inneren Eberrüden resp. die Innere Sauhündin (Sus canis interna) zu bekämpfen, ist das Ziel jedes moralisch hochstehenden Menschen. Auf sittlicher Grundlage stehende Gemeinwesen, Vereine, Gesellschaften u. dgl. – wie Reichsarbeitsdienst, Alpenverein, Pfadfinder, Rundfunkrat – haben sich die Niederzwingung der Sus canis interna zur Aufgabe gestellt. Daß in dem immer schon besonders sittenstrengen Bayern, namentlich in katholischen Gegenden, die Anstrengung im Kampf gegen die Sus canis interna besonders verantwortungsbewußt geführt wird, ist ein Verdienst, das der Landesregierung nicht genommen werden kann. Die Niederzwingung des Inneren Schweinehundes erfolgt durch Frühaufstehen, Morgengymnastik, Kaltes Duschen, Einnehmen von Weißwurstsenf, Lesen des ›Bayernkuriers‹, Anhören der ›Weißblauen Musikparade‹, Abendgymnastik, Teilnahme am Fernsehquiz, geschlechtliche Enthaltsamkeit und Verinnerlichung von Regierungserklärungen.

Was passiert aber, wenn wir den Inneren Schweinehund nicht bekämpfen? Dann fallen wir von Stufe zu Stufe und landen dort, daß uns ein Mädchen, das nur mit Mieder, Strapsen und Strümpfen bekleidet ist, besser gefällt als der Bundeskanzler im Smoking. So ein Abstieg geht oft schnell – nach dem Motto: wer Vegetarier ist, sinkt eines Tages auch noch zum Antialkoholiker herab. Es kann daher niemandem gleichgültig sein, welche Wege der Jugend gewiesen werden. Die sittlich gefestigten Fernsehintendanten bieten der Jugend in reichem Maße beispielgebende Ertüchtigungen durch Übertragung von Boxsportereignissen, Kriminalfilmen, Brutalserien, durch großzügige Darstellung von Handgemengen, Brandstiftungen, Autoverfolgungsjagden und dergleichen, durch die der junge Mensch, das wissen die Intendanten nur zu genau, von den eigentlichen sittlichen Gefahren, die von unverhüllten Brüsten oder Gesäßen, Schenkeln etc. ausgehen, abgehalten werden. Jeder Intendant hat daher auch das Bundesverdienstkreuz, und auch ihn – im Frack – sollten wir ansprechender finden als Marylin Monroe im Badekostüm.

(Eine Ausstellung wie diese hier, die die Lust ganz offen auf Kosten von Kaltwassergüssen, Tautreten, Morgenliedern und dem Mindestecklohn zur Schau stellt, wäre, wie man so sagt, ein gefundenes Fressen für den Inneren Schweinehund, der sich – was bei dieser Gelegenheit zu erfahren ist – offenbar von solchem Schweinkram ernährt, und ist eine solche Ausstellung im Geltungsbereich des ›Altöttinger Liebfrauenboten‹ unzulässig, und ich erkläre daher diese Ausstellung hiermit für geschlossen.

Ich danke Ihnen, meine Damen und Herren.)

Entstanden 1990

Worpswede

Als Süddeutscher kommt man natürlich nie in diese Gegend. Daß man mich nicht falsch versteht: nicht grundsätzliche Rassenvorurteile trennen mich von Norddeutschland, eher schon Sprachschwierigkeiten, vor allem aber klimatische Vorbehalte. Ich bin in Bozen geboren, südlich des Brenners, wo die Sonne scheint. Ich werde nicht müde, den Satz zu verkünden: Gegenden nördlich des Alpenhauptkammes sind für menschliches Leben ungeeignet. Durch die Ungunst der Umstände in die transalpinen Tundren verbannt, klammere ich mich an den Alpennordrand, wo ich wenigstens das Gefühl habe, nur jenseits des Zaunes zu sein. Meinen Fuß in die Schneewüsten nördlich des Mains zu setzen, vermeide ich. Nur wenn es unumgänglich notwendig ist, oder manchmal, wenn Fürwitz mich reitet, wage ich eine Expedition in jene unwirtlichen Breiten nördlich von Würzburg, wo die Eisberge dräuen, wo die sommerlichen Polarstürme über die ungeschützten Tiefebenen fegen, und wo man Norddeutsch spricht. Durch Vorbestellungen in verbürgt zugluftfreien und heizbaren Hotels schaffe ich mir Basislager. Ich nehme mir meine pelzgefütterte Motorradmütze mit, verabschiede mich von den Freunden und lasse mir zum Schutz der empfindlichen Gesichtspartien einen Bart wachsen.

Ich besuchte aus Gründen, die hier nichts zur Sache tun, die Hansestadt Bremen, eine Stadt an der Packeisgrenze. Zu meinem Erstaunen stellte ich fest, daß ich noch nicht den äußersten Rand der menschlichen Ansiedlungen erreicht hatte. Der Portier des Hotels empfahl mir einen Ausflug noch weiter nördlich: nach Worpswede. Da ich mich in sibirischer Geographie nicht auskenne, habe ich nicht gewußt, daß das berühmte Kunstdorf Worpswede so nahe bei Bremen liegt.

Ich hoffe, man hat gemerkt, daß ich nicht Künstlerdorf geschrieben habe, sondern: Kunstdorf. Der Doppelsinn ist beabsichtigt. Zunächst aber muß ich gegen meinen Willen einen Hymnus verfassen. Die Fahrt nach Worpswede war beeindruckend: das herbstliche Moor, die reetgedeckten Häuser mit den proper bemalten Tür- und Fensterrahmen, die rauhe Weite des Landes und vor allem des Himmels, aufwendige Arrangements von atemberaubenden Wolkengebilden, die Farben sattgrün, fahlgelb, tiefblau, ziegelrot und schwarz, es war zum Malen schön, und das haben ja die Worpsweder Künstler ausgiebig getan. Rilke war auch hier. Das ist immer ein Qualitätsmerkmal. Rilke war zeit seines Lebens nur dort, wo es schön war, und umgekehrt: wenn es irgendwo sehr schön ist, kann man sich darauf verlassen, daß irgendwann Rilke da war, vorausgesetzt, daß er eine Herzogin gefunden oder mindestens einen Hotelier, der ihn gratis untergebracht hat.

In Worpswede hat es damals weder eine Herzogin noch einen Hotelier gegeben, aber es war so schön dort, daß Rilke einfach bleiben mußte, und um sich Kost und Logis zu verschaffen, verfiel der Dichter auf den, wie nicht anders zu erwarten, fatalen Ausweg, die in der Künstlerkolonie ansässige Bildhauerin Clara Westhoff zu heiraten. Im Museum von Worpswede hängt ein großes Bild von Heinrich Vogeler – der sogar seinem Namen »Worpswede« angehängt hat –, das eine musikalische Familien- und Freundesversammlung auf der Terrasse von Vogelers Barkenhoff zeigt, aber Rilkes Platz in dem Bild ist schon leer, nur Clara Rilke schaut verhärmt dem Beschauer entgegen, während die Vogeler-Kinder auf Blockflöte und Fiedel vermutlich altdeutsche Volksweisen spielen. 1900 kam Rilke auf Einladung Vogelers nach Worpswede, 1903 übersiedelte er schon wieder nach Paris. Clara und die neugeborene Tochter Ruth ließ er in Worpswede zurück. In Paris ist es bekanntlich auch sehr schön, und es gibt dort mehr

Herzoginnen und Hoteliers, aber das ist schon ein anderes Kapitel.

Worpswede ist in erster Linie und vor allem *stilecht*. Es ist so reetgedeckt, so malerisch, so rosenüberwachsen, so moorumfangen, daß man den Eindruck hat: es ist mehr stilecht als echt echt. Aber da tut man Worpswede natürlich wieder Unrecht, denn – ohne Zweifel – es atmet. Die Kunst wird in Worpswede groß geschrieben. Otto Modersohn und seine geniale Frau, Paula Modersohn-Bekker, sicher eine der kraftvollsten Maler (nicht nur Malerinnen) ihrer Zeit begegnen einem auf Schritt und Tritt, und einige ihrer schönsten Bilder hängen im Worpsweder Museum. Unübersehbar ist aber auch das kunstgewerbliche Unterholz. Heinrich Vogeler war – mit Einschränkungen – ein bedeutender Künstler, aber er hat auch den Bazillus des Kunstgewerbes eingeschleppt. Knorrige Stühle hat er entworfen, merkwürdige Stiefelknechte, den berühmten Vogelbrunnen und – der steht auch im Museum – einen unsagbar Worpswedischen Kleiderständer, der aussieht wie eine handgearbeitete Schneeschaufel mit Warzen. Handgedrechseltes, Tongeformtes, Handgewebtes überzieht ganz Worpswede. Solche bemalten Teller, solche groblinnenen Wandbehänge ersinnt nur einer, hat man den Eindruck, der von Körnern und Leinsamen lebt. Zweifellos ist alles von gesunder Qualität, und es ist eigentlich nichts dagegen zu sagen, nur hat alles etwas unnennbar Vegetarisches und Naturapostolisches.

Heinrich Vogeler war, wie man weiß, Kommunist. Nach dem Ersten Weltkrieg verließ er seine Worpsweder Idylle und ging nach Rußland, zunächst für einige ausgedehnte Reisen, zuletzt endgültig. Eigensinnig hielt der kindliche Idealist Vogeler, einer der wichtigsten deutschen Jugendstilkünstler, an der Theorie des sowjetischen Proletarierparadieses fest, ließ sich durch die Tatsachen, die er sah, nicht beirren, selbst dann nicht, als die stalinistische Polizei und die deutsch-kommunistische Exilanten-Mafia um Pieck und Ulbricht den Künstler in die turkmenische Wüste verbannte, wo er – es gibt Augenzeugenberichte – buchstäblich verhungernd von Läusen gefressen wurde: ein Märtyrer der größten Dummheit unseres Jahrhunderts, des Kommunismus. Auch das ist Worpswede: der Idealismus. Heinrich Vogeler, dessen Weltanschauung etwa mit den Wörtern: anarchistischer Zupfgeigenhansl umschrieben werden kann, gründete schon vor dem Ersten Weltkrieg eine Art Kommune in Worpswede, die »Rote Hilfe Barkenhoff«, eine private Kinderlandverschickung für Arbeiterkinder. Es war alles ehrlich, rührend und unglaublich handgestrickt. Ohne finanzielle Unterstützung von außen hätte Vogeler natürlich weder seine Jugendstilidylle noch die »Rote Hilfe« verwirklichen können. Das Geld gab der Bremer Patrizier und Millionär Ludwig Roselius, einer der damals größten Kaffeeimporteure und Erfinder des koffeinfreien Kaffee HAG. Auch die kaiserliche Reichsbahn unterstützte den feinsinnigen Anarchisten Vogeler: sie baute extra eine Bahnlinie von Bremen nach Worpswede, und damit die Bahnanlagen das Gesamtbild des Dorfes im Moor nicht störten, durfte Vogeler den Bahnhof entwerfen. Der »Moorexpreß« fährt heute noch, auch der Bahnhof steht noch: ziegelrot, reetgedeckt, rosenumrankt. »Worpswede« in Jugendstillettern auf der Gleisfront. Nur die Bahnsignale und die Fahrkarten sind nicht von Vogeler entworfen.

Der Geist Heinrich Vogelers und seine Familie – daß heißt seine Töchter aus erster Ehe – blieben auch nach Vogelers Weggang nach Rußland in Worpswede. Beide, Geist und Familie, leben und weben heute noch dort, und zwar buchstäblich: im Haus »In der Schluh« stehen Webstühle, an denen grobe, schöne und so unglaublich echte Tischdecken und Wandbehänge gewebt werden, die heute natürlich die Touristen kaufen. Eine Reihe von Touristinnen steht an der Bushaltestelle. Es ist ja nichts dagegen zu sagen, wirklich nichts, und es soll keinem Berufsstand zu nahe getreten werden, aber selbst diese

Touristinnen schauen alle aus wie Handarbeitslehrerinnen in vorgerücktem Alter: flachsblond, in grobleinenen Röcken und mit Gesundheitssandalen.

Im Vorbeigehen an einem der Privathäuser habe ich einen – vielleicht nicht einmal indiskreten – Blick durch das Fenster in das Innere des Hauses getan. Es gibt Privathäuser in Worpswede. Die meisten Häuser sind zwar – stilechte – Restaurants, Boutiquen und Kunst- und Antiquitätengeschäfte, aber ab und zu ist doch ein offenbar reines Privathaus darunter. Die Antiquitätengeschäfte florieren scheint's. Hinter einem habe ich einen nicht von Vogeler entworfenen, im Stil nicht passenden Jaguar verschämt geparkt gesehen. Mein Blick in das Privathaus: die Hausfrau deckte den Tisch fürs Mittagessen – handgewebte grobleinene Tischdecke, bemaltes Tongeschirr ... alles echt. Wahrscheinlich gibt es in Worpswede eine gemeindliche Satzung, wonach innerhalb von zwei Metern vom Fenster abgerechnet nur stilreine Gegenstände verwendet werden dürfen. Worpswede ist wohl der einzige Ort Deutschlands, wo Teenager das Haar zu Bekenntnisknoten flechten und statt Jeans handgewebte Röcke tragen. Vielleicht regelt auch das eine Verordnung. Worpswede ist der einzige Ort, den ich je gesehen habe, wo es im Selbstbedienungsladen Reformkleidung von der Stange und einen – selbstredend reetgedeckten – Supermarkt für biologisch-dynamische Ernährung gibt. In einem Garten hängt eine Frau Bettwäsche auf. Die karierte Grobleinenwäsche paßt in Farbton und Design exakt zum Haus und zu den Blumen. Wahrscheinlich würde andernfalls die Polizei einschreiten; ihre Station ist, wie nicht anders zu erwarten, ein echter, roter Ziegelbau, reetgedeckt, rosenüberwachsen.

Freundliche, klare Häuser, wildes Moor und würzig duftende Heide in gebändigtem Maße, Gesundheit, eine Vernünftigkeit, die keine Diskussion zuläßt, ja: jede Diskussion erübrigt, ein Dorf voll Kunst und höherem Streben. Wer nach Worpswede kommt, die Luft und die Gesinnung dort einatmet, kann nur als edlerer Mensch wieder weggehen. Woher kommt das Unbehagen, das einen dennoch beschleicht, es sei denn man ist vegetarische Gewerbeoberlehrerin? Es ist alles so verdächtig echt.

Dann habe ich aber doch etwas gesehen: An einem der Häuser hing ein Schild, das darauf hinwies, daß hier ein Rechtsanwalt seine Kanzlei hat. Was brauchen die Leute im Frieden von Worpswede einen Rechtsanwalt? Vielleicht stiehlt doch ab und zu einer seinem Nachbarn die Gesundheitssandalen.

Entstanden 1978

Über Gerechtigkeit und Literatur

Shakespeare war Schauspieler, Kafka war Jurist, Schiller war erst Arzt und dann Professor für Geschichte, Musil war Ingenieur und Kleist Berufsoffizier. In Goethes Paß für seine italienische Reise stand als Berufsbezeichnung: Kaufmann, und Lord Byron lehnte es als entehrend ab, für ein literarisches Werk ein Honorar entgegenzunehmen. Schriftsteller und Dichter zu sein, galt bis weit ins XIX. Jahrhundert hinein nicht als Beruf, sondern als Berufung. Daß einer oder eine die Schriftstellerei als Beruf ausübt, ist eine neuere Erscheinung. Im Personenverzeichnis eines Nestroy-Stückes wäre – etwa – ein »Hyazinth Schwarmbeutel, bürgerlicher Dichter zu Fischamend« noch nicht denkbar. Die Dichter, Schriftsteller und Literaten hatten andere Berufe, die Muse küßte außerprofessionell. Es läßt sich also für die ganze Literaturgeschichte, nicht nur die deutsche, eine Soziologie der Literaten nach Berufsgattungen erstellen, und dabei errechnet sich, daß die Juristen unter den Dichtern weitaus überwiegen. Die Zahl der schreibenden Juristen in der Literaturgeschichte ist so groß, daß man nicht mehr von einem Zufall reden kann. Es muß eine innere Beziehung zwischen der Literatur und der Jurisprudenz geben. Das ist nicht neu. Wolfgang Frühwald hat mir einmal die Ehre gegeben, im Zusammenhang mit meinen literarischen Arbeiten darüber nachzudenken, wo die Nahtstelle zwischen den beiden scheinbar so divergierenden Gebieten des Geisteslebens zu suchen ist, und ist zu dem Schluß gekommen, daß die Literatur, so seltsam das klingt, mit Gerechtigkeit zu tun hat. Es ist weitgehend verschüttet, aber es sei daran erinnert, daß auch die Justiz – jedenfalls theoretisch – mit Gerechtigkeit innerlich zusammenhängt.

Das Leben ist ungerecht. Der Weltgeist ist launisch, das

Schicksal ist unberechenbar, die Natur ist grausam und zynisch. Das weiß man alles. Die Weltläufe erweisen, wenn man die Blutspur, die wir die Historie nennen, genauer betrachtet, keinen Lohn der guten Tat, selten wird der Böse bestraft, meistens geht es den Halunken besser als den ehrlichen Leuten. Die Natur endlich verteilt ihre Gaben hart und rücksichtslos nach den brutalen Gesetzen der Notwendigkeit und kennt kein Pardon. Und selbst Gott ist eine Instanz der Gnade und nicht der Gerechtigkeit. Wenn er das wäre – wenn er nur gerecht wäre, dann gnade uns Gott – *eben.* Die Gerechtigkeit ist keine natürliche, keine göttliche, sondern eine menschliche Institution, und wie alles Menschliche tut sie sich in den ständigen Schlammschlachten des Alltags schwer, sich durchzusetzen. Die reale Welt ist überkrustet von Kommerz, Blut, Krieg, Tränen, dem Ernst des Lebens, Moral, Leitzinssatz, Sittenvorstellungen, Medienpolitik und ähnlichen Scheußlichkeiten, nur selten, und zunehmend seltener, blitzt ein Funke Gerechtigkeit auf. Vermutlich ist die Gerechtigkeit überhaupt keine Institution der wirklichen Welt, wahrscheinlich ist sie eine Utopie. Womit wir bei der Literatur sind.

Literatur ist Utopie. Der Schriftsteller erschafft Welten. Der Schriftsteller lügt dem Leser Realitäten vor, die es nicht gibt, von denen der Leser nur per Konvention, durch einen Zeitvertrag mit dem Autor verbunden, annehmen soll, sie existierten wirklich. Die Frage, wie weit die Vorstellung dann eigentlich doch Realität wird, sei hier als zu weit führend dahingestellt, denn auf sie will ich hier nicht abzielen. Entscheidend für den vermutlichen Zusammenhang zwischen Literatur und juristischer Wissenschaft ist die Tatsache, daß der Schriftsteller mit der Schöpfung einer abgehobenen (erfundenen, erlogenen) Realität die Möglichkeit hat und in der Regel auch nutzt, diese von ihm erfundene Welt so oder so ideal zu gestalten. Eine Parenthese zum besseren Verständnis dessen, was ich sagen will: Auch der pessimistische, der deprimierend realistische Roman spiegelt eine Idealvorstellung des Autors insofern wieder, als das Ideal dann eben pessimistisch oder deprimierend ist. Ideal heißt nicht optimal. Der eine Scheinwelt erfindende Schriftsteller *ordnet* diese Welt zwangsläufig, und wenn es nur die Ordnung der Chronologie ist. Ordnung aber setzt ein Gesetz voraus. Der Schriftsteller ist also immer auch Gesetzgeber der aus seiner Feder heraustretenden Welten.

Ich zitiere immer noch – im weiteren Sinn – Wolfgang Frühwald: der Schriftsteller ist noch mehr als sein eigener Gesetzgeber. Wenn er nicht nur oberflächlich unterhalten will, urteilt er. Natur, Schicksal, Gesellschaft sind ungerecht, das Leben bleibt ohne befriedigende Roman- und Dramenschlüsse, nur die Literatur urteilt abschließend. Der Schriftsteller zitiert die Realität, in der fast nie die Gerechtigkeit zum wahren Sieg gelangt, vor die Schranken einer höheren, selbsternannten Instanz, und das ist vermutlich der innerste Zusammenhang der Literatur mit der Jurisprudenz, und der Grund dafür, daß sich so viele Richter in der Literaturgeschichte tummeln.

Ich übergehe eine weit äußerlichere Gemeinsamkeit dieser beiden Disziplinen der Geisteswelt, eine Gemeinsamkeit, die ich vielleicht als quasi vorstufend am Anfang hätte bringen sollen: die Neigung, ja: die Notwendigkeit zur Wortklauberei. Jeder, der mit Gesetzen, Verträgen, Urteilen und sonstigen juristischen schriftlichen Manifestationen zu tun hat, weiß, wie rasch ein Text durch ein einziges falsches Wort mißdeutig oder unklar werden kann. Der Jurist muß also – müßte zumindest – auf das Wort achten, denn das Wort ist im Kantschen Sinn die Vorstellung des Rechts. Ob es ein *Recht an sich* hinter der Wort-Vorstellung vom Recht gibt, wäre ein interessant zu untersuchendes Problem, wenn es hier nicht zu weit führte, also außen vor gelassen werden muß. Jedenfalls aber verbindet den Juristen mit dem Schriftsteller – bei dem die Abhängigkeit vom Wort keines *Wortes* bedarf – der Umgang mit der Sprache und dessen subtiler Reflexion. Das ist ein nicht unwichtiger Gesichtspunkt, er allein aber könnte die auffallende Inklination der Literatur zur Juristerei und umgekehrt nicht erklären, weshalb er also nur gestreift worden ist.

Daß Gesetz (Ordnung) mit Moral zusammenhängt, dürfte klar sein. Ich sage: zusammenhängt, nicht, daß eins in dem anderen ruht, etwa. Im Gegenteil: Das Bedürfnis der Gesellschaft nach gesetzlich geregelter Ordnung entspricht der Tatsache, daß der Mensch von Natur aus unmoralisch ist. Auch die Moral ist keine *natürliche* Kategorie. Der Mensch, seinem bloßen Willen überlassen, so wie der Stein seinem »Willen« überlassen zu fallen, reagiert un- oder besser außermoralisch. Nur die Gesetze dämpfen ihn. Eine Seitenfrage dazu ist: wäre eine starke, einheitlich gelebte Religion in der Lage, das Gesetzesnetz der Gesellschaft überflüssig zu machen? Wohl ja – was dann hieße, daß die Moral keine religiöse, im Gegenteil: eine areligiöse Bedeutung hätte. Da es aber nie eine wirklich allseits akzeptierte Religion gegeben hat, bleibt als Regulativ der menschlichen Unmoral nur das Gesetz. Insofern hängen Gesetz und Ordnung mit Moral zusammen. Daß es auch unmoralische Gesetze und Ordnungen gibt – man denke nur an diverse Nazigesetze – ist eine andere Frage, und die Rückkoppelung, die unmoralische Gesetze bewirken, sind hochinteressante Phänomene der Gesellschaftsstrukturen. Ich vermute, daß die Unfähigkeit des deutschen Volkes, seine Nazivergangenheit zu bewältigen, auf so eine Rückkoppelung zurückzuführen ist.

Auch die Schriftstellerei, die Poesie, das Dichten hängt mit Moral zusammen. Das ist ein ganz heikler Punkt, denn er führt zur Frage Erich Kästners: »Wo bleibt denn das Positive in der Literatur? Ja, wo bleibt es, zum Kuckuck.« Das sogenannte Positive in der Literatur gibt es nämlich nicht, oder: es gibt das Positive schon, aber das Positive der Literatur ist das Negative, insofern, als man unter *Kritik* etwas kategorisch Negatives sieht. Sogenannte Positive Literatur gibt es nicht, weil Literatur wie alle Kunst moralisch und daher kritisch ist: kritisch dem von Natur aus unmoralischen Menschen gegenüber, vor allem aber den auch von Natur aus (ihrem ungebremsten Willen nach) amoralischen Gesellschaftssystemen gegenüber. Daher gibt es keine wirklich affirmative Kunst oder deutlicher gesagt: keine wirkliche Kunst, die affirmativ ist. Das bedauern alle Kirchen und staatstragenden Systeme und so fort, aber dem wird nie abzuhelfen sein. Alles, was an affirmativer Kunst je entstanden ist: die panegyrische Hofkunst der Barocke, die religiöse Andachtskunst, die bürgerschmeichelnde Beruhigungskunst des XIX. Jahrhunderts, die faschistische Staatskunst, der Sozialistische Realismus, alles erweist sich entweder bei gehörigem Zeitabstand oder bei genauerem Besehen als Schrott. Das kommt daher, daß wahre Kunst moralisch, das heißt kritisch und autonom nicht nur sein muß, sondern tatsächlich *ist.* Ein innneres Menschengesetz, das offenbar immer befolgt wird. (Unter Kunst verstehe ich alle Künste: Musik, Literatur, bildende Kunst.)

Gesetz und Ordnung haben nur bedingt mit Gerechtigkeit zu tun. Das soll nicht zynisch sein, etwa im Sinn des alten Richterwitzes: »Vor Gericht bekommen Sie keine Gerechtigkeit, allenfalls ein Urteil.« Gesetz und Ordnung oder Gesetz-Ordnung sind die – wieder im Kantschen oder Schopenhauerischen Sinn – Vorstellungen der dahinter unsichtbaren Gerechtigkeit, also eines autonomen *Dinges an sich,* dem sich die Gesetz-Ordnungen allenfalls nähern, sie aber nie erreichen können. Nun ist aber, meine ich, in dem System von der Vorstellung und dem Ding an sich ein Punkt, der, soweit ich in aller Bescheidenheit sehe, noch nie beachtet worden ist. Freilich können wir, und da ist der idealistischen Philosophie recht zu geben, das Ding an sich nie erkennen oder erfahren, aber es gibt einen von der Erkenntnistheorie stets vernachlässigten Weg der

Erfahrung, der – keine Angst, ich werde nicht mystisch – so legitim ist, wie die anderen: die Phantasie.

Die Phantasie allein ist imstande, sich dem Ding an sich zu nähern, es vielleicht sogar zu erfassen. Für den, der es vorzieht, nicht in Kantischen Bahnen zu denken, was nicht unbedingt geistesabträglich sein muß, lautet der Satz: die Phantasie schafft es, auch dort zum Kern der Dinge vorzudringen, wo nüchterne Erkenntnisbemühungen versagen.

Was ist Phantasie? Auch ein Begriff, von dem wir nur dann genau wissen, was er bedeutet, wenn wir nicht näher darüber nachdenken. Er leitet sich von φαντασια ab: *Erscheinung*, wird aber schon in der Antike gelegentlich in unserem Sinn gebraucht. Die einfachste Formel ist vielleicht: *schöpferische Einbildungskraft.* Die Kraft der Phantasie: die Befähigung dazu begabter Menschen, außerhalb vorgegebener Bahnen zu denken, die Fähigkeit, Dinge zu verknüpfen, die unvereinbar erscheinen, der Mut, die Gegebenheiten aus unverbrauchten Blickwinkeln zu sehen. Die Phantasie ist stets regelsprengend und selber regellos.

Die Phantasie läßt sich nicht kategorisieren, und wo es versucht wird, gerinnt sie zur Philologie, wobei es aber auch – ich nenne als Beispiel nur den verehrten Wolfgang Clemen – eine philologische Phantasie gibt, deren Ergebnisse daran zu erkennen sind, daß sie von der Fachwelt nur zögernd aufgenommen werden.

Eine seltsame Kategorisierung der Phantasie zu erwähnen, kann ich mir nicht versagen. Zu philosophischen Ehren hat es die Phantasie selten gebracht. Vielleicht kommt das von der harten Materie, mit der sich die Philosophen seit jeher befaßt haben: der Wahrheit. Die Phantasie ist immer auch Lüge, schöne Lüge, erlogene Wahrheit, nie harte Wahrheit. Vielleicht führt die Mißachtung der Phantasie zu dem bekannten Ergebnis, daß die ganze Philosophie zwar ein schönes und würdiges Gedankenspiel ist, zum Verständnis der Welt aber wenig taugt. Nur einen einzigen weiß ich, der sich in der kalten Welt der philosophischen Eishöhlen mit der Phantasie beschäftigt, ja, der die Phantasie – in Form einer dem Weltgeist beizugesellenden Weltphantasie – als eigentliche Weltschöpferin betrachtet hat. Der arme Mensch hat vor etwas mehr als hundert Jahren hier an der Ludwig-Maximilians-Universität gelehrt. Ob sein Name, – er hieß leider Frohschammer – oder die Tatsache, daß er als verstoßener katholischer Priester verfemt wurde, daran schuld sind, daß sein Gedächtnis aus den Annalen seiner Wissenschaft gestrichen ist, vermag ich nicht zu sagen. Soweit diese phantastische Parenthese.

Die Phantasie ist die Manifestation des schöpferischen Gehirns mittels sinnlich-anschaulichen Denkens. Der Gegensatz dazu ist das bloß-begriffliche Denken.

Ich beginne nun die Verknüpfung der Literatur mit der Juristerei. Sie erinnern sich, daß ich die Binsenweisheit von der Wortklauberei der Juristen erwähnt habe, die sie als Eigenschaft mit den Schriftstellern gemeinsam haben. Die Phantasie, die sich des Wortes bedient, ist Literatur. Die Phantasie enthüllt das *Ding Literatur an sich* mittels ihrer schöpferisch – anschaulichen Einbildungskraft. Was kaum wahrgenommen wird ist aber, daß es, so merkwürdig das klingt, auch eine juristische Phantasie gibt. Die Gerechtigkeit ist, wie ich postuliert habe, von willkürlichen Gesetzen verkrustet, die Gerichte, also die Gerechtigkeitsorgane, sind zu Zitatenfabriken verkommen, sind Wiederkäuer obergerichtlicher Rechtsprechung geworden, die Sozialisierung der Verantwortung ist bis zur Aufgabe des logischen Verstandes pervertiert. Ich kann diese harte Kritik hier nicht weiter ausführen, ich könnte es, es würde Stunden dauern und Lachsalven herbeiführen. Nur die juristische Phantasie ist in der Lage, ab und zu die Kruste zu durchbrechen, die die Gerechtigkeit, dieses unnahbare Ding an sich, verdeckt. Auch die juristische Phantasie wirkt in der Regel dort, wo die Fachwelt mißtrauisch reagiert, aber das ist eben so. Wenn die Produkte der Phantasie in die Kategorien eingegangen sind, dann ist sie selber schon längst viel weiter – über allen Bergen, und tausendmal schöner als die Königin. Dann stellt sie schon längst wieder diese ihre eigenen Kategorien in Frage, ja, muß sie zerbrechen, weil ihre schöpferische Kraft es so will.

Die Phantasie, die sinnlich-anschauliche Einbildungskraft schöpferischer Fähigkeit, die sich des Wortes als *einziges* Mittel nicht des Ausdruckes, sondern der Vorstellung *an sich* bedient, ist so der Literatur und der (verborgenen) Gerechtigkeit gemeinsam, und das, glaube ich, nein: behaupte ich, ist der wahre Urgrund, der so viele Juristen zur Literatur und so viele Literaten zur Juristerei gezogen hat.

Daß diese Verbindung reine Liebe wäre, das wäre natürlich wieder zuviel gesagt. Es gibt dreierlei Schriftsteller- und Dichter-Literaten: solche, die einmal kurz in die Juristerei hineingeschmeckt haben, wie Hofmannsthal, und sich nachher anderen Dingen zugewandt, zweitens solche, die eine juristische Ausbildung abgeschlossen, den Beruf aber nie ausgeübt haben, wie Nestroy, Balzac, Heinrich Heine und viele andere, und zuletzt die praktizierenden Juristen unter den Schreibern, zu deren Sterne erster Ordnung Goethe, E.T.A. Hoffmann, Grillparzer und Kafka gehören, aber auch, was man sich selten vergegenwärtigt, der Dichter, dessen Name nahezu das Synonym für verträumte Romantik ist: Eichendorff.

Eichendorff war bis zu seiner Pensionierung hoher Beamter im preußischen Kultusministerium, und es existieren Briefe von ihm an einen um etwa eine Generation jüngeren Dichter, den heute vergessenen Lebrecht Dreves, der auch Jurist, nämlich Notar in Hamburg war. Dreves muß – sein Brief ist nicht erhalten, man kann es nur aus Eichendorffs Antwort schließen – sich darüber beklagt haben, daß ihn die Muse küssen wolle, während er derzeit beschäftigt sei, Verträge zu beurkunden. »Eine Stelle in Ihrem Brief«, schreibt Eichendorff, »hat mich fast wehmütig berührt, wo Sie nämlich von der Notwendigkeit sprechen, sich gegen einen ungelegenen poetischen Rausch zu waffnen. Auch ich habe während meines langen Amtslebens beständig gegen diese Anfechtung zu kämpfen gehabt. Aber es schadet eben nichts. Die prosaischen Gegensätze befestigen und konzentrieren nur die Poesie und verwahren am besten vor der poetischen Zerfahrenheit, der gewöhnlichen Dichter von Profession.«

So wacht also die von der Phantasie enthüllte prosaische Gerechtigkeit über die Poesie, wenn man es recht handhabt. Ohne die juristischen Dichter wäre nicht nur unsere deutsche Literatur ein bedeutendes Stück ärmer.

Entstanden Januar 1993

Antrittsrede für die Mainzer Akademie

Sehr geehrter Herr Präsident,
meine Damen und Herren.

Die Zeichen in meinem Leben mehren sich, die mir schmeicheln, indem sie sagen, ich sei ein guter Schriftsteller. Zu den Zeichen gehört, daß Sie mir die Ehre erwiesen haben, mich am 19. Februar 1988 zum Mitglied dieser Akademie zu wählen. (Das Datum ist für mich nicht schwer zu merken: es war mein 54. Geburtstag.) Der große Ruf dieser Akademie ist mir natürlich schon vorher geläufig gewesen, aber spätestens seit ich das Mitgliederverzeichnis studieren konnte, wußte ich die Ehre voll zu schätzen.

Ich soll 4 Minuten reden. Ein guter Schriftsteller ist ein Schriftsteller, der, wenn er einen Text für 4 Minuten schreiben soll, einen Text für 4 Minuten schreibt. Ich hoffe, daß ich mich hier als guter Schriftsteller erweise, aber ich bin guter Dinge, denn ich habe dieses – wie man neudeutsch sagt – timing bei meinen Arbeiten für meine Fernsehfilme (es waren mehr als 20) gelernt. Eins haben da nämlich stets alle gelobt: die vorgegebene Zeit war eingehalten. Ich habe mir immer das »equal pound« aus dem Fleisch geschnitten und keine Unze weniger, aber auch keine mehr geschrieben.

Vielleicht verdanke ich dieser Ökonomie meiner juristischen Ausbildung, denn ich bin Schriftsteller nur so nebenbei: Nebenerwerbsliterat. Aber man will ja nie für etwas gelobt werden, was man gelernt hat und was man kann. Immer für das andere – einem berühmten Dirigenten sagen zu wollen, daß er ein großartiger Musiker ist, ist müßig. Man muß, will man ihm eine Freude machen, sein hervorragendes Handicap im Golf bewundern und den Nestor der Assyrologie erfreut man mit der Bemerkung, daß er ein exzeptioneller Koch ist.

Ich bin seit 1965 Richter in München. Daß ich da alles richtig mache (selbst wenn die nächste Instanz es in ihrer Verblendung manchmal anders sieht), weiß ich. Beim Schreiben weiß ich das nicht, obwohl – oder vielleicht weil – ich nicht bei der juristischen Arbeit, wohl aber beim Schreiben mir immer wieder jenes »equal pound« aus dem Fleisch schneide. Ein groß Teil meiner Mühe dabei verwende ich übrigens natürlich darauf, daß man das nicht merkt: daß das von meinem Fleisch ist. Ich bin kein Lyriker. Ich habe immer nur Prosa geschrieben, seit dem ›Ruinenbaumeister‹ von 1969 insgesamt 23 Bände mit Erzählungen und Romanen, auch eine beinharte historische Biographie ist darunter. Die Zahl weiß ich, nicht weil ich eine Strichliste führe, sondern weil ich sie unlängst im Zug einer juristischen Auseinandersetzung mit meinem Ex-Verleger gezählt habe. Ich vermute, daß die große Zahl der Juristen unter den Schriftstellern (allein unter den deutschsprachigen habe ich einmal nahezu 100 eruiert) darauf zurückzuführen ist, daß für die Auseinandersetzung mit Verlegern die juristische Ausbildung dienlicher ist als literarische Qualität. »Man kann gegen Napoleon sagen, was man will«, hat Roda Roda gesagt, »immerhin hat er einen deutschen Verleger erschießen lassen.«

Aber die Juristerei hat auch andere Vorteile für den, der schreibt: die Juristerei erzieht zum Worteklauben, und ich bin stolz darauf, ein Wortklauber zu sein. Ich weiß nicht, warum dieser Begriff immer nur pejorativ verwendet wird. Was kann *ein* falsches Wort nicht alles verderben. Man kann nicht vorsichtig genug sein. Ein schiefes, falsches oder überflüssiges Wort verdirbt einen ganzen Bogen Prosa oder ein ganzes Buch. Und dann ist natürlich für den Juristen die Literatur die oberste außerjuristische Instanz. Hier urteile ich nach den Gesetzen, die ich selber schaffe. Hier fordere ich tatsächlich mein Jahrhundert in die Schranken: in die Schranken meines literarischen Gerichtssaals.

Ich fordere – ob es kommt, das Jahrhundert, ist freilich eine andere Frage. Eine bittere Frage: ich habe das Gefühl: es kommt nicht, das Jahrhundert. (Das »equal pound of flesh« wird nicht abgeholt.) Da kann ich nur mit einem zornigen Versäumnisurteil reagieren, und ob dieses Versäumnisurteil jemals vor dem Zerfall des Papiers zugestellt werden kann, ist fraglich.

Die vier Minuten sind um. Ich danke Ihnen, daß Sie mich in diese Akademie, und ich freue mich, daß Sie mich für etwas gewählt haben, was nicht meine Profession, sondern meine Berufung ist.

Entstanden Juni 1987

Grußwort

Kaum ein Teil eines Buches wird weniger gern gelesen als das Grußwort. Selbst das Register, die Verlagsanzeigen hinten auf den überzähligen Seiten, der Klappentext, das Impressum, ja sogar Vor- und Nachwörter (sonst die am schlechtesten behandelten Stiefkinder aller Druckerzeugnisse) werden noch lieber gelesen als Grußwörter. Dazu steht umgekehrt proportional die Beliebtheit des Grußwortes bei denen, die schreiben. Grußwörter verpflichten zu nichts, sagen nichts aus, brauchen, ja können nicht überprüft werden, tun niemandem weh, werden trotzdem nicht selten mit barer Münze oder zumindest mit Ehren belohnt, und Druckfehler sind unschädlich, weil sie eh niemand bemerkt.

Oder heißt es Guß*worte* und nicht Grußwörter? Der Plural *Worte* ist die ins Geistige gehobene Edelform des Ordinär-Plural *Wörter*, und da das Grußwort stets in einem hymnischen Ton gehalten werden muß, steht ihm wohl die aristokratischere Mehrzahl zu. So hat das auch Konrad Emanuel Zimpl-Emaus gesehen, der wohl als der bedeutendste Grußwort-Verfasser des XX. Jahrhunderts anzusehen ist. Er begann 1920 mit einem ganz kleinen, nur das Wort »Grüß dich« umfassenden Grußwort der ersten Ausgabe der Monatszeitschrift ›Die Margerite. Ihre Zucht und Pflege‹. Über Grußworte zur Feier des 72jährigen Bestehens der Installateurinnung, der Erstausgabe von ›Der Untergang des Abendlandes‹ arbeitete sich Zimpl-Emaus bis zum Grußwort für den Kommentar zur Friseur-Ordnung empor. Die Druckfehler seiner Grußworte waren Legion und in Fachkreisen berühmt, ja gefürchtet: von Grießwort über Großwirt, von Graswurst und Krußwut (??) über Brustwurm und Postwurf war kaum ein Druckfehler in Zimpl-Emaus' Gurtwülsten ausgelassen.

Aber Zimpl-Emaus ist tot. Er starb, als er gerade den Druckfehler Gratwucht verbesserte. Das Grußwort an seinem Grab ging in einem plötzlich einsetzenden Platzregen unter. Dies war ein sinniges, wenngleich Trauer erweckendes Symbol für das Schicksal aller ungelesenen Grußworte.

Entstanden Februar 1992

Heiner Müller, Dressur-Reiter

Da hat ein Autor namens Heiner Müller, nicht zu verwechseln mit dem seinerzeit berühmten Dressur-Reiter gleichen Namens, genannt: der Müller mit den sechs Zehen, hat also dieser Heiner Müller, Autor, Shakespeares ›Macbeth‹ bearbeitet. Die Bearbeitung wurde in einem ganz berühmten Berliner Theater aufgeführt, und vor allem schrieb die Presse *nicht:* es wäre interessanter gewesen, und vor allem unterhaltsamer, wenn Shakespeare ein Stück von Heiner Müller bearbeitet hätte. Nein, das ›Theater gestern‹ schrieb begeistert von »Spielvorlage«, »Zeitbezug«, »Haben wir *unseren* Shakespeare gefunden?«, »Gesamtökonomie der abgezogenen Motive«, »Autonome Basis des Verzichts auf veraltete Authentizität« und »die Problematik wurde durch kategorische Entstellung festgemacht«. Macbeth trat meist nackt auf (leider Lady Macbeth nicht, ein neuer Zug im modernen Theater zu beobachten), Banquo saß in einem Sandhaufen, die Hexen waren gestrichen, die übrigen Darsteller trugen die gängigen SS-Uniformen; der Text erinnerte an einigen Stellen an Shakespeare, dreiundachtzigmal wurde laut, vierzehnmal halblaut »Scheiße« gesprochen, achtmal geflüstert – mit einem Wort: Spielvorlage! Shakespeare/Müller ›Macbeth‹, wie man es so halt seit fünfunddreißig Jahren kennt.

So weit so gut. Nun aber ging ein Regisseur her, er hieß Aschenstaub oder so ähnlich (nicht zu verwechseln mit dem verstorbenen Feuerschlucker gleichen Namens oder so ähnlich), der inszenierte in einem nicht ganz so berühmten Haus Shakespeare/Müllers ›Macbeth‹, benutzte allerdings, indem er sich auf ein Interview Müllers berief, die Müllersche Spielvorlage ihrerseits nur als Spielvorlage. Müller tobte. Müller klagte. Eine Expertenkommission besuchte die Vorstellung und stellte mit Erstaunen fest, daß weder Macbeth noch (leider) Lady Macbeth nackt auftraten, niemand SS-Uniform trug und Blankverse gesprochen wurden. Nach Anlegen von Daumenschrauben in der Dekoration der ersten Szene des vierten Aktes gestand Aschenstaub, daß er meuchlings als Bearbeitung der Bearbeitung Müllers Shakespeare in der Tieckschen Übersetzung gespielt habe.

Er wurde wegen Betruges belangt.

Erschienen im ›Wiener Journal‹, 1990

Die Todsünde »Stolz«

Was haben wir nicht alles seit dem Urknall geleistet? Ich erinnere nur – um ein Beispiel zu nennen –, an solche Errungenschaften wie den Aval-Kredit, die Kuckucksuhr oder die beidseitig haftende Klebefolie. Der Mensch ist die Krone der Schöpfung. Die Amöbe haben wir weit hinter uns gelassen, die Insekten überflügelt, die Reptilien konnten entwicklungsgeschichtlich mit uns nicht Schritt halten, Wirbeltiere, soweit schmackhaft, fressen wir. Fressen? Nein: essen. Auf Damast – Tischdecken. Den Kristall, in des Gebirges Tiefe verborgen, haben wir ihm mit kühner Hand entrissen. Nachdem er – der Kristall – geschliffen, trinken wir daraus den Rebensaft, den wir dem Weinberg abgezwungen. Prost. Wir sind die Glückskinder des Weltalls. Die Lady Curzon-Suppe allerdings ist inzwischen ausgegangen. Die führen wir nicht mehr. Die Nashörner auch schon fast nicht mehr. Dafür hat uns die Entwicklung der Pestizide voll im Griff. Pardon – he, he – natürlich umgekehrt: *wir* haben die Entwicklung ... und so weiter ... voll im Griff. Die Flüsse haben wir auch voll ... und die Luft ... voll ... na, ja. Man darf das nicht so eng sehen: die Miesmacher darf man nur nicht hochkommen lassen. Vorwärts, vorwärts, sollt ihr streben. Gibt Gott ein Häschen, gibt er auch ein Gräschen. Das hat bis jetzt immer gestimmt, warum sollte das dann plötzlich nicht mehr ...? Wie bitte? Das Ozonloch? *Da muß ich aber doch einmal!* Das widert einen doch langsam an. Dieses *ewige* Ozonloch. Können Sie nicht *einmal* von was anderem reden? Es ist durch *nichts* erwiesen, daß das Ozonloch von den Spraydosen kommt. Und schließlich: die Arbeitsplätze. Wollen Sie vielleicht – ? Eben. Eben! Und die Waldarbeiter in Brasilien wollen halt auch ... und die Robbenfellhändler in Canada wollen halt auch .. und die Aktionäre der BASF wollen halt auch ... und das bißchen Dünnsäure, oder wie das heißt, in der Nordsee. Und es ist durch *nichts* erwiesen, daß die Dünnsäure schuld am Algenteppich ist. Nein, nein, ich lasse es mir nicht nehmen: wir haben es weit gebracht. Wenn es einen Gott oder Schöpfer oder so, Sie verstehen, wenn es den gibt, dann kann er getrost stolz auf uns sein. Na ja – hungernde Neger in der Sahel-Zone: wo gehobelt wird, fallen Späne. Der Fortschritt hat eben seinen Preis. Alles hat seinen Preis auf der Welt. Und wenn sich die Neger nicht so rasend vermehren würden, würden nicht so viele verhungern. Kann getrost stolz auf uns sein, der liebe Gott. Was? Stolz ist eine Todsünde? Machen Sie sich nicht lächerlich: Gott ist stolz auf uns, und der kann doch wohl keine Sünde begehen.

Erschienen in ›Esquire‹, Juli 1988

Stichwort Frieden (Organisation des..)

Die mangelnde Akzeptanz des Friedens ist darauf zurückzuführen, daß der Frieden, im Gegensatz zum Krieg, nicht ausreichend organisiert ist. Es ist daher unerläßlich, den friedliebenden Teil der Bevölkerung straff in Friedenseinheiten zusammenzufassen. Je 10 Friedenswillige werden von einem Friedenswart betreut und befehligt, der dafür sorgt, daß friedliche Gesinnung unverzüglich nach Feierabend eintritt und bis zur Bettruhe eingehalten wird. Je 10 Friedensgruppen (Friedenswartzuständigkeiten) unterstehen einem Friedensmeister, je 10 Friedensmeister einem Friedenskommandanten. Ab Friedensstabschef, dem Vorgesetzten der Friedenskommandanten, wird das *F* auf der Mütze statt in Silber in Gold getragen, vom Friedensstabsdirektor aufwärts mit Eichenlaubranke.

Alljährlich einmal wird eine Friedensübung abgehalten, die für alle Angehörigen der Friedenseinheiten obligatorisch ist. Den Abschluß der Friedensübung bildet der Vorbeimarsch am Friedenskorpsinspekteur. Die Fahne der Friedenseinheiten zeigt auf Himmelblau eine weiße Taube mit Palmzweig. Die genauen Maße sind den Dienstanweisungen/Anlage B zu entnehmen. Das Friedenstrompeterkorps untersteht einem Generalfriedensmusikchef, der für die tadellose Intonation des Friedensliedes: »Kommt ein Täuberl geflogen« verantwortlich ist. Der Friedensgruß ist einheitlich: »Fried! Heil!«.

gez. Friedl, Friedebert
Generalfriedensbrigadier

Entstanden 1990

Warum ich Weihnachten nicht mag

Die Deutschen tun so, als ob sie Weihnachten gepachtet hätten: »Leise rieselt der Schnee ...« oder der nicht umzubringende »Tannenbaum«, dessen Blätter so grün sind, wahrscheinlich der einzige Baum, dem das Waldsterben nicht schaden kann, oder die Krone der Geschmacklosigkeiten, das unsägliche »Stille Nacht, heilige Nacht«, bei dem mir bestenfalls der dumme Witz einfällt: wer war an Christi Krippe außer seinen Eltern und Ochs und Esel? Antwort: der *Owi.* Wieso der Owi? Na ja, es heißt doch: ... Owi lacht ...« Muß er also dabeigewesen sein, wenn er gelacht hat, obwohl er im Verlauf der weiteren Geschichte nicht mehr auftaucht.

Die Deutsche Weihnacht ist, neben dem Deutschen Gartenzwerg und dem Deutschen Schäferhund der Ausdruck der Besinnlichkeit schlechthin. Zwei Tage lang öffnet man sich der Besinnlichkeit, die man spätestens mit Börsenöffnung am 7. Januar wieder vergißt, das ganze übrige Jahr aber schurigelt man seinen Nächsten in den so wichtigen und ernsten Sphären wie Leitzins, Bundesliga, Jahreswagen, Parteienfinanzierung, Solidarpakt und ähnlich infernalischen Brutalitäten. So kann ich nicht anders, als die Deutsche Weihnacht als eine Verlogenheit von gespenstischen Ausmaßen betrachten, vor allem, wie alle die weihnachtlich gestimmten Menschen, die einmal im Jahr einer alten Frau über die Straße helfen, einmal im Jahr dem türkischen Straßenkehrer nicht einen mentalen Fußtritt geben, nicht die anderen, sondern sich selber belügen.

Bedenken Sie, meine Damen und Herren, daß das Weihnachtsdatum, der 25. Dezember also, der in die offenbar besonders gemütsträchtige Zeit der schneeverhangenen Kirchenfenster, der Pfeffernüsse und sternklaren schwarzen Nächte fällt, durch *nichts* historisch gesichert ist. Das Datum ist eine Fiktion, ist aus pragmatischen und religionspolitischen Gründen heidnischen Festen aufgepfropft worden. Wann Christus geboren worden ist, wissen wir nicht. Er kann am 3. September, am 26. Juni oder am 29. Oktober geboren sein – *immer* ist Weihnacht. Wenn Sie das nicht bedenken, ist der Erlöser, der Gekreuzigte, der aus diesem putzigen Kind aus der Krippe geworden ist, nicht für Sie gestorben.

Weihnachten, meine Damen und Herren, ist auch ein bedenkliches Fest. Zwei oder drei Tage verbreiten sich Besinnlichkeit, deutsche Innigkeit, Kerzenschimmer und Bratapfelduft um den grad noch nicht vom Waldsterben bedrohten Tannenbaum, und spätestens mit Börsenöffnung am 7. Januar ist das alles verflogen und den Rest des Jahres 362 oder 363 Tage regieren Leitzins, Bundesliga, Jahreswagen, der Deutsche Schäferhund, Parteienfinanzierung, Flughafenbau und ähnliche Brutalitäten, also der sogenannte Ernst des Lebens wieder die Welt. Bei Licht betrachtet ist also, verzeihen Sie, dieses wohltuende Bad in »Oh-der-Fröhlichen« ein gewaltiges Selbstbelügen.

Entstanden 1989

Nachtrag (1993) zur ›Nacht der Amazonen‹

Mein 1989 erschienener Roman ›Die Nacht der Amazonen‹ ist kein Sachbuch. Wenngleich viel von dem, was ich erzählt habe, historischen Tatsachen entspricht (vor allem das, was man als Erfindung zu empfinden geneigt ist), ist das Buch im Großen und Ganzen eben ein Roman, »fiction« wie man in der Fachsprache sagt, und vieles gehört zu dem, was ich *erfundene Wahrheit* nenne.

Nachdem das Buch erschienen war, erfuhr ich viel Zuspruch, manches Lob und eher mehr Tadel, namentlich von Damen, die damals, in den »Nächten der Amazonen« mitgeritten waren. Naturgemäß handelt es sich dabei um inzwischen ältere Damen, und im einzelnen Fall mag verständliche Gedächtnistrübung und vielleicht auch verständliche Verdrängung gewisse Erinnerungsverschiebungen mit sich gebracht haben. Aber davon weiter unten.

Sehr viele Briefe, Anrufe und Gespräche nach Lesungen und in Diskussionen überschütteten mich zur Figur Christian Weber mit Tatsachen, die ich gern gewußt hätte, bevor oder während ich das Buch schrieb. Zum Beispiel irrte ich mich in der Annahme, es seien *drei* »Nächte der Amazonen« veranstaltet worden (1936, 1937, 1938), in Wahrheit aber waren es vier, denn auch 1939 fand noch so ein Spektakel statt. Es ist ganz interessant: mein Irrtum beruhte darauf, daß ich im Stadtarchiv die Abrechnungen für die »Nächte« nachprüfte und nur drei fand. Ich ging also von drei »Nächten« aus, da es keine vierte Abrechnung gab. Hat Christian Weber 1939 die Abrechnung – bei Kriegsausbruch – *vergessen?* Es wäre seinem Charakter nicht fremd gewesen, wenn er die Einnahmen versehentlich auf sein Konto verbuchen hätte lassen.

Auch zu der Figur des Arztes Dr. Emil Ketterer fand ich damals nichts. Das war jener Arzt, der nach dem Autounfall den Tod Christian Webers feststellte. Ich räume ein, daß mir die Person Ketterers für die Romanhandlung nicht wichtig genug war, als daß ich größere Anstrengung bei Recherchen machte. Daß es sich bei Ketterer um einen Nazi gehandelt haben mußte, war mir klar, weil er nicht als Arzt jenen Transport begleitete, sondern als gefangener Politgauner auf dem Lastwagen saß. Inzwischen weiß ich, daß es sich bei diesem Ketterer um einen Nazimediziner gehandelt hat, der schmutzige Hände hatte. Er war mit der sog. Euthanasie befaßt gewesen und außerdem großer Sportler und früherer deutscher Olympionike. (Was mir wieder einmal den engen Zusammenhang zwischen Sport und Faschismus verdeutlicht).

Ich bin und war selbstverständlich nicht der einzige, den das Phänomen »Präsadent Weber« faszinierte. Ein junger, tüchtiger Journalist namens Michael Harbess recherchierte unabhängig von mir und ziemlich gleichzeitig, und ihm lachte das Glück insofern, als er etwas fand, mit dem niemand gerechnet hatte: originales Filmmaterial zur »Nacht der Amazonen«. Die abenteuerliche Entstehungsgeschichte dieses Materials, das fünfzig Jahre unbenutzt und unbesehen in einer Schublade lag, und die ebenso abenteuerliche Geschichte der Auffindung hat Harless in einem Bericht in der ›Süddeutschen Zeitung‹ dargelegt. Harless hat aber noch mehr getan: er hat die Filmfragmente von damals sehr geschickt und wirksam aufbereitet und durch historische Reminiszenzen, vor allem Interviews mit Zeitzeugen (und -zeuginnen!) angereichert. Der Bayerische Rundfunk hat es bis heute abgelehnt, diesen Film zu senden. In dem Zusammenhang möchte ich erwähnen, daß auch meine eigenen Beschäftigungen und Recherchen zur Figur Christian Weber einem Fernsehfilm-Plan galten. Ich habe einen solchen Film dem Bayerischen Rundfunk vorgeschlagen, sogar ein Exposé vorgelegt, aber die Redaktion wurde von höherer Stelle angewiesen, das Projekt zwar zu akzeptieren, aber versickern zu lassen. Man sei, referierte man mir die Meinung eines ganz hohen Exponenten in Freimann, mehr »an familienfreundlichen musikalischen Lustspielen, mit leichter Feder hingetupft« (so wörtlich) interessiert als an dem alten Zeug. Es ist ja verständlich. Wer weiß, wen im Bayerischen Rundfunk nicht womöglich nostalgische Erinnerungen an die Ära des »Präsadenten« Weber verbindet.

Hans-Dieter Beck, der damals schon den »Tukan-Kreis« in seine Obhut genommen hatte, hörte davon, und er veranstaltete einen Abend, an dem Michael Harless seinen Film zeigte, und ich aus meinem Roman las. Unter den fast erdrückenden vielen Interessenten, die zu der Veranstaltung kamen, waren einige ehemalige Amazonen. Ihre Äußerungen nachher in der Diskussion ergänzten die Interviews im Film, und ich fasse das alles in einige Antwortkategorien zusammen: einige der Damen lachten und erinnerten sich ihrer teilweise amazonischen Jugend; andere legten Wert auf die Feststellung, daß sie nicht nackt gewesen seien, sondern bis zum Hals in fleischfarbene Tricots gehüllt; einige sagten: es sei »den Mädels« nur um das völlig unpolitische Reitervergnügen gegangen, zumal sie keinen Pfennig Gage bekommen hätten; eine Dame sagte: was man denn wolle, sie, »die jungen Dinger«, hätten nur aufs Honorar geschaut. Es sei dem, wie ihm wolle, eins zeigte Michael Harless' Film überdeutlich: von wegen Tricot ... die Amazonen waren ohne Zweifel nackt.

Christian Weber war leider auf den Film-Fragmenten (alles in allem nur wenige Minuten verwendbares Material) nicht zu sehen. Aber seine Erinnerung lebt in München. »Er ist schon«, sagten mir ältere, freundliche Mitbürger, »ein *Hund* gewesen.« Das war in Bayern immer schon ein besonderes Epitheton. Ein »Hund« in dem Sinn ist einer, der sich Dinge zu tun traut, die die meisten nicht zu tun wagen. Es ist wohl für die Volksseele zu wissen tröstlich, daß es immer wieder, ungebrochen bis heute, welche gibt in Bayern, die so ein »Hund« genannt werden können, auch wenn sie nicht Christian Weber heißen.

Entstanden Januar 1993

Die Nacktheit der Götter

Es ging einmal ein Chinese durch die Nationalgalerie einer großen Stadt und betrachtete die hier ausgestellte, ihm fremdartige Kunst. Nachher nach seinem Eindruck gefragt, sagte er: es erstaune ihn am meisten, daß die Großnasen ihren Gott mit Vorliebe so gut wie nackt darstellten. Alle Erklärungen, die dem Chinesen daraufhin gegeben wurden, befriedigten ihn nicht. Vielleicht ist auch die einzige wirklich befriedigende Erklärung die, daß die gewaltigen ikonographischen Karrieren Jesu, der Madonna und Adams und Evas auf die Tatsache der Identität von Erotik und Kunst zurückzuführen ist. Der gekreuzigte Jesus und Adam und Eva im Paradies waren viele Jahrhunderte lang die einzigen legalen Möglichkeiten, nackte Menschen, die stillende Madonna, einen nackten weiblichen Busen darzustellen.

Ein anderer Ansatz: Kunst ist in ihrer Wurzel immer auch religiös bedingt. (Nach logischen Gesetzen wären damit Religion und Erotik zumindest eng verknüpft; dem Gedanken soll hier weiter nicht nachgegangen werden.) Der größte Teil der antiken Kunstwerke ist religiöser und mythologischer Natur, und alle Götter sind nackt. Da davon auszugehen ist, daß Griechen und Römer zwar ein legereres Schamverständnis hatten als wir, aber doch nicht ständig nackt herumliefen, hat die Tatsache der nackten Götterbilder wohl etwas zu bedeuten. Ist, zudem, der nackte Christus der Erbe des nackten Herkules?

Die Künstler haben eisern an den nackten Abbildungen festgehalten. Selbst in den puritanischesten Zeiten konzedierte man der Kunst die geistige Überhöhung dessen, was im Übrigen als sittlich anstößig galt. Die Künstler haben das, buchstäblich schamlos, ausgenutzt. Dabei ist das mit der geistigen Überhöhung reine Augenwischerei.

Selbstverständlich ist selbst die größte Kunst nichts anderes als – wenngleich großartiger – Voyeurismus. Da, aus welchen Gründen auch immer, jahrtausendelang die Kunst zu weit überwiegendem Teil von Männern geschaffen wurde, wimmelt es in der Kunstgeschichte von nackt dargestellten Frauen.

Ob eine Frau an der Darstellung eines nackten Mannes so viel erotisches Vegnügen findet wie beim umgekehrten Fall, kann ich, als ein Mann, nicht beurteilen. Feministinnen behaupten: ja. Ich glaube es nicht so recht. Der weibliche Körper ist ästhetisch reizvoller; wahrscheinlich spielen da die Rundungen eine gewisse Rolle, und immer schon haben sich die Künstler mit der Darstellung jenes geschlechtlichen Gebaumels schwergetan, das der männliche Akt mit sich führt. Frauen sind in der Hinsicht formal geschlossener, wenn der Ausdruck erlaubt ist. Margit Palme verwendet ihr Talent und ihre Sorgfalt vielleicht aus allen diesen Gründen auf die Darstellung weiblicher Erotik und lebt zum Glück in einer Zeit, in der sie nicht in Gefahr steht, als Hexe verbrannt zu werden. Sie ist eine Hexe, sonst könnte sie nicht solche schattengesprenkelte, verschnürte, ver-enthüllte Zauberwesen hervorphantasieren, wie sie ihre Palme-Welt bevölkern. Hätte ein Mann diese vor Erotik leicht zitternde Kunst geschaffen, wäre ihm feministischerseits der Vorwurf des Sexismus sicher. Da aber Margit Palme unbestreitbar eine Frau ist, bleibt dieser puritanische Pfropfen im Eiferinnen-Hals stecken. Allein das ist Grund genug, Margit Palme für ihre Arbeiten zu danken.

Kunst braucht kein Feigenblatt, wenn eingeräumt wird, daß die Erotik ihr erfrischendster, sie stets neu belebender Teil ist. Aber natürlich besteht die Kunst nicht ausschließlich aus Erotik. Möglicherweise entspringt der Reiz von Margit Palmes Blättern aus dem Gegensatz zwischen der knisternden Erotik und der überlegenen Kühle der formalen Beherrschung des Genres. Sie steht drüber: das heißt, sie steht mitten drin und gleichzeitig draußen.

Kunst war immer auch schizophren, und Kunst ist nur, was die anderen nicht verstehen. So ist auch Margit Palmes Kunst.

Entstanden August 1991,
Vorwort für Bildband Margit Palme

Die Demokratie und das Schwimmbad

Die Institution Staat ist ein Notbehelf, ein Mittel, das Zusammenleben der Bürger erträglich zu machen. Es gibt keinen idealen Notbehelf, also auch keine ideale Staatsform. Die parlamentarische Demokratie ist das kleinste Übel unter den Staatsformen, also zu loben. Fehler hat sie aber genug.

Zu den schlimmsten, aber auch eigenartigsten Auswüchsen der parlamentarischen Demokratie gehört der Glaube der Politiker an das Schwimmbad. Obwohl Schwimmbäder, und namentlich Hallenbäder, unglaublich teuer sind, obwohl die überreichlich vorhandenen Bäder von der Bevölkerung kaum ausgenützt werden, obwohl der Betrieb eines Hallenbades energiepolitisch und ökologisch längst als unverantwortlich bezeichnet werden muß, und obwohl man inzwischen weiß, daß namentlich Hallenbäder als Umschlagplätze von Krankheiten – von denen der Fußpilz noch die harmloseste ist – an vorderster Stelle stehen und somit schädlicher sind als Alkohol oder Nikotin, trotz allem ist ein Hallenbad immer noch der Fetisch namentlich aller Kommunalpolitiker. Eine Gemeinde ohne Hallenbad – nein: ein Gemeinde*rat* ohne Hallenbad empfindet sich offenbar als unvollkommen, zweitrangig, ja als minderwertig.

Der politische Wert eines Hallenbades beginnt nicht mit dessen Einweihung, sondern längst davor: mit dem Bau, ja mit der Planung, mit dem Beschluß zur Planung, mit der *Forderung* nach einem Hallenbad. Es gibt zahllose Kommunalpolitiker (aller Parteien, es ist da die Hand nicht umzudrehen), die halten sich jahrzehntelang ausschließlich mit der Forderung nach einem Hallenbad profilmäßig aufrecht. Das Entsetzlichste, das so einem Politiker dann passieren kann, ist natürlich, daß das Hallenbad tatsächlich gebaut wird. Leider kommt es oft genug dazu, und jährlich verunzieren wieder ein paar Bakterienhochburgen mehr die erholungswerten Gemeinderänder.

Woher kommt das? Wahrscheinlich hat der Fetisch-Charakter des Hallenbades eine lange, noch ungeschriebene Geschichte. Sie hängt wohl damit zusammen, daß der germanische Volksstamm eine zu seinem Selbstverständnis extrem kontroverse Beziehung zur Sauberkeit hat. Im Gegensatz zu den keltischen Völkern, die das Schwitzbad erfunden haben und den lateinischen, von deren Säuberungswillen die imponierenden Thermen zeugen, galt schon in grauen Sagenzeiten Schweiß und Schmutz bei den Germanen als männliche Zier. Offenbar waren unsere Altvorderen der Ansicht, daß ein dreckiger Germane immer noch schöner sei als ein sauberer Römer. Die Ansicht hat sich bis heute erhalten, wie wir anhand einer Umfrage jüngsten Datums feststellen können: danach neigen nur 30% der Bevölkerung dazu, sich regelmäßig die Füße zu waschen. 25% der Bevölkerung waschen ihre Füße nur einmal im Jahr. (Aber ins Hallenbad gehen sie damit.) Waschen, baden, der Umgang mit Wasser gelten als elitär. Der Besitz einer Badewanne gilt immer noch als Luxus, ein Hallenbad ist ein Gipfel an Luxus, ist umglänzt von einer Gloriole von königlichem Privileg. Eine Gemeinde ohne Hallenbad ist also nichts.

Nun muß man gerechterweise sagen, daß sich jeder Kommunalpolitiker und überhaupt jeder Politiker *profilieren* muß. Profilieren heißt, daß er irgend etwas tun muß, damit das träge und denkfaule Wählervolk ihn von anderen unterscheiden kann. Glückspilze unter den Politikern haben von vornherein irgend etwas an sich, was sie profiliert: haben einen extrem schiefen Mund, spielen Orgel, tragen eine komische Mütze, führen ständig eine Pfeife oder einen bestimmten dummen Spruch im Mund. Solche Glückspilze brauchen gar nichts weiter zu tun, sie haben ihr Profil, werden von den Wählern wiedererkannt und gewählt. Die anderen müssen eben schauen, wie sie zu einem Profil kommen, und da bietet es sich an, *etwas zu fordern:* ein Hallenbad, zum Beispiel. Es ginge natürlich auch: eine Bibliothek, einen Konzertsaal, ein Theater. Aber das überfordert offenbar die meisten Profilsucher. »Hallenbad« ist einfacher. »Hallenbad« ist sozusagen der kommunalpolitische Profil-Weg des geringsten Widerstandes, und da der Konkurrenzkampf unter Politikern hart ist und wenig Zeit zum Nachdenken läßt, ist die Versuchung, den Weg des geringsten Widerstandes zu gehen, groß.

Die Kultur bleibt auf der Strecke. Auch hier drehe ich die Hand zwischen den Parteien nicht um: Für die Kultur wird Geld nur dann lockergemacht, wenn wirklich alle unnützen Hallenbäder, Sprintbahnen und Eisschnellaufstadien gebaut sind. Aber da sind diejenigen, die an der Kultur interessiert sind, natürlich selber daran schuld. Der windigste Kegel- oder Tennisclub macht noch, bevor er sich eigentlich konstituiert, ein großes Geschrei nach Subventionen und ruht und rastet nicht, bis nicht ein Vereinsheim und ein Zuschuß für das sorglose Funktionärsleben da ist. Das hängt wieder damit zusammen, daß in Sportvereinen kaum eigentlich Sport getrieben wird, wodurch genügend Zeit zur Abfassung drohender Beschwerdebriefe an profilneurotische Politiker bleibt, während die kulturinteressierten Leute meist mit dieser, also der Kultur, beschäftigt sind und keine überflüssige Zeit zur Verfügung haben.

So ist die Zeit nicht fern, in der ein Hallenbad ans andere stößt. Unterbrochen wird die Kette nur gelegentlich von einem Flutlichtfußballfeld (auf dem das Flutlicht spielt und sonst niemand) und einem Funktionärsheim.

Hat sich je ein junger Politiker überlegt, daß er sich ein originelles Profil zulegen könnte, wenn er den *Abriß* eines Schwimmbades fordert?

Entstanden 1987

Richard und Cosima

Entsagung.
Entsagungsentsagung.
Entsagungsentsagungsentsagung.
Entsagungsentsagungsentsagungsentsagung.
Entsagungsentsagungsentsagungsentsagungsentsagung.
Entsagungsentsagungsentsagungsentsagungsentsagungs-
entsagung.

Entstanden 1960

Hermaphroditisches

Rilke

der Rilke
des Rilkes
dem Rilken
den Rilke

die Rilken
der Rilken
der Rilken
die Rilken

Sieh, dort geht ein rilkes Mädchen!

Wo wollen Sie hin? Rilks.

ich rilke
du rilkst
er, sie, es rilkt
wir rilken
ihr rilket
sie rilken

auf, laßt uns rilken!

rilkte er doch nicht so!

Rilket nicht, auf daß ihr selber nicht gerilket werdet!

NB: Es geht auch mit bichsel.
Wer nicht bichselt zur rechten Zeit . . .

Entstanden 1960

Advent

So. Da sitzens wieder.
»Advent, Advent, ein Lichtlein brennt.«
Da sitzens wieder und horchen
dene Turmschreiber zua.
»Advent, Advent, ein Lichtlein brennt.«
Sitzts nur da,
hoffentlich sitzts guat.
»Advent, Advent –«
Wer woaß, obs ihr nächsten Advent
aa no dasitzt, mei Liaber.
Ob des net vielleicht ein anderer Advent is,
wo mir jetzt erleben.
»– bald kommt die frohe, selige Zeit.«
Ja. Kommt.
Die Zeit kommt,
nur was für a Zeit des is,
des fragt si.
A frohe, selige Zeit *net*.
Das heißt:
froh und selig vielleicht scho,
nur: für *wem?*
Für ihm.
Fürn großen Guinefe,
fürn knochernen.
Der steht scho da und wart.
Aa der hat sein Advent:
er wart drauf, daß uns alle die Luft ausgeht.
Dem Wald is s' scho ausgangen,
die Luft.
Nachher kommen wir dran:
es alle, wie ihr da sitzts.
Jung und alt.
Da hilft keine besinnliche Stunde.

Besinnliche Stunde im Advent.
Mir, wannst net gangst.
»– draußen im Wald der Tannenbaum
träumt schon seinen Weihnachtstraum.«
Jawohl.
Bevor der letzte umfallt,
träumt er no.
Hernach kommen mir dran.
Naa – naa
net mit der Sansen,
der knocherne Guinefe hat aa sein Fortschritt ghabt.
Der hat jetzt ganz andere Methoden.
»Weihnacht, Weihnacht ist nicht mehr weit.«
Ja, schauts nur, daß es no derschnaufts
bis auf Weihnachten.
Das heirige derpackts vielleicht grad no.
Fürs nächste tät i mei Hand
nur no ungern
ins Feier legn.
Die Wende.
Es geht aufwärts.
Es wird scho wieder wern.
Des alls übertreiben nur gewisse Elemente.
Wenn wir die Hoffnung nicht verlieren,
wird scho alls wieder recht.
Ja.
Schneckenarsch mit Rollen dran.
Ich mein immer,
bald kommt ein Advent,
da stehn mir sauber im Hemmat da.
Die Angelegenheit mit der Ozonschicht da,
und dem Loch überm Südpol –
gell!?
da denkts net gern dran,
in der stillen Zeit,
in der besinnlichen,
im Advent.

Herrschaftsseiten,
sind denn alle blind?
sind denn alle blöd worn?
Siagts denn koaner?
Sitzen da und wählen unverdrossen CSU
oder meinetwegen SPD oder F. D. P. –
und der knocherne Guinefe
steht heit scho draußen,
heit vor der Tür,
ja,
da draußen vor der Tür,
vor *der* Tür –
Jeder,
der wo heit ein besinnliches Adventsgedicht vorliest,
der liagt.
»Der Schnee, der Schnee kommt von der Höh –«
daß i net lach.
Da kommen ganz andere Sachen von der Höh.
Von Tschernobyl, da komm ich her,
Leit, i sags, es brandelt sehr.
»Und huckepack mit seinem Sack
geht einer bald von Haus zu Haus ...«
Ja. Ha ha.
Wer geht bald von Haus zu Haus?
Wer?
Ja, ja.
Net der gute alte Nikolaus.
A ganz anderer geht von Haus zu Haus.
Der knocherne Guinefe.
Und *bald* schon,
is ja Advent.
Soll i schrein: wachts auf?
Es hört mi ja koaner.
Bin net amal der oanzige, was schreit.
Trotzdem mags koaner hörn.
Weils koaner wahrhaben will.
Zündt lieber die besinnlichen Kerzen an,

brat' die preßluftgeschönten Äpfel
kurz bevor er selber brat'.
Soll i schrein: wachts auf?
Manchmal moan is: ja, i soll schrein.
Aber –
vielleicht is gscheiter,
wenn er abgrast, der knocherne Guinefe.
Abgrast. Alle.
Daß a Ruah is mit dem zwiedernen Ungeziefer:
Menschheit.
Zwieders Ungeziefer.
Wenn er abgramt hat, der knocherne Guinefe,
und i sags eich,
obs es glaubts oder net:
wenn net *bald* was gschiecht,
bald,
sehr bald,
dann erlebts ihrs *no,*
ihr, wo ihr dasitzt
beim besinnlichen Adventsabend –
Wenn er abgramt hat, der knocherne Guinefe,
dann kos sei,
daß sich die Welt
– ohne uns! –
langsam wieder erholt.
Ohne uns!
Vielleicht derpfratzs es *grad* no,
die Welt
– aber ohne uns –
daß s' sich wieder erholt.
Vielleicht, daß 's *des* is,
von was
»draußen im Wald der Tannenbaum«
traamt.

Dank schön.
Nix für unguat.

Nix für unguat?
Doch: alls für unguat,
weils übers Guatn
endgültig
aus
is.

Entstanden 1985

Dichterwallfahrt

Am Bahnhof sammelt sich schön brav
um ihr gelocktes Führerschaf
die bairische Poetengilde.
Der Gildenmeister blinzelt milde.

»Wir fahren heute«, sagt er leise
»auf diesem langen Bahngeleise
auf's gnadenreiche Andechs nauf
zum Beten für den Weltenlauf

und ganz speziell für die geliebte
in letzter Zeit so oft getrübte,
von uns, Gott sei's geklagt, nicht nur
betrieb'ne bairisch' Lit'ratur.«

Derweil man in den Zug einsteigt,
der Gildenmeister hinaus zeigt
und sagt: »In dieser Münchner Stadt,
wo mancher Sozi z'sagen hat,

was die Kultur so anbetrifft,
da wird verspritzt das böse Gift
vom Kroetz und von dem Martin Sperr,
das ist ein Ärgernis schon sehr.

Wie schön war doch die Zeit vordem,
wo auf dem Kanappée bequem
der Dichter in der Klause saß,
vor sich a Hoibe oder Maß,

und draußen hat die Amsel g'sunga,
die fesche Dirn, die hat gewunga,
der Himmel blau, wie's jeder kennt;
regiert hat unser Prinzregent,

die Blümlein haben blüht, die kleinen;
der Herrgott hat belohnt die Seinen ...«
(zum Beispiel unser'n Gildenmeister
und andere Idyllengeister.)

»Doch heute, ach, wie schlecht die Welt!
Nur Negativ's verdient das Geld;
die Religion wird stets entweiht
und sogar nackte Weiberleut'

bevölkern, es ist unerträglich,
man liest es in der Zeitung täglich,
bevölkern Bühnen und Theater,
ja sieht das nicht der Himmelvater?

Nur wenig halten hoch die Fahnen
der alten, zünftig-biedren Ahnen,
die meisten sind nur Nestbeschmutzer!«
schreit Gildenmeister-Sündentrutzer.

»Nur in des frommen Volkes Hort«,
so fährt der Gildenmeister fort,
»ist Baierndichters wahrer Lohn.
Hoch lebe uns're Tradition!

Vergangenheit hat Zukunft nur
für uns're bairisch Lit'ratur.
Seids doch ein bissel nett zusammen.
Gelobt sei Jesus Christus, Amen.«

Dann fahren sie hinaus, die Dichter
mit ihre ranzig-fett Gsichter,
der Meister mit der Schubertbrillen
versenkt sich in's Gebet im Stillen.

Er bittet innig seinen Gott,
daß doch den Kroetz, den Erzfalott
der Teufel holen soll, auch gleich
den Achternbusch in's Höllenreich.

In Andechs dann, das Aug' voll Tränen
berichtet er ausführlich denen,
die's hören woll'n oder auch nicht
die alte bairische Geschicht'

von Fürsten, Bischöfen und Thronen
von Aglolfingern, Tassilonen,
die hier sich haben blau geschlagen
in fernen Mittelaltertagen,

von Heiligen im Glorienscheine
(daheim im Kastl ruht der seine)
daß Baiern alt, sogar noch älter,
vor jedem Weichbrunnkrügl hält er,

bekreuzigt fromm die hohe Stirn;
dann schütten sie sich voll die Birn
im nahgeleg'nen Klosterstübel,
und manchem ist beim Heimfahr'n übel.

Doch schön war dieser Dichtertag,
so wie ihn Gildenmeister mag,
der schwärzer noch als wie die Schwärze,
die christ-katholische Unschlittkerze.

Entstanden 1985

Ewigkeit und Borstensau

Die Maus mit ihrem Fell in grau
denkt unter einer dürren Eiche,
ob diese wohl dem Gotte gleiche?
Man weiß dergleichen nie genau.

Es gibt die schwierigen Bereiche
die Ewigkeit und Borstensau
wie Fleischbeschau und Drahtverhau,
wie Vollmondklee an einem Teiche,

die schweben leichter noch als Duft
von frischgebacknen Freitagskrapfen
hinauf in die Lavendelluft

und in des Unsterns weißer Gruft
die alten Riesenbären stapfen,
die Resonanz jedoch verpufft.

Entstanden Dezember 1991

Drei Regierungsräte

In einem Wald aus ledernen Bäumen sitzen drei Regierungsräte auf einem Brett und halten sich krampfhaft fest.

Die ledernen Bäume wurden von der Regierung aufgestellt, weil die hölzernen Bäume in den letzten Monaten umgefallen waren. Die Regierung verfügte, daß aus großen, aus Dutzenden, ja Hunderten von Kuhhäuten, Schweinshäuten, Hammelhäuten und so weiter, die mit aus Därmen gewonnenen Schnüren zusammengenäht worden waren, die Silhouetten von Bäumen ausgeschnitten, diese auf Drahtgestelle aufgezogen und im Wald aufgestellt würden. Das heißt: dort aufgestellt würden, wo vor einigen Monaten noch der Wald gestanden war.

Die drei Regierungsräte gehören der Kommission an. Die Kommission bestimmt den Standort der Lederbäume. *Ein* Regierungsrat wäre mit der Aufgabe hoffnungslos überfordert. Selbst zwei Regierungsräte wären zwar nicht mehr hoffnungslos, aber doch schlicht überfordert. *Drei* Regierungsräte ist das mindeste, was eine Regierung auf die Beine stellen muß, damit der lederne Wald aufgerichtet werden kann.

Jeder der drei Regierungsräte hat drei Beine. Jeder Regierungsrat hat drei Beine. Es ist erstaunlich, daß diese Tatsache bis heute so weitgehend verborgen geblieben ist. Die Dreibeinigkeit der Regierungsräte ist eine versteckte Ovation für die Drei-Flüsse-Stadt Passau. Warum ist Passau eine Drei-Flüsse-Stadt? Diese Frage werden wir später beantworten. Zurück zu der Dreibeinigkeit der Regierungsräte. Wir müssen das anders erklären: mit den chinesischen Hühnern. Wie jedermann, der sich auch nur oberflächlich mit chinesischer Philosophie befaßt hat, weiß, haben chinesische Hühner drei Beine. Sie haben ein linkes Bein, ein rechtes Bein und ein Bein an sich: die Idee des Beins. Man weiß längst, daß die Idee wichtiger ist als die Realität, also könnte ein chinesisches Huhn mit nur zwei Beinen überhaupt nicht stehen, und das führt uns zwanglos zu jenen immer noch im Lederwald auf einem Brett sitzenden Regierungsräten zurück, die ihre drei Beine – also neun Beine insgesamt – von sich strekken. Sie halten sich krampfhaft am Brett fest. Warum halten sie sich krampfhaft am Brett fest? Die Antwort ist *drei*deutig: weil der Wind weht.

Wenn wir in dieser dreideutigen Antwort den zu vernachlässigenden Artikel »der« weglassen – der Satz wäre auch ohne Artikel verständlich: »weil Wind weht« – so gewinnen wir *drei* Wörter, die alle mit W beginnen, welcher Buchstabe aus drei Zacken besteht, und wenn wir die W weglassen, so gewinnen wir drei Wörter mit je drei Buchstaben: »eil ind eht«.

Der *Wind weht* den dreibeinigen Regierungsräten um die je drei Ohren, denn selbstverständlich haben Regierungsräte auch drei Ohren. Sie, die Regierungsräte, sind schwarz gekleidet. Schwarz und dreibeinig haben sie eine gewisse, wenngleich entfernte Ähnlichkeit mit Konzertflügeln.

Die Winde wehen den drei Flußläufen entlang, je einem Flußlauf drei Winde: ein roter, ein blauer und ein gelber. In der Dreiflüssestadt treffen sich die insgesamt neun Winde, und es entsteht zwangsläufig ein Wirbel. Rot, blau und gelb sind die Grundfarben, aus denen alle anderen Farben gemischt werden können. Werden Rot, Blau und Gelb gemischt, so entsteht eine steingraue Wolke. Die drei mal drei Winde führen die drei Grundfarben heran und türmen sie in der Mitte der Stadt Passau zu einem monumentalen Steinwirbel auf.

Die drei Regierungsräte im Lederwald erschrecken. Regierungsräte erschrecken fast immer. Das Erschrecken ist so etwas wie ein Rangabzeichen für Regierungsräte. Es gibt, wie allgemein bekannt ist, drei Arten des Erschrekkens: das einfache, gemeine Erschrecken, das lähmende Erschrecken und das zu Tode Erschrecken. Die Regierungsräte heißen: Dr. Dreibätzler, Dr. Dreibeinlauf und Dr. Dreigethüm. Die Vornamen sind einheitlich: Franz Xaver Franz Josef Kreuzwendedich. Nur wer auf diese Vornamen getauft ist, kann es überhaupt zum Regierungsrat bringen. Andere Vornamenträger bleiben gnadenlos auf der Strecke. Als der sich immer noch krampfhaft an seinem Brett festhaltende Regierungsrat Dr. Dreibätzler den monumentalen Wind-Stein-Wirbel erblickt, der sich über dem Lederwald mitten in Passau erhebt, erschrickt er, denn er glaubt die Figur Sigi Zimmerschieds zu erblicken. Er erschrickt einfach, gewöhnlich. Es passiert weiter nichts. Dagegen glaubt Regierungsrat Dr. Dreibeinlauf in dem Wind-Stein-Monument die Figur von Anna Maria Rosmus zu erkennen, worauf ihn lähmendes Erschrecken befällt. Seine Hände verkrampfen sich unlösbar am Brett, auf dem er sitzt. Er muß später mit dem Brett weggetragen werden und bleibt für den Rest des Tages an dieses Brett gefesselt. Regierungsrat Dr. Dreigethüm aber erkennt in dem Windmonument den Heiligen Stephan, dargestellt in dem Augenblick, als ihm von dreiunddreißig dreibeinigen chinesischen Hühnern die Ehrenprofessorenwürde der theologischen Fakultät der Universität Cambridge überreicht wird. Regierungsrat Dr. Dreigethüm erschreckt dritten Grades, das heißt: zu Tode. Die Regierung von Niederbayern verfügt zwar kein Staatsbegräbnis, aber immerhin ein Regierungsbezirksbegräbnis dritter Klasse. Drei Feuerwehrkapellen intonieren dabei die Ouvertüre des Trauerspieles ›Das Dreimäderlhaus‹.

Wir müsen aber endlich zu der Frage zurückkehren: warum ist Passau eine Dreiflüssestadt? Es gibt Zeugnisse bereits aus der Jungsteinzeit, aus der Bronze-, Eisen-, Blech-, Elfenbein-, Holz-, Kamillentee-, Reißnägel-, Bast-, Tomaten-, Brei-, Tinten- und leichten Heizölzeit, daß Professoren der Universität über diese Frage nachgedacht haben, jedoch zu keinem Ergebnis gekommen sind. Nur soviel steht fest: Passau ist, da sie keine Einflüsse –

und auch keine Zweiflüssestadt ist, sowie noch nie eine Vierflüssestadt war, eine Dreiflüssestadt.

Die Einflüsse, die in Passau genommen werden, und zwar auf die verschiedensten Gegenstände, sind also streng genommen Dreiflüsse. Dreiflußreiche Persönlichkeiten scharen sich bei der Fronleichnamsprozession um das erwähnte Wind-Stein-Monument, das den Prof. St. Stephan darstellt und gedenken des Regierungsrates Dr. Dreigethüm. Ein dreifältiger Nichtsnutz bläst aus seinen drei Nasenlöchern, und sät auf dem gegenüberliegenden Innufer, dort wo der von dem gebürtigen Passauer Klaus Obermaier schon besungene Sauwald beginnt, Wind. Sät dort Wind und erntet folglich im darauffolgenden Herbst Sturm. Dieser Sturm zerteilt das Wind-Stein-Monument in unansehnliche, immer fadenscheiniger werdende Rauchfahnen, die sich in langgezogenen, der Ziffer Drei ähnlichen Wirbeln donauabwärts verflüchtigen.

Nur noch zwei Regierungsräte klammern sich an ihrem Brett fest. Der dritte vermodert bereits und wurde schon von der Ritenkongregatin als »Venerabilis« eingestuft. Nur noch zwei Regierungsräte! So wird die Welt von Tag zu Tag unvollkommener. Der Lederwald ist nur ein schwacher Ersatz. Bald wird anstelle der steinernen Stadt Passau eine Stadt aus Papier errichtet. Was dann passiert, wenn es regnet, kann sich jeder ausrechnen. Aber immerhin ist Passau da noch glücklich, weil es noch die Drei Flüsse gibt, wenn auch die zwei verbleibenden Regierungsräte schon verfügt haben, daß die drei Flüsse durch drei breite Tonbänder ersetzt werden, die Tag und Nacht, jahraus, jahrein das Flehen von dreitausend nackten Jungfrauen wiedergeben, die darum bitten, daß die Welt wenigstens auch noch das kommende Dritte Jahrtausend überlebt.

Passau, am Tag St. Laurentius und Praxedis,
am drei mal siebten Juli 1990

Wie jedes Jahr veröffentlicht Ko-li-bri auch heuer zur Urlaubszeit *Reiserufe:*

Raum *Frankfurt/Innenstadt:* Herr Harald Dömmel aus Sessenheim, unterwegs mit einem beigen Mercedes F-CL 221: bitte zwei Pfund Schnittlauch besorgen, Ihre Frau möchte heute abend Schnittlauch-Nockerl kochen.

Raum *Schwarzwald:* Frau Heide Bischoff aus Würzburg, unterwegs mit einem eher kleinen, dunkelhaarigen Herrn sowie einem Ford Escort WÜ-D 724: bitte bei Ihrem Mann zu Hause anrufen, er will wenigstens wissen – wenn Sie schon den Wagen mitnehmen – wo Sie die Eierbriketts versteckt haben.

Raum *Köln:* Frau Annemarie Ernstmann, unterwegs entweder im »Anker« oder »Sporteck«, wahrscheinlich an der Theke: bitte heimkommen; Ihr Kind schreit.

Raum *Frankfurt/Innenstadt:* Herr Harald Dömmel aus Sessenheim, unterwegs mit einem beigen Mercedes F-CL 221: bitte die Redaktion Ko-li-bri anrufen: bei obigem Reiseruf handelt es sich um einen Übermittlungsfehler: Sie sollen nicht zwei *Pfund* Schnittlauch mitbringen, sondern zwei *Bund.* Danke.

Raum *Norwegen/Italien:* der blonde oder möglicherweise auch schwarzhaarige Herr, Vorname Fritz (eventuell Heinz), Familienname unbekannt, unterwegs mit einem blauen (vielleicht auch dunkelgrauen) Tandem: keine weiteren Vorkommnisse, Sie brauchen nicht anzurufen; weiterfahren.

Raum *Spanien:* Herr und Frau Stössel aus Feldafing, unterwegs mit blauem VW-Combi STA A-473 in der Nähe von Barcelona: Ihre Schwiegermutter hat Ihnen im Trubel der Abreise vergessen auszurichten, daß Tante Lisa aufgetragen hat, schöne Grüße auszurichten.

Raum *Sessenheim:* Herr Harald Dömmel, inzwischen

wieder daheim mit seinem beigen Mercedes F-CL 221: Sie Dämlack, jetzt haben Sie doch zwei *Pfund* Schnittlauch gekauft, statt zwei *Bund*. Da können Sie ja eine Kuh damit mästen.

Raum *Spanien:* Madrid. Der Herr mit der grauen Baskenmütze, der grad' am Kiosk, Ecke Café Calle San Carlo eine ›Titanic‹ gekauft hat: merken Sie nicht, daß Sie auf meinem Fuß stehen?

Entstanden 1979

Hommage à Daniel Gottlieb Moritz Schreber
(1808–1861)

Schreber.
Schrebergarten.
Schreberpark.
Schreberbosquett.
Schreberhain.
Schreberwald.
Schreberlandschaft.
Schreberprovinz.
Schreberstaat.
Schreberkontinent.
Schreberwelt.
Schrebergalaktis.
Schreberuniversum.

II. Strophe:

Schrebergarten.
Schrebergärtner.
Schrebergärtnergehilfe.
Schreberarbeitnehmer.
Schreberarbeitgeber.
Schreberausbeutung.
Schreberkapitalismus.
Schreberhegelianismus.
Schrebermarxismus.
Schreberproletariat.
Schreberrevolution.
Schrebersozialismus.
Schreberkommunismus.

Schreber, hört die Signale.

III. Strophe:

Schreberschreber.

Entstanden 1960

Der Liedgott

Nieder sinkt der grüne Schleier
von dem nasenförm'gen Fels.
Unten grundelt still ein Wels,
legt das Steinhuhn seine Eier.

Ganz verhalten ich erzähl's:
wandelt dort zur Ganzheitsfeier
unser Liedgott mit der Leier.
Ist das nicht etwas Reell's?

Nein? Sie sind da andrer Ansicht?
Gut, ich beuge mich dem Votum,
nehm das obige zurück.

Schleier, Eier, Leier auch nicht,
und der Liedgott, der bleibt taubstumm,
haben Sie, mein Bester, Glück!

Entstanden Dezember 1991

Sonett

In breiten, braunen Tälern dunkler Flüsse
vermeine ich, von Sternenlicht beschienen,
daß ich in Schatten dort erkennen müsse
die Prozession von hundert Hölderlinen.

Was biete ich, vergeblich deutend, ihnen?
Den Dank? Gesundheit? oder bloße Grüße?
Sie heften ihren Blick auf ihre Füße,
die – da gespenstisch – nur zur Zier noch dienen.

Was sagt ein Hölderlin zu neunundneunzig andern?
»Ich bin die Schleife aus dem Rot des Herbstes«
Und wer das nicht versteht, ist nicht verloren.

Die ferne Stadt am Hügel, die mit vierzehn Toren,
empfängt uns mit dem Spruch: »Du erbst es!«
und unstet weiter alle Hölderline wandern.

Entstanden 1991

Gedicht 1

Teil
Sprung
Großvater
Laub
Kunde
Gestein
Wald
Faust
plötzlich
ne

Urteil
Ursprung
Urgroßvater
Urlaub
Urkunde
Urgestein
Urwald
Urfaust
urplötzlich
Urne

Entstanden 1960

Gedicht 2

1
unangenehm
Unrecht
Unheil
unerlaubt
ungeschehen
Ungemach
Unzucht
Unflat

2
angenehm
Recht
Heil!
erlaubt
geschehen
Gemach
Zucht
– Flat

Entstanden 1960

Gedicht 3

Ave Mao, gratia plenus ...
Mao eleyson.
Credo in unum Mao.
Agnus Mai, qui tollis peccata mundi.
Vorsitzender Mao, Himmel und Erde sind erfüllt von Deiner Herrlichkeit.
Großer Vorsitzender Mao, der Du für uns Blut geschwitzt ...
Oh großer Vorsitzender Mao unser, der du bist ...

Am 4. Juni 1966 wurden in Kanton
Vier Friseure kastriert,
Weil sie lediglich einen Scheinleib
Maos
Annahmen,
Der als von höchsten Äonen sich herabgeschwungen
Das demiurgische Prinzip
Nicht
Unmittelbar bekämpft. Und drei Leichenfrauen
In Nanking
Wurden gerädert.
Sie hatten behauptet,
Durch sozialistische Gnade sei es möglich
Nicht nur maogleich
Sondern Mao schlechthin zu werden.

Entstanden 1960

Ahnenlieder

Die fernen Lieder uns'rer blassen Ahnen
Sind in dem alten Nebelwald verschlossen.
Dort sitzen vierunddreißig Veteranen
Und denken blind, doch unverdrossen

An jene dunklen, groben Segelschiffe,
Mit denen Kapitäne ohne zu befehlen
Die Inseln mit den wilden Kupferriffen
Zu finden wissen. Welche stillen Seelen

Sind dort an Bord der schaukelnden Fregatten?
Es sind nicht Vögel, die sie stets umschwirren.
Ein Sänger, dem die Götter nichts gestatten,
Und dem die elysäisch-bösen Sbirren

Von einer roten Wüste in die andre jagen,
Umschwirrt das Schiff mit den Akkorden,
Die aber nichts Verständliches besagen,
So daß der Veteranen rüde Horden

Die Ahnenlieder in den Sturmwind johlen,
Anstatt mit Andacht still in sich zu geh'n.
Die vierunddreißig schrillen, schwarzen Dohlen
Sind schon von fern im Stoppelfeld zu seh'n.

Entstanden 1991

In jenen Tälern

In jenen Tälern mit den grünen Flüssen,
die unter einem Unstern dunkel fließen,
die einstmals, weiß man, anders hießen,
dort werden wir die Götter suchen müssen.

Es sind die grauen, alten, bleichen Götter.
Man frägt sie nicht, und bittet nicht um Rat,
und wer sich ihnen heute scheu noch naht,
der kommt als Fische- oder Vogeltöter.

Nie war der Himmel so verloren wie
in diesen unschuldlosen Wolkentagen,
wo selbst die Regentropfen heimlich tragen
die ungebändigt alte Dämonie.

Nein, Götter, jene Flüsse, jene Täler,
die ohne sich auf jemand zu verlassen
die Simulacren, eure steinern blassen,
verwandeln in Vergessens karge Mäler.

Entstanden 1991

Das Ding an sich

Das Meerschwein träumt vom Ding an sich
und reckt im Traum die Glieder,
der Zeisigvorhang sinkt hernieder,
weit oben eine Gans verblich.

»Das Ding an sich ist fürchterlich«,
meint eine kleine Ente bieder.
Der Reiherjungfrau herbe Lieder
verwunden auf das schwerste mich.

So bleibt beim alten auch die Welt
und klebt doch an den Formen,
nicht weil der Elefant hochhält

den Haferbrei, den ganz enormen.
Nein, weil das Ding an sich gefällt,
wird Carmen oft zu Cormen.

Entstanden Dezember 1991

Die Derendinger

Oktoberfestbesuch
(Eine Momentaufnahme aus dem Jahr 1952)

Es regnete. »Einmal möcht' ich erleben, daß schönes Wetter ist, wenn ich auf die Wiesen geh'«, sagte die alte Frau Derendinger vom vierten Stock. »Voriges Jahr hat's nicht geregnet«, sagte der alte Herr Derendinger und zog ächzend seine Zugstiefeletten an. »Ja, nein«, sagte die alte Derendinger, »wie wir hingegangen sind, hat's allerdings nicht geregnet, aber wie wir dort waren, hat's angefangen. Kaum daß wir einen Platz an einem Tisch vor dem Augustiner-Zelt gefunden gehabt haben. Du ziehst dir aber gefälligst nicht die alten Hosen an?!« »Warum nicht«? »Unmöglich! die alten Hosen! *Diese* Hosen, die haben ja schon einen Hintern wie ein Spiegel. Was täten da die Leut' denken.« »Übern Hintern von der Hosen geht der Mantel drüber, den sieht man dann nicht.« »Und wenn du den Mantel vielleicht ausziehst? Ha? Was dann«? »Den Mantel zieh' ich nicht aus bei dem Sauwetter.« »Du ziehst anständige Hosen an, wenn wir schon einmal im Jahr miteinander aufs Oktoberfest gehen.« »Mehrmals im Jahr *können* wir gar nicht aufs Oktoberfest gehen, weil es nur einmal im Jahr stattfindet.« »Aber wir könnten in den vierzehn Tagen, wo Wiesen ist, mehrmals gehen.« Ich dank' schön. Reicht mir einmal.« »Jedenfalls ziehst du andere Hosen an.« »Ich denk nicht dran. Jetzt, wo ich mir mit Müh' und Not endlich die Schuh' anderzogen hab' – da müßt' ich ja die Schuh wieder ausziehen und dann wieder anziehen.« »Dann zieh die Hosen *über* die Schuh' aus.« »Das geht nicht.« »Wenn man will, geht alles.«

»Nachdem das Oktoberfest ohnedies nicht im Oktober stattfindet, sondern im September, könnten sie's gleich im August abhalten oder im Juli. Da regnet's nicht *so* oft«, sagte Eduard Derendinger jun. im zweiten Stock. Er schaute zum Fenster hinaus. Im Hof stand – neben der Teppichstange – ein einzelner Baum, von dem das Wasser tropfte. Seine Frau Hertha rannte im Unterrock hin und her. »Mir pressiert's«, schrie sie, »was hast g'sagt? Ich hab' dich nicht verstanden«. »Nix«, brummte Derendinger jun. »Was?« schrie Frau Hertha und rannte in die Küche. Sie rannte aus der Küche wieder heraus und ins Schlafzimmer. »Die Schlegelberger vom Hinterhaus gehen auch auf die Wiesen«, sagte Derendinger jun., »er, der Schlegelberger, hat schon seinen Trachtenanzug an.« »Du sollst nicht immer bei fremde Leut' in die Fenster hineinschauen, das tut man nicht.« »Der Schlegelberger schaut auch bei uns in die Fenster hinein, sogar mit dem Fernglas«, sagte Derendinger jun. Frau Hertha schoß aus dem Schlafzimmer: »Was«? »Habe ich öfters schon beobachtet«, sagte Derendinger jun., »da steht er am Fenster, hat das Licht ausgemacht, daß man ihn nicht sehen soll, und späht herüber. Aber man sieht ihn doch.« »So ein Schwein«, fauchte Frau Hertha und zog den Vorhang im Schlafzimmer vor.

»Mamma, der Horsti hat mich am Ohr 'zogen«, schrie Tommi, der jüngere Sohn. »Ja, weil er meinen Socken versteckt hat«, schrie Horsti, der ältere. Horst stammte aus der ersten Ehe von Frau Hertha und hieß nicht Derendinger. Tommi rannte zum Vater, der ihm eine Mark gab.

»Wo ist denn der Heinz?« rief Frau Derendinger sen. im vierten Stock, Heinz war der jüngere Sohn und wohnte noch bei den Eltern. Er war unverheiratet, aber verlobt. Die Verlobte hieß Sieglinde. Es war schon die dritte Verlobte Heinz Derendingers in diesem Jahr. »Wo wird er schon sein, der Herr Heinz«, brummte Vater Derendinger, »bei der Gabi halt.« »*Sieglinde,* meinst wahrscheinlich«, sagte die alte Derendinger. »Oder Sieglinde, ich komm' da nimmer mit, wenn er jeden Hundsschiß eine neue hat.« »Hoffentlich kommen s' rechtzeitig. Um viere müssen wir weg, spätestens, sonst kriegen wir überhaupt keinen Platz mehr im Bierzelt.« »Herrschaftszeiten«, fluchte Derendinger sen., »hab ich jetzt tatsächlich zwei verschiedene Socken an'zogen. Das kommt von dei'm Geschrei wegen der Hosen.« »Erstens habe ich nicht geschrien, weil ich nie ein Geschrei mach' im Gegensatz zu dir, und zweitens hab' ich erst angefangen, wie du die Socken schon angezogen gehabt hast. Du hast doch die Socken nicht *nach* die Schuh' an'zogen, oder?« »Höllischer Himmelhund, jetzt kann ich glatt die Schuh' noch einmal ausziehen.« »Dann kannst gleich auch andere Hosen anziehen«.

Es läutete, Heinz und Sieglinde kamen. »Gut, daß d' kommst, geh' gleich hinter, die Oma wecken.« »Geht die Oma auch mit?« fragte Heinz. »Selbstverständlich. Wir können doch die Oma nicht allein lassen.« Bei der Oma handelte es sich um eine Frau Philomena Teckler, Mutter der Frau Derendinger sen. Sie war eigentlich ja schon die Ur-Oma: des Tommi, und Stief-Ur-Oma Horstis. Oma schlief am Nachmittag. Es war immer schwer, die Oma zu wecken. Heinz nahm zwei Pfannendeckel aus der Küchenschublade und ging nach hinten.

»Ich glaub', das sieht man eigentlich gar nicht, daß das zwei verschiedene Socken sind«, sagte der alte Derendinger, nachdem er lang seine Beine betrachtet hatte. »Zeig her«, sagte Frau Derendinger sen., »aber das ist ja komplett unmöglich. Ein grüner und ein brauner. Und dazu *die* Hosen – also *so* geh' ich nicht mit dir auf die Wiesen. Man könnt' ja jemand begegnen, der ei'm kennt.« Man hörte, wie hinten der Heinz die Pfannendeckel aneinanderschlug. Ein Schrei. Heinz kam wieder nach vorn. »Ich glaub, die Oma ist vor Schreck gestorben«, sagte er. »Und das ausgerechnet, wo wir auf die Wiesen gehen wollen«, sagte Frau Derendinger und lief nach hinten. Sieglinde setzte sich auf einen Stuhl in der Wohnküche und begann in einem Lesezirkel-Heft zu blättern.

»Mamma, der Pappa hat dem Tommi eine Mark gegeben!« schrie Horsti. Obwohl Derendinger jun. nicht Horstis Vater war, sagte er *Pappa* zu ihm. Es hatte viele Prügel gekostet, bis Horsti soweit war. »So!« sagte Frau Derendinger jun., die immer noch im Unterrock herumlief, »und warum hast du ihm eine Mark gegeben? Weil der saubere Knabe den Horsti am Ohr gezogen hat?« »Der Horsti hat den Tommi am Ohr gezogen, nicht umgekehrt.« Frau Derendinger brach in Tränen aus. »Ich weiß, daß du ihn nicht magst. Dabei hast du immer versprochen, ihn wie dein eigenes Kind zu behandeln.« »Darf ich mir die Frage erlauben, ob du vielleicht im Unterrock auf die Wiesen gehen willst? Oder wie?« Frau Derendinger lief hinaus und schlug die Tür zu. »Wenn du der Mamma noch einmal was sagst, wenn ich dir eine Mark geb, dann kriegst statt dessen eine Watschen«, sagte Derendinger zu Tommi. »Was machst d' denn da mit dem Radi, du Depp, das ist doch keine Kegelkugel.« Er hob den Radi auf und steckte ihn wieder in den großen Henkelkorb mit der Brotzeit.

Es läutete. »Wer ist denn das schon wieder –«, ächzte Derendinger. Er machte auf. Heinz stand draußen. »Du sollst sofort heraufkommen«, sagte er zu seinem Bruder, »der Pappa hat probiert, die Hosen über die Schuh' auszuziehen, und ich derheb' ihn nicht mehr allein vom Boden auf.« »Blutiger Hennendreck«, sagte Derendinger und ging mit hinauf.

»Ich kann nicht helfen«, schrie die alte Derendinger von hinten, »ich muß die Oma frisieren.« »Au«! brüllte die Oma spitz, »du ziehst mich an die Haar!« Der alte Derendinger lag wie der gefesselte Sklave von Michelangelo am Boden. »Ich krieg' keine Luft mehr«, stöhnte er. »So ein Blödsinn«, sagte Heinz. »Sollen wir dir jetzt die Hosen anziehen oder ausziehen?« »Ich weiß nicht«, röchelte Derendinger, »mir ist schon alles gleich.« Sieglinde blätterte im Lesezirkel-Heft. »Ich fürcht'«, sagte Heinz, »wir müssen die Hosenträger durchschneiden. Anders geht's nicht.« »Nein«! heulte Derendinger sen., »das sind meine besten.« »Ich seh' schon, wir kriegen wieder keinen Platz im Bierzelt«, fluchte Derendinger jun. und versuchte seinen Vater umzudrehen, um die Hose von hinten zu fassen.

Die Straßenbahn kam nicht. Es regnete. Sieglinde bekam nasse Füße, weil sie leichtsinnigerweise offene Schuhe angezogen hatte, bei denen vorn die Zehen rausschauten. »Schamlose Person«, brummte der alte Derendinger. Heinz trug den Korb. »Nicht hinstellen!« sagte Frau Hertha, »sonst wird die Brotzeit naß von unten.« »Mir fällt schon der Arm ab«, jammerte Heinz. »Halt den Schirm nicht über die Oma, sondern über die Brotzeit!« sagte Derendinger sen. »Wir können den Korb eh' daheim lassen. Die Tische im Bierzelt, wo man selber die Brotzeit mitbringen darf, sind längst besetzt. Die sind immer zuallererst besetzt«, sagte Derendinger jun. »Sonst noch was«! schrie Frau Hertha, »die Brotzeit wird mitgenommen. Wir zahlen doch nicht dene ihre Phantasiepreise. Ist schon das Bier teuer genug.« »Eigentlich mag ich das Wiesenbier gar nicht«, sagte der alte Derendinger. »Aber ich«, krähte die Oma. »Mach' deine Virginier aus«, sagte Frau Derendinger sen. zu ihrem Mann, »ich steig' nicht in den *Raucher*.« »Die Straßenbahn ist ja noch gar nicht da, reg' dich nicht auf.« »Wir kriegen garantiert keinen Platz mehr im Bierzelt. Wo bei dem Regen alles *hinein* drängt«, sagte Heinz, »jetzt ist's halbe sechse. Um viere hätten wir dort sein wollen.« »Eigentlich ging ich lieber ins Kino«, sagte Sieglinde. »Die Straßenbahn kommt!« »Mach' deine Virginier aus!« »Ja, ja.«

Die Straßenbahn der Line 25 Richtung Sendlinger Tor-Platz war brechend voll. »Mein Herr!« schrie ein Norddeutscher den alten Derendinger an, »wenn sie noch einmal auf meinen Dackel treten, vergesse ich mich!« »Ich kann leider auch nicht auf einem Fuß stehen«, sagte Derendinger, »wo die Straßenbahn so wackelt, Sie Preiß!« »Aber dann tun Sie gefälligst den Fuß *unter* meinen Dakkel.« Die Passagiere schwitzten und froren. Nasse Regenmäntel strömten Dunst aus. An den beschlagenen Scheiben rannen Tränen herunter. »Jetzt sind wir doch im *Raucher*«, murrte der alte Derendinger, »jetzt hätt' ich genausogut die Virginier brennen lassen können.« »Wo ist denn die Oma? Um Gottes willen ... die Oma! Schaffner – halten, halt! Zieht's die Notbremse!« »Unterstehen Sie sich!« schrie der Norddeutsche. »Halt's Maul, Preiß, g'scheckerter!« »Was haben Sie gesagt?! Wiederholen Sie das!« Zum Glück kam die Haltestelle Fraunhofer-/Müllerstraße. Derendingers drängten hinaus. »Wird's bald?« kreischte der Schaffner und riß an seiner Leine. Die Abfertigungsglocke klingelte heiser. »Halt!« schrie Derendinger sen., aber die Straßenbahn fuhr schon los und um die Kurve in die Müllerstraße hinein. Die Räder pfiffen. »So ein Depp!« sagte Frau Derendinger sen., »hoffentlich ist er so vernünftig, daß er an der nächsten Haltestelle aussteigt und wartet.« »Nein!« sagte Frau Hertha, »es ist besser, er fährt gleich bis zum Sendlinger Tor-Platz und wartet, wo wir umsteigen müssen.« Heinz gab den Korb seinem Bruder und spurtete zusammen mit Horsti die zwei Haltestellen zurück, um die Oma zu suchen. Tommi wollte auch mit. »Du hast noch zu kurze Füß'.« Tommi heulte. »Aber daß du ihm gleich wieder eine Mark gibst.« »Hat der Pappa eigentlich eine Fahrkarten?« fragte Frau Hertha. »Nein«, sagte die alte Derendinger, »die Fahrkarten hab' alle ich.« »Sauber – wenn ihn ein Kontrolleur erwischt.« »G'schieht ihm recht, warum ist er so langsam.« Das Wasser tropfte von den Vorsprüngen der Hausfassaden. Derendingers drängten sich unter das Vordach einer Würstelbude, die auf einem schlammigen Trümmergrundstück stand. »Da können S' fei' nicht stehenbleiben, wenn Sie nichts konsumieren«, sagte der Würstelmann. »Dann kauf halt eine Brühpolnische«, sagte Frau Hertha. »Ich hätte lieber ein Eis!« sagte Tommi. »Eine Brühpolnische«, sagte Herr Derendinger jun. »Eine Brühpolnische für fünf Personen«, sagte der Würstelmann spitz und legte die blasse, auf einer Stelle verbrannte Wurst auf ein durchsichtiges Papier, »Brot auch?« »Iß langsam«, flüsterte Frau Derendinger sen., »daß wir länger da stehenbleiben können.«

Als die nächste Trambahn kam und schon wieder im Wegfahren war, sah man, daß die Oma drin saß. Diese Trambahn war fast leer. »Oma«, schrien alle, aber die Oma hörte es nicht. Nach knapp einer halben Stunde kamen Heinz und Horsti wieder angekeucht. »Die Oma ist uns grad' vor der Nasen davongefahren.« Die nächste Straßenbahn war wieder brechend voll. Aber am Sendlinger Tor-Platz traf man die Oma wieder, auch Derendinger sen. war da. Er war kontrolliert worden und hatte zehn Mark zahlen müssen. »Fünf Maß Bier!« fauchte Derendinger sen., »das zieh ich dir vom Haushaltsgeld ab.« »Naja«, sagte Frau Derendinger, »dann kriegst halt die letzten drei Tag im Monat nur Karotten.«

»Da können S' Ihr Brotzeit nicht auspacken. Dort drüben ist es gestattet, die Brotzeit mitzubringen. *Hier* nicht!« schrie die Bedienung. Die Musik spielte einen *Rheinländer*. »Aber da drüben ist ja alles voll!« sagte Derendinger sen. »Ja, da kann ich auch nichts machen«, sagte die Bedienung, »da müssen S' eben früher kommen.« »Sie reden sich leicht«, sagte die alte Derendinger. »Stell den Korb unter die Bank«, sagte Frau Hertha, als die Bedienung weg war, »heimlich essen wir's doch.« Die Musik spielte eine *Polka*. Es dröhnte in den Ohren. Die Bedienung stellte Maßkrüge hin. »Und darf ich gleich kassieren? Und daß mir ja von Ihrem Korb nix 'gessen wird. Sonst müßt' ich den Geschäftsführer holen.« Die Musik spielte *So lang der alte Peter...* »Ich muß aufs

Klo«, wimmerte Tommi. »Das auch noch«, sagte Frau Hertha. Im Regen vor dem Seitenausgang standen zwei große, stinkende Verschläge: Frauen und Männer. Die Musik war noch gedämpft zu hören. Sie spielten – *und dennoch hat mein kühnes Herz die Liebe auch gespürt.* Vor Frauen stand eine Schlange wartender Frauen. Hertha ordnete sich hinten ein. »Mir pressierts aber«, winselte Tommi. »Mit dem da!« schrie die Klofrau, die über ihre Kittelschürze eine durchsichtige Plastikpellerine gezogen hatte, »mit dem da dürfen S' bei Frauen nicht herein; das sag' ich Ihnen. Weil der Knabe ja quasi männlichen Geschlechts ist.« Hertha wandte sich zu Männer. Die Klofrau schrie ihr nach: »Da dürfen Sie nicht hinein. Nur der Knabe.« »Ich geh' aber nicht allein!« heulte Tommi. Hertha ließ Tommi hinten an die Bierfässer pinkeln. Zwei Burschen gingen vorbei. »Pfui Teufel«, sagte der eine. »Zu knickert für's Klozehnerl«, sagte der andere.

Die Brotzeit war gestohlen worden, samt Korb. Es mußte gewesen sein, als die Musik: *Bergkameraden sind wir!* gespielt hatte und alle (bis auf die Oma) auf die Tische gestiegen waren. Ein Mensch mit einer karierten Mütze vom Nebentisch hatte Sieglinde geküßt. Sieglinde hatte sich küssen lassen. »Bist du noch Jungfrau?« hatte der mit der karierten Mütze geschrien. »Da käm' ich mir schön blöd vor«, hatte Sieglinde zurückgeschrien, »wenn ich mit dreiundzwanzig noch Jungfrau wär'.« Heinz schrie: »Unterlassen Sie solche Anspielungen bei meiner Braut!« »Leck mich am Arsch«, hatte der mit der karierten Mütze gesagt. Den nachfolgenden Tumult mußte der Dieb ausgenützt haben, um den Korb unter der Bank hervorzuziehen und damit zu verschwinden. Die Musik spielte *Zu Mantua in Banden,* eher beruhigend. Heinz wischte sich das Blut von der Nase. Der andere suchte seine karierte Mütze unter dem Tisch. Die Ordnungsmänner entfernten sich wieder und wischten ihre kohlenschaufelgroßen

Hände an der Lederhosen ab. »Warum hast du denn nicht aufgepaßt, Oma!« schimpfte Derendinger sen. »Ich hab' ja aufgepaßt«, sagte die Oma, »ich hab' ja nicht gewußt, daß der Korb uns gehört.« »Langsam wird s' verkalkt«, brummte Frau Derendinger sen. »Wie hat er denn ausgeschaut?« fragte Derendinger jun., »der den Korb mitgenommen hat?« »Weiß nicht«, jammerte die Oma, »ja doch: das linke Ohrwaschel hat ihm gefehlt.« »Immerhin ein Anhaltspunkt«, sagte Derendinger jun. »Aber wir dürfen's ja gar nicht der Polizei melden, weil es nicht gestattet ist, daß man hier Brotzeitkörbe mitnimmt, hier in dem Teil.« »Damit hat der Gauner wahrscheinlich gerechnet.« »*Den* wenn ich erwisch.« »Alles wegen dir, du Schlampen«, fauchte Heinz. »Das sagst noch einmal!« kreischte Sieglinde. »Schlampen!« sagte Heinz. Sieglinde riß ihr Handtäschchen an sich und stackelte hinaus. »Die kommt schon wieder«, sagte Heinz weltmännisch. Die Musik spielte den *Tölzer Schützenmarsch.* Wieder stieg alles auf die Tische. Die Musik spielte *Oans – bumm – zwoa – bumm – g'suffaaa* – Das Zelt erzitterte, Heinz schaute sich um: der Mann mit der karierten Mütze war auch gegangen. Hertha und Tommi kamen zurück. Tommi hatte im Schlamm einen Schuh verloren. »Sieben Hendl!« bestellte Derendinger jun. »Bist du wahnsinnig?« fauchte Frau Hertha. »Ich hab einen Hunger«, sagte Derendinger jun. »Prost!« brüllte er, »und noch eine Maß für jeden. Man ist nur einmal jung!« »Und vom zwanzigsten an dürfen wir uns wieder statt dem Essen das Maul ans Tischeck hinhauen«, Frau Hertha weinte. Die Bedienung brachte die sieben Hendl und das Bier. »Darf ich gleich kassieren?« »Gib deine Geldtasche her«, schrie Derendinger jun. »Nein, das ist das Haushaltsgeld.« »Gib das Geld her!« schrie Derendinger jun., »schließlich verdien' *ich's.*« »Wenig genug«, sagte Frau Hertha und gab ihrem Mann die Geldtasche. Sie sah einen Hundertmarkschein verschwinden. »Der Metzger schreibt nichts mehr an!« zischte sie, »und heut' ist erst der achtzehnte.« »Man ist nur einmal jung«, sagte Derendinger jun. Die Musik spielte: *Die Mühle im Schwarzwald.* »So kommen wir in unserem Leben nicht zu der Ledersitzgruppe.«

Die Oma wollte Karussell fahren. Draußen war es schon finster: Es regnete immer noch. Tommi hinkte. Horsti erbrach die Zuckerwatte. Derendinger sen. wollte auf allen Vieren gehen. Frau Derendinger sen. zog ihn am Kragen hoch: »Warum trinkst denn so viel, wenn ' d' es nicht verträgst.« »So ein Tag, so wunderschön wie heute –« sang Derendinger sen. Oma wollte mit der Achterbahn fahren. »Da drüben geht die Sieglinde!« fauchte Heinz, »mit dem mit der karierten Mützen!« »Der hat gesagt, er hat eine Lambretta«, sagte Frau Hertha. »Das Mistvieh«, sagte Heinz. Oma wollte mit der Geisterbahn fahren. »Da geht der Schlegelberger«, rülpste Derendinger jun., »der wo vom Hinterhaus immer mit dem Feldstecher in unsere Fenster hereinschaut.« »Mischen wir'n auf«, sagte Heinz. »Dageblieben!« sagte Frau Derendinger sen. Horsti kotzte immer noch. »Ich will auch eine Zuckerwatte«, raunzte Tommi. Oma fuhr endlich mit der *Fahrt um den Tegernsee.* Danach kotzte auch die Oma. Am Wiesenausgang kam Derendingers einer entgegen, dem fehlte das rechte Ohrwaschel. Derendinger jun. stürzte auf ihn zu und packte ihn am Kragen. »Gib sofort den Korb mit der Brotzeit her.« Leider hatte Derendinger jun. nicht bemerkt, daß der ganz Große dahinter zu dem Mann ohne rechtes Ohrwaschel dazugehörte. Der ganz Große ließ eine Faust wie einen Dampfhammer fallen. Zwei Polizisten kamen. Sie halfen Derendinger jun. aus dem Schlamm. »Mein Gott, mein Gott«, jammerte Frau Hertha. Die Polizisten schwangen ihre Knüppel drohend: »Schaut's daß weiter kommts.« Heinz und Hertha führten Derendinger jun. »Ich hab' aber doch gesagt, daß dem, der den Korb genommen hat, das *linke* Ohrwaschel gefehlt hat«, sagte die Oma. »Ohrwaschel ist Ohrwaschel«, gurgelte Derendinger jun. In der Straßenbahn kotzte Oma wieder. Damit man nicht Reinigungsgebühr zahlen mußte, hielt ihr Frau Derendinger sen. geistesgegenwärtig die geöffnete Handtasche hin. »Sind sie von einem Baugerüst gefallen?« erkundigte sich ein älterer Herr mit Gamsbart bei Derendinger sen.

Der Hausmeister schaute zum Fenster heraus. »Sechzge hat verloren«, sagte der Hausmeister. »Null zu vier.« »Das auch noch«, sagte der alte Derendinger. Von der Maximilianskirche schlug es halb zwölf. Es regnete immer noch.

Entstanden 1980

Tommi in Rom

1

»Es ist auch ein Blödsinn gewesen, ein ganz ein saudummer, einer Frau zum 90. Geburtstag – sage und schreibe zum 90. Geburtstag, in Worten: zum neunzigsten ...« »Jetzt hör' auf«, sagt Frau Derendinger senior und schneuzte sich. Sie hatte verweinte Augen. Aber Derendinger senior hörte nicht auf: in Worten: zum neunzigsten Geburtstag eine Reise nach Rom zu schenken.« »Aber wenn doch das Heilige Jahr ist. 1975 –« »Heiliges Jahr hin oder Heiliges Jahr her – so was kann man vielleicht – *vielleicht* sag' ich, einer Achtzigjährigen schenken, obwohl ich auch da schon Bedenken hätte, alleräußersten Falles. Aber schon wirklich alleräußersten Falles einer Fünfundachtzigjährigen. Aber *niemals* –« er klopfte mit dem Mittelfinger auf den Küchentisch, »– niemals einer Neunzigjährigen.« »Aber wenn das Heilige Jahr doch nur alle fünfundzwanzig Jahre stattfindet, und das nächste Mal wahrscheinlich 2000, und der Papst öffnet die Heilige Pforte in der Dings-Kirche ...« »Das ist alles schön und gut, aber nicht einer Neunzigjährigen!« »... in der Pauls-Kirche, oder wie's heißt, im Papstdom eben zu Rom ...« »Das sieht man im Fernsehen viel besser. Eine Neunzigjährige! Und die Hitz' in Rom.« »Du warst ja noch gar nie in Rom. Woher willst du wissen, wie heiß es in Rom ist.« »Der Max war in Rom –« »Dein Freund Max, daß ich nicht lach' –«. »Selbstverständlich war der Max in Rom. Beim Europapokalspiel – und da hat er g'schwitzt, hat er g'sagt –« »Jaha!« lachte Frau Derendinger sen. wenngleich unter Tränen, »*das* glaub' ich, daß der Mann g'schwitzt hat. Es muß ja wieder 'raus, was der sauft. Abgesehen davon ist das überhaupt kein Vergleich. So ein Europapokalkrampf oder die Heilige Pforte ...«

»Wenn's beim Europapokal heiß ist, dann ist es auch am Dings-Dom am Sowieso-Dom, wo eben die Heilige Pforte ist, ist es da auch heiß. Ist doch logisch. Wenn 's, um nur ein Beispiel zu nennen, am Olympiastadion eine Hitze hat, dann hat 's doch die gleiche Hitze auch an der Frauenkirche, oder? Eben. Und genauso ist es in Rom.« »Du warst ja noch nie in Rom.« »Ich muß nicht überall gewesen sein, damit ich weiß, daß 's mir dort nicht gefällt. Aber jedenfalls war es ein Blödsinn, der Oma zum neunzigsten Geburtstag diese Reise zu schenken. Achthundert Mark! Eine typische Idee von deiner Schwester.« »Aha! Jetzt geht's schon wieder auf meine Familie los –« »Achthundert Mark! Und jetzt male dir einmal plastisch aus, was passiert wär', wenn die Oma zufällig *in Rom* gestorben wäre.« Frau Derendinger schluchzte. »Male dir das einmal plastisch aus. War so gesehen praktisch ein Glück, daß sie vorher gestorben ist. *So* gesehen. In Rom! Und deine Schwester allein mit ihr. Wo alles nur lauter Italiener sind. Und die Hitzen! Und deine Schwester ist ohnedies so nervös. Stell dir das einmal plastisch vor!« Frau Derendinger konnte nicht gut widersprechen. Sie schneuzte sich. »Die Rückfahrkarte verfallen. Die Krankenkasse zahlt womöglich den Doktor nicht, *wenn* deine Schwester überhaupt einen Doktor hergebracht hätte, in Rom. Und was der womöglich für eine Rechnung schreibt; man kennt ja die Italiener. Und die Leichen müssen im *Zinksarg* transportiert werden. Weißt du, was ein Zinksarg kostet? Ein Vermögen. Oder man hätt' s' in Rom beerdigen lassen müssen. Um Gottes willen! Der Papierkrieg. Und *alles* auf Italienisch. Und wir hätten alle hinfahren müssen. Das wäre noch teurer gekommen als wie ein Zinksarg. Und die Hitz' dort. Und das Bier, sagt der Max, kann keinem Vergleich mit dem hiesigen standhalten –« »Jetzt sag' nur, du hättest während der Beerdigung von der Oma in Rom Bier 'trunken?« »Während der Beerdigung natürlich nicht. Aber nachher. Jetzt male dir das plastisch aus: zwei Stunden am Friedhof, und den

Hut in der Hand, im schwarzen Anzug, und die Sonn' brennt dir auf den Kopf – was ich *da* schwitz' – und die Bierglasl sind so klein, sagt der Max. Die sind so klein, sagt der Max, daß d' aufpassen mußt, daß d' es nicht mitschluckst. – Und was ist jetzt mit der Reise? Fährt deine Schwester allein? Oder wie? Oder vielleicht kriegt man s' Geld zurück?«

2

Das Pilgerbüro sah sich außerstande, die fest gebuchte und schon bezahlte Reise zu stornieren. Der Todesfall sei natürlich bedauerlich – »mein herzliches Beileid«, sagte der Angestellte des Pilgerbüros und erhob sich ganz kurz – aber anderseits müsse man verstehen: die Kontingente in den Sonderzügen, die müssen vom Pilgerbüro ausgelastet werden, sonst erfolge eine Rückbelastung, was Umbuchungen bzw. Nachbuchungen und damit Kosten verursache – freilich, den Tod der Dame habe man nicht voraussehen können, obwohl – wie alt war die Dame? – neunzig? oje, oje, da muß ich leider sagen, wenn Sie dieses Risiko eingegangen sind, dann ... Frau Derendinger senkte den Kopf. »Und da ist also gar nichts zu machen? Auch im Todesfalle nicht?« »Leider: nein. Ich empfehle Ihnen, daß eben jemand anderer mitfährt aus Ihrer Familie oder Ihrem Freundeskreis. Das geht natürlich ohne weiteres. Das Pilger-Arrangement ist nicht an die Person gebunden.« Der Angestellte senkte die Stimme: »– es kann auch jemand Protestantisches sein. Das ist heute nicht mehr so.«

»Nein, nein«, sagte Frau Derendinger, »unsere Familie ist schon katholisch.« »Um so besser«, sagte der Angestellte, »da wird sich ja jemand finden. Schließlich ist so eine Reise ein unvergeßliches Erlebnis. *Mit* päpstlichem Segen. Und ist ja schon voll bezahlt.«

Ganz vorsichtig schlug Frau Derendinger ihrem Mann

vor: »Fahren *wir* beide?« »Mir wenn'st nicht gang'st«, sagte Derendinger später, »wo ich schon diese Katzelmacher nicht leiden kann, diese italienischen, und da dürfert ich ja praktisch vier Tag' nix wie Spaghetti fressen. Nein, danke.« So fuhren Tommi Derendinger, Derendingers jüngerer Sohn und seine Anita. Tommi Derendinger hatte Zeit. Er war arbeitslos.

3

»Die männlichen Pilger«, sagte die deutsche Nonne in der großen, kühlen Marmorvorhalle des Pilgerhospizes, »gehen dort hinüber, die weiblichen Pilger kommen bitte mit mir.« »Aber wir wollen ein Doppelzimmer!« sagte Anita. »Sie haben ein Doppelzimmer«, sagte die Nonne, »warten Sie –« sie schaute auf die Liste. »– Sie haben ein Doppelzimmer mit Frau Gisela Schlicker – das ist die Dame dort im rotgeblümten Kleid mit dem Taschentuch auf dem Kopf. Aber jetzt kommen Sie bitte. Ich habe nicht viel Zeit. In zehn Minuten kommt eine neue Gruppe. Morgen ist das Frühstück um sechs Uhr dreißig. Pünktlich um sieben Uhr kommt der Bus. Sie müssen zwei Stunden vor dem Segen auf dem Petersplatz sein, sonst kriegen Sie keinen guten Platz. Wer vorher beichten will, hat Gelegenheit dazu in unserer Hauskapelle ab sechs Uhr. Die Hauskapelle ist dort links an den Säulen vorbei. Es ist bezeichnet. Sie können es nicht verfehlen. Der Beichtvater spricht Deutsch.« »Was?« sagte Anita, »*sechs* Uhr?« Die Nonne nahm einen großen Bund Schlüssel und wehte voraus. »Haben Sie kein Gepäck?« fragte sie im Gehen Anita. »Wir haben uns das anders vorgestellt«, sagte Anita. »Den Koffer hat mein Verlobter.« »Ach so«, sagte die Nonne, »Sie sind verlobt und haben nur *einen* Koffer. An und für sich setzen wir voraus, daß Verlobte getrennte Koffer haben. Aber das macht nichts. Ihr Verlobter soll Ihre Sachen zusammenlegen und an der Pforte abgeben. Ich schicke sie dann mit einer Novizin zu Ihnen hinauf.« »Der Lift«, fuhr die Nonne fort, »geht leider nur bis in den zweiten Stock. Es ist eben ein altes Haus. Zum dritten Stock müssen Sie zu Fuß gehen.« »Und wo wohnt mein Verlobter?« fragte Anita. »Im anderen Trakt«, sagte die Nonne kurz, »einen direkten Durchgang gibt es nicht.«

4

Die Junihitze ließ auch abends noch nicht nach. Der Verkehr am Santa Maria Maggiore dröhnte, daß man sein eigenes Wort nicht verstand. Tommi schwitzte. Er entfaltete den Stadtplan, den das Pilgerbüro den Reiseunterlagen beigelegt hatte. »Alles italienisch«, murrte Tommi, »die hätten wenigstens einzeichnen können, wo wir sind.« Tommi drehte den Stadtplan hin und her, schüttelte den Kopf und faltete ihn wieder zusammen. »Wenn ich jetzt nicht bald irgendwas zum Essen krieg«, sagte Anita, »dann bricht mir der Magen durch.« »Am besten gehen wir da hinunter«, sagte Tommi, »die breite Straße da, da wird ja irgendwo ein Restaurant sein.« Die Benzinluft kochte in der Via Cavour. Anita blieb vor allen Schuhgeschäften stehen. »Ich werde noch wahnsinnig«, sagte Tommi, »was gaffst d' denn die ganzen Schuh' an.« »Laß mich doch in die Auslagen hineinschauen. *Das* wird dir ja hoffentlich nicht zu teuer sein?« »Das ist das gleiche Glump wie bei uns.« »Das ist überhaupt nicht wahr«, sagte Anita, »die Kiki hat gesagt, in Italien sind sie schuhmäßig immer ein Jahr voraus. Und billiger.« »Wir kaufen keine Schuh'«, sagte Tommi. »Das werden wir ja sehen«, sagte Anita. »Ich setz' mich einmal daher«, sagte Tommi. Auf dem Trottoir standen ein paar winzige, runde, dreibeinige Tische aus Aluminium mit blauen Tischdecken aus geflochtenen Plastikschnüren. Als sich Tommi setzte, warf er fast den Tisch um. »So ein Glump«, sagte Tommi.

Der Kellner sagte etwas, was Tommi zwar nicht verstand, von dem er aber richtig vermutete, daß es eine Frage nach dem Wunsch des Gastes war. »Una biera«, sagte Tommi gewandt. Sein Vater, Georg Derendinger jun., der in den sechziger Jahren schon mehrfach den Urlaub in Riccione oder Jesolo verbracht hatte, hatte zu Tommi gesagt: »Du brauchst dir bloß merken: *una biera*, dann kommst in ganz Italien durch. In Spanien allerdings heißt es: *una zerfesa*.« Der Kellner kam nach einiger Zeit mit einem schlanken, zylindrischen Glas wieder, in dem bis knapp unter den Rand – fast ohne Schaum – Bier eingegossen war. Tommi musterte das Glas. – Das ist höchstens ein Quartel, dachte er, dann trank er es in einem Zug aus. Der Kellner war noch gar nicht wieder im Lokal. Tommi zupfte ihn am Ärmel. »Una biera!« sagte Tommi. Der Kellner nahm das leere Glas wieder mit. Anita kam. Sie war ein paar Schritte weitergegangen und hatte in Auslagen von Schuhgeschäften geschaut. »Wie lang gedenkst du jetzt da hier zu bleiben, oder wie seh' ich das?« fragte Anita hochdeutsch. Der Kellner brachte das zweite Bier. »Bis ich keinen Durst mehr hab'«, sagte Tommi. Anita setzte sich auf den anderen Stuhl. Die Motoren der stehenden, nur langsam sich voranschiebenden Autos dröhnten, viele Lastwägen und Omnibusse verkeilten sich in die Masse, Motorroller jonglierten dazwischen herum. Ununterbrochen hupte es. »Krieg' ich nix?« fragte Anita. »Bestell dir was«, sagte Tommi. »Was heißt Espresso auf italienisch?« fragte Anita. »Una biera!« schrie Tommi. Der Kellner brachte das dritte Bier. Jedesmal legte er einen kleinen Zettel mit rätselhaften Zahlen unter das kleine Nickeltablett, das er mit dem ersten Bier vor Tommi auf den Tisch gestellt hatte. »Also –« sagte Anita und schaute den Kellner an – »also – bitte – einen Espresso.« »Un espresso«, sagte der Kellner, nickte und ging. »Der Verbrecher kann ja Deutsch!« rief Tommi, »und laßt uns da mit unserem mangelhaften Italienisch bruzzeln.« »Dann kannst ihn gleich fragen, ob er eine

Pizza hat, mir bricht schon der Magen durch. Das Lantsch-Paket vom Pilgerbüro im Zug war ja eine Zumutung.« Der Kellner brachte den Espresso in einer winzigen Tasse aus dickwandigem Steingut, außen braun, innen weiß. In der Untertasse lag ein Säckchen mit Zucker. »Und zwei Pizza«, sagte Tommi, »aber ohne Tomaten – das heißt: für die Dame *mit* Tomaten, für mich ohne.« Der Kellner stutzte. »Pizza?« sagte er. »Niente Pizza qui. Nix Pizza! eh?« »Die haben keine Pizza«, sagte Anita. »Saftladen«, sagte Tommi. »Sandwich?« fragte der Kellner. »Dann bringen S' halt ein Sändwitsch«, sagte Tommi, »Sändwitsch haben s' scheint's«, kommentierte er. »Uno?« fragte der Kellner und hob den Daumen hoch. »Ja, ja – uno!« Tommi nickte, »und für mich una biera.« Tommi trank sein sechstes Bier, Anita aß das Sandwich: zwei dreieckige, leicht feuchte Brotstücke, die aufeinandergelegt waren, und aus denen ein welkes Salatblatt herausschaute. »Was ist denn da noch drin? Außer dem Salat?« fragte Tommi. »Schinken«, sagte Anita. »Sändwitsch –« sagte Tommi nachdenklich, »– also kann er nicht Deutsch, sondern Englisch, der Verbrecher. Dann ist Espresso wahrscheinlich ursprünglich ein englischer Ausdruck«.

Tommi trank noch das siebte Bier, Anita trank noch einen Espresso, dann winkte Tommi mit seiner Geldtasche. Der Kellner rechnete die geheimnisvollen Zahlen auf den verschiedenen Zettelchen zusammen, drehte dann ein Zettelchen um und schrieb drauf: 35000. »Was?!« rief Anita, »das sind ja 40 Mark?! Das gibt's doch überhaupt nicht. Der hat falsch zusammengerechnet.« Tommi schaute blöd, der Kellner nahm ihm einen 50000 Lire-Schein aus der Hand, verschwand im Lokal, kam zurück und stellte ein Tellerchen vor Tommi hin, auf dem ein 10000 Lire-Schein und fünf abgegriffene Tausender lagen. »So ein Verbrecher, da gehen wir nicht mehr her«, sagte Tommi, »aber was willst machen, du bist ja hilflos ausgeliefert, wenn du die Sprache nicht kannst.«

5

Sie gingen ins Pilgerhospiz zurück. »Wir fragen die Schwester«, sagte Anita, »wo's ein preiswertes Lokal gibt. Einen *Wienerwald* zum Beispiel.« Die Nonne wußte keinen, sie wußte nicht einmal, was das ist, aber sie empfahl ein gutes und günstiges Lokal in der Via Farina, gleich jenseits des Platzes hinter der Kirche, nur eine Querstraße weiter: Via Farina, nicht zu verfehlen, da gingen oft Pilger hin. Einer der Kellner könne ein bißchen Deutsch.

Sie studierten zunächst die Speisekarte, die heraußen angeschlagen war (die Karte war dreisprachig – italienisch/deutsch/englisch), rechneten nach und stellten fest, daß sie mit knapp 15 000 Lire auskommen würden, wenn Anita nur Spaghetti essen würde. Es kostete dann doch über 20000 Lire, weil sie die je 1600 Lire für das Gedeck nicht einrechneten, und weil Tommi dann doch zwei Bier trank. Im übrigen war es eine Katastrophe. Tommi aß nämlich ein Paprikahuhn. Es rutschte auf dem Teller in der Soße aus und schnellte auf Tommis Schoß. Tommis weißer Leinen-Anzug war vorn über und über rot und fettig. »Herrschaftseiten, warum paßt d' denn nicht auf –« schrie Anita. »Seit wann ist denn bei Paprikahendl auch so eine blöde Soß' dabei –« fauchte Tommi. »Sauber schaust jetzt aus«, sagte Anita, »hast du noch einen anderen Anzug dabei?« »Nein«, sagte Tommi. Er wischte mit seiner Serviette, machte die Sache aber nur noch schlimmer. Tommi schaute aus, als habe er im Schlachthof ausgeholfen.

Herr Wecklage war Drogist und stammte aus Krefeld. Herr Wecklage hatte eine Glatze und trug eine Baskenmütze, die ihm zu klein war. Schon in der Pilgergruppe im Zug war Herr Wecklage Tommi aufgefallen, weil er trotz der großen Hitze einen knöchellangen Kleppermantel trug. Als Herr Wecklage im Liegewagen dann doch den Kleppermantel auszog, war festzustellen, daß Herr Wecklage darunter einen Trainingsanzug anhatte. »Das ist am bequemsten«, sagte Herr Wecklage, »ich kann es nur empfehlen. Er ist gleichzeitig mein Schlafanzug. Ich spare mir viel Gepäck. Zum Papstsegen habe ich aber selbstverständlich einen Anzug dabei. In gedeckter Farbe. In den Reiseunterlagen steht: Kleidung in gedeckter Farbe. Frauen haben darauf zu achten, daß die Schultern bedeckt sind.« Herr Wecklage schaute dabei zu Anita hin, deren halber Busen seitlich durch die sehr großen Ärmellöcher ihres knappen Hemdchens herausschaute. Anita zog an ihrer Zigarette und tat, als höre sie es nicht. Was die *gedeckten Farben* anbelangt, so hätte mit Sicherheit auch Herrn Wecklages Trainingsanzug dieser Forderung entsprochen. Aber vielleicht empfand Herr Wecklage die weißen Streifen seitlich an seiner Trainingshose nicht als *gedeckt* oder glaubte, der Papst (oder die Schweizergarde) würde die Streifen so empfinden. Herr Wecklage war der Zimmergenosse Tommis.

Als Tommi nach der Katastrophe mit dem Paprikahuhn in sein Zimmer im Pilgerheim zurückkehrte, kniete Herr Wecklage vor seinem Bett und betete. Tommi schloß die Tür ganz leise und schlich zu seinem Bett. »Gut'n Ab'nd«, sagte Herr Wecklage ohne umzuschauen oder aufzustehen. Er betete gar nicht, sondern war damit beschäftigt, die Hose seines *gedeckten Anzuges* unter die Matratze seines Bettes zu schieben. »Bügelt sich wie von alleine, wenn man eine Nacht darauf schläft. Kann es nur empfehlen«. Herr Wecklage stand auf. »Um Himmels willen! – wie schauen Sie aus? Sind Sie in eine Schlägerei geraten?« »Nein«, sagte Tommi, »Paprikahuhn.« Herr Wecklage faßte an den Anzug. »Ich bin Drogist«, sagte er, »ich versteh' da natürlich ein bißchen was von Reinigung und so. Hm. Der Anzug schaut nicht gut aus.« Herr Wecklage kramte in seinem Koffer. Er brachte eine Tube zutage. »Das beste, was auf dem Markt ist. Aber gehen Sie sparsam damit um.«

Tommi zog seine Jacke aus und seine Hose und breitete alles auf das Bett. »Sie müssen die Paste gleichmäßig auftragen und dann warten, bis sie trocken ist, dann bürsten Sie weg. Das reißt jeden Fleck.« Tommi trug die Paste auf, nahm den Anzug vorsichtig und flach und legte ihn auf den Bettvorleger, dann warf er sich aufs Bett. »Eine Frage«, sagte Tommi, »haben Sie zufällig eine Zigarette?« »Ich bin Nichtraucher«, sagte Herr Wecklage. »Gibt es eventuell eine Möglichkeit«, sagte Tommi, »daß –« Tommi stockte. »– daß was?« fragte Herr Wecklage. »Ich meine eventuell«, sagte Tommi, »weil doch meine Verlobte ... und die könnte dann gleich meinen Anzug ausbürsten. Ihren Koffer würde ich Ihnen selbstredend hinübertragen.«

Herr Wecklage dachte eine Zeitlang nach, kam aber nicht dahinter, was Tommi meinte. »Wohin wollen Sie meinen Koffer tragen?« »Ich meine«, sagte Tommi, »weil meine Verlobte beziehungsweise Braut nicht hier schläft, sondern drüben im anderen Trakt, und es wäre doch auch überhaupt günstiger, weil sie mir auch dann gleich den Anzug ausbürsten könnte –« »Ach so?« sagte Herr Wecklage, »Sie möchten, daß ich mit Ihrer Verlobten das Zimmer tausche?« »Ja!« sagte Tommi freudig. »Hat Ihre Verlobte ein Einzelzimmer?« »Ich glaube ... ich glaube schon. Soll ich gleich einmal Ihren Koffer packen?« »Einen Moment«, sagte Herr Wecklage, »wie wollen Sie denn meinen Koffer hinübertragen, wo Sie in Unterhosen sind? Außerdem glaube ich nicht, daß Ihr Fräulein Braut ein Einzelzimmer hat. Einzelzimmer gibt es in diesem

Haus nur für Priester. Ich kenne mich aus. Ich bin nicht das erste Mal hier.« Tommi versuchte eine weltmännische Miene *von Mann zu Mann* zu machen: »– da hätten wir doch beide was. Sie! Wir beide. Jeder bei einem Weib.« »Mein Herr«, sagte Herr Wecklage. »Sie vergessen scheint's, daß ich auf einer Pilgerreise begriffen bin.« Herr Wecklage schluckte. »Das ist ja ungeheuer, was Sie da sagen. Und das in einem von Nonnen geleiteten Hospiz! Und wer sagt Ihnen, ob mir die Dame überhaupt entspricht, die bei Ihrem Fräulein Braut wohnt –« »Entschuldigung«, sagte Tommi, »ich habe ja nur so gemeint.«

»Könnten Sie dann wenigstens, bitte, bei meiner Verlobten die Zigaretten holen? Die hat sie in ihrer Handtasche. Ich kann ja *so* nicht aus dem Zimmer.« »Was tut man nicht alles«, brummte Herr Wecklage und ging. Er streckte noch einmal seinen Kopf durch die Tür: »Welche Zimmernummer?« »311«, sagte Tommi. Die Tür des Zimmers Nr. 311 öffnete eine Dame mit stark kegelförmiger Figur: Frau Gisela Schlicker, ein auf die Spitze gestellter Kegel. Sie trug immer noch das geknotete Taschentuch auf dem Kopf. »Huch!« sagte sie, als sie einen Mann vor sich sah. »Sind Sie das Fräulein Braut von dem Herrn mit dem Paprikahuhn?« fragte Herr Wecklage. Frau Schlicker war eine große Freundin kriminalistischer Unterhaltungsfilme. Sätze wie den eben von Herrn Wecklage geäußerten kannte sie als konspirative Erkennungsäußerung unter Spionen. Als Antwort fiel ihr nichts anderes ein als das – zufällig richtige – Wort: »Nein.« »Und kann ich mal Ihre Zimmergenossin sprechen?« »Ach so«, sagte Frau Schlicker, »Sie wollen zu Fräulein Anita. Fräulein Anita ist ausgegangen.« »Ach so«, sagte Herr Wecklage, musterte Frau Schlicker von oben bis unten, schüttelte den Kopf und entfernte sich grußlos in Richtung Wäschespeicher.

»Unerhört!« sagte Herr Wecklage, als er wieder ins Zimmer trat, »und so eine Spinatwachtel wollten Sie mir andrehen. Sie meinen wohl, weil ich Drogist bin.« Tommi war nicht in der Verfassung, über diese enigmatische Kausalität nachzudenken. »Wo sind die Zigaretten?« fragte er. »Ihre Braut ist ausgegangen.« »Was?! Ausgegangen? Wohin?« Herr Wecklage zuckte mit den Schultern.

Gegen Mitternacht war die Paste getrocknet. Herr Wecklage hatte auch eine Bürste dabei und lieh sie Tommi. Tommi bürstete. Die roten Flecken waren nun dunkelviolett und liefen an den Rändern adrig aus. Trotzdem zog Tommi den Anzug an und ging hinunter zur Pforte. »Und?« frage die Nonne und machte ein kleines Fensterchen auf. »Ist meine Verlobte schon wieder da?« »Zimmer-Nummer?« »311«. »Nein«, sagte die Nonne, »und die kommt auch jetzt nicht mehr, weil das Tor seit elf Uhr geschlossen ist. Gesegnete Nachtruhe.«

7

Herr Wecklage stand kurz vor sechs Uhr auf. Sein Reisewecker schrillte, als sei er eine Spezialanfertigung für Schwerhörige. »Einen schönen, guten Morgen«, krähte der Drogist, »herrliches Wetter, Papstwetter. Sie gehen nicht zum Beichten?« »Nein«, sagte Tommi. »Dann können Sie sich ja noch eine Viertelstunde aufs Ohr legen. Soll ich den Wecker auf sechs Uhr stellen? Damit Sie nicht verschlafen?« »Nein, nein, danke«, sagte Tommi. Herr Wecklage nahm seinen Wäschebeutel und schlurfte in den Waschraum. Als er wiederkam, hatte Herr Wecklage schon seinen *gedeckten Anzug* an, weißes Nylonhemd und Krawatte. »Frühstück ist um halb«, sagte Herr Wecklage vorwurfsvoll, als Tommi sich wieder ins Bett legte. »Ich kann ja nicht«, sagte Tommi, »durch Ihre Paste ist der Fleck womöglich noch auffallender geworden. Ich kann doch nicht in der Unterhose zum Papst.« »Hm«, sagte Herr Wecklage nachdenklich. »Es gäbe natürlich eine Möglichkeit«, sagte Herr Wecklage, »ich habe zwar auch keinen zweiten Anzug dabei, aber Sie könnten meinen Trainingsanzug haben.« Tommi schlüpfte in den Trainingsanzug. Tommi war ungefähr zwei Köpfe größer als der Drogist, dafür halb so dick. Die Hose reichte (von oben) bis ans Knie, die Ärmel bis an die Ellenbogen. Der Bauch blieb frei. Herr Wecklage schüttelte den Kopf. »So läßt Sie die Schweizergarde nicht hinein. Wenn Sie ein Neger wären, dann könnten Sie vielleicht sagen, das ist die Nationaltracht – aber Sie ...« Herr Wecklage nahm sein Gotteslob unter den Arm und ging.

8

Als Tommi neuerlich aufwachte, war es zehn Uhr vorbei. Er streckte sich, gähnte, wälzte sich aus dem Bett und nahm den Anzug. Die Flecken waren über Nacht fast schwarz geworden. Er zog Herrn Wecklages Trainingsanzug an und ging hinunter zur Pforte, den Anzug unterm Arm. »I-i-i...« sagte die Nonne und bekreuzigte sich, dann aber: »ach, Sie sind's. Sind Sie nicht beim Papstsegen?« »Mir ist was passiert –« sagte Tommi. »Mein Anzug. Da. Schauen Sie.« »Wie ist denn *das* passiert?« Tommi erzählte. »Vielleicht mit Kernseife«, sagte die Nonne. »Und Sie haben keinen zweiten Anzug dabei?« »Nein«, sagte Tommi. Die Nonne ergriff mütterliches Mitleid. »Warten Sie.« Sie machte das Fensterchen zu und kam zur Tür heraus. »Das ist natürlich eine peinliche Sache. Mit Kernseife und einer Wurzelbürste müßte es herausgehen.« Die Nonne nahm Tommi den Anzug aus der Hand, die Frauen schlugen die Hände überm Kopf zusammen, die Nonne sagte noch ein paar Sätze, dann schloß sie die Tür. »Man wird versuchen, was sich machen läßt.«

»Danke«, sagte Tommi. »Und dann müssen wir eben

sehen«, sagte die Nonne, »ob wir Sie vielleicht morgen irgendwie in eine andere Pilgergruppe schmuggeln zum Papstsegen.« »Danke«, sagte Tommi. »Irgendwie wird das schon gehen.«

»Danke«, sagte Tommi, »noch eine Frage – meine Verlobte – auf Zimmer 311.« »Die weiß von Ihrem Unglück noch gar nichts?« »Doch, schon – nur –« »Ihre Verlobte wird am Petersplatz sein, beim Papstsegen.« »Glaube ich nicht – ich ... ist es möglich, daß ich kurz hinaufgehe – ich meine: auf Zimmer 311 ...« »So«, sagte die Nonne, und ihr Mund bekam Falten. »Ist Ihre Verlobte die Dame, die heute nacht überhaupt nicht zurückgekommen ist?« »Ich fürchte: ja«, sagte Tommi. Die Miene der Nonne pendelte zwischen Zorn und Mitleid hin und her. »Warten Sie da«, sagte sie. Es war ein fast völlig kahler Raum, nur ein Kruzifix hing an der einen Wand, an der anderen stand eine schwarze Bank. Tommi setzte sich und vertiefte sich gähnend in eine hier aufliegende Lebensbeschreibung der Ordensgründerin.

Nach etwas mehr als einer halben Stunde kam Anita. Anita musterte Tommi in Herrn Wecklages Trainingsanzug und brach in Lachen aus. »Mir ist gar nicht zum Lachen«, sagte Tommi. Anita leugnete. Sie behauptete, daß das alles ein Irrtum gewesen sei. Sie sei gestern um zehn Uhr schlafen gegangen und habe durchgeschlafen, bis jetzt. Im Übrigen solle Tommi keinen solchen Skandal machen. Die Nonne schaute durch das kleine Fenster dort herein. »Außerdem habe ich Hunger«, sagte sie. »Ich auch«, sagte Tommi. »Ich geh' etwas einkaufen. Weiter unten ist eine Art Supermarkt.« »Und bring mir drei Dosen Bier mit. Flaschen wird's ja nicht geben. Nein: vier Dosen Bier.«

Wieder wartete Tommi eine halbe Stunde, dann kam Anita zurück. Sie hatte eine kleine Salami gekauft, eine Packung Orangenkeks und die vier Dosen Bier. »Sie können sich in den Garten setzen«, sagte die Nonne, »dort ist es doch ein bißchen gemütlicher.«

9

Die Flecken am Anzug waren nach der Reinigung mit Kernseife nun wieder paprikarot, der restliche Anzug schimmerte in Abstufungen matt grün.

»Hm«, sagte Herr Wecklage, als er gegen Abend verschwitzt und aufgelöst, aber päpstlich gesegnet zurückkam. Er hob den Anzug hoch. »Am besten wäre es, man würde ihn ganz rot einfärben.« »Würden Sie mir bitte«, sagte Tommi, »vier Dosen Bier holen. Ganz in der Nähe muß ein Supermarkt sein.« »Ehrlich gesagt«, sagte Herr Wecklage, »ich bin völlig erschöpft, und der Gedanke an die Stiege ...« »Bitte«, sagte Tommi, »bis zum zweiten Stock geht doch der Lift. Sonst verdurste ich.« Herr Wecklage preßte seufzend seine aufgequollenen Füße wieder in die Schuhe. »Könnten Sie es mir auslegen? Meine Verlobte gibt es Ihnen morgen wieder zurück.«

Der Anzug war übrigens auch deutlich kleiner geworden. Als ihn Tommi probehalber anzog, reichten die Hosenbeine kaum weiter als bei Wecklages Trainingsanzug.

10

Am nächsten Tag – dem vorletzten des Pilgeraufenthaltes – war eine Fahrt zu den Katakomben vorgesehen; mit Führung und anschließendem Umtrunk *in origineller Weinschänke an der Via Appia Antica.* »Schade, daß Sie nicht dabeisein können«, sagte Herr Wecklage, »ich kenne das; sehr hübsch. Die Kellner tragen Tunica und schenken den Wein aus Tonkrügen aus. Man kann trinken, soviel man will. Das ist alles inklusive.« »Aha«, sagte Tommi, »täten Sie mir, bevor Sie fahren, vielleicht eine Salami holen – so groß ungefähr – im Supermarkt, Sie wissen schon, und vier Dosen Bier, nein: acht Dosen Bier, ich muß ja den ganzen Tag damit auskommen. Oder vielleicht zehn Dosen Bier.« »Darf ich Sie daran erinnern, daß mir Ihr Fräulein Braut noch das Bier von gestern zahlen wollte?« Herr Wecklage schwenkte den Kassenbon, »Sie soll Ihnen dann alles miteinander zahlen. Sagen Sie ihr einen schönen Gruß von mir. Sie treffen sie ja im Omnibus, oder in den Katakomben.«

Tommi war das Frühstück entgangen, weil Herr Wecklage seinen Trainingsanzug selber anzog, das heißt: nachdem er in ihm geschlafen hatte, gar nicht erst auszog. Wenn auch Tommi unmöglich in dem Trainingsanzug aus dem Haus gehen konnte, in den Frühstücksraum wäre er damit schon gegangen. Er hätte gehofft, Anita dort zu treffen. »Leider«, sagte Herr Wecklage, »aber Sie sehen: ich brauche den Trainingsanzug selber. Vielleicht können Sie sich das Leintuch drapieren? Wie eine Toga?« Das wollte Tommi doch nicht. »Sie haben übrigens nichts versäumt«, sagte Herr Wecklage, als er vom Frühstück wieder heraufkam, »der sogenannte Kaffee ist nichts als bräunlich gefärbte Milch, und die Brötchen schmecken wie ein Badeschwamm.« (Vertrieb Herr Wecklage als Drogist in Krefeld auch Badeschwämme? Biß er gelegentlich in welche, weil er wußte, wie sie schmecken?) Herr Wecklage brachte die Salami und das Bier. »Ein Karton hat zwölf Dosen«, sagte er, »da habe ich gleich einen ganzen Karton genommen.« »Danke«, sagte Tommi. »Sie sind jetzt mit 5300 bei mir in der Kreide«, sagte Herr Wecklage.

11

Anita war nicht im Bus, nicht in den Katakomben, auch nicht in der originellen Weinschänke. Herrn Wecklages Sprechweise war, als er zurückkam, fast unverständlich. Er redete, als kaue er immer gleichzeitig an einem Badeschwamm. In der Nacht kotzte er, zeigte dabei allerdings Geistesgegenwart, denn er kotzte nicht ins, sondern unters Bett. Herr Wecklage weinte. »Daß mir das auch immer passieren muß. Das ist dieser verdammte Wein.« Er stand auf und machte Licht. Tommi schaute auf die Uhr: halb drei.

Auf die unbezahlten Supermarktrechnungen kam Herr Wecklage seither nicht mehr zu sprechen.

12

»Ich frühstücke heute nicht«, ächzte Herr Wecklage am nächsten Morgen. »Bringen Sie mir bitte ein Glas Wasser aus dem Waschraum, und in meiner Tasche dort muß ein Alka-Seltzer sein.«

Später – Wecklage schlief wie ein Bär – wickelte sich Tommi doch das Leintuch wie einen Pareo um die Hüften und ging hinunter zur Pforte. Er bat erstens, daß man jemand hinaufschicken solle, um den Fußboden unter Herrn Wecklages Bett sauberzuwischen – »Aha«, sagte die Nonne, »der dritte. Immer nach der Katakombenfahrt. Diese Deutschen. Nur die Belgier sind schlimmer.« – und zweitens: ob man nicht seinen Anzug in eine Expreßreinigung schicken könne. Er gab den Anzug der Nonne. Die Nonne schaute ihn an.

»Hm«, sagte sie, »wann fährt Ihre Reisegruppe ab?« »Heute abend«, sagte Tommi, »um zehn Uhr. Ich kann doch nicht in der Unterhose nach München fahren.« »Ich habe keine große Hoffnung«, sagte die Nonne, nahm aber den Anzug.

Auf der Marmorbank unter dem Pfortenfenster lag eine italienische Zeitung. Die Zeitung lag so, daß ein Bild obenauf war. Zwei verschiedene Bilder dicht nebeneinander. Das eine Bild war ein Photo von Anita. Das andere Bild zeigte, schwer zu erkennen, wie ein nacktes Mädchen in einen Brunnen sprang. Ob das auch Anita war, konnte Tommi nicht ausmachen. Über dem Wasser des Brunnens erhob sich ein Obelisk. Viele Leute standen herum. Tommi nahm die Zeitung. Er konnte natürlich nicht lesen, was unter dem Bild stand, aber im Text fand er mehrfach ›Anita A.‹ gedruckt. »Darf ich die Zeitung haben?« fragte Tommi die Nonne. »Ja, ja«, sagte sie. »Und geht das mit der Reinigung?« »Ja«, sagte die Nonne, »sie beeilen sich. Morgen mittag ist er fertig.« »Aber ich muß doch schon heute abend wieder fahren! Ich kann doch nicht in der Unterhose –« »Ach so«, sagte die Nonne, »daran habe ich jetzt gar nicht gedacht.«

13

Eine Putzfrau und Tommi rüttelten Herrn Wecklage hoch. Das Zimmer mußte bis halb eins geräumt sein. Die Putzfrau jammerte wohl über die Schweinerei unter dem Bett. Herr Wecklage tappte ins Klo. Tommi packte seine Habseligkeiten in den Koffer.

Die Putzfrau gestattete nicht, daß Tommi das Leintuch mitnahm. Die Putzfrau konnte nur wenig Deutsch, offenbar nur ein Wort: »Nix.« Sie riß Tommi das Leintuch vom Leib: »Nix! nix!« rief sie. »Aber ich kann doch nicht in der Unterwäsche herumlaufen? Jetzt, wo ich auch nicht mehr im Zimmer bleiben darf?!« »Nix! nix!« schrie die Putzfrau, rollte Tommis und Herrn Wecklages gebrauchte Bettwäsche zu einem großen Ballen zusammen und verschwand. »Ich geh' einen Kaffee trinken«, stöhnte Herr Wecklage. »Ich bring' mich um,« sagte Tommi leise. »Wie bitte?« fragte Herr Wecklage. »*Wie?* – das weiß ich noch nicht«, sagte Tommi. Herr Wecklage musterte Tommi, der in der Unterwäsche mit dem Koffer in der Hand am Flur stand. »Wissen Sie was«, sagte Herr Wecklage, er kam in dem Moment Tommi wie ein Engel des Himmels vor, »ich brauche ja meinen Kleppermantel im Moment nicht.« Der Kleppermantel war großzügig geschnitten, da er Herrn Wecklage bis an die Knöchel ging, reichte er Tommi bis ans Knie. Kleidsam sah es nicht aus.

Auf dem Dachgarten war außer dem Priester niemand. Ein paar Orangenbäumchen in Kübeln gaben Schatten. Der Priester ging still auf und ab und betete das Brevier. Tommi setzte sich auf den Rand eines Orangenbaumkübels und stellte seinen Koffer neben sich. Er hatte das Gefühl, in ein Loch gefallen zu sein. Der Straßenlärm tönte von fünf Stockwerken tiefer hier herauf. – Alle Leute da unten, dachte Tommi, haben Anzüge. Oder wenigstens Jeans.

Der Priester schaute zu Tommi herüber. Er klappte sein Brevier zu und lächelte, nickte grüßend. Tommi nickte auch. Der Priester kam herüber. »Das kann man ja nicht mit anschauen«, sagte er, »wieso sitzen Sie in der größten Mittagshitze im Mantel da?«

Tommi erzählte die ganze Geschichte. Der Priester hörte ruhig zu. »Hm«, sagte er dann, »und Ihr Fräulein Braut ist hier nicht mehr aufgetaucht?« Tommi gab sich einen Ruck und hielt dem Priester die Zeitung hin: »Können Sie Italienisch?« »Ja«, sagte der Priester und faltete die Zeitung auseinander. »Das ist sie«, sagte Tommi und deutete auf das Bild. Der Priester las: »Auf was die Leute nicht alles kommen«, sagte er dann. »Was ist mit ihr, was war? Ist sie die Nackte da?« »Sie haben ja von Rom sehr wenig gesehen«, sagte der Priester, »nach Ihrem Malheur am ersten Abend. Es gibt einen großen, schönen Platz, der heißt Piazza Navona, mit drei Brunnen. Von Bernini. Sagt Ihnen nichts? Nein. Der mittlere ist der da, auf dem Bild: mit dem Obelisk. Vier-Flüsse-Brunnen. Seit zwei Tagen beobachteten die Carabinieri, daß ein deutsches Mädchen zum Gaudium der Passanten in den Brunnen sprang. Danach sammelte sie Geld. Wenn einer 50000 Lire gab, sprang sie nackt hinein. Es hat sich herumgesprochen. Gestern abend waren dann schon die Reporter da. Die Carabinieri haben das Mädchen festgenommen – Anita A...« »Anita

Ankofer«, würgte Tommi hervor. »Aber wenn sonst nichts gegen sie vorliegt«, las der Priester weiter, »wird sie heute wieder entlassen.«

15

Nachmittags kam Anita. Sie hatte neue, sehr kräftig blaue Schuhe an, die nur aus ein paar Riemchen und hohen Absätzen bestanden. Tommi saß immer noch am Rand des Orangenbaumtopfes. Der Priester hatte unten zufällig gehört, wie Anita nach Tommi fragte, und hatte sie auf den Dachgarten geschickt. Anita hatte auch ein neues Kleid an: kanariengelb. Sie hatte eine große Tüte dabei. »Einen neuen Anzug für dich!« krähte sie, umarmte und küßte ihn. Tommi sagte nichts. »Freust du dich nicht über den Anzug?« schrie sie. »Doch«, sagte Tommi, zog den Kleppermantel aus, nahm die Hose aus der Tüte und riß das Preisschild ab. Anita hob ihr Kleid bis über die Hüfte. »Das ist auch neu«, rief sie und deutete auf ein Unterhöschen aus roten Spinnwebfäden. Tommi schlüpfte in die Hose. Sie paßte. Ein angenehmer Stoff, ganz leicht und helles Taubenblau. »Meinst du, man könnte hier schnell ...«, sagte Anita und hatte ihr Kanarienkleid schon fast ausgezogen. »Nein«, sagte Tommi, seine Stimme bekam langsam wieder einen gewissen Glanz zurück, »es kann jeden Augenblick jemand kommen.«

»Und wo hast du das ganze Geld her?« fragte Tommi leise. »Das ist eine lange Geschichte«, sagte Anita, »ich erzähle sie dir morgen.«

»Du brauchst sie mir nicht zu erzählen«, sagte Tommi und hielt Anita die italienische Zeitung vor die Nase. Anita fuhr zurück. »Ich weiß alles«, sagte Tommi, »betrachte unsere Verlobung als gelöst.«

»So,« sagte Anita, zog das Kanarienkleid über die Hüften und stackelte auf ihren blauen Riemchenschuhen hinunter.

Sie fuhren in getrennten Liegewagen zurück nach München.

Entstanden Juli 1985

»Man muß immer das Positive sehen, sage ich immer, das ist meine Meinung, ganz offen gesagt, meine Meinung, man muß immer das Positive sehen, wo käme man sonst hin.« Er dürfte ungefähr sechzig Jahre alt sein, hatte so gut wie keine Haare mehr und schwitzte, obwohl es im Lokal nicht sehr warm war.

»Ich habe«, sagte er, »in meinem Leben immer nur das Positive gesehen, immer. Wo wären wir denn sonst hingekommen. Wer nicht das Positive sieht, der ist verratzt, sage ich Ihnen; das ist meine Meinung, ganz offen gesagt. Wenn ich etwas im Leben nicht leiden kann, dann einen, der immer das Negative sieht. Das Negative bringt einen um, das ist meine offene Meinung.«

»Was ist das Positive?« fragte ich.

»Das Positive«, sagte er, »das Positive ist ganz einfach, das ist das Aufbauende im Leben. Das Positive ist das, sage ich immer, woran man glauben muß. Das ist das Positive. *Ich* habe immer, da können Sie Gift drauf nehmen, das Positive gesehen. Immer.«

»Prost!« sagte ich.

»Prost!« sagte er, trank das Weißbier aus und hielt es, ohne sich umzudrehen, nach hinten der Kellnerin hin, die es im Vorbeigehen mitnahm.

»Gehört«, fragte ich vorsichtig, »das Weißbier zum Positiven im Leben?«

»Wie bitte?«

»Ich meine«, sagte ich, »ich überlege, ob zum Beispiel das Weißbier zum Positiven gehört, an das man glauben muß, oder eher zum Negativen.«

»Der Arzt hat mir natürlich das Weißbier verboten«, sagte er mit etwas weniger lauter Stimme, »das Bier überhaupt, im Vertrauen gesagt. Aber –« Er schüttelte den großen, runden Kopf. Gut sechzig Jahre alt, schätze ich.

Was seine Kahlheit anbetrifft, hatte ich mich getäuscht. Er nahm sein Taschentuch und wischte sich über Stirn und Kopf. Dabei sah ich, daß er schon Haare hatte, allerdings sehr dünne und fahlgelbe; vielleicht waren sie auch grau. Er schüttelte den Kopf.

»– ich trink' auch normalerweise quasi kein Bier mehr. Ich halte mich an die Vorschrift des Arztes. Muß ich ja. Wenigstens solang, bis die Rente durch ist.«

Die Kellnerin brachte ihm ein neues Weißbier und machte den sechsten Strich auf den Bierfilz.

»Sie gehen in Rente?« fragte ich.

»Logisch«, sagte er. »Ich bin doch nicht blöd und zahl' mich krumm. Logisch.«

»Arbeit gehört eher zum Negativen?« fragte ich.

»An und für sich«, sagte er, »arbeite ich ja gern. Ich bin Omnibusfahrer, habe ich Ihnen das schon gesagt?«

»Nein«, sagte ich.

»An und für sich, das sage ich ganz offen, arbeite ich gern. Als Omnibusfahrer bin ich quasi fast ein freier Mensch. Schauen Sie her – bist du auch Omnibusfahrer?«

»Nein«, sagte ich.

»Hab' ich mir schon gedacht, weil ich dich ja sonst respektive Sie, sonst wahrscheinlich kennen würde. Der Omnibusfahrer«, sagte er, »ist quasi ein freier Mensch. Wie ich noch Metzger war – ich bin nämlich gelernter Metzger, müssen Sie wissen – wie ich noch Metzger war, da war ich kein freier Mensch. Aber jetzt schon. Als Omnibusfahrer.«

Er trank etwas mehr als die Hälfte seines Weißbieres in einem Zug. Sein Hemd war weit offen. Er schwitzte. Ich schätzte ihn, so im Sitzen, auf einen Meter neunzig. Sein Hintern quoll über den Stuhl.

»Ein Metzger, zum Beispiel, muß immer früh aufstehen, und dann geht er immer zur gleichen Metzgerei – außer er kündigt, logisch, dann muß er später zu einer anderen Metzgerei, wenn Sie verstehen, was ich meine. Das ödet einen doch an. Immer in die gleiche Metzgerei, immer der gleiche Chef, immer die gleichen Leute, jahrein – jahraus. Anödend. Als Omnibusfahrer – ich bin städtischer Omnibusfahrer, ich fahre normalerweise den 54er . . . also jetzt noch, solang die Rente noch nicht durch ist – aber ich fahre auch den 112er, den 250er, den 244er, ich hab' sogar schon den 72er und den 73er gefahren –«

»Das ist natürlich abwechslungsreicher«, sagte ich.

»Logisch«, sagte er. »Und schauen Sie her: wie ich noch Metzger war, bevor ich mich also quasi umschulen hab' lassen, da war ich angehängt von sieben in der Früh bis viere nachmittags. Jeden Tag. Ein Metzger«, er hob die Stimme, »ein Metzger zum Beispiel, kann praktisch nur nach Feierabend ins Wirtshaus gehen. Und die Alte – also meine Frau, meine Geschiedene, wenn Sie verstehen, was ich meine – die hat natürlich gewußt, wann ich Feierabend hatte. Damals war sie ja noch nicht meine Geschiedene. Und dieses Geschrei, wenn man nicht rechtzeitig zum Essen gekommen ist. Aber abgesehen davon, daß sie mir jetzt als Geschiedene natürlich nichts mehr zu sagen hat, gehe ich ins Gasthaus, wann ich will. Das ist der Vorteil vom Schichtdienst. Heute zum Beispiel – wie spät ist es jetzt?«

»Halb elf«, sagte ich.

»Eben – halb elf. Um eins fang ich an.« Er trank die restliche Hälfte seines Weißbieres aus und hielt das Glas wieder nach hinten. »Um eins fang ich an. Erst fahre ich den 54er, dann muß ich ausnahmsweise auf dem 53er einspringen, weil der Kollege Klein, der Max – kennen Sie ihn? – nein, weil der krank geworden ist. Wann kann zum Beispiel ein Metzger um halb elf vormittags in die Wirtschaft gehen? Nie. Außer natürlich am Sonntag. Aber da sollten Sie die Alte hören – nein, nein. Schichtdienst ist das Optimale, sage ich Ihnen, das ist meine ganz offene Meinung. Ich kann Ihnen nur raten: Schichtdienst. Und die Gastwirtschaften sind nie so voll um die Zeit. Obwohl, selbstverständlich, habe ich meine Stammplätze in den Wirtschaften –«

Die Kellnerin brachte ein frisches Weißbier und machte den siebten Strich.

»– ich habe vier Stammwirtschaften. Es gibt natürlich Kollegen, die haben nur eine einzige Stammwirtschaft. Aber wer mag denn das? frage ich Sie. Das ist doch keine Abwechslung. Das ödet einen doch an. Ich habe vier Stammwirtschaften. Hier –« sagte er und deutete auf den Fußboden mit einer strammen Geste, als wolle er einen Hund bei Fuß rufen – »hier im ›Sedanhof‹, da bin ich schon lang, schon jahrelang, hier war ich schon zu der Zeit, wo sie Postbräu Thannhausen ausgeschenkt haben, ja, ja – leider hat's dann Spaten übernommen, Postbräu Thannhausen war mir lieber – aber Spaten geht auch. Dann im ›Alten Wirt‹ in Haidhausen ... Augustiner, immer vom Faß! ... Und dann in der ›Eiche‹ in der Hoheisl-Straße, da wird Schloßbrauerei Furth ausgeschenkt, und dann natürlich draußen in Thanning im ›Angermayer‹ – da treffen sich die Angler. Die führen Klosterbräu Andechs. Ich bin natürlich Angler. Prost!«

»Prost!« sagte ich.

»Die Kartoffelsuppe im ›Angermayer‹ ist unerreicht, sag' ich Ihnen. Hier –« er deutete auf den Boden, senkte dabei aber die Stimme, »– hier ist die Küche nichts Berühmtes. Aber der ›Alte Wirt‹ hat eine Metzgerei – nur zu empfehlen. Die Schlachtschüssel! Nur zu empfehlen. Vom Fleisch versteh' ich was, als ehemaliger Metzger, als gewesener. Aber im Grunde genommen bin ich ja immer noch Metzger. Nur umgeschult. Man verlernt das nicht. An und für sich war ich gern Metzger. Leberwürst' – und auch Blutwürst' – mein letzter Chef, ein gewisser Derendinger, von Moosach – Sie kennen ihn nicht? Nein? An und für sich hat er mich sehr ungern gehen lassen, aber er hat es natürlich eingesehen, weil ich mich ja umschulen hab' lassen, aber ungern gehen lassen hat er mich schon, an und für sich – mein letzter Chef, also mein letzter Chef als Metzger ... was wollt' ich jetzt sagen?«

»Blut- und Leberwürst'«, sagte ich.

»Ach ja. Blut- und Leberwürst'. Niemand, hat mein letzter Chef gesagt, der Derendinger, niemand hat so gute Leberwürst' gemacht wie ich; und auch Blutwürst'. An und für sich war ich gern Metzger. Aber der Schichtdienst ... das ist das Optimale. Natürlich haut es einen manchmal recht herum, wenn die Schichten ungünstig liegen – aber der Schichtausgleich, und der Ausgleich für Nachtfahrten – da kommen oft drei, vier Tage zusammen, in einem Stück. Praktisch ein Urlaub. Natürlich hat man oft am Samstag Dienst und am Sonntag. Aber – frage ich Sie: es ist doch anödend sonst so am Sonntag? Die Wirtschaften sind bummvoll, und am Thanninger Weiher treten sich die Angler gegenseitig auf die Füß' – nein, nein. Ich geh' lieber am Werktag angeln. Da bin ich oft mutterseelenallein am Weiher. Und wenn ich drei oder vier Tag' Schichtausgleich habe, oder nur zwei, dann fahr' ich nach Niederbayern – ich stamme nämlich aus Niederbayern – fahr' ich nach Niederbayern, wo ich herstamme, auch da kenn' ich schon noch die Bauern, und da schlachte ich. Man verlernt das nicht, wenn man es einmal gelernt hat. Einen Hunderter oder zwei schiebt er einem dann schon über den Tisch herüber, der Bauer – für's Schlachten. Abgesehen davon das Fleisch, ein paar schöne Stück' gibt er mir schon mit. Aber davon sag' ich der Alten natürlich nichts, also meiner Geschiedenen. Therese heißt sie, respektive hat sie geheißen, beziehungsweise heißt sie noch, logisch, heißt sie noch. Also: vom Geld sag ich ihr nichts. Ab und zu bring' ich ihr und den Kindern schon ein paar Stück' Fleisch mit. Da laß' ich mich nicht lumpen. Da will ich mich nicht anschauen lassen. Oder eine schöne Schweinsleber. Oder eine Milz. Aber vom Geld sag' ich ihr natürlich nichts. Blöd werd' ich sein. Oder wenn ich vom Angeln komm', einen Fisch. Ehrlich gesagt: am liebsten bring' ich ihnen die Fisch! Ich mach' mir nichts aus Fisch. Als Metzger – verstehen Sie? Ich angele sie lieber, als daß ich sie eß'.«

»Sie sind nicht wieder verheiratet?« frage ich.

»Ich?« sagte er. »Ich wieder verheiratet? Danke bestens. Einmal genügt. Ich leb' bei meiner Mutter.«

»Sehr schön«, sagte ich.

»Ja, ja –« sagte er, »sehr schön. Zwar sind alle Weiber gleich, sage ich Ihnen, auch die Mütter. Aber eine Mutter traut sich weniger zu sagen, logisch. Die kümmert sich überhaupt nicht darum, wann ich ins Wirtshaus geh' und wann nicht, und ob ich zum Angeln geh' – da gibt's keinen Streit – überhaupt nicht. Also, offen gesagt, am Anfang, wie ich zu meiner Mutter zurück bin, nach der Scheidung, also, genauer gesagt: nach der Trennung – die Scheidung war dann erst später, logisch – am Anfang hat meine Mutter anfangen wollen zu motzen: kommst wieder so spät zum Abendessen? und so fort – *wie* die Theres'. Aber da hab' ich sofort gesagt: Mamma! hab' ich gesagt, damit fangst gleich gar nicht an. Sonst –! hab' ich gesagt. Seitdem sind klare Verhältnisse. Naja. Zweiundsechzig wird die Mamma nächstes Jahr.«

»Zweiundsechzig?« fragte ich.

»Ja – wieso? Natürlich zweiundsechzig. Sie ist aber noch sehr rüstig, förmlich jugendlich. Ja – ja.« Er beugte sich nahe zu mir. Er roch nach Schweiß. »Sie hat sogar noch einen Bekannten.« Er beugte sich wieder zurück. »Aber – ich hab' da nichts dagegen. Warum soll sie nicht auch noch ihre Freude haben? Der Pappa ist ja schon zehn Jahre tot und – naja, sie ist ja noch förmlich jugendlich. Ich hab' da nichts dagegen. Man muß das moralisch nicht so eng sehen. Heutzutage nicht mehr. Und er ist auch Angler. Obwohl: er, also der Bekannte von der Mamma, geht mehr nach Dachau hinaus und so weiter, ich mehr zum Thanninger Weiher – aber er ist auch Angler. Wenn meine Rente durch ist, hab' ich ja dann mehr Zeit. Da geh' ich dann vielleicht auch mit ihm angeln. Gellhorn heißt er. Kennen Sie ihn? Nein? Hätte ja sein können. Er war früher Maschineneinsteller bei der Südbremse. Jetzt ist er schon auf Rente. Einmal in der Woche übernachtet er bei der Mamma. Ich hab' da moralisch nichts dagegen. Sie ist schließlich ein erwachsener Mensch.«

»Wie alt sind Sie denn?« fragte ich.

»Vierzig«, sagte er. »Im Mai war ich vierzig.« Er trank sein Weißbier aus und hielt das Glas hinter sich. »Wie spät ist es?«

»Halb zwölf«, sagte ich.

»Halb zwölf«, sagte er. »Da hab' ich ja noch Zeit. Um eins fang' ich an. Monika!« rief er.

»Ja?« sagte die Kellnerin, die jetzt das Bierglas nahm, aber stehenblieb.

»Ist eine Schweinshaxn da?«

»Glaub schon«, sagte sie und ging.

»An und für sich«, sagte der Omnibusfahrer, »ist die Küche hier nichts Berühmtes. Aber es rentiert sich nicht, daß ich noch in den ›Alten Wirt‹ fahr'. Und an der Schweinshaxn können S' nicht viel verderben. Sofern es sich um eine ordentliche Schweinshaxe handelt. Aber der Wirt hier weiß schon, daß ich was versteh' davon. Der traut sich nicht, mir eine mindere servieren zu lassen.«

»Und Ihre Frau«, fragte ich, »respektive Geschiedene: ist die wieder verheiratet?«

»Ob *die* – ?« sagte der Omnibusfahrer. »Gehen S' weiter. Wer soll denn die nehmen. So blöd ist doch keiner.«

»Aber *Sie* haben Sie doch einmal genommen?«

»Eine dumme Kuh. Kriegt *vier* Kinder hintereinander. Als ob nicht eins langen tät'. Oder zwei. Kriegt *vier* Kinder. Das dumme Luder. Zum Glück haben wir dann eine Sozialwohnung gekriegt. Vier Zimmer, Küche, Bad. Aber *vier* Kinder. Haben *Sie* vier Kinder? Nein. Dann wissen Sie nicht, was das ist. Die Sozialwohnung war an und für sich geräumig. Aber vier Kinder. Drei Mädchen, ein Bub. Da darfst blechen. Aber von dem Nebenverdienst ... das muß unter uns bleiben ... da sag' ich natürlich nichts. Die käm' sofort! Sofort käm' die. Das dumme Luder. Drum geh' ich ja auch auf Rente. Sonst blut'st ja praktisch aus, finanziell gesehen, meine ich. Das ist die einzige Möglichkeit: auf Rente gehen. Dann schaut's mit dem Ofenrohr ins Gebirg'. Von der Rente kann sie nichts pfänden. Oder wenig. Und wenn ich nur dreimal im Monat nach Niederbayern zum Schlachten fahr', dann steh' ich mich besser als jetzt. Und ich geh' vier- oder fünfmal! Möglicherweise zieh' ich wieder für ganz hinunter nach Niederbayern. Kann leicht sein. Dort kann man auch fischen. Sehr gut sogar!«

Die Kellnerin brachte die Schweinshaxe und ein neues Weißbier, machte den neunten Strich auf den Bierfilz.

»Und ist das so einfach«, fragte ich, »auf Rente gehen? In Ihrem Alter?«

»Einfach nicht ganz«, sagte er, »aber weil ich ja den Infarkt gehabt habe vor zwei Jahr'. Drum soll ich ja kein Bier nicht trinken. Auch nicht rauchen. An und für sich trink' ich ja auch kein Bier. Das geht schon durch mit der Rente, hat der Vertrauensarzt gesagt. Und dann bin ich ja sehr viel an der frischen Luft – als passionierter Angler. Aber jetzt muß ich essen. Entschuldigen S'. Um eins fangt mein Dienst an. Auf dem 54er. Prost.«

»So«, sagte der Rechtsanwalt, »setzen Sie sich nur hin, liebe Frau ... Frau ...«

»Polzinger«, sagte die Frau.

»Frau Polzinger. Es tut mir leid, daß Sie ein wenig warten haben müssen – aber ...«

»Macht nichts, Herr Doktor«, sagte Frau Polzinger, »mein Dienst fängt ja erst abends an, um sechse. Bis dahin hab' ich Zeit.«

»Sie arbeiten?«

»Ja natürlich, Herr Doktor. Sonst käm' ich ja nicht herum mit dem Geld. Vier Kinder ... Sie wissen ja.«

»Ja, ja, ich weiß.« Der Rechtsanwalt blätterte in den alten Akten: ›Polzinger ./. Polzinger wegen Ehescheidung‹. Es ist ja damals alles recht schnell und schmerzlos gegangen.« Frau Polzinger sagte nichts. »Oder – ich meine das selbstverständlich nur juristisch. ›Schmerzlos‹, meine ich: ohne Streitereien. Daß Ihnen, natürlich ...«

»Nein, nein«, sagte Frau Polzinger, »schon eher schmerzlos. Ich war ja im Grunde genommen froh, daß er weg ist.«

»Naja – so gesehen ...«, der Rechtsanwalt klappte den Aktendeckel mit Patentleichtmetallvorrichtung für die Hängeregistratur zu und setzte die Lesebrille ab. »Und worum dreht es sich jetzt? Zahlt er nicht?«

»Doch – er zahlt schon, ungern zahlt er ...«

»Wer zahlt schon gern.«

»Darum dreht's sich gar nicht, Herr Doktor, ich komm' schon aus mit dem Geld. Für mich selber will ich ja auch gar nichts, ich arbeit' ja –«

»Was arbeiten S' denn?«

»Als Bedienung in der ›Sängerwarte‹, wenn S' das Lokal vielleicht kennen? In Laim?«

»Das Lokal kenne ich nicht. In Laim – sagen Sie? Und Sie wohnen in Neu-Perlach ... das ist ja am anderen Ende von der Stadt?«

»Ja mei, Herr Doktor, man kann sich's nimmer so aussuchen, heutzutag.«

»Da fahren Sie ja zwei Stunden – von Neu-Perlach bis Laim in die ›Sängerwarte‹ –«

»Nein, nein – zwei Stunden nicht, höchstens eineinhalb. Wenn ich mit dem Radl fahr, dann bin ich in einer Stunde dort, aber das geht natürlich nur im Sommer. Im Winter geht das nicht.«

»Und da arbeiten Sie jeden Tag?«

»Selbstverständlich jeden Tag – außer am Mittwoch natürlich, am Mittwoch ist Ruhetag, das ist günstig, weil andererseits am Mittwoch der Herr Dr. Völker keine Sprechstunde hat, der Tierarzt, und da putze ich.«

»Bitte?«

»Da putze ich die Praxis. Das ist nicht so weit weg, das ist nur in Bogenhausen, da bin ich mit dem Radl in zwanzig Minuten dort, beim Tierarzt Dr. Völker – das ist sozusagen mein Erholungstag, der Mittwoch –«

»Und sonst arbeiten Sie immer als Bedienung? Also als Kellnerin?«

»Freilich – in der ›Sängerwarte‹.«

»Samstag, Sonntag, immer?«

»Natürlich. Am Samstag und Sonntag fang ich sogar schon um elf Uhr vormittags an, sonst immer erst um sechse.«

»Und wie lang?«

»Naja ... bis abgerechnet ist, und dann noch aufgeräumt, und die Bierkrüge müssen auch noch gespült werden ... so halb eins ..., eins wird's schon. Und dann das ewige Getu' mit die Schaffkopfer – ich sag' Ihnen, Herr Doktor, die sitzen und sitzen und hören nicht auf ... Theres'! Schreien's noch um halb eins. Theres'! Noch ein Bier ... und da hören S' vielleicht Ausdrücke, wenn ich sag: der Schankbursch hat schon Kassa gemacht ... da bringst eine Flasche! schreien sie. Was willst machen – sie spielen halt so gern Schaffkopf, und der Wirt, also der Chef, sagt: das ist Ihre Sache, Theres', die Sperrstunde durchzusetzen ist Ihre Sache, Theres', ich mische mich da nicht ein. Er hat natürlich Angst, der Wirt, daß die Gäst' woanders hingehen Schaffkopfen. So, wenn er sich nicht einmischt, wie er sagt, kann er's auf mich schieben. Dabei – kann ich Ihnen sagen: auf die Schaffkopfer verzicht' ich gern ... was die konsumieren? Kaum der Rede wert. Erstens trinkens' nur, essen so gut wie gar nicht, höchstens einmal eine Wurstplatte oder ein Lachsbrot – das bringt nichts, auch trinkgeldmäßig nicht – naja ... aber ich sag' mir eben, das gehört zum Beruf. Und inzwischen hab' ich schon meine Technik. Um zwölfe kassier' ich ab, eisern, dann stell' ich die Stühl' auf die Tische, und um sie herum auch, wo noch schaffkopfen – das ist ihnen dann schon ungemütlich – und dann lösch' ich nacheinander die Lampen aus ... naja, dann schreiens' zwar, und dann heißt es: der Alte gibt die letzte Runde ... und dann machen s' schon mit der Zeit Schluß. Aber halb eins wird's schon, oder eins.«

»Das sind ja ...« der Rechtsanwalt tippte auf einem Taschenrechner ... »vierzehn Stunden?!«

»Ja – nur am Samstag und Sonntag. Sonst nicht. Und dann sind ja auch ruhigere Zeiten dazwischen. So von zwei bis viere nachmittags, da setz' ich mich oft sogar hin ein bißchen – in der Küche ... und das Trinkgeld ist schon nicht schlecht – die Bezahlung an sich kann man vergessen, der Wirt, der Chef also –« Frau Polzinger machte eine wegwerfende Handbewegung, » – der meint, daß es eher eine Ehre ist, wenn man in der ›Sängerwarte‹ arbeiten darf ... aber das Trinkgeld – das sind an einem Wochenende oft über hundert Mark.«

»Sind Sie dort –« fragte der Rechtsanwalt vorsichtig, »angemeldet? Mit Steuerkarte und so?«

Frau Polzinger machte eine beruhigende Geste: »Nein, nein. Das ist alles rein netto für mich. Nein, nein – das mag der Wirt, also der Chef, nicht. Theres' hat er gesagt, das ist mir alles viel zu umständlich. Diese Abrechnerei! hat er gesagt – wir arbeiten doch schließlich nicht fürs Finanzamt. Nein, nein, Herr Doktor, das geht alles unter der Hand. Ich muß halt schnell verschwinden für eine halbe Stunde, wenn der Gewerbeinspektor kommt. Aber der kommt höchstens alle zwei Monat, und zum Glück ist der Hausmeister vom Gewerbeamt Stammgast, das ist einer von denen Schaffkopfern, Grübinger heißt er, der weiß immer im voraus, wann der Gewerbeinspektor kommt – drum wird dem Grübinger auch das Bier nicht berechnet ... als fünf Maß am Tag. Was über fünf Maß geht, muß er zahlen. Aber mehr trinkt er kaum.«

»Und was machen Ihre Kinder in der Zeit, wo Sie arbeiten? Wie alt sind denn die Kinder jetzt?« Der Rechtsanwalt machte die Scheidungsakte wieder auf und blätterte.

»Die Kinder sind daheim, natürlich.«

»Hm«, sagte der Rechtsanwalt, »neunzehn, achtzehn, vierzehn und elf ...«

»Ja, die Susi, die zweitälteste, ist sehr brav. Die kocht. Die kocht ausgesprochen gern. In der Schule hat sie sich schwer getan, aber kochen tut sie gern. Die schaut auch auf den Buben, den jüngsten.«

»Drei Mädchen und ein Bub?«

»Ja, ja«, sagte Frau Polzinger.

»Therese, Susanne, Gabriele und Thomas – «

Frau Polzinger seufzte. »Die Resi, also die Therese ...«

»Die beiden jüngeren sind noch in der Schule?«

»Ja, die Gabi ist im letzten Schuljahr, die macht jetzt dann ihren Quali –«

»Ihren was?«

»Den Quali ... qualizi ... qualifizi ...«

»Qualifizierten ...?«

»Ja, genau: den qualifizierten Hauptschulabschluß. Den Quali halt – also wir *hoffen*, daß sie ihn schafft.«

»Und die beiden ältesten sind in der Lehre?«

»Freilich.« Frau Polzinger seufzte. »Die Susi ist ja sehr brav. Das heißt: sie bemüht sich. Beim Siemens haben wir sie untergebracht. Was gar nicht einfach war mit ihre Noten – aber sie ist eben mehr praktisch veranlagt. Aber die Resi ... ich sag' Ihnen, Herr Doktor, die kommt mehr auf den Vater heraus. Die *dritte* Lehrstelle. Ich kann Ihnen da was flüstern, mein lieber Scholli! – Und so ein Mundwerk. Das läßt sich natürlich kein Chef gefallen. Und meinen Sie, die rührt einen Handstrich, wenn sie heimkommt? Wenn sie *überhaupt* heimkommt.«

»Die hat wahrscheinlich schon einen Freund ...«

»*Einen?* Daß ich nicht lach'. Aber ich hab' aufgehört, mich darüber zu ärgern. Wenn sie nur die Pille nimmt, denk' ich mir. Sonst ist sie ja eh' volljährig. Aber neulich, wo sie sich im Stiegenhaus nackert ausgezogen hat – da hab' ich ihr doch noch eine Watschn gegeben – obwohl sie volljährig ist. Zieht sich die in ihrem Suri im Stiegenhaus nackert aus. Sie hat gemeint, hat sie nachher gesagt, sie ist schon im Bad. Zieht sich pudelnackert aus im Stiegenhaus ... also zum Glück hat das niemand gesehen, es war schon halbe drei in der Früh – nur die Frau Wanitschek hat natürlich beim Spion herausgeschaut, die alte Wanitschek, wo immer so frommt tut, ausgerechnet – aber da ist auch nicht alles Gold, was glänzt, kann ich Ihnen sagen ... die Tochter von der Frau Wanitschek! – naja, Schwamm drüber – ich habe mich jedenfalls am nächsten Tag bei der Frau Wanitschek entschuldigt. Ich hab' sie gebeten, daß der Vorfall unter uns bleibt – ich tät' mich ja vor den anderen Hausbewohnern in Grund und Boden genieren ...«

»Ja – liebe Frau Polzinger«, der Rechtsanwalt schaute auf die Uhr, »wir müssen langsam auf den Kern der Sache kommen. Worum dreht es sich? Ich nehme an, daß Sie mehr Geld von Ihrem geschiedenen Mann wollen?«

»Nein«, sagte Frau Polzinger, »darum dreht es sich nicht. Es dreht sich nur darum: gibt es eine Möglichkeit, daß sich mein geschiedener Mann um die Kinder – ich meine: daß er ab und zu – ehrlich gesagt, im großen und ganzen sind sie ja ganz brav, wenn man einmal abrechnet, daß die Resi – aber wo es ihr jetzt auf der neuen Lehrstelle gefällt, endlich ... weil ich halt doch nicht immer daheim bin – und da tu' ich mir natürlich schwer ... mit die Hausaufgaben, und wo doch die Gabi jetzt den Quali machen soll, und der Tommy, fürcht' ich, bleibt auch sitzen ... ob man ihn, also den Polzinger, meinen geschiedenen Mann, nicht irgendwie ... veranlassen kann, daß er sich drum kümmert ... ein bißchen ...?«

»Ach so«, sagte der Rechtsanwalt. »Hm. Das Sorgerecht haben natürlich Sie –«

»Ja, schon. Aber der *Vater* bleibt er dabei doch, oder nicht?«

»Schon. Hm. Sie müßten halt mit ihm reden, wenn er die Kinder besucht. Oder besuchen die Kinder *ihn?*«

»Wer –? Wie –?«

»Besucht er die Kinder nicht? Wir haben doch«, der

Rechtsanwalt blätterte in der Akte, »eine ausführliche Besuchsregelung vereinbart, damals, grad darauf schien Ihr Mann so großen Wert zu legen ...«

»Ja, schon«, sagte Frau Polzinger, »anfangs ist er schon gekommen. Später nicht mehr.«

»Überhaupt nicht mehr?«

»Ab und zu, wenn er vom Angeln kommt und er fährt durch Neu-Perlach durch, dann bringt er einen Fisch.«

»Wie oft ist das?«

»Naja ... so alle zwei Monat schon.«

Der Rechtsanwalt schaute in die Akte, las aber nicht.

»So«, sagte er dann. »So ist das also.«

»Ja«, sagte Frau Polzinger. »Kann man da nichts machen? Juristisch, meine ich?«

Der Rechtsanwalt schüttelte den Kopf. »Guten Willen kann man nicht einklagen. Leider.«

»Ja dann«, sagte Frau Polzinger und stand auf. »Was bin ich Ihnen schuldig?« fragte sie. Der Rechtsanwalt schaute schmerzlich auf seine Uhr, dann rang er sich ab: »Lassen Sie's gut sein.«

»Danke, Herr Doktor«, sagte Frau Polzinger, »wenn man auch nichts machen kann ... Dank' schön, dann. Es wär' halt hauptsächlich wegen dem Buben – der wacht manchmal in der Nacht auf –«

»Entschuldigen Sie, Frau Polzinger«, sagte der Rechtsanwalt und deutete mit der Hand, die Handfläche nach oben, auf seine Armbanduhr, dann auf den Aktenstoß auf seinem Tisch.

»Ach so ja, natürlich«, sagte Frau Polzinger, »entschuldigen S' dann. Es wär' halt nur wegen dem Buben gewesen, hauptsächlich.«

Der Rechtsanwalt begleitete Frau Polzinger zur Tür.

»Eigentlich«, sagte die Friseuse, »heiß' ich Resi – also ganz eigentlich heiß' ich Theresia, aber wer heißt denn heutzutag' schon so. Theresia. Im hintersten Niederbayern vielleicht. Aber doch nicht in der Großstadt. Was sich da meine Eltern gedacht haben – vorn ein bißchen kürzer? Ja, da vorn wachsen es gern mehr heraus; das Haar wächst nirgends gleich schnell am Kopf – also was sich da meine Eltern gedacht haben? Theresia. Wahrscheinlich haben sie sich gar nichts gedacht. Höchstwahrscheinlich. Theresia. Im hintersten Niederbayern vielleicht, aber doch nicht in der Großstadt. So nennen mich alle Sämy. Geschrieben wirds S-a-m-y, aber gesprochen Sämy, quasi englisch. Im Paß steht natürlich Theresia, aber das ist mir Wurst. Meine Mutter sagt leider auch noch immer Resi zu mir, obwohl ich schon seit Jahren sage: ich heiße Sämy und Schluß. Aber da ist nichts zu machen. Meine Geschwister – drei hab' ich – noch kürzer da vorn? Nein, noch kürzer wär' nicht gut, nein, ja – lassen wirs so – meine Geschwister habe ich im Lauf der Jahre schon soweit gebracht, daß sie mich Sämy nennen, aber bei meiner Mutter – aussichtslos. Meine Mutter stammt aus dem hintersten Niederbayern. Mein Vater auch. Die stammen dorther, wo manche Leut' noch Theresia heißen. Das ist natürlich keine Aussicht, daß so jemand das versteht, daß das einfach nicht möglich ist, wenn man heutzutage Theresia heißt. Oder Resi.

Aber im Grunde genommen: auf das kommt's auch gar nicht an. Meine Kolleginnen nennen mich Sämy, die Chefin auch, meine Freundinnen auch. Mein Freund, der Jimmy, der, glaube ich, weiß gar nicht, daß ich eigentlich anders heiß. Ich bind' ihm das natürlich auch nicht auf die Nase, sonst würde er mich womöglich aufziehen damit. Theresia. Daß mich meine Mutter immer noch Resi ruft statt Sämy, darauf kommt's eigentlich gar nicht zusammen. Wie oft ruft die mich schon!

Der Vater ist vor vier Jahr' davon, sozusagen. Oder vor fünf. Ich hab' nicht so genau mitgezählt. Ja, ja – auf einmal davon. Ja – das ist jetzt eher fünf Jahr her als vier. Nein, nicht, daß er eine Freundin gehabt hätte, überhaupt nicht. *Der* und eine Freundin. Nein, nein. Es war ihm immer zu laut daheim, hat er mir später gesagt. Am Anfang, da war ich so vierzehn, fünfzehn, da hat er uns Kinder ab und zu abgeholt, ist auf die Dult mit uns gegangen oder aufs Oktoberfest – später dann nicht mehr ... einen Moment, jetzt bitte die Augen zumachen, ist das Wasser warm genug? Oder zu heiß? Gut, danke – da hat mein Vater hie und da mit mir geredet, weil ich ja die älteste war ... also bin, selbstverständlich, immer noch *bin* – hat mein Vater ab und zu mit mir darüber geredet. Er, hat er gesagt, hat nie so viele Kinder wollen, vier Stück. Das war ihm auf die Dauer einfach zu laut. Ja, so Sachen hat er erzählt ... aber, ehrlich gesagt, mich hat das alles gar nicht so interessiert. Damals habe ich angefangen, Sämy zu heißen. Vier Kinder. Ist schon viel – vier Kinder. Was sich *da* meine Mutter dabei gedacht hat? Naja ... *ich* krieg einmal keine vier Kinder. Sofern ich überhaupt heirate. Man braucht ja heutzutag' nicht mehr heiraten ... um – man kann ja ... also ich meine: ein Trauschein ist ja heute für eine Partnerbindung gar nicht mehr so notwendig. Für eine sozusagen echte Partnerbindung. Außerdem würde dann der Jimmy zwangsläufig erfahren, daß ich nicht wirklich Sämy heiße ... und da tät er mich womöglich mein Leben lang aufziehen ... respektive bis zur Scheidung: Theresia! ... mir wennst nicht gehst. Theresia. Abgesehen davon weiß ich zufällig, daß *er* natürlich gar nicht Jimmy heißt, sondern Peter. Ich könnte ihn also auch aufziehen und Peter sagen – aber trotzdem. Nein.

Aber damals, wie ich unterwegs war, habens' natürlich heiraten müssen. In Niederbayern. In Niederbayern ist alles noch anders. Also *ich* möcht' dort ja nicht aufgemalt sein! Früher haben wir in den Ferien ab und zu zur Oma müssen, auf Niederbayern hinunter. Ja. Stellen Sie sich das vor! Im Aufsatz nach die Ferien habe ich aber dann doch geschrieben: wir waren in Mallorca. Da hätt' ja sonst die ganze Klasse gewiehert. Ferien in Niederbayern. Freilich sind dort auch Fremde, das schon, klar, aber das sind *richtige* Fremde, nicht solche, die von dort stammen. Wir stammen ja von dort, quasi.

Zum Glück sind dann meine Eltern nach München heraufgezogen. Ich bin noch in Niederbayern geboren – aber das macht mir nichts. In Hauzenberg. Daß weiß eh' kein Mensch, wo das ist. Ja. Da sind sie heraufgezogen. Mein Vater war an und für sich Metzger. Er hat sich dann umschulen lassen auf Omnibusfahrer. Ich weiß auch nicht – vielleicht hat er da mehr verdient als wie als Metzger, oder es war ihm halt auch nur bequemer.

So, wir haben's gleich. Das Ohr frei? Ja? Die Koteletten gerade? Manche mögen sie gerade, manche mögen sie spitz auslaufend ... naja, je nachdem. Das ist ganz nach Belieben, respektive Geschmackssache. Ich bin lieber Herrenfriseuse als Damenfriseuse. An und für sich lernt man ja beides – also mein erster Chef, der hat mich allerdings auf Damenfriseuse trimmen wollen. Nein, danke, habe ich gesagt. Da war ich fünfzehn. Aber auch mit fünfzehn kann man schon wissen, was man will. Nein, danke. Ewig nur diesen blöden Weibern die Dauerwellen machen. Und dann – wenn man nur *fünf* Minuten zu spät gekommen ist – nein danke. Die Mutter hat ein Geschrei gemacht, wie ich da einfach nicht mehr hingegangen bin. Der Chef, also der damalige Chef, hat sie kommen lassen. Sie hat sich dann förmlich mit dem Chef gegen mich solidarisiert. Aber ich bin hart geblieben. Der zweite Chef war auch eine Niete. Da hab' ich zwar auch auf Herren lernen dürfen, aber sonst – eine moralische Niete. Angerufen werden durfte man überhaupt nicht. Da wäre ich ja quasi den ganzen Tag nicht erreichbar gewesen. Da geht jede Partnerbeziehung dabei drauf, noch dazu, wo ich ja auch am Samstag arbeiten muß. Am Montag hat man zwar frei – ja, aber da arbeitet ja *er*. Er war damals ... also mein damaliger Freund war Schreiner, also: Auszubildender bei einem Schreiner. Da hat er natürlich am Montag arbeiten müssen. Als Mädchen hat man es ohnehin schwer, heutzutage, wo alle anderen so offen sagen, wenn sie scharf auf einen sind, auch auf den Maxi, das war mein Damaliger, waren schon eine ganz schöne Menge scharf, darunter mehrere Arbeitslose, die es natürlich leichter haben, weil sie den ganzen Tag nichts zu tun haben. Aber der schärfste Feind, sage ich Ihnen, ist der Fußball. Bis jetzt habe ich keinen gehabt, und ich *habe* inzwischen einige Erfahrung, der sich nicht für Fußball interessiert hätte, sogar *mehr* interessiert als für ... naja ... und *wenn* ich einmal am Samstag schon um eins frei gehabt hätte – da mußte er zum Fußball. Manchmal denke ich mir, ich muß es einmal mit einem Intellektuellen probieren, aber dem derfst natürlich nicht sagen, daß du eine Friseuse bist. Im Vertrauen gesagt: ich glaube auch nicht, daß ich dabei bleibe. Der Mutter hab' ich zwar versprochen, daß ich aushalt – aber ... was verspricht man nicht alles. Wo käme man da hin, wenn man alles halten würde, was man versprochen hat.

Das ist jetzt meine dritte Lehrstelle. Mit der Chefin hier bin ich relativ zufrieden. Ich bediene nur Herren. Das interessiert mich mehr. Ich soll nur nicht den Kittel zu weit offen lassen, verlangt die Chefin, aber das tu' ich eh' nicht. Ich bin schließlich keine Schlampe. Aber daß sich ein junges Mädchen eher mehr für Herren interessiert als wie für diese alten Scharteken da drüben mit ihren Dauerwellen, ist doch logisch. Die Mutter hat da, leider, überhaupt keinen Verstehstus. Die ist, moralisch gesehen, immer noch von Niederbayern. Was das immer für ein Kampf ist, bis der Jimmy bei mir übernachten darf – und beim Jimmy geht's eh noch, den hat sie einigermaßen akzeptiert, seit wir sagen, wir sind verlobt. Aber wie dann neulich einmal der andere, der Konni ... der reinste Aufstand ...

So – jetzt zeig' ich's Ihnen im Spiegel ... so ... ist's so recht? Ja. Einen Augenblick, die Haare wegbürsten. Wie der Konni bei mir übernachtet hat ... der reinste Aufstand. Als ob ich mit dem Jimmy glattweg verheiratet wäre. Oder als ob ich noch fünfzehn wäre. Moralisch gesehen glattweg noch von Niederbayern. Manchmal versteh' ich's schon, daß der Vater weg ist.

So. – Danke, vielen Dank. Ist sehr schön geworden – bitte dann an der Kasse ... danke, vielen Dank. Ob ich das nächste Mal noch da bin, weiß ich nicht. Vielen Dank, auf Wiedersehen.«

Hausaufsatz »Mein Vater«. Polzinger Thomas, Klasse 5a.

»Mein Vater sagt immer, man muß das Positive sehen. Angeln zum Beispiel ist auch das Positive. Mein Vater ist zur Zeit nicht da, sonst ist er Busfahrer. Meistens fährt er auf dem 54er oder sonst einer solchen Linie. Wir fahren nur mit dem 112er meistens. Darum sehen wir ihn selten. Eigentlich ist er gelernter Metzger. Meine Mutter bedient. Seit mein Vater zur Zeit nicht da ist, schlafe ich bei meiner Mutter in den Ehebetten, damit die Schwestern mehr Platz haben. Mein Vater kommt sehr oft vom Angeln und bringt uns einen Fisch. Wenn ich nur Fisch lieber essen möchte, mag aber Fisch eigentlich nicht. Ich esse ihn nur, weil mein Vater den Fisch gebracht hat. Mein Vater ist sehr groß und kräftig. Einmal früher hat er dem Hausmeister eine Watschen gegeben, der hat sich nicht getraut zurückzuschlagen.

Früher war mein Vater eigentlich Metzger, aber daran kann ich mich nicht erinnern, weil das war vor meiner Geburt. In der Nacht denke ich oft an meinen Vater. Er besucht mich sehr oft. Ich wünsche mir, daß er mich auf Weihnachten wieder besucht vielleicht und ein anderes Geschenk mitbringt als wie einen Fisch. Ende des Aufsatzes.«

Entstanden Oktober 1983

Betrifft: Hausmeister Hübl Günther
Werte Hausverwaltung

Als drei Mieter des geschätzten Anwesens Steinbergerstraße 4 bis 4a erlauben wir uns höflichst darauf hinzuweisen, daß schon wieder, wie schon vielfach in den letzten Monaten, die Mülltonnen nicht geleert sind, was, wie Sie wissen dürften, die Aufgabe des Herrn Hausmeisters Hübl Günther ist, bzw. sein sollte. Aber er leert sie nicht, bzw. läßt es seine Frau tun, welche dazu aber nicht in der Lage ist, da hochschwanger. Das ist, wenn wir uns den Ausdruck erlauben dürfen, ein Saustall. Die Mülltonnen quellen über. Der Herr Hausmeister Hübl Günther bräuchte nur die Mülltonnen aus dem Tonnenraum der Anwesen 4 und 4a, was eigentlich seine Dienstpflicht ist und wofür er, wie Sie, geschätzte Hausverwaltung, am besten wissen dürften, bezahlt wird, vorn an die Straße zu stellen, wo die wöchentliche Müllabfuhr sie entleert, welche sehr pünktlich ist, nicht aber der Hausmeister. Nunmehr sind die Mülltonnen schon drei Wochen nicht mehr geleert worden resp. vom Herrn Hausmeister Hübl Günther nicht mehr aus dem Tonnenraum nach vorn an die Straße gebracht worden und quellen daher naturgemäß über. Die hygienischen Zustände sind in diesem Sinn kein Zustand mehr. Die Frau Hübl tut uns leid, da hochschwanger.

Wir bitten um baldige Abhilfe, bzw. Abstellung dieser Zustände. Der Herr Hübl wird ja nicht meinen, daß die Mieter selber die Mülltonnen nach vorn tragen sollen, wo er dafür bezahlt wird und die Mieter pünktlich ihre Miete entrichten.

Den Wasserhahn von Frau Hirnkofer im vierten Stock hat er auch noch immer nicht gerichtet.

Wir bitten höfl. um Abhilfe.
Hochachtungsvoll
Braun Gottlieb, Buchhalter a. D. und ehemaliger Schöffe
Kontoraski Bruno, nebst Familie
Frau Hirnkofer, Witwe

»– und 12 Eier und zwei Liter H-Milch ...« die Kassiererin tippte auf die Kasse. Früher klingelten Kassen, heute pfeifen sie. Die Kassiererin trug Handschuhe, an denen die Finger abgeschnitten waren. Wegen der zum Teil verderblichen Waren, die in einem Supermarkt frei herumliegen, darf die Temperatur nicht zu hoch sein. Aber man gewöhnt sich an alles.

»Und dann nehm' ich noch die vier Tafeln Schokolad' mit«, sagte Frau Hirnkofer.

»– und vier Tafeln Schoko ...«, tippte die Kassiererin, »... Sonderangebot der Woche ... Ist das dann alles, Frau Hirnkofer?«

Die Tafeln Schokolade, immer vier verschiedene mit Tesafilm zu einem Block zusammengeklebt, lagen in einem großen runden Korb neben der Kasse. »Markenschokolade«, sagte die Kassiererin, »trotzdem besonders preisgünstig.«

»Das ist dann alles«, sagte Frau Hirnkofer.

Die Kassiererin tippte auf »Summe«, die Kasse gab einen langen Pfeifton von sich. Aus einem Schlitz rollte die Quittung, in eine Plastikschale klirrte das Wechselgeld.

»Früher«, sagte die Kassiererin, »haben S' immer zum Schluß noch die Stumpen fürn Herrn Gemahl mitgenommen –«

»Ja, ja«, sagte Frau Hirnkofer und packte ihren Einkauf in eine rot-gelb-weiß-gestreifte Tasche mit der rätselhaften Aufschrift »Schrei wenn du kannst!« Diese Taschen, die aus einem Material waren, daß man sie ganz klein zusammenlegen kann, waren auch einmal im Sonderangebot gewesen. Das war mehrere Monate her.

»Wie lang ist der Herr Gemahl ...«, sagte die Kassiererin, »ich meine, wie lang ist das jetzt her, daß ...«

»Drei Jahr«, sagte Frau Hirnkofer.

»Ja mei«, sagte die Kassiererin, »die Zeit vergeht. Das Leben muß weitergehen.«

Frau Hirnkofer nahm immer die rot-gelb-weiß-gestreifte Tasche mit, dann brauchte sie keine Plastiktüte vom Supermarkt, für die zehn Pfennig extra berechnet werden. »Leider – zehn Pfennig – die Schutzgebühr quasi. Den Chef kosten sie ohnedies 12,5 Pfennig das Stück.«

»Das Leben geht weiter«, sagte Frau Hirnkofer, »drei Jahre. Naja wissen Sie: zum Schluß war's nur noch Quälerei. Acht Monate im Krankenhaus. Ich geh' oft aufs Grab. Er hat ein sehr schönes Grab. Leider ist es nicht genehmigt worden, daß der Kanari dann später auch dort beerdigt worden war'. Obwohl: so ein winziges Vieh – ein Kanari. Als wie wenn das der Friedhofsverwaltung was ausmachen würde. Hansi hat er geheißen, der Kanari. Alle Kanari, die mein Mann, der Herr Hirnkofer selig, gehabt hat, haben Hansi geheißen. Ich hab' dann keinen mehr angeschafft, wie der letzte gestorben ist, der letzte Hansi. Ich selber mach' mir nichts aus Kanari, aber mein Mann, dem seine ganze Freud' waren s' halt, speziell nach der Pensionierung.«

Im Supermarkt war nicht viel los am Dienstag um halb elf Uhr vormittags. Die Kassiererin zog die Handschuhe mit den abgeschnittenen Fingern aus und rieb sich die Hände.

»Trotzdem ist es nicht gestattet worden, daß der letzte Hansi im Grab von meinem Mann beerdigt wird. Die Vorschriften sind so, hat die Friedhofsverwaltung gesagt. Da kann man eben nichts machen. So hab' ich halt den Hansi im Topf von der großen Clivia beerdigt. Ich bin mehr Blumenfreundin, nicht so sehr für Kanari. Eher für Blumen. Aber sonst ist es ein schönes Grab. Ich komm' auch hinein. Es ist zugelassen für zwei Erwachsene. Das hat mein Mann selig noch vor seinem Tod gesagt, daß ich ja ein Doppelgrab nehmen soll. Das ist viel günstiger. Aber den Kanari dann – das ist nicht gestattet worden. Da hab' ich ihn halt im Topf von der Clivia beerdigt.«

»Ja, selbstverständlich«, sagte die Kassiererin, »man kann doch so ein Viecherl, wenn's einem an's Herz gewachsen war, quasi, oder förmlich eine Art Andenken, nicht einfach in die Mülltonne werfen.«

»Mülltonne?« sagte Frau Hirnkofer, »daß ich nicht lach'! In die Mülltonne kann man bei uns überhaupt nichts mehr werfen. Schon seit Wochen nicht –«

»Wieso? Kommt die Müllabfuhr nicht mehr?«

»Die Müllabfuhr kommt schon – aber der Hausmeister ... wir haben schon an die Hausverwaltung geschrieben. Als das heißt: der Herr Braun von Nummer 4a im dritten Stock hat den Brief geschrieben, der ist sehr gewandt. Der war früher Buchhalter. Die anderen haben nur unterschrieben. Daraufhin ist es eine Woche lang besser geworden, das heißt: dann hat er, der Hausmeister, in der folgenden Woche die Mülltonnen nach vorn an die Straße getragen, wie die Müllabfuhr gekommen ist, damit sie's ausleert. Eine Woche. Dann war wieder der alte Saustall. Kann man leider nicht anders sagen. Im Tonnenraum schaut's aus, kann ich Ihnen sagen, mich würd' nicht wundern, wenn's da nicht schon Ratzen gäbe.«

Die Kassiererin zog ihre Handschuhe wieder an. »Ist das der Hübl?« fragte sie.

»Ja, natürlich.«

»Früher hat er auch bei uns gekauft. Das heißt: seine Frau, die Frau Hübl.«

Die Kassiererin senkte die Stimme. »Alles anschreiben lassen. Mich geht's ja nichts an. Sie ist immer zum Chef hinein. Wahrscheinlich hat sie dem vorgejammert. Mich geht's ja nichts an. Ich hätte nur gegen Barzahlung Waren gegeben. Unsereiner muß ja auch zahlen, wenn er Ware kauft. Aber sie hat das Jammern wahrscheinlich verstanden. Bis dann so viel beinand war, eine solche Summe –

also mich geht's ja nichts an, ich kümmere mich auch nicht um die Buchhaltung und so fort. Aber ich habe aufgeschnappt: viertausend Mark.«

»Sauber«, sagte Frau Hirnkofer.

»Und seitdem kommt sie nicht mehr. Macht wahrscheinlich in einem anderen Laden Schulden. Leute gibt es –! Also ich könnte da keine Stunde schlafen! – mit so einem Berg Schulden. Verdient er denn nichts? Ist er so schlecht bezahlt als Hausmeister?«

»Ich weiß auch nicht.«

»Goldene Berge verdient ein Hausmeister natürlich nicht, beziehungsweise goldene Nasen, oder wie man das sagt. Aber er hat schließlich freie Wohnung – wo heutzutage grad die Wohnungen so teuer sind. Wir«, sagte die Kassiererin, »mein Mann und ich – bei uns geht über ein Drittel unseres Einkommens für die Wohnung drauf – das kann auf die Dauer wirtschaftlich nicht gesund sein, sagt mein Mann immer.«

»Ich zahl' die Hälfte meiner Rente für die Wohnung«, sagte Frau Hirnkofer.

»Sehen Sie«, sagte die Kassiererin, »sehen Sie.«

Jetzt kamen andere Kunden. Frau Hirnkofer nahm ihre rot-gelb-weiß-gestreifte Tasche und ging.

Betrifft: Hausmeister Hübl Günther
Geehrte Hausverwaltung!

Unterfertigte Mieter des Anwesens Steinberger Str. 4 und 4a müssen leider wiederholt um Abhilfe bitten bzw. solche beantragen, nachdem unsere diesseits vorgetragenen höfl. Beschwerden schon mehrfach ohne Erfolg blieben bzw. geblieben sind.

Das nicht anders als frech zu bezeichnende Verhalten bzw. Benehmen des oben genannten Hausmeisters Herrn Hübl –«

»Was heißt: Herr Hübl –«, sagte Herr Kontoraski. Der

Buchhalter a.D. und gewesene Schöffe Braun Gottlieb unterbrach sein Stenogramm – er stenografierte noch nach Gabelsberger – und schaute auf.

»Wir sollten«, sagte Braun, »doch immerhin den höflichen Ton wahren.«

»Ich bin dagegen, daß dieser Schweinskopf ›Herr Hübl‹ tituliert wird, bin ich dagegen«, sagte Herr Kontoraski. »Alles was recht ist, wo er mir Schläge angedroht hat. Ich bitte Sie!«

»So ein roher Mensch –« sagte Fräulein Felber, die auch im Zimmer einen Hut trug und seit etwa vier Jahrzehnten in der zuständigen Pfarrkirche wegen ihrer durchdringenden Stimme teils gefürchtet, teils beliebt war. Beliebt beim Pfarrer, weil sie selbst die Strophen der neuen, meist unbeliebten Kirchenlieder aus dem ›Gotteslob‹ kräftig sang, gefürchtet beim Organisten, weil er – sagte er – wenn das Fräulein Felber einsetzt, ganz unmöglich die Tonart halten könne. »So ein roher Mensch«, sagte Fräulein Felber, »mich hat er eine alte Amsel geheißen.«

Herr Buchbinder vom Parterre im Haus 4a lachte, unterdrückte das Lachen nach einem Rippenstoß von seiner Gemahlin sofort. Es wurde abgestimmt. Eine Mehrheit von 15 gegen 7 Stimmen war dafür, daß die Bezeichnung »Herr Hübl« unterblieb. Es wurde nicht nach Köpfen, sondern nach Wohnungen abgestimmt. Das hatte der Buchhalter a.D. und gewesene Schöffe Braun ganz am Anfang auseinandergesetzt: pro Wohnung eine Stimme – sonst gäbe es keine korrekte Abstimmung. Herr und Frau Buchbinder hatten also miteinander nur eine Stimme. Auch Herr Hierl und seine Tante, die verwitwete Frau Amtsrat Gutang hatten, da sie in derselben Wohnung wohnten, nur eine Stimme.

»Also«, sagte Herr Braun, nachdem er die aufgehobenen Hände gezählt hatte und das Ergebnis im Protokoll vermerkt und sich wieder dem Entwurf des Briefes zugewendet, »also: das nicht anders als frech etc. ... des Hausmeisters Hübl Günther kann seitens der Mieter –«

»– seitens der ruhigen und ihren Pflichten stets nachkommenden Mieter –« warf Herr Buchbinder ein.

»Gut«, sagte Herr Braun, »– seitens der ruhigen ... und ihren Pflichten stets nachkommenden Mieter nicht länger hingenommen werden.

Die Stiegenhäuser werden so gut wie überhaupt nicht mehr geputzt. Wenn der Hausmeister Hübl Günther sich nach mehrfacher Aufforderung, welchselbe immer nötig ist, damit etwas geschieht, sich endlich herbeiläßt etwas zu tun, so ist es in den seltensten Fällen er, sondern meistens seine Frau, welche hochschwanger ist und dem Vernehmen nach im November niederkommt. Die Mieter fragen sich –«

»– die Mieter«, sagte Herr Buchbinder erregt, »– die ihrerseits ihren Pflichten stets –«

»Nicht schon wieder«, sagte Herr Kontoraski, »sonst nützt sich's nur ab. Einfach genügt.«

Herr Buchbinder murmelte etwas, lehnte sich zurück und führte unwillig sein Bier zum Mund.

»– fragen sich«, stenografierte Herr Braun weiter, »wie das werden soll, wenn es soweit ist, daß die Niederkunft der Frau Hausmeisterin Hübl ...« Herr Braun stockte.

Er war Junggeselle. Mit einer Niederkunft hatte er nie irgend etwas zu tun gehabt, »... durchgeführt ist ...?«, fragte er zaghaft.

»... erledigt ist ...« sagte Herr Kontoraski,

»... erfolgt ist ...« sagte Herr Buchbinder,

»... niedergekommen ist ...« sagte Fräulein Felber.

»Die Niederkunft kann nicht niederkommen«, sagte Herr Kontoraski.

»... entbunden hat ...« sagte Herr Buchbinder.

»Dann müssen wir es allerdings umstellen«, sagte Herr Braun, strich den letzten Satz und stenografierte neu: » ... wenn Frau Hausmeisterin Hübl entbunden hat und entbindungsbedingt die Arbeit nicht durchführen kann, so daß diese womöglich ganz liegenbleibt.«

»Die Arbeit oder die Frau Hübl?« fragte Fräulein Felber.

»Was?« fragte Herr Braun.

»Wer bleibt liegen – die Frau Hübl?«

»Ach was«, sagte Herr Braun und blies über das Papier, als ob die Schrift nicht mit Bleistift, sondern mit Tinte geschrieben wäre.

»So ist es ein klarer Brief. Und der scharfe Ton kommt ganz gut heraus.«

»Es steht noch nicht drin«, sagte Fräulein Felber, »daß er mich eine alte Amsel geheißen hat – dieser rohe Mensch.«

»Wen interessiert denn das«, sagte Herr Buchbinder. »Hier geht es um größere Zusammenhänge.«

Fräulein Felber lehnte sich beleidigt zurück und spitzte den Mund. Einen Augenblick schien es, als wolle sie zu pfeifen anfangen. Sie pfiff aber dann doch nicht.

Herr Memel von der Hausverwaltung, ein großer, einarmiger Mann, der schielte, saß hinter seinem Schreibtisch und ließ die Blätter einer dicken Akte über den Daumen schnalzen wie ein Kartenspiel. Die Akte, die ungeöffnet vor ihm lag, trug die Aufschrift: »Personal. Hübl Günther. Hausm. Steinbergerstr. 4, 4a.« Der leere rechte Ärmel von Herrn Memels Jacke war in die rechte Tasche geschoben und mit einer Sicherheitsnadel festgesteckt. Herr Memel richtete seinen Blick auf eine entfernt stehende Grünpflanze, schaute aber Frau Hübl an.

»Eigentlich«, sagte Herr Memel, »habe ich erwartet, daß Ihr Mann selber kommt, wenn ich ihn schon herbestelle.«

»Bin eben ich gekommen«, sagte Frau Hübl. (– nur nichts gefallen lassen, hatte ihr Mann vorher gesagt, ja eingeschärft; die Arbeitsgerichte sind immer auf unserer Seite.)

»Naja«, sagte Herr Memel und zog die Akte zu sich heran. »An und für sich wäre es mir lieber, ich könnte mit Ihrem Mann selber sprechen. Wo es sich doch um eine eher unangenehme Angelegenheit handelt. Aber Ihr

Mann wird schon wissen, warum er nicht selber kommt, sondern Sie schickt.«

»Was soll das heißen?!« fragte Frau Hübl scharf (eingedenk des Befehles, sich nichts gefallen zu lassen), dann war ihr im Moment, wie sie es sagte, der Ton doch zu scharf und sie fügte rasch ein eher kleinlautes: »– vielleicht?« hinzu.

»Es liegen zahlreiche Beschwerden von Mietern vor.«

»Ich werde Ihnen einmal was sagen –«

»Sie sollen nicht mir was sagen, Frau Hübl, ich wollte Ihnen was sagen, beziehungsweise Ihrem Mann, eigentlich. Besser gesagt: ich wollte ihn was fragen, daß wir uns da im klaren sind. Oder?«

»Ja«, sagte Frau Hübl.

Herr Memel fixierte den zweiten leeren Stuhl neben Frau Hübl, betrachtete aber Frau Hübls Bauch.

»Sie sind in anderen Umständen?« fragte Herr Memel in menschlichem Ton.

»Ja, schon«, sagte Frau Hübl.

»Wann ist es denn soweit?«

»Im November«, sagte Frau Hübl.

»Hm, hm«, sagte Herr Memel, zog einen Kalender unter der rostbraunen Schreibunterlage aus Kunstleder hervor. Der Kalender stammte von der Dachdeckerfirma Kölb & Kniewein. Die eine Seite: Januar bis Juni, die andere Seite Juli bis Dezember. Herr Memel war sehr geschickt darin, ein Blatt mit einer Hand umzudrehen, wie ein Taschenspieler. Man lernt so etwas zwangsläufig, wenn man damit leben muß, nur einen Arm zu haben.

Frau Hübl beobachtete das. – Wie wäscht der sich die Hände? dachte sie – vielmehr: die Hand? Wie kann man sich, wenn man nur eine Hand hat, diese Hand waschen? Frau Hübl wird es nie erfahren, es war aber so: Herr Memel hatte im linken unteren Fach neben seinem privaten Handtuch, seiner privaten Klopapierrolle und seiner Brotzeitbüchse eine auf der Rückseite mit Saugnapf versehene kleine Bürste, die er immer, wenn Handwaschen nötig, an den Waschbeckenrand klebte, mit Seife einschäumte und die Hand daran rieb.

»Im November«, sagte Herr Memel, richtete seine Augen auf das Schreibzeug, schaute aber auf den Kalender, »dann wird es ein *Skorpion.*«

»Oder *Schütze*«, sagte Frau Hübl.

»Richtig«, sagte Herr Memel, hob – alles taschenspielerisch mit einer Hand – die Schreibtischunterlage hoch und schob den Kalender wieder drunter. »Persönlich wünsche ich Ihnen natürlich alles Gute. Das wievielte ist es?«

»Das vierte«, sagte Frau Hübl. Die Erinnerung an die Anordnung, sich nichts gefallen zu lassen, war verweht.

»Sehr viele Beschwerden!« sagte Herr Memel. »Noch bei keinem Hausmeister hatten wir so viele Beschwerden. Ich weiß auch, da brauchen Sie mir gar nichts zu sagen, daß die Mieter ein ..., unter uns gesagt, das ist ein Kapitel für sich. Aber irgend etwas stimmt da doch nicht – wenn ununterbrochen Beschwerden kommen. Grad heute wieder – eine Frau – nein: Fräulein schreibt sie ausdrücklich –« Herr Memel hatte das oberste Blatt aus der Akte genommen, »ein Fräulein Felber schrieb, Ihr Mann hätte sie ›eine alte Amsel‹ genannt?«

Frau Hübl schaute zu Boden.

»Naja«, sagte Herr Memel, »das nehme ich nicht so tragisch. Aber das andere alles – sagen Sie –« ein inquisitorisches Klirren kam in Herrn Memels Stimme: »– ich habe fast den Verdacht, Ihr Mann ... arbeitet der noch etwas anderes nebenher?«

Frau Hübl schaute nicht auf, sagte: »Nein –« und fügte, nachdem das inquisitorische Klirren nachhallte, » – nicht direkt –« hinzu.

»Habe ich mir gedacht, nimmt eine Hausmeisterstelle an – mit freier Wohnung, ohne feste Dienstzeit, niemand überprüft ihn – so haben wir's gern: läßt die Hausmeisterarbeit seine Frau machen und geht nebenher einer anderen Tätigkeit nach.«

»Herr Memel ...« sagte Frau Hübl.

»Ist es so oder ist es nicht so?«

»– aber ... schon, aber die drei Kinder, sozusagen fast vier ...«

Herr Memel nahm rasch ein festes, gelbes Blatt mit Rubriken aus der Akte. »2322,– netto bei freier Wohnung – ich bitte Sie! Das ist doch ein schönes Einkommen ... allerdings ...« Herr Memel senkte seine Stimme, nahm ein weiteres Blatt hervor »... es liegen Lohnpfändungen vor. Das schon.«

»Ich habe auch gesagt, das neue Auto muß nicht sein –« Frau Hübl suchte in ihrer Handtasche nach einem Taschentuch. Sie fand keines. Herr Memel reichte ihr mit großer Geste ein Päckchen Tempotaschentücher über den Schreibtisch.

»Danke«, sagte Frau Hübl.

»Und eine Regreßforderung der Allianz-Versicherung ...«

»Das war ein unverschuldeter Unfall. Mein Mann ist *ganz* langsam gefahren ... der andere hätte ja nicht so stur auf seiner Vorfahrt bestehen müssen –«

»Und der Unfall war«, las Herr Memel, »bevor die Versicherungsprämie bezahlt war. Deshalb der Regreß von der Versicherung.«

»Wir konnten doch die Versicherung nicht zahlen – das Auto war noch nicht abbezahlt!«

»Und so arbeitet Ihr Mann also nebenher. Schwarz. Natürlich. Das Gehalt, das er von uns bezieht, betrachtet er ... als Taschengeld, oder als was? Oder als Rente?«

»Nein, bitte ...«

»Was arbeitet er denn?«

»Eigentlich – weiß ich nicht, eigentlich, ob es meinem Mann recht ist, wenn ich das sag' ... er ist doch gelernter Installateur ...«

»Ich weiß«, sagte Herr Memel.

»Bei seinem früheren Chef ... *gelegentlich* ... nur aushilfsweise, wenn halt dort viel zu tun ist.«

»So. Gelegentlich. Und wie oft sind diese Gelegenheiten?«

Frau Hübl schwieg.

»Jeden Tag?«

»Jeden Tag nicht«, sagte Frau Hübl.

Herr Memel schlug die Akte zu.

»Also ich sage Ihnen – es gibt noch andere, die Hausmeister werden wollen. Mehr als genug! Ich kriege jeden Tag Bewerbungen. Bei über 2000 Mark und freier Wohnung – was bildet sich Ihr Mann eigentlich ein, was er ist? Und eins sage ich Ihnen: das nächste Mal kommt Ihr Mann persönlich – um nicht zu sagen höchstpersönlich. Das bitte ich mir aus. Das dürfte doch das wenigste sein. Und ich – beziehungsweise die Hausverwaltung rechnen damit, daß Ihr Mann unverzüglich ... in Worten: unverzüglich seine Nebentätigkeiten einstellt und sich ausschließlich – Sie wissen, was das heißt: ausschließlich seinen Pflichten als Hausmeister – oblie – ob... – wirkt. Daß wir uns verstanden haben?!«

»... nunmehr persönlich an eine gefl. Hausverwaltung wende. Nicht genug damit, daß sich Herr Hübl dazu erzürnt, mich, die ich immerhin im nächsten Frühjahr (= 23. 3.) 62 Jahre und langjähriges Mitglied des Kirchenchores etc. – Näheres kann bei Hochw. H. Stadtpfarrer erfragt werden – eine ›alte Amsel‹ genannt hat, leider ohne Zeugen, und sich auch nicht entschuldigt hat, obwohl ich weiblichen Geschlechts angehöre, also mithin als Dame zu betrachten bin, leider ohne Zeugen, weil sonst besagte Amsel-Angelegenheit schon längst einem gerichtlichen Nachspiel zugeführt worden wäre, was aber leider laut Ausk. von Herrn Rechtsanwalt Dr. Derendinger mangels Zeugen aussichtslos. Mit einer 62jährigen Rentnerin kann man ja alles machen. Schildere ich dieses nur zur Illustration, denn die Hinausverbringung der Mülltonnen funktioniert zwecks Entleerung usw. nunmehr *leidlich,* auch werden Reparaturen gemacht, obgleich zögernd. Das berechtigt Herrn Hübl aber noch lang nicht, mich eine ›alte Amsel‹ zu heißen, wenngleich ohne Zeugen.

Wollte nur gefl. erwähnen, bitte dies aber unter uns resp. vertraulich, daß mir Spielschulden des Herrn Hübl zu Ohren gekommen sind. Es sollen nicht unerheblich solche sein, obwohl mir Frau und Kinder leid tun selbstverständlich, besonders mir die Dame, wenngleich unverheiratet und nie Kinder gehabt, kann es mir dennoch sehr gut vorstellen. Soll alles verwetten, weshalb auch ständiger Geldmangel dort bzw. bei Hübl herrscht auch mehrfach in umliegenden Geschäften nicht mehr angeschrieben wird. Das dürfte eine gefl. Hausverwaltung doch interessieren bzw. Arbeitgeber. Es soll sich um Spielschulden handeln.

Hochachtungsvoll

Fräulein Felber Katharina

PS: Bitte vorstehendes höfl. vertraulich zu behandeln.

»Da müßt eigentlich Ihr Herr Gemahl selber kommen«, sagte Frau Scheuberger. Frau Scheuberger, etwas breiter als groß und in ein Kleid aus imitiertem Pantherfell gehüllt, saß hinter einem Schreibtisch mit computerisiertem Sichtschirm, der schwärzlich-grünlich irisierte. Frau Scheuberger trug Sandalen mit Noppen aus hartem, rotem Gummi zur Massierung der Fußsohlen, aber wahrscheinlich, ja: mit Sicherheit nur im Büro. Draußen war Matsch. Der graue Novembertag dämmerte bis ins Fahlgelbe hinüber. Neben der Garderobe, an der Frau Scheubergers hellrosa Kunstledermantel mit Hasenfell-Futter hing, standen ein Paar wollgefütterte Lederstiefel. Bei Dienstschluß wechselte Frau Scheuberger wohl die Fußbekleidung.

Frau Hübl drehte den Zettel in ihrer Hand. Der Zettel war ein aus der Zeitung herausgerissenes Inserat, auf dem die Firma, bei der Frau Scheuberger arbeitete, ihre Dienste bei Umschuldung »in schwierigen Fällen« anbot.

»Ja, schon«, sagte Frau Hübl. Sie ächzte im Sessel und war schon sehr umfangreich.

»Ist Ihnen nicht gut?« fragte Frau Scheuberger leise.

»Ich bin in anderen Umständen«, sagte Frau Hübl.

»Das seh ich«, sagte Frau Scheuberger. »Wann ist es denn soweit?«

»Ich fürcht': bald«, sagte Frau Hübl. »Können Sie mir was zu trinken geben?«

Frau Scheuberger nahm rasch eine Thermosflasche aus dem linken unteren Fach ihres Schreibtisches. »Es dürft' noch eine Tasse drin sein. Warm ist er auch noch. Es ist Malventee. Das tut Ihnen vielleicht gut. Warten Sie, ich gehe schnell die Tasse auswaschen.«

»Nein, nein«, sagte Frau Hübl. »Nicht nötig.« Gierig griff sie nach der Tasse und trank den Tee.

»Neulich«, sagte sie dann, »war ich beim Arzt. So ein Schreck. Wir haben ja schon drei Kinder, und das wäre jetzt das vierte, haben wir gemeint. Aber es werden Zwillinge! Stellen Sie sich vor. Dann sind es fünf Kinder! Fünf Kinder! Ich weiß auch nicht, wofür ich im Leben gestraft werd'. Bei anderen Leuten ist es doch auch nicht so. Jedenfalls nicht bei allen. Ich wollte ja auch die Pille nehmen, aber weil die die Kasse nicht bezahlt, hat es mein Mann abgelehnt. Ich soll halt aufpassen,' hat er gesagt. *Ich* soll aufpassen ... wie soll man da aufpassen, wenn ...« Frau Hübl wurde ein wenig rot, »und gar, seit er den Fernseher versetzt hat. Da hat er ja sonst überhaupt keine Unterhaltung mehr. Gepfändet darf ja der Fernseher nicht werden, das wissen wir vom Gerichtsvollzieher, aber versetzen kann man ihn. Das geht. Leider. Für sechzehnhundert haben wir ihn dazumal gekauft. Es mußte natürlich das neueste

Modell sein. Und kein halbes Jahr darauf hat er vom Leihhaus zweihundertfünfzig Mark bekommen. Das ist natürlich längst verfallen ... wir haben nicht einmal einen Fernseher, den Kindern, also den beiden größeren, hab' ich streng verboten, daß sie das in der Schule erzählen. Daß wir keinen Fernseher mehr haben. Da giltst ja sofort als asozial.«

Frau Scheuberger nahm die verschiedenen Papiere in die Hand, die Frau Hübl auf den Tisch gelegt hatte. »Schaut schlecht aus«, sagte sie dann.

Frau Hübl senkte den Kopf. »Schon«, sagte sie, »aber Sie schreiben doch in Ihrer Annonce: auch in schwierigen Fällen ...«

»Das ist kein schwieriger Fall mehr, das ist schon fast ein aussichtsloser Fall«, sagte Frau Scheuberger.

»Wenn ich so überschlägig zusammenrechne, dann sind das über dreißigtausend Mark Schulden. Halt – da kommt ja auch noch ein Vollstreckungsbescheid – Fa. Kathra – viertausendzweihundertelf und achtzehn Pfennig nebst 14% Zinsen und Kosten ... oh je, oh je ..:«

»Kann man da gar nichts machen?« fragte Frau Hübl gepreßt.

Frau Scheuberger schenkte den Rest Malventee ein. Es ergab knapp eine halbe Tasse. Frau Hübl trank.

»Immerhin ist Ihr Mann in ungekündigter Stellung – hm – über zweitausend bei freier Wohnung. Das ist ja an und für sich nicht schlecht. Woher kommen dann die Schulden?«

»Pech – ausgesprochenes Pech – der Autounfall zum Beispiel. Dabei ist mein Mann *ganz* langsam gefahren, und der andere hätte ja auch nicht so stur auf seiner Vorfahrt bestehen müssen.«

»Hm, hm ...« sagte Frau Scheuberger.

»Und die achtzehnhundert Geldstrafe haben wir zahlen *müssen,* weil er sonst ja eingesperrt worden wäre, mein Mann.«

»Geldstrafe? Wegen dem Verkehrsunfall?«

»Ja. Genauer gesagt: wegen der Watschen, die wo mein Mann dem anderen gegeben hat. Weil der auch so stur auf seiner Vorfahrt bestanden hat.«

»Ja, ja. Hm. Aber das sind doch alles keine dreißigtausend Mark – respektive vierunddreißig ...«

»Ja, mei –« flüsterte Frau Hübl.

»Also, wenn wir Ihnen helfen sollen, wenn wir einer Umschuldung nähertreten sollen, dann müssen Sie mir schon alles klar auf den Tisch legen.«

»Das verfluchte Wetten«, sagte Frau Hübl leise.

»Wie bitte? Das verfluchte Wetter? Wieso?«

»Nicht Wette*r* ... Wette*n*. Auf Pferde. Beim Traben. Er meint halt immer, er gewinnt einmal.«

»Oh je, oh je ... « sagte Frau Scheuberger. »Im Vertrauen gesagt: an und für sich darf ich so was gar nicht äußern, weil unsere Firma von so Fällen lebt ... aber ... manchmal meine ich, daß das reinweg verboten gehört. Dieses Wetten. Wenn ich Ihnen sagen dürfte, was ich da herin alles erlebe ... Romane könnte ich schreiben. Elendsromane. Naja. Aber machen kann man auch nichts mehr, wenn das Geld einmal weg ist. Hm, hm. Vierunddreißigtausend und ein paar zerquetschte ... hm, hm ... und die diversen Gerichts- und Vollstrekkungskosten ... überschlägig nochmals drei- oder dreieinhalbtausend ... die Zinsen gar nicht gerechnet. Der Gerichtsvollzieher geht bei Ihnen wohl ein und aus?«

»Der kommt gar nicht mehr«, sagte Frau Hübl.

»Oh je, oh je«, sagte Frau Scheuberger.

Frau Hübl griff sich an den Bauch und riß die Augen auf.

»Was ist –«, sagte Frau Scheuberger. Sie verstand aber dann sofort, denn sie hatte selber zwei Kinder zur Welt gebracht. Sie sprang auf und führte Frau Hübl zu dem alten, abgewetzten Sofa, das links neben der Garderobe stand. Das Sofa gehörte ursprünglich zur Einrichtung des Chefzimmers, als der Chef aber ein neues Sofa bekam, wurde das alte in das Zimmer von Frau

Scheuberger gestellt, weil es zum Wegwerfen doch zu schade war.

Frau Hübl schrie.

Frau Scheuberger rannte zum Telefon und rief den Notarzt an. Die Zwillinge Ramona und Camilla Hübl wurden kurz darauf hier im Dienstzimmer geboren. Als der Chef danach das Sofa betrachtete, sagte er zu Frau Scheuberger:

»Jetzt kann man's endgültig zum Sperrmüll geben.«

»... und haben Verständnis dafür, daß die Hausverwaltung ungehalten ist über unsere ständigen Beschwerden. Aber was sollen wir machen? Erlauben wir uns hflst. zu fragen. Die Kündigung gegen den nunmehr ehem. Hausmeister Hübl Günther hilft uns auch nicht viel, sofern dieser nicht die Wohnung räumt, was er, wie uns zu Ohren gekommen ist, bzw. gehört haben, verweigert unter Hinweis auf inzwischen erreichte Kinderzahl von zwei Knaben nebst drei Mädchen, davon zwei gleichaltrige Säuglinge (da Zwillinge). Wie soll das, erlauben wir uns zu fragen, weitergehen? Dem einen resp. anderen Mieter reißt schon, in aller Form gesagt, die Hutschnur, wenn der Ausdruck erlaubt ist, aber wollen dennoch nicht Maßnahmen außerhalb gesetzlicher Möglichkeiten ergreifen. Nur, fragt sich, welche?

Seit der Kündigung läßt sich der nunmehr ehem. Hausmeister Hübl Günther überhaupt nicht mehr außerhalb seiner Wohnung sehen. Wir meinen, daß er, solang resp. sofern er die Dienstwohnung bewohnt, wenigstens die Mülltonnen, welche schon wieder überquellen, nach vorn schaffen könnte, zumal Weihnachten vorbei ist, wo erfahrungsgemäß sehr viel Müll anfällt, da Geschenkverpackungen, leere Flaschen und dgl. Wir fragen uns, was erst, wenn am Dreikönig erfahrungsgemäß die Christbäume aus den Wohnungen entfernt werden? Wir, die Mieter der Anwesen Steinbergerstraße 4 und 4a können doch nicht die Christbäume bis Ostern oder bis zum Muttertag in der Wohnung halten, was außerdem für manche Mieter eine Platzfrage ist, da beengt. Abgesehen vom Nadeln der Bäume, welches erfahrungsgemäß schon zu Sylvester anfängt. Wie schaut denn das aus, wenn z.B. am Muttertag, welcher erfahrungsgemäß im Mai stattfindet, noch Christbäume evtl. ohne Nadeln in den Wohnungen resp. Balkonen herumstehen. Da lachen doch die Hühner, welches einer gesch. Hausverwaltung doch auch nicht recht sein kann.

Die Mieterin Fräulein Felber hat versucht, in höfl. und geeigneter Form den nunmehr ehem. Hausmeister Hübl Günther durch Läuten an dessen Dienstwohnung auf die Mißstände aufmerksam zu machen, hat aber den ehem. Hausmeister überhaupt nicht zu Gesicht bekommen und nur durch die geschlossenen Türen in großer Lautstärke durch besagten ehem. Hausmeister beschimpft worden. Eine von Frl. Felber unter Zeugen angefertigte handschriftliche Liste der Schimpfwörter, die der ehem. Hausmeister der Mieterin durch die geschlossene Tür entgegengeschleudert hat, kann vorgelegt werden, falls gewünscht, ist jedoch nicht vollständig, da Frl. Felber infolge vorgerückten Alters nicht so schnell mitschreiben konnte. Wir sehen natürlich ein, daß ein neuer Hausmeister seinen Dienst nicht antritt, solange der alte resp. ehem. nicht die Wohnung räumt. Aber was können die Mieter dafür? Wozu, fragen wir uns, gibt es Gerichte? Der unterfertigte Erstunterzeichner dieses, selbst ehem. langjähriger (6 Jahre) Schöffe am hiesigen Amtsgericht, hat sich bei zust. Stelle erkundigt. Die Mieter können nichts machen. Da muß schon die Hausverwaltung klagen. Haben auch vollstes Verständnis resp. Mitleid mit der armen Frau Hübl nebst fünf Kindern und das vermutlich traurige Weihnachten. Haben auch gesammelt und einen nicht unansehnlichen Betrag für die Kinder übergeben, welche ja erfahrungsgemäß nichts dafür können. Frau Hübl hat auch gedankt und Tränen in den

Augen, nur, hat sie gesagt, darf sie ihrem Mann davon nichts erzählen, andernfalls ihr Mißhandlungen drohen von seiten ihres Mannes, weil er ihr verboten hat, mit den Mietern zu reden. Das spricht doch Bände. Wir bitten um dringende Abhilfe, namentlich, weil wir doch nicht gut die Christbäume bis zum Muttertag stehen lassen können. In der Hoffnung, keine Fehlbitte getan zu haben sowie mit den besten Wünschen für ein Neues Jahr zeichnen mit vorzüglicher Hochachtung

Braun Gottlieb, Buchhalter a.D. und ehem. Schöffe

(24 weitere Unterschriften).

Herr Memel saß im Trainingsanzug vor dem abgeschalteten Fernseher und fixierte ein mattleuchtendes Gondelmodell auf dem Beistelltisch. Frau Memel in geblümter Kittelschürze räumte den Tisch ab.

»Du hast überhaupt nichts gegessen, Max?«

»Ich kann heute nichts essen.«

Auch der leere Arm des Trainingsanzugs war mit einer Sicherheitsnadel befestigt.

»Jetzt ist dreiviertel sieben. Die Sendung kommt erst um neun Uhr. Da brauchst doch nicht schon jetzt nervös zu sein.«

»Laß mich doch in Ruhe. Wenn man eh' schon Ärger genug hat.«

Frau Memel stellte ihrem Mann eine geschwungene Messingschale, auf drei Beinen stehend, innen emailliert, mit gemischtem Fernsehgebäck hin. Herr Memel knabberte bis neun Uhr. Es war sein erster Auftritt im Fernsehen.

Herr Dr. Curt-Rüdiger Schmeltz – Diplom-Soziologe – schaute mit düsterer Miene aus dem Bildschirm. Er hatte die Haare in die Stirn gekämmt, trug einen blaßgrünen Rollkragenpullover und eine eigenwillig geknöpfte Jacke.

»Guten Abend, liebe Fernsehzuschauer«, sagte Dr.

Curt-Rüdiger Schmeltz, »es gibt auch in unserer Wohlstandsgesellschaft Notfälle, deren Behandlung zwar dem Buchstaben nach rechtens und entsprechend den gesetzlichen Vorschriften erfolgt sein mag, die uns aber dennoch nicht ganz verständlich sind.«

Herr Dr. Schmeltz verschwand vom Bildschirm, dafür erschien der Häuserblock Steinbergerstr. 4 und 4a. Die Kamera fuhr an der lieblosen Fassade auf und ab, blieb an einem Fenster des Parterre hängen. Dr. Schmeltz' Stimme war weiterhin zu hören:

»Hier wohnt, oder genauer gesagt, wohnte bis gestern der gelernte Installateur und Hausmeister Günther Hübl mit seiner Familie. Er hat uns ausdrücklich ermächtigt, ja sogar gebeten, seinen vollen Namen zu nennen. Er hat fünf Kinder, zwei davon, Zwillinge, sind noch keine zwei Monate alt. Dennoch erfolgte – es ist kaum zu glauben – die Zwangsräumung. Wir haben uns verpflichtet gefühlt, der Sache nachzugehen.«

Nun erschien Günther Hübl auf dem Bildschirm: die Aufnahme wurde in seiner nun schon ehemaligen Wohnung gemacht. Hübl trug ein graues Hemd, darüber Hosenträger und einen braunen Hut. Ihm gegenüber saß am Küchentisch, ein Mikrophon in der Hand, Herr Dr. Curt-Rüdiger Schmeltz, der jetzt ein blaßrosa Hemd, eine Art wattierte Fliegerweste ohne Ärmel und eine schnürsenkeldünne Lederkrawatte trug.

»Warum wurde Ihnen gekündigt?« fragte Dr. Schmeltz.

»Weil ein neuer Hausmeister kommt«, sagte Hübl.

»Und damit verlieren Sie natürlich Ihre Wohnung, weil die ja an den Dienstvertrag geknüpft ist, wie wir gesehen haben?«

»Jawohl«, sagte Hübl.

»Und wann kommt der neue Hausmeister?«

Hübl zuckte die Schultern.

»Wir haben vorhin mit einigen Mietern gesprochen. Wir wollen ja objektiv sein. Es heißt, es hätten Beschwerden über Sie vorgelegen?«

»Das Haus, also die Häuser – haben 45 Mietparteien. Da ist immer einer dabei, dem dies oder jenes nicht paßt. Ich könnte Namen nennen, aber –«

»Nein, nein«, sagte Dr. Schmeltz schnell, »keine Namen – wir wollen keine Komplikationen. Sie meinen also, Sie hätten Ihren Dienst immer tadellos versehen?«

»Jawohl«, sagte Hübl.

»Sie sollen, verzeihen Sie, aber wir müssen auch das fragen, Sie sollen in gewissen wirtschaftlichen Schwierigkeiten stecken?«

»Das können Sie ruhig fragen. Jawohl. Aber nicht mehr als andere. Was ist denn heutzutage? Arbeitslosigkeit, wo man hinschaut. Mein ganzer Bekanntenkreis steckt in Schwierigkeiten, so gesehen. Alle haben Verpflichtungen. Mehr oder weniger. Das ist doch kein Grund, daß einem gekündigt wird? Oder?«

»Auf wieviel belaufen sich Ihre Verbindlichkeiten?«

»Naja ... so normal halt. Nicht mehr als die meisten. So durchschnittlich eben. Aber was für große Sprünge soll man denn schon machen als Hausmeister?«

»Und woher rühren diese Verbindlichkeiten?«

»Ein unverschuldeter Unfall. Trotzdem hat die Versicherung nicht bezahlt.«

»Ein Autounfall?«

»Jawohl.«

»Und warum zahlt die Versicherung nicht?«

»Die haben sich auf irgendwelche Paragraphen berufen ...« Hübl schluckte, es schien, als kämpfe er mit den Tränen. »Was versteht denn der einfache Mann auf der Straße von Paragraphen? Gar nichts.«

»Und wo gehen Sie hin, wenn Sie hier raus müssen?«

Hübl zuckte mit den Schultern.

»Sie haben fünf Kinder?«

Hübl nickte. Das Bild wechselte. Man sah jetzt wieder Dr. Schmeltz im Studio im blaßgrünen Rollkragenpullover.

»Wir haben auch«, sagte Dr. Schmeltz, »mit der Hausverwaltung gesprochen.«

»Anna!« schrie Herr Memel. »Jetzt komme *ich*. Anna!«
»Jaa – jaa«, schrie Frau Memel, band sich rasch die Kittelschürze ab und setzte sich neben ihren Mann.

Memel erschien auf dem Bildschirm. Die Aufnahme war in Memels Büro gemacht worden. Die Chefs hatten es genehmigt. Die Chefs selber hatten allerdings nicht in Erscheinung treten wollen.

Memel gegenüber saß wieder Dr. Schmeltz, das Mikrophon in der Hand. Dr. Schmeltz trug ein rosarotes Jerseyhemd mit beigem Kragen und eine doppelreihig geknöpfte Schafwolljacke, außerdem ein seitlich geknüpftes grün-gemustertes Schnupftuch um den Hals.

»Sie haben darum gebeten«, sagte Dr. Schmeltz, »daß Ihr Name nicht genannt wird.«

»Jawohl«, sagte Herr Memel.

»Sie sind zuständig für die Hausverwaltung und auch sozusagen der Vorgesetzte des Hausmeisters Hübl?«

»Sozusagen«, sagte Herr Memel.

»Nun werden Sie Ihre Gründe haben, daß Sie dem Hausmeister Hübl gekündigt haben – gut – die juristische Position der Hausverwaltung ist klar und tadellos. Das muß man einräumen. Aber nun: halten Sie es persönlich für vertretbar, eine Familie mit fünf Kindern – unter welchen juristischen Vorzeichen auch immer – auf die Straße zu setzen?«

Herr Memel – der im Fernsehen, nicht der vor dem Fernseher – schluckte, dann sagte er: »Ausschlaggebend zum Schluß war, daß dem ehemaligen Hausmeister der Strom gesperrt wurde und –«

»Ist das ein Grund, den Mann vor die Tür zu setzen?«

»Nein –« sagte Herr Memel.

Das Bild wechselte.

Herr Memel – der vor dem Fernseher, den im Fernseher sah man nicht mehr – sprang auf.

»Reg' dich nicht auf«, sagte Frau Memel.

»So eine Bande«, schrie Memel, »– weil der Verbrecher,

nachdem sie ihm den Strom gesperrt haben, die Hausleitung illegal angezapft hat. Unten vom Keller herauf. Abgesehen von allen Sicherheitsbestimmungen – das Haus hätte abbrennen können –, abgesehen davon ist es sogar strafbar. Es ist quasi Diebstahl. Aber die Chefs zeigen ihn nicht einmal an. Sie wollen nicht noch mehr Staub aufwirbeln.«

Herr Memel war ein paarmal auf- und abgegangen, setzte sich wieder.

Im Fernsehen war jetzt die Zwangsräumung zu sehen. Man hörte Dr. Schmeltz' Stimme: »Und das, was Sie ganz dahinten sehen, ist das Kamerateam des DDR-Fernsehens, das sich natürlich so etwas nicht entgehen läßt. Ich darf die Frage stellen: muß das in unserem Sozialstaat so sein? Und ich darf die Frage anfügen: wie steht es denn eigentlich um unser soziales Netz? Die juristischen Dinge mögen in Ordnung sein, das unterstellen wir. Aber Fragen zu stellen, muß in einer funktionierenden Demokratie erlaubt sein. Und nun –« Dr. Curt-Rüdiger Schmeltz nahm einen anderen Zettel von seinem Pult, »wenden wir uns unserem nächsten Beitrag zu. Eines unserer Kamerateams war in Nicaragua ...«

Herr Memel nahm eine Handvoll Erdnüsse und schaltete um aufs andere Programm, wo eine smarte Dame Beruhigendes über Prostata-Leiden von sich gab. Herr Memel lehnte sich in seinem Sessel zurück und schielte auf den Foxl aus Ton. »Struppi« hieß er. Früher hatten Memels einen lebendigen Foxl gehabt. Der hatte auch »Struppi« geheißen. Aber der aus Ton, sagte Frau Memel immer, ist in einer Etagenwohnung doch besser. Und bellt nicht.

Entstanden 1980

Herbert Rosendorfer im dtv

[illegible]

Herbert Rosendorfer im dtv

Das Zwergenschloß
und sieben andere Erzählungen
dtv 10310

Vorstadt-Miniaturen

Hintergründig-groteske Alltagsszenen. dtv 10354

Briefe in die chinesische Vergangenheit

Ein chinesischer Mandarin aus dem 10. Jahrhundert gelangt mittels einer Zeitmaschine in das heutige München.
dtv 10541 / dtv großdruck 25044

Stephanie
und das vorige Leben

Eine fesselnde Geschichte auf dem schmalen Grat zwischen Traum und Wirklichkeit. dtv 10895

Königlich bayerisches Sportbrevier

Rosendorfer beschreibt alle bayerischen Sportarten wie Fensterln, Maibaumkraxeln, Fingerhakeln, Maßkrugstemmen ... dtv 10954

Die Frau seines Lebens
und andere Geschichten · dtv 10987

Ball bei Thod · Erzählungen

Der makabren Titelgeschichte folgen noch 37 weitere. dtv 11077

Vier Jahreszeiten im Yrwental
Vier Berichte

Vier Kinder erleben die Ereignisse zwischen Untergang des Hitlerreiches und Aufstieg der Demokratie mit, an die sie sich vierzig Jahre später erinnern.
dtv 11145

Foto: Isolde Ohlbaum

Eichkatzelried
Geschichten aus Kindheit und Jugend · dtv 11247

Das Messingherz
oder Die kurzen Beine der Wahrheit

Albin Kessel, Autor durchschnittlich-populärer Bücher wie »Die Friesen«, »Die Diabetiker« usw. wird eines Tages vom Bundesnachrichtendienst angeworben ... Ein hintersinniger, heimtückischer Behördenroman. dtv 11292

Bayreuth für Anfänger

Ein liebenswert-frecher Führer durch die Festspielstadt. dtv 11386

Der Ruinenbaumeister

»Wer in einen Zug steigt, in dem sechshundert Nonnen eine Wallfahrt nach Lourdes antreten, ist froh, ein Abteil für sich allein zu finden.« ... auch wenn er darin plötzlich lauter groteske, komische, märchenhafte, erotische und turbulent-dramatische Abenteuer erlebt. dtv 11391

Erich Loest im dtv

Foto: Isolde Ohlbaum

Es geht seinen Gang oder Mühen in unserer Ebene

Ein Mann verweigert sich dem Leistungsdruck seiner Gesellschaft und seiner Familie. Ein DDR-Roman von souveränem Format, für das ZDF verfilmt. dtv 10430

Völkerschlachtdenkmal

Carl Friedrich Fürchtegott Vojciech Felix Alfred Linden wird vom DDR-Staatssicherheitsdienst verhaftet, weil er versucht hat, das Völkerschlachtdenkmal zu sprengen. Sein anschließender Aufenthalt in einer psychiatrischen Klinik gibt ihm auf groteske Weise Gelegenheit, den Ärzten Glanz und Elend der Leipziger Geschichte darzulegen. dtv 10756

Schattenboxen

Gert Kohler wird nach zweieinhalb Jahren aus dem Gefängnis entlassen. Doch die Freiheit sieht längst nicht so rosig aus, wie er sie sich in seiner Zelle erträumt hatte. Vor allem gibt es da den kleinen Jörg, das Kind seiner Frau, das während der Haftzeit geboren wurde und dessen Vater ein anderer ist. dtv 10853

Zwiebelmuster

Hans-Georg Haas und seine Frau Kläre, beide in der SED, haben ihre Kinder sozialistisch erzogen und sind »gesellschaftlich aktiv«. Deshalb ist es ihr gutes Recht, so glauben sie, sich um »das größte Privileg, das die DDR zu vergeben hat«, zu bemühen: eine Reise in den Westen. Doch wider Erwarten gibt es Probleme ... dtv 10919

Froschkonzert

In einer kleinen Provinzstadt hat es eine junge Lehrerin nicht leicht. Da kann schon ein von einem Schüler verschluckter Frosch zum Verhängnis werden. Eine erfrischende Satire auf bundesdeutsche Krähwinkelei. dtv 11241

Durch die Erde ein Riß

Wer wissen will, wie die DDR wirklich war, der lese diese Autobiographie eines deutschen Schriftstellers, der alles ganz hautnah miterlebt hat. dtv 11318

Alois Brandstetter im dtv

Die Abtei

Eine große Klage wird da von Alois Brandstetter in Gang gesetzt, ein circulus lamentationum, der keine Problematik ausläßt, seien es nun die mangelnden Fähigkeiten der Politiker, sei es die betrübliche Situation der gymnasialen Schulbildung oder die Depravation des Mönchtums. dtv 10218

Über den grünen Klee der Kindheit

Brandstetter erinnert sich an die Sorgen und Freuden des bäuerlichen Lebens in seiner Heimat, an Landschaft und Menschen, die sich ihm eingeprägt haben. dtv 10450

Altenehrung

Dünkel und Überheblichkeit, Besserwisserei und Beckmesserei werden dem Ich-Erzähler nach seiner »Untat« vorgeworfen. Doch er wollte nichts anderes, als auf den »Mißstand der vielen politischen und damit unsachlichen und unfachlichen Entscheidungen« bei Besetzungen öffentlicher Ämter aufmerksam machen. dtv 10595

Zu Lasten der Briefträger

Der Herr, der hier in jeder Hinsicht das große Wort führt, bleibt anonym. Sein imaginärer Gesprächspartner ist der Postmeister eines niederbayerischen Dorfes, der drei Landbriefträger unter sich hat, über deren Schwächen Klage geführt wird. dtv 10694

Vom Schnee der vergangenen Jahre

Früher waren die Winter irgendwie kälter, schneereicher, glanzvoller. In diesen autobiographischen Skizzen untersucht Brandstetter, warum das so war. Ob er von seinen ersten Ski-Erlebnissen oder vom Eisstockschießen zur Zeit seiner Kindheit in dem kleinen österreichischen Dorf Pichl erzählt, oder ob er humorvoll die Anschaffung des ersten Radioapparats kommentiert, immer geht er den Dingen auf den Grund. dtv 11149

Italo Calvino im dtv

Foto: Isolde Ohlbaum

Das Schloß, darin sich Schicksale kreuzen

Der Schloßherr zieht ein Kartenspiel hervor, Tarockkarten. Und plötzlich scheinen die Figuren den Anwesenden zu gleichen. dtv 10284

Die unsichtbaren Städte

»Calvino entwirft im stilistisch knappen und eleganten Filigran seiner 55 Städteportraits eine Vision unserer Welt ...« (Basler Zeitung) dtv 10413

Wenn ein Reisender in einer Winternacht

Ein brillantes Verwirrspiel um einen Lesenden und eine (Mit-)Leserin, die von einer Geschichte in neun andere geraten.
dtv 10516/dtv großdruck 25031

Der Baron auf den Bäumen

Als Zwölfjähriger steigt der Baron auf eine Steineiche und wird bis zu seinem Tode nie mehr einen Fuß auf die Erde setzen. dtv 10578

Der geteilte Visconte

Medardo di Terralba kehrt aus den Türkenkriegen im wahrsten Sinne in zwei Teile gespalten zurück. Zu allem Überfluß verlieben sich auch beide Hälften des Visconte, die gute wie die schlechte, in dieselbe Frau. dtv 10664

Der Ritter, den es nicht gab

Innen hohl, besteht Ritter Agilulf nur aus Rüstung, Kampfgeist und Pflichtgefühl: das Musterbild eines ordentlichen Soldaten. dtv 10742

Herr Palomar

Herrn Palomars Leidenschaft ist das Betrachten; immer treiben ihn seine Phantasie und diskrete Neugier in wahrhaft abenteuerliche Denkspiralen und Selbstgespräche. dtv 10877

Abenteuer eines Reisenden

Auf seine unnachahmliche Art seziert Calvino scheinbar alltägliche menschliche Begegnungen so genau, daß sie zu phantastischen Abenteuern werden.
dtv 10961

Zuletzt kommt der Rabe
Erzählungen

Fesselnde Skizzen von der brutalen Realität des Partisanenalltags während des Zweiten Weltkriegs und prägnante Ausschnitte aus dem Leben der kleinen Leute in der ersten Nachkriegszeit.
dtv 11143

Erich Kästner im dtv

Foto: Süddeutscher Verlag

Doktor Erich Kästers Lyrische Hausapotheke
dtv 11001

Bei Durchsicht meiner Bücher
Gedichte · dtv 11002

Herz auf Taille · Gedichte
dtv 11003

Lärm im Spiegel · Gedichte
dtv 11004

Ein Mann gibt Auskunft
»Linke Melancholie« nannte Walter Benjamin diese Verse.
dtv 11005

Fabian
Die Geschichte eines Moralisten
Berlin 1930. Ein arbeitsloser Reklamefachmann erlebt den Niedergang der Republik.
dtv 11006

Gesang zwischen den Stühlen
Gedichte · dtv 11007

Drei Männer im Schnee
Ein vergnügliches »Märchen für Erwachsene«, das durch seine Verfilmung weltberühmt wurde.
dtv 11008

Die verschwundene Miniatur
Die nicht ganz ernstgemeinte Kriminalgeschichte um einen Schlachtermeister im Urlaub.
dtv 11009

Der kleine Grenzverkehr
Die Salzburger Festspiele lieferten den Stoff für diese heitere Liebesgeschichte · dtv 11010

Der tägliche Kram
Chansons und Prosa 1945 – 1948
dtv 11011

Die kleine Freiheit
Chansons und Prosa 1949 – 1952
dtv 11012

Kurz und bündig · Epigramme
dtv 11013

Die 13 Monate · Gedichte
dtv 11014

Die Schule der Diktatoren
Eine Komödie
dtv 11015

Notabene 45 · Ein Tagebuch
dtv 11016

Thomas Bernhard im dtv

Foto: Isolde Ohlbaum

Die Ursache
Eine Andeutung

»Thomas Bernhard schildert die Jahre 1943 bis 1946, als er eine drückende, geistabtötende, zuerst nationalsozialistische, dann katholische Internatszeit erlebte ... Wenn etwas aus diesem Werk zu lernen wäre, dann ist es eine absolute Wahrhaftigkeit.« (Frankfurter Allgemeine Zeitung)
dtv 1299

Der Keller
Eine Entziehung

Die unmittelbare autobiographische Weiterführung seiner Jugenderinnerungen aus ›Die Ursache‹. Der Bericht setzt an dem Morgen ein, als der sechzehnjährige Gymnasiast auf dem Schulweg spontan beschließt, sich seinem bisherigen, verhaßten, weil sinnlos erscheinenden Leben zu entziehen, indem er »die entgegengesetzte Richtung« einschlägt und sich im Keller, einem Kolonialwarenladen, eine Lehrstelle verschafft ...
dtv 1426

Der Atem
Eine Entscheidung

»In der Sterbekammer bringt sich der junge Thomas Bernhard selber zur Welt, auch als unerbittlichen Beobachter, analytischen Denker, als realistischen Schriftsteller. Aus dem Totenbett befreit er sich, in einem energischen Willensakt, ins zweite Leben.« (Die Zeit)
dtv 1610

Die Kälte
Eine Isolation

Mit der Einweisung in die Lungenheilstätte Grafenhof endet der dritte Teil von Thomas Bernhards Jugenderinnerungen, und ein neues Kapitel in der Lebens- und Leidensgeschichte des Achtzehnjährigen beginnt. Bis schließlich sein Lebenswille die Oberhand gewinnt, bedarf es vieler schmerzhafter Erfahrungen.
dtv 10307

Ein Kind

Die Schande einer unehelichen Geburt, die Alltagssorgen der Mutter und ihr ständiger Vorwurf: »Du hast mein Leben zerstört« überschatten Thomas Bernhards Kindheitsjahre. »Nur aus Liebe zum Großvater habe ich mich in meiner Kindheit nicht umgebracht« bekennt Bernhard rückblickend auf jene Zeit.
dtv 10385

Das Buch

In Zeiten der Rezession sind Innovationen gefragt, und so kommt uns die Erfindung des SommerWinters gerade recht, verspricht er doch unser Bedürfnis nach entschlossener Unentschiedenheit ein für allemal zu befriedigen. So wird man uns auch nicht nachsagen können, daß es sich bei dem vorliegenden Bändchen um ein Rosendorfer-Lesebuch handelt. Vielmehr wurden hier alle Perlen versammelt, die der Meister der chinesischen Vergangenheit in den letzten Jahren verstreut hat, ohne sie jemals in Buchform zu fassen. Was Hunderte von Privilegierten entzückt hat, macht Rosendorfer jetzt allen seinen Lesern zum Geschenk.

Der Autor

Herbert Rosendorfer wurde am 19. Februar 1934 in Bozen geboren, studierte an der Akademie der Bildenden Künste in München und später Jura. Er war Gerichtsassessor in Bayreuth, dann Staatsanwalt und war seit 1967 Richter in München. Nach jahrzehntelanger Tätigkeit am Amtsgericht München wurde er 1993 an das Oberlandesgericht zu Naumburg berufen. Einige Werke: ›Der Ruinenbaumeister‹ (1969), ›Deutsche Suite‹ (1972), ›Stephanie und das vorige Leben‹ (1977), ›Das Messingherz‹ (1979), ›Ballmanns Leiden‹ (1981), ›Briefe in die chinesische Vergangenheit‹ (1983), ›Vier Jahreszeiten im Yrwental‹ (1986), ›Die Nacht der Amazonen‹ (1989), ›Mitteilungen aus dem poetischen Chaos. Römische Geschichten‹ (1991), ›Die Goldenen Heiligen oder Columbus entdeckt Europa‹ (1992).

